青色馬文存

烟火

王慧骐 著

U0804044

文匯出版社

图书在版编目（CIP）数据

青色马文存 / 王慧骐著．— 上海：文汇出版社，2019.6
ISBN 978-7-5496-2864-3

Ⅰ．①青… Ⅱ．①王… Ⅲ．①散文集 – 中国 – 当代 Ⅳ．① I267

中国版本图书馆 CIP 数据核字 (2019) 第 088641 号

青色马文存

主　　编 / 董宁文
书名题签 / 陈　剑
作　　者 / 王慧骐
责任编辑 / 鲍广丽
封面装帧 / 观止堂 _ 未氓

出 版 人 / 周伯军

出版发行 / **文匯**出版社
上海市威海路 755 号
（邮编：200041）
经　　销 / 全国新华书店
排　　版 / 南京观止堂文化发展有限公司
印刷装订 / 安徽新华印刷股份有限公司
版　　次 / 2019 年 6 月第 1 版
印　　次 / 2019 年 6 月第 1 次印刷
开　　本 / 32 开
字　　数 / 380 千字
印　　张 / 26

ISBN 978 - 7 - 5496 - 2864 - 3
定　　价 / 198.00 元

目录

辑一

—— 辑二

辑四

—— 附录

辑一

年轻男女们舞动的手臂，

突然让我产生了一种幻觉，

仿佛眼前出现了大凉山茂密的森林，

那手臂幻化作一支支火把，

声浪起伏如奔突的火流，

一群迷路的孩子正在寻觅一条

可以放逐心灵的通天大道。

12月13日10点01分

——献给首个南京大屠杀国家公祭日

紫金山默然垂首。燕子矶江涛凝噎。六朝古都，宽街窄巷，这一刻所有行走的脚步皆伫成雕塑。

风不再起，云不再动，任烛泪点燃，歌哭成河。

七十七年前的那个早晨，城市还在睡着，松枝上有静静的雪霜，林中不时飞过早起的鸟儿，婴儿还在母亲乳香的怀里轻轻呢喃……一群野兽来了，刺刀和炮声把这一切全部撕烂。

江东门记得，玄武湖记得，明孝陵记得，三十万颗活生生的头颅相继滚落，让和平与文明——这两个人类史上最伟大的词汇因此终身蒙羞。

历史，是一棵种下了就无法再拔起的树。所有掠过的光影全被它照实摄录。不要试图涂抹什么，谎言与狡辩在这里会溅你一脸惩治的火星。

莫道是“此恨绵绵无绝期”，记住，并不意味着背一副磨盘在身。后来人当然还要赶路，只是为了世界的天空不再被血腥与疯狂污染。

让人周身彻凉的汽笛在这六十秒里长鸣不已，整个国家以默哀的方式给逝者以最贴近的安魂。知道哀伤的民族，必然懂得如何奋起。放飞的和平鸽会向这旋转的地球，一路唱响我们的尊严和慢慢强大起来的体魄。

二〇一四年十二月十一日中午

听莫西子诗唱歌

莫西子诗，一个来自西南边陲大凉山的彝族青年歌手。我是在今春央视举办的“中国好歌曲”大赛上认识这个小伙子的。他个子不高，戴一副眼镜，看上去有点木讷和害羞。但一张嘴便声惊四座，疑为天人。他当时参赛的歌，歌名就杀气腾腾，一副语不惊人死不休的味道——《要死就要死在你手里》。其实是一首爱情歌曲，但由于歌词奇崛大胆、唱法别出心裁，让人一下子记住了这个瘦弱却声线凌厉的歌手。

后来了解到，这首歌的词是一个叫俞心樵的诗人所写，莫西谱的曲，并选在那样一个受众面极广的场合首唱，故而一唱天下知。据说莫西和一位日本姑娘相恋了八年，这首曲子也是专门为她写的。我尤为欣赏开头那几句：“不是你亲手点燃的，那就不能叫作火焰；不是你亲手摸过的，那就不能叫作宝石。”可谓得中国传统诗风之神韵，浅近而平实，却深蕴哲理。经莫西在曲调上先抑后扬的艺术处理，为后面惊涛拍岸大潮来袭，做了意境和情绪的绝妙铺垫——不动声色中布好了千军万马。

有意思的是，今年九月的一个夜晚，我有幸见到了这位极具爆发力的歌手。在南京城东的一家咖啡馆里，他为宣传其首张 CD 做全国巡演，南京是其中一站。女儿的对象知道我和她妈都喜欢这位歌手，特地在网上订了票，拉我们一道去听。咖啡馆临时把座位搬了，可容纳近两百人站着听歌。我在人堆里显得有点突兀，毕竟年纪大了些，而周围全都是二三十岁的情侣。莫西子诗操不同的乐器很卖力地唱了近两个小时，大部分歌我们不熟，但现场的气氛一直不错，人群中男男女女的手机不时地举起拍照。高潮当然是压轴的那首《要死》，所有跟唱的声浪几乎淹没了莫西的歌喉："你呀你终于出现了，我们只是打了个照面，这颗心就稀巴烂，整个世界就整个崩溃……今生今世要死，就一定要死在你手里……"我也"聊发少年狂"地跟着音乐的节奏放声歌唱。年轻男女们舞动的手臂，突然让我产生了一种幻觉，仿佛眼前出现了大凉山茂密的森林，那手臂幻化作一支支火把，声浪起伏如奔突的火流，一群迷路的孩子正在寻觅一条可以放逐心灵的通天大道。

二〇一四年九月二十八日夜

时空与乡愁

电影导演陈凯歌在由撒贝宁主持的一期“开讲啦”电视节目中，讲到他十五岁由中学生而成为一名知青，从北京乘了几天几夜的火车，来到云南西双版纳的一处林场。每天从早到晚的工作就是伐木，拉锯的双手没几天便打满了血疱。太阳下山后的傍晚，他不声不响地坐在一堆倒下的树木旁，望着那不见边际的天空，心里生出万般的惆怅。他说离开北京的时候，父亲给他买了整整十管超大牙膏，那意思是说，你得在那儿好好待下去，别指望三年五载的就能回来。陈凯歌说得很动情，那时候我真的特别想家，想儿时一起追逐淘气的伙伴，想北京的胡同大杂院，甚至想那些曾经干过的恶作剧，想着想着眼泪就止不住地下来了，那是一种难以言说的无望和感伤……一个人生尚处于懵懂状态的少年，因为关山阻隔，更因为前程渺茫，竟生出了他这个年纪本不该有的缕缕乡愁。宋人辛弃疾有首著名的《丑奴儿》，当头一句便是“少年不识愁滋味”，这词搁在陈凯歌这儿分明大谬。看来，识不识得“愁滋味”，不在年少与否。

乡愁，在更多的情况下其实是一种相思，由于距离，由于时空的跨度，而让这种来自情绪或情感的东西，在某一个阶段显得愈发的炽烈。我自己也有过这方面的体悟。记得大学刚毕业那一年，我在一个县里工作。四夏大忙那一段我被派到了这个县最偏远的一个乡里蹲点。具体安排在一个大队（现在叫村），通讯员让出了他的房间给我住宿。每到夜晚，那孤零零的一处房子便死一般地寂静。天气又热，蚊子还多，我无奈地钻进蚊帐里，却怎么也无法入眠。当时我虽然二十多岁了，但真正意义上的背井离乡还是第一次。于是我赤着膊坐在硬板床上不无忧伤地想一些童年或少年经历过的事情。那一个多月里，除了白天和大队干部一起参加田间劳动（还给县里写了几篇反映村民突出事迹的通讯报道），再就是在煤油灯下，写出了一组自己读来也觉得鼻子阵阵发酸的思乡之作。

随着年龄的增长，岁月的推移，人的记忆之筛把许多曾经风光一时的辉煌，都筛到了时间的沙滩之上，留下的却常常是一些极不起眼的普通之物、平凡之事，即所谓的大繁归简。乡愁也是这样，越到生命的后来就愈发地浓缩、洗练，及至纯而又纯。我的一位交往近三十年的诗友，前不久在微信上读到他一首写银杏的诗，那诗里透着浓得化不开的万丈乡愁。他写道：“我记得在童年时代 / 银杏是多么宝贵 / 无数的深夜里 / 捧着银杏 / 我就像捧着窗外的月亮 // 在我的记忆中 / 最美好的事物就是银杏的落叶 / 金黄的扇子 / 把夏天驱赶到很远的地方 / 把秋天的黄昏铺得十分宁静 / 我曾经一个人 / 忘掉少年的羞涩 / 和那些金色的叶子一同起舞。”如今已是五十出头的诗人，回望漫漫来时路，目光里不再有早年的不羁或彷徨，而是一种纯净如水的平淡与执着。他不加掩饰地一吐沉积在胸的相思之恋：“我对故乡的全部记忆 / 仅剩下一棵高大的

银杏树 / 我曾经接受它的荫庇 / 与灰麻雀和花喜鹊捉迷藏 / 也与老师捉迷藏 / 四十年之后 / 我专程潜回故乡 / 像一条洄游的三文鱼 / 我清晰地记起银杏树的位置 / 那一天 / 阳光出奇地好 / 云朵庄重地参与了我的仪式 / 我在一炷香火前 / 恭敬地弯下腰。”对银杏树庄严而神圣的膜拜里，有一种“韶光不再”的慨叹向我们深深袭来。

再来品味一位八十九岁老人的思乡之情吧。他叫孙立人，是一位在抗日战争中为中华民族立下过赫赫战功的民国高级将领。一九三七年的淞沪会战，他曾率部连续七次击退日军进攻；一九四二年身为陆军新编三十八师师长的他，开赴缅甸参加中国远征军的作战，以不满千人的兵力击退了数倍于己的日军，解救了被围困的七千英军。这场轰动全球的仁安羌大捷令孙将军声名大振。一九四九年退居台湾后，他曾几易职位，至一九五五年因部属预谋叛乱案而被免职，并被国民党当局软禁在台中寓所长达三十三年之久，直到一九八八年才获得自由。彼时孙将军已是八十八岁高龄。软禁期间他被取消所有待遇，没有了经济来源。

这位出生于安徽庐江金牛山南(一说安徽肥西三河镇)的农家子弟，那些日子里便靠种菜、种花、养鸡、栽种果树的微薄收入为生。他十九岁以前在家乡学会的农活，没想到几十年后在其寂寞困窘的岁月里派上了用场。一九八九年，当他听说旧部潘克辉欲回大陆探亲，心驰神往，却因年事过高而无法同行，遂修书一封，托其代为尽孝："弟即将有大陆之行，烦便中至立人家乡一转。一则离家已久，对故乡思念甚殷，再则祖先坟茔不知尚完好否，亦日夜不能去心也，专此相托。"短短一札道出了去乡四十余载的耄耋游子对故土无法割舍的一往情深。殊料一年过后将军便抱憾离世，留下无尽相思在海的那边。

由此思之，这份深藏于心的乡愁，并无什么年少或年长之说，它因经历、际遇而生发，时空是它不断积淀与发酵的催化剂。有人把乡愁比作那凝缩的盐晶和琥珀，这里面起着化学作用的正是那默默陪伴你的时间长河。

二〇一五年八月二十七日作于高淳

沙发上的舞者

国庆长假的第二天，我和妻约了一家装饰公司的设计师，拟谈郊外一处房子的装修方案。那日天气不好，下着小雨，有几分阴冷；再加之头天晚上遇到点烦心的事而未睡好，人有点昏昏沉沉不知东南西北的。放在旧时倘翻一下老皇历，或许这一天就不该出门。

装饰公司在那栋大楼的十七层，出了电梯，先去方便一下。事情就在那一刻发生了。原本很局促的厕所，保洁刚刚拖了地，瓷砖上湿漉漉的，两级台阶又做得贼高，下来时脚底打滑，只听得一声巨响，随即传出妻子仓皇的喊声:“不好了,我的腿断了!”我急急过去,见人已跌倒在地,脸上一副疼痛不堪的样子。环顾四周,一面墙紧靠蹲位,空间极其逼仄,否则这一跤不会摔得这么重。我惊慌失措地叫来了装饰公司的人,他们打了120,没一会儿救护车来了,但人已站不起来,结果是几个人用软担架像网兜一样把她兜托着抬到了救护车上。这也是我平生第一次坐这种有着凄厉的鸣叫声在长街上疾驰的车辆。

拉到了一所离家相对较近的医院,经拍片被确诊为左脚三处踝骨粉碎性骨折,当即办理住院手续推进了骨科病房。一切都来得那么突然,让人猝不及防。疼痛一阵紧似一阵地袭来,还伴以内心深深的沮丧。原本以为打个石膏什么的就能解决问题,可伤情远比我们想象的要严重得多。主治医生说了,开刀是必需的,却又不能立即手术。脚脖子在当晚便肿得像一棵盘根错节的树,且鼓出了若干张力性血肿水疱,医生用针戳了,第二天又继续爆长出来,其状惨不忍睹。护士轮番地来,一天给她吊六瓶水,消炎去肿,可怜手上被扎了一针又一针,已找不到一处好的血管。就这样苦苦地坚持着，直到入院的第十天才开刀动了手术。医生在她的脚踝里装了一块钢板和几枚钢钉，内、外侧的刀口分别被缝了十几针。

妻在医院住了整整二十天。在陪伴和护理她的日子里，我时生心痛之感。细想想，吾妻此生实乃多灾多难，这样的大手术她已经历了三次之多。她哭泣过、呻吟过，心情也极度低落过、消沉过，但最终还是她体内的那份顽强和坚韧占了上风，对生的渴望，对未来始终未泯的怀想与憧憬，令再大的磨难也败下阵来。出院后没几天，她便用助行器跛着一条腿在家中行走，做一些力所能及的事。护工胡大姐给她买来了一台便携式音箱，帮她录了一些欢快的舞曲和歌曲。每天一早，她就坐在沙发上，跟着那美妙的舞曲或慢三或快三地舞动着上肢，时不时地还把那只受伤的脚努力地跷起来，伸展着。她盼望着能早一天像常人般地站立起来，重新走到那有着阳光和人流的天空底下。她还有好多的事要做，她还计划着去丽江、去湖南，她一直想看一看沈从文笔下的凤凰古城。

人的一生谁不想一帆风顺、一马平川呢？但命运之神却不会听从你的摆布，它抛给你的路总是曲曲弯弯、坎坎坷坷的。你若怯懦了、示弱了、不战而退了，它当然就幸灾乐祸地站在远处大声地嘲笑你、奚落你；你从泥污中血泊中匍匐着前行了，你依靠自己的力量踉踉跄跄地挺立起来了，那它也就会识相地躲得远远的了。命运呀，其实也就是个欺软怕硬的东西。

感谢病痛，甚至感谢苦难，是你让我们更深地理解了生的内涵，生的美好！

二〇一二年二月三日

春日山中偶得

一

春天的雨在这山里连下了数日，门前的河水涨了总有尺把高。不远处有一只亭子，水流在那儿砌起的一长溜石墩上，急急地往下抛泻，水声如雷，在原本幽碧的山林间轰响。

撑着雨伞，站在偶或有农人走过的青石板路上，看河水的那番急涨之态，颇似一个产后奶水充盈的妇人，她喷涌而出的乳泉，毫不吝惜地——去奶山里的每一株树每一朵花。

二

你见过全身上下翠绿的鸟吗？绿的羽毛绿的脑袋,歇在田野里一根两头被支架着的细细的竹竿上。它一忽儿发出脆脆的鸣叫，一忽儿又抖抖翅膀，弹跳着，飞往远处一棵老树的背后。

我注意到，绿鸟飞过的竹竿下面，是一片片被雨水倾覆了的油菜秆儿；而鸟们撒欢的大背景则是蓝天之下青葱的山峦，远远看去，像一批正值青春的美少年，列队朝你挥手致意。

三

从这个村往那个村去的路，是一条走了几百年的古驿道，好多青灰色的石板上，留有先祖们使用独轮车而压出的一些不太规则的凹坑。也就在那条路上，我看见一个矮矮的但却挺结实的老人，正迈着步子不疾不徐地往前走着，他的后背上用两条宽宽的布带系着个不大的娃儿。

雨后的阳光照在老人的脸上，他一边走，一边在兴致勃勃地说着话。他的前后没见着人，那神情分明是对背上的娃儿在说。那娃估计是他孙子，还小得很呢，能听懂他在说啥？不过，这又有什么呢，希望总在一天天地往上长嘛。我们通常所说的历史，不就是以这样朴素的方式在一点点地交接么！

四

这些日子在山里净吃些稀罕物了。尖尖的小野笋，嫩嫩的山蕨菜，还有野芹、水蕨、鸭板青、泥巴菜什么的。有些名字真还没听说过。它们或来自林间，或长在水边，有些就在自家的田头。没有谁去播种，都是山野给乡人的一份恩赐。而这些全是属于春天的，山，用这样的语汇诉说着它们的苏醒。

持家的村妇们一早醒来，踩着湿漉漉的田埂上山去了，不一会儿，那系在腰里的围裙成了个不小的兜儿，捧回来的，是一蓬野趣，和一份待客的热忱。

五

穿过村中的几条水巷，我们往后山去。后山上有一株大约三四个人才抱得过来的香樟。林业专家凭借可靠的科学参数,核定它的树龄为七百二十岁。并在它的身上挂了个类似身份证的牌牌。

许多人慕名而来，抬起头仰望这位寿星。它当是我们爷爷的爷爷的爷爷。而它并没有老态龙钟，巨伞般撑开的枝枝叶叶，依旧悬吊着那么年轻和撩人的绿。

想同它说些什么，却找不到合适的切入角度。还不只是个年龄间的悬殊，更想探讨的或乃生命存在的意义。

站在它面前的我们，渺小是毋庸置疑的。但像它一般无所依傍又无所畏惧地立着，却是可以取一点真经的。

二〇一五年四月十二日于上晓起村

豆腐好

近读一位诗友在朋友圈发的微信，说其得友人送来的一盆新磨出的豆腐，“纯朴敦厚，馨香悠然”，且配发了一幅豆腐在盆中舒展自如的玉照，很是可人。突然就生了一份暖暖的亲切感。

对豆腐及由豆腐派生出的豆干、百页（也叫千张）、豆腐果、豆腐皮、腐竹等，我自幼就比较喜爱。记得二十世纪六七十年代，菜蔬远没有今日这般丰富，冬日里的青菜烧豆腐或黄芽菜放一些嫩嫩的百页丝来炖，那都是让人一定多吃一碗饭的上好的美味。可不知何故，这些年从菜场买回的一些豆制品，却很难再吃到记忆里那样的味道了。当然也有做得好的，这两年春天我们去江西婺源的上晓起村小住，在那儿吃到了从黄山某地运来卖的一种豆腐干，制压紧凑，透着浓郁的豆香。将其切成细条，搁点腊肉，炒一把野芹，那是口味一等。还有一次在南京的一家盐城人开的饭店，也吃到了四座皆赞的红烧老豆腐和水芹炒百页。后来便托人去产地大丰买了不少回来，囤放在冰箱里，不时取出些解馋。

说到豆腐，老友金实秋先生称得上见多识广。他花了不少功夫把几乎所有写豆腐的文章一一收罗来，按类别编成了两部大书。前一本谓之《文人品豆腐》，让上海一家出版社抢先出了；后一本找到我，二〇〇九年夏天我陪金先生去了一趟安徽的淮南，同当地举办了多年的中国豆腐文化节做了一次很巧妙的互动。此书唤作《百家美文话豆腐》，由时任淮南市市长写的序。也就是这一次的淮南之行，让我对豆腐的来历有了更多的了解。说是公元前一六四年，刘安袭父封为淮南王。为求长生不老之药，刘安广招方士数千人，谈仙论道，有名者苏非等八人，号称“八公”，常聚于楚山（即今八公山）切磋炼丹之术。在以黄豆汁培育丹苗时，豆汁偶与石膏相遇，竟形成了鲜嫩柔滑的豆腐。正所谓“歪打正着”，奇妙的人间珍品——豆腐因此诞生。淮南王为后人所知，确也是沾了这豆腐的光。

由于有了金先生这样的有心人，使我们很方便地读到了诸多名家对各地各乡各式各样的豆腐的精彩描述。尽管梁实秋、周作人、秦牧、王蒙等都有关于豆腐的上乘之作，但在金先生看来，豆腐写得最多,也最见殷殷情义的当推其乡党汪曾祺老先生。汪老的多篇作品中均有豆腐菜系的倩影——《大淖记事》中的臭豆腐，《异秉》中的回卤豆腐干，《金冬心》中的茶干拌荠菜、鲫鱼脑烩豆腐，《故人往事》中的烫干丝煮干丝，《王居》里的豆腐皮，等等。还有一篇题为《豆腐》的散文，更是把豆腐的种种门类及其做法写得“处处有学问，处处有讲究，处处有掌故的帅劲儿”（舒乙语）。

可回到现实中来，汪老笔下的这些美妙的豆腐菜似已成了一种传说。豆腐虽仍四处可见，但真正做得纯正道地的却已是凤毛麟角。前不久去了高淳的大山村，发现那儿不止一家的饭庄都有一道客人普遍叫好的拿手菜：红烧豆腐。后向店家打听到是邻村一位张姓老者所做，我和太太便起了大早，跑了好几里地，终于寻到他的住处。在左近特地买了只大塑料桶，装了老人用心做出的满满一桶豆腐，而后搭班车，乘地铁，一路呵护着拎回家中，美美地享用了半月之久。

二〇一五年十二月二十二日夜

诗的纽带

不久前应邀参加了一次颇生感触的聚会。聚会者是一批同学，但却非通常意义上那种学校里的同学。他们是一九八七年的夏天，在白下区职工中专举办的一次诗歌班上，因共同的兴趣而走到了一起。那时候，他们小的才二十一二岁，大的也就二十五六岁，都是自己报名（也缴一定的费用），自愿放弃半年里的节假日和晚上的休息时间，徒步或踏着自行车，从这座城市远近不同的地方赶到那所学校去，听一些请来的诗人们上课。他们中的大部分人当时都读到了高中毕业，而且都分配了工作，在南京大大小小的企业里上班。但那个年代的年轻人真的是发自内心地喜欢和热爱诗歌，他们可以为学诗、写诗而牺牲一些现在看来很重要的东西。那一年我刚刚调来南京，也有幸成为他们授课老师中的一个。前后大约教了他们一两个月的课吧，也就是结合自身的写作实践，给他们说说对诗的感悟和认识。他们的作业就是各自的诗稿，我一篇篇地读了，虽不乏稚气，但却是真实的心跳；同他们年轻的脸庞一样，他们的诗里迸溅出躁动的青春和不可抑制的生活激情。

要不是这次受邀参加他们的聚会，我怎么也不会想到，那根诗歌的纽带竟然把他们联结了二十多年。他们都是些普通的工人或职员，由于学历等方面的原因，大都与仕途无缘；他们的相聚与交流几乎不带任何功利色彩。自那届诗歌班以后，他们中的一拨人自发组织了一个叫作“脚印”的诗社，定期凑在一道切磋诗作；还办了一本油印的诗刊，坚持了有好些年头。后来各自都成了家，有了孩子，但因诗而缔结的友谊却一直没有中断。一两个月他们总会相约活动一次，或登山、踏青，或去外地采风。时有灵感来袭，也会旧瘾难熬地挥洒几首诗行。碰上谁过生日了，一准要在一道聚聚，那生日蛋糕里一定藏着一首同学相赠的小诗。他们碰在一起的时候，也会谈谈当年给他们上过课的几位老师。最长的沈老已八十多岁了，但身体还健，所以有时他们就把聚餐的地点放在老师家附近，叫上老人家一道喝两盅。

二十多年过去了，我们置身的这个世界发生了太大的改变。那天，当我看到这批依旧还很纯朴但已不再年轻的面孔，心中百感交集。他们一路走来，诗是他们相识的媒介，也成为后来这漫长的岁月中，他们一次次相聚或相互帮衬的最好的理由。

他们说，真得好好谢谢诗。

二〇一三年十一月二十日

古镇上奔跑的小姑娘

这个叫作黄桥的古镇建在这儿快一千年了，那时候还叫宋朝。

而突然闯进小镇来的这位小姑娘，才五岁多一点。她的家在几百里外的省城。

但这儿是小姑娘的爸爸出生的地方，所以当小姑娘慢慢大了，开始有点记事了，爸爸就想着领她到这儿来看看，告诉她哪条街哪个铺子哪座小桥是爸爸以前跑得最多来得最勤的。那会儿爸爸和小姑娘差不多大。当然还有更大一些时候发生的事情，直到十六岁那年爸爸才离开这儿，只身去了很远很远的一座海滨城市念书。

小姑娘的面前仿佛站着小时候的爸爸——一个或许比她高点不过比她要瘦的小男孩。于是，他们一前一后地在这有着许多青砖灰瓦老房子的石板街上追逐着，疯跑，十月的裹着桂香的暖风朝他们一样稚嫩的脸上不紧不慢地吹来。时光在那一刻分明有了错乱，爸爸在小姑娘的眼里，是一个顶顶听话的小哥哥，玩伴。

跑着跑着，小姑娘老远就闻到了空气里飘来的一股饼香，那香是芝麻、面粉和各种馅儿，甚至还有炉膛里炭火糅在一起的味道。小馋虫站了下来，不走了。爸爸小时候好像也这样，跑到这儿便停了步子四处张望。哦，这是走到了卖黄桥烧饼的店铺。

自然，爸爸是要给她买的，她立马就很欢喜地接过来吃了。爸爸在一边还饶有兴致地讲了与这烧饼有关的英雄打仗的故事，也不知小姑娘听进去了没有。望着她目不转睛盯着烧饼的那股专注，爸爸忍不住就笑了。

据说有一个离开了家乡几十年的诗人，一次在答记者问时这么说，故乡其实已经没有了，留下的只是童年的口感，是老祖母大热天里做的萝卜干炒毛豆子的味道。

小姑娘和这座古镇终究不会有太多的瓜葛，逗留了几日便要回到自己的省城去。而老屋门前的那几株银杏，和这满街飘香的烧饼，想来若干年后会被她一次次地忆起。

二〇一六年十月十三日

横溪的夏天

横溪，那一定是一处美丽的所在——想象那山崖之上蓊郁之间，横空出世般地，突然就冒出一注幽绿的泉涌，而后沿山壁奔逐而下，一路有灌木相伴，有野花簇拥——而它却是一个地名，一个给人太多想象空间的地名。

夏天，亦非四季中的夏日，他只是一个诗人的笔名。这个诗人就生活在那座叫作横溪的乡村里。刚刚听到他名字的时候，我以为这一定是个双臂生风的少年。他跃跃欲试地正在拔节、抽穗，所有在春天里发芽、绽苞并积蓄的力量，到了这一刻开始展示和排放了。

直到后来我才知道，这位诗人同我一样，已走过了他生命中的夏天。他读诗写诗爱诗，竟有了三十多年的时光。与他尚未谋面,只是通过一次电话，互加的微信里常常能听到他来自溪边的问候。谢谢他居然还保存着三十多年前的报刊，还那么用心地把我一些过往的习作拍了照发给我。

人，大抵都会有一种希望被人关注和记着的私心吧？因为一首诗或一篇文章，我们记住了某个名字，尽管此生不一定能有机会相见，但这并不妨碍彼此引为知音，而去默默注视他在这个世界上走过的背影。

二〇一五年五月十日

寻师

是从央视一套倪萍主持的《等着我》节目里看到的这个真实而感人的故事。它并非一般意义上的寻亲，而是一批年近七旬的学生，集体寻找四十五年前自他们毕业后便再也没见过的班主任老师。他们是“文革”前一年——一九六五年从全国各地考到福建化工学校去的，这是一所设在侨乡泉州的中等专业技术学校。当时他们大都初中毕业，年仅十五六岁，而带他们的班主任老师刚刚从大学毕业，也才二十出头，像个姐姐似的与他们朝夕相处。

荧屏上展示了他们摄于一九七〇年的毕业照，

年轻的老师很精神地坐在他们中间；还展示了其后二十年、三十年、四十年时同学们聚首的照片，而这些照片上都再没出现过这位老师。此番作为寻师代表出场的一位女同学，自身已现老态，她以一口浓重的福建口音向倪萍表达了同学们寻师的一致愿望。她说，每一次重聚母校，我们都期盼着奇迹出现，这些年里，大家通过各种渠道打听老师的去向，但一直音讯全无。时间不等人啊，我们当中已有几位同学先后离世，因此见一见老师的念头变得愈发强烈。倪萍问起老师当年都做了些什么而让她的学生如此想念和爱戴。这位学生代表讲了几件极普通的事——说他们这个班上当时家庭贫困的同学较多，平日里大多穿着打了补丁的衣裤，每天早晨在操场上晨练时，碰到别的班上那些来自华侨家庭穿着比较光鲜的同学，有点抬不起头来的自卑感。当老师知道了这些后，一次次地给他们打气，鼓励他们建立起发奋向上的情操和意志。还说到有一次几个同学在餐厅吃饭，不知谁把饭泼到了餐桌上，老师从一旁走过时，默默地把桌上的饭用筷子拨到了自己饭盆里，而后不声不响地吃了它。再就是那一年冬天他们全班在乡间学农劳动，有一天深夜她突然发烧，口渴得要命，是老师敲了好几个房间的门，给她弄来一杯热腾腾的开水……

听来都是一些再平凡不过的事情，可在这批纯朴少年的心里彼时却播下了爱意绵绵的种子，令他们生发感恩，以至半个世纪过后仍不忘当年那点点滴滴的师生之情。

故事的高潮当然是在倪萍那句“为缘寻找，为爱坚守”的祝福声中，寻师者按下按钮，大门缓缓开启的那一刻，这位原籍江苏高邮让学生们思念了四十五个春秋的老师终于现身。节目组随后向观众报告了极为艰难的寻访历程，原来他们的老师早已离开教学岗位改行做了别的，且随夫辗转走了几个省份。而在录制现场，此时变魔术似的走来了一批她的学生，他们不约而同地喊着“x 老师”，并且围了上去。面对这样的场景，老师自然是无法描述的感动，可她却一再地表示：“我当时仅仅只是做了一个老师该做的，没想到几十年过后你们还这样记着我，我真的承受不起呀。”

其实岁月原本就那般平淡如水，可为何发生在从前的那些稀松平常，却给了现今这个时代几近狂澜的某种震撼？

二〇一五年五月六日于安徽绩溪宾馆

丰乐舍的老人走了

丰乐舍，是里下河地区一个极普通的小村庄的名字。可在我这位老友的心里，这个名字是无法取代的，世界上任何地方都不能同它相比。那里，是他的出生之地，门前屋后的每一棵树木每一汪水塘和那曲曲弯弯高高低低的田埂都留有他童年的印记，留有他成长中所有的欢乐与泪水。

他十几岁时离开了那里，去了县城读书。而他的父母双亲仍一直在那里生活，并且劳作。两位老人生命中几乎全部的光阴都铺在了那片同他们一样朴实和豁达的土地上。

我的这位老友大学毕业后，依旧回到故乡，几十年一直从事教育工作。他后来在县城买了房子，把年迈的父母从丰乐舍接到他的新房子去住。可老人住不多久就闹着回去了。在他们眼里，丰乐舍才是这世上最美也最好的地方。他们在那儿一次次地播种，又一次次地收获。老屋前面那好大一块经石磙压实了的打谷坪上，堆放着他们金灿灿的汗珠和果实。

大约八年前的一个秋天的午后，我带着妻子和女儿，专程从省城开了车去看望老友和他心中那处永远神圣的丰乐舍。在临近黄昏的夕阳里我看到了两位八旬老人忙碌的身影。听说是儿子最好的朋友来了，他们把家中新鲜的稻米、黄豆、红豆装了好几袋，执意要让我们带上。老人家还相帮背着，送了我们好远的一程。女儿在丰乐舍如诗如画的田野上拍了许多照片，其中一幅放在了老友稍后出版的一本新书的封面上。

再一次见到老人已是去年的冬日（可惜那母亲已走在了父亲的前面），此时他已完全失忆。我们叫他，他全然没有反应。老友瘸着一条骨折初愈的腿，把他显得瘦小的父亲抱到院子里的一张藤椅上晒太阳。老人依旧慈祥的脸上现出了让人看了心生疼痛的傻傻的笑。

然而，再美再好的丰乐舍，终究没能留住这个为它辛劳了一辈子的农人。几天前的深夜，我收到了老友发来的一条短信，说他父亲走了，走得很安详。而他会在那老屋里住上一段，想想一些过去的事。

二〇一五年九月二十六日于高淳

寒夜思亡友

在约六百公里外的邻省的一个小城，此刻已近夜深。我在一间快捷酒店的灯盏下坐着。天很冷，虽无倦意，但也不想出去走了。随手翻一本书，忽就生出几分忧伤，想到了一位已过世几年的亡友。记得他走的时候是在夏季，那天一早我从家里乘了一个多小时的车赶到火葬场给他送行。

他出生在常州武进的一个小镇上，幼时便过继给了伯父母。伯父待他不错，十岁那年送他到无锡城里念书。他很用功，大学考上了北京一所名校，学的是金融。毕业时正好在“文革”当中，所以，离校后有几年路走得不顺。先是分在苏北海边的一处农场干体力活，干了好几年才让其专业对口，调至农场附近的县级银行。从最基层的岗位干起，凭借过人的业务才干做到副行长。之后因为一篇颇具见解的阐析彼时金融发展趋势的论文，而引起省行领导的关注。遂作为特殊人才被调入省城，从此迎来他生命中最辉煌的事业上升期。几年内，由金融研究所副所长而一步步走到省行副行长的位置上。二十世纪八十年代末，他又放弃安逸，做了一回敢吃螃蟹的创业者，主动请缨去一家新组建的商业银行当一把手。这以后，他卧薪尝胆，领着一帮年轻人，吃苦受累，把这家银行做出了影响和品牌。也就在他如日中天的那一段日子，我因主持一本刊物，对其采访而熟识了他。随后成为朋友，有过多次较为深入的交流。他早在读大学时便富有才情，写过很不错的诗，在当时北京的报纸上发表。还知道他读书时有过一位恋人，远在广东，毕业后因无法分到一起而致恋情无疾而终。后来在县里工作时经人介绍而结合的婚姻则令其一直郁郁寡欢，除了文化上的差异，妻子还长期患有精神疾病。他最后几年玩命地工作，估计跟他的生活处境有一定关系。结果不到六十岁在一次体检中查出他肝有毛病，这对他打击很大。也正因为此，他才无奈提前退休。

退休后的几年，他克服一切干扰，重又捡起年少时的所爱，写下了一批关于市井人物的素描，和对故乡风情的咏唱。他的诗和散文均如其为人，率真而热诚，充满激情；他还把自己各个时期所写对金融问题研究的论文，逐篇进行修改和补充，编成一部蔚为大观的经济论集。这两本书他热望在生前能够出版，以慰其辛劳的一生。但由于自身多病和家庭的拖累，他却拿不出用于出书的基本费用。一位常年帮助他的刊物编辑，知道他这番心愿后，特地请了长假陪着病中的他，走了好几个城市“化缘”；一些过往的同事或朋友也都向他伸出了援助之手。经各方面的努力（也包括我的参与），最后出书的若干环节几乎是在同时间赛跑，所幸的是，终在其弥留之际，两部散发油墨芳香的大书捧到了他的病榻之上。那一刻，我看到了这位已病入膏肓的老友，脸上现出一抹浅浅的微笑。他走的时候年仅六十八岁。

二〇一七年一月九日于安徽亳州

老申

老申走的时候是七十二岁。得的好像是癌症，在病床上拖了有几年。患病是痛苦的，但老申这辈子却还算得上有福之人。

他最早在苏北某县的乡下，家里很穷，发了狠地要跳出来。考学是当时农村孩子唯一的路，他自然也得从这条道上蹚出来。高中几年抱头滚（意指吃苦），终于考上省城最好的大学。这以后好日子也就慢慢来了，毕业后他被留在了省级机关，从小科员一步步干起。打小苦过的更知有这一天是几多不易，除了埋下头来干活，领导面前从来都毕恭毕敬，不吐半个不字。倒也不算平步青云，十好几年熬到个正处。对组织老申一直心存感恩，与上级保持一致完全不用任何人来提醒，大刀阔斧似乎与他无缘，中规中矩谨慎行事是他一贯奉行的处世之道。

老申读完大学是在二十世纪六十年代，他的婚姻也就如上辈那样遵了父母之命。发妻与他同乡，人老实，长相也不出众。婚后一二十年，他们都是两地分居，那时交通不便，老申总是两三个月才回趟家。而发妻在乡间不只侍奉公婆，还负责抚养两个陆续出世的女儿。直到八十年代后期，老申都四十多了，才向组织上提出，把老婆弄来省城，在一个单位干临时工，负责一幢楼的保洁工作。

一家人团圆的日子过了不到两年，有一回老申被组织安排出国，没几日老婆在单位楼梯上扫地时，不小心一脚踏空，颅脑碰在水泥地上严重受损，旋即送医却未能抢回人来。老申在国外接到电召，匆匆赶回，也只是为发妻置办后事了。

这以后大约没出两年，快五十的老申再沐春风，娶了个小他二十多岁的女子为妻。这姑娘当时在老申当领导的单位做资料员，是个高中毕业生，因何而看上老申不得而知。想想这小女子也是蛮拼的，嫁与老申，不光鞍前马后服侍一个年近半百的老爷子（老申过惯了饭来张口衣来伸手的单身生活，家务事基本就不知如何下手），还得给他两个业已成年的女儿当后妈。

局外人无法论其短长，反正老申再婚后的日子倒也过得消停而美满，婚后不久，这姑娘还为老申生了个胖小子。

老申最后几年得病住在医院，全是这女人里里外外地忙乎,汤啊水的一天几回准时准点拎到床前。据说临终前老申拉着她的手，说我这辈子净欠你们女人的债了。

二〇一七年三月八日于盱眙

老人去看儿童剧

儿童节前夕，根据一位著名作家作品改编的一部音乐儿童剧在省城首演。由于主办方与我较熟，特地留了几张票，希望我带几个朋友一道出席这场首演活动。

考虑到儿童剧的特点，我首先想到了有孩子在小学或初中读书的朋友。于是兴致勃勃地连打了几个电话，结果却大大出乎我的预料。虽已临近六一，但这些读书的孩子们压根儿不可能用这个理由向老师请假。接我电话的几位朋友，除了表示谢谢我的美意，都在电话那头不约而同地发出了苦恼人的笑：我们何尝不想让孩子去剧院看看戏，放松一下呢？可这是与学校平时的有关规定背道而驰的呀。其中一个孩子在读初三的朋友对我说：马上就快中考了,这一年我们一家人都像上紧了发条似的，所有的生活内容和时间安排都得围绕这个“重中之重”。

是的，我是有点和这个时代脱节了——女儿结婚晚，小外孙尚在牙牙学语，对目前孩子们在学校承受怎样的学习负担不甚了解。前些日子，我下楼去买早点，在小区门口见到一个十多岁的女孩，她睡眼惺忪，脸色苍白，有点像贫血。瘦弱的双肩上背着一只特大的书包,我在她包的底部试着托了托，感觉至少有七八斤重。我问她上几年级了,她说初一，我说怎么要背这么多的书,她说还有些放在家里呢。那一刻还不到七点，她要赶往学校上早自习。小区门口停着一辆车，是她爸爸。背着大书包的女孩向我招招手上车了。看着这样的情景,我不无怜惜地想，不消太久，我的小外孙也会加入这样的行列了。

儿童剧本来是为儿童写，让儿童看的，但最后我却是邀了几位童心犹存的老人，去看了这部很感人的儿童剧。坐在剧院里，我发现前面好几排还是坐了不少系着红领巾的小学生，遂向一边老师模样的人打听，方知这是几所学校根据教育局的要求，特意组织的，因为今天有几位首长要来看首演。

这批孩子无疑是幸运的，但更多的孩子却由于沉重的学业被挡在了剧场之外。如何让所有的孩子和他们的家长完全心情放松地走进儿童剧场，除了教育部门，我们大家——这个社会还能从哪些方面一起来帮助做些什么呢？

二〇一八年五月三十日

记住泾县

位于安徽东南部的泾县是一处了不起的地方。历史上它至少有过两大贡献。第一，它是驰名中外的宣纸的出产地，因而某种意义上我们可以认为，是它给了所有书画家的梦想得以落地生根。第二，于中国革命它称得上一大功臣。泾县所辖的云岭被誉为“新四军的摇篮”，一九三八年七月至一九四一年一月，新四军军部移驻此地后的两年多里，部队规模迅速扩大，由两万人发展到了九万多人，而这些兵马无疑成了后来推翻蒋家王朝的一支重要力量。

我曾几次去过泾县，不只在那儿为学画的女儿买过宣纸，还曾与友人几次凭吊新四军军部旧址；且驱车几十里，专程去了茂林，拜谒了皖南事变的发生地。设计师颇具凝重的构思——那面用赭黄色石块垒叠而成的纪念墙（石块堆出了事变发生日：41.1.7）和布满弹孔的一级级石阶，给我留下了极为深刻的印象。

还有一幅画面也是我一直未曾忘却的。那是二〇〇七年的春天，清明过后没几日。我们抵达云岭新四军礼堂所在地时，正赶上电视剧《叶挺将军》在此拍摄。那天所拍的场景是，叶挺率部胜利归来，地方绅士和乡亲们置办宴席为将军洗尘。一大批群众演员，看模样就是当地的农民，大多是五六十岁的老人。拍摄的空隙，我与乡人拉呱，了解到他们被找来拍摄，一天可获酬每人二十元。老人们说，在家闲着也是闲着，来这儿玩玩挺热闹，还能多少挣点外快。可拍摄的要求蛮高，一个镜头有时要反复拍好几次。由于参演人数多，队伍显得有点乱。剧组里举着个扩音喇叭的场记，来回奔走，时不时会对跟不上节拍的老人吆喝，甚至呵斥。记得当时有位老人估计是眼睛看错了方向，那年轻的场记，便毫不客气地朝他吼道："喂，说你呢，看着我干啥？让你看前面呢！"老人被他训得不知所措，一脸惊恐之色。

所以想起这些过往的旧事，盖因近期也是很偶然地听说了两个有关泾县人的故事。

一个是一位搞印刷的朋友对我说的。故事的主人公是他自己的生身母亲。他出生后的第十三天，在县公路管理站工作的父亲突遭一场车祸而不幸丧生。此时母亲年仅三十一岁。他上面有一个姐姐两个哥哥，姐姐是老大，也才六岁。面对四个都还不谙世事的娃儿，母亲的日子可想而知。朋友讲了一件事的例子，说他大约六七岁的时候，庄上有一家院子里种了两棵枣树，小孩子嘴馋，想吃，隔着墙老远地用小石块砸树上还没成熟的枣子。那家的主人知道了，便跑到他家门口来一次次地骂。他母亲先是都忍着，终于有一回拎了把劈柴刀，冲进那家院子，一边哭着一边死命砍那棵枣树，嘴里还狠狠地念着："我让你们吃枣子！"旁边的人一个都不敢上来拉，树砍到一半，母亲自己没了力气，哭昏在了树下。从那以后村里再也没人敢来欺负他们孤儿寡母了。后来这些年，老母亲跟着颇有些出息的老四（即我的这位朋友）在南京生活，相帮他把孩子带到了十几岁。老人家现已七十出头，但筋骨还好得很，说不久前带她去贵阳和重庆玩，爬山、上码头，年轻人都赶不上她的速度。

再一个是不久前我在常州亲眼见到的。在天宁寺附近的一家饭店里，能说会道的老板娘讲她来自安徽泾县。一九八一年生人，大女儿已十四岁了。她二十岁左右跟着姐姐姐夫去了上海，先是做各种小吃卖；后从别人手上盘来个饭店，开了有好几年。再后来转战常州，且还在此买了房和车，把户口也都上了。经营的这处饭店地势较好，前后快五年了。她说也没什么别的门道，就是两口子肯干。她嫁的男人虽有几分木讷，但人倒也聪明实诚，厅堂里八面周旋的事儿她来，后厨那一摊子由她男人顶着。手艺嘛说得过去，回头客也就挺多。她最骄傲的是二女儿，如今已十岁了。五岁时爱上游泳，被市里一位名教练看中而给予悉心调教。不久前全市的游泳全能赛，她拿了少年组冠军。那天在店里见到了这女孩，袅袅婷婷地从楼上下来，四肢修长，步子都显出韵律感。不过女儿能有这份成绩，当娘的也没少操心。每天放学后练游泳，基本都是由她陪着。老三是个儿子，也六岁了，长得胖乎乎的，见人一脸乐。当妈的对我们说，这个暑假每天都让他跟着二姐泡泳池了，可硬是没见他掉一点肉。说着朝我们开心地抛下一串笑。

——两则互无关联的个案，或已多少传递出了这一区域人群所具有的基本特质。虽然尚未彻底摆脱贫困，而老区人民一以贯之的纯朴善良、坚韧不拔，甚至忍辱负重，却让他们的生命在种种逆境里绽放出奇特的芬芳。这一点很像传说中关于宣纸的由来，那有着柔软而结实的木纤维的青檀树，真的酷似我所见识的上述几位泾县人民。

二〇一七年八月十九日夜

辑二

那老了的可能只是躯体，

而艺术的小精灵却不安分地

扑打你的血管和心房，

令你不由自主不管不顾地

朝那来时的青春道上欢奔。

忽有所感

一

有一位先生，很多年前与其有过较频繁的文字交往，且曾不远千里去他生活的城市看望过他，感觉甚好。后来彼此都忙碌，联系遂中断。

多年后一个偶然的机会，电话里和他重逢了。当夜，我孩子般地激动得不行。过往的一些记忆，催生我挑灯写出篇关于此君的文字。

后来竟又一次千里赴访，而此次会面却全无想象中的那番热烈。一阵寒暄过后握手话别，出门后忽生五味杂陈之感。陌生？隔膜？感伤？似乎都有一点，又不全是。

时光荏苒，造化弄人，各自不同的生活轨迹，注定了彼此已很难再回昨日。

其实这样的情形，之前早有人做过中肯的劝告：旧人还是不见的好。

二

去年夏日去过一次贵阳，未能免俗地跟着旅行社去看黄果树瀑布。在那曲曲弯弯的山道上，有不少身着少数民族服饰的山民，在兜售山珍、果蔬一类的杂物。

行进中突然出现的一番场景，令我此后一直耿耿于怀——那是一个看上去顶多也就二十岁左右的女孩，在她有点弯曲的脊背后面，一块土蓝布兜着个似在熟睡的娃儿。她的脚下有一筐煮熟的玉米，不时见她弯下腰来把玉米递给向她购买的行人。那一刻我非常确切地注意到了她的眼神，不只是没有微笑，几乎就不带任何表情。那眼睛里流出的只有茫然、空洞，甚至无望。不知她生活在怎样一种状态，如此年轻的外表却为何显现这样的内心重荷？

我只是无意中的一瞥，却遭受了电击般的震撼。这眼神令我琢磨，也令我久久难忘。莫非小小年纪已参透了自己的前世今生？

三

这位“八〇后”青年才俊我尚无缘谋面。他远在滇池之畔，主持一张都市报的副刊。互加微信后，令我有机会读到他或见思想锋芒或具时尚标高的才情之作。他的文字俏皮，可爱，更透着一种不为世俗所染的纯粹与干净。

他发朋友圈的内容我一直都关注，其涉及面开阔，兴趣点多，对流行文化、热点话题，甚或古城昆明的历史文脉、民俗风情，都有深度切入，且时发不俗之见。

他有一个估计也就十来岁的孩子，从其若干描述获知，那是个小脑袋充满奇思怪想的鬼灵精。他给儿子取名：战哥，从字面看是望子勇武，战则大捷；而哥者，则备显亲热，且不无标新之意。想来这个活蹦乱跳的小生命，给他带来过太多的快乐与灵感。随手挑一条其不久前圈中发布的微信，看看发生在他们父子间的那份横生妙趣——“过牙医店，怂恿战哥，去把三颗摇晃的牙拔了吧，于是真拔了。过南屏街，战哥硬是怂恿，爸爸，献个血，爸爸，献个血，于是真献了。三百毫升，感觉有热水袋那么一大袋。这孩子，确定不是报复老爸吗？”与文字相配的是两幅图片，一张无偿献血证，一幅寒风中戴顶风雪帽，嘴巴里咬着一团带血棉球的战哥的半张小脸。我发现这条微信后，随即留言：好一对男儿流血不流泪。读这样的文字真的是酣畅至极，文中的两处“怂恿”可谓出神入化，多年父子成兄弟的那份情态，实在让人忍俊不禁。

二〇一七年三月九日于盱眙

在浴室听老人说酒

冬日，去浴室洗澡。浴毕，几个看上去总在六十开外的老哥（有的或许还大点），基本也就是光着身子，坐在宽约二尺长丈余的阔板凳上，凉快一下，等汗收了好着衣。嘴上烟也都叼着了，慷慨点的还朝周边打上一圈。烟倒不见得多好，可却是份待客之礼（当然接烟者多少有点熟的）。或粗或细的嗓门，会扯一些最近还在哪儿干，一月能苦几个钱之类的闲篇，也议论议论房价呀，地铁又通了哪条线呀，某某老头找了小姐啦等大事小情。

有一回听到了他们说酒，感觉是对男人很具煽动性的话题。一个说，我一般也就只能喝个二三两；旁边的那位，一副当仁不让的气势，说我年轻时，斤儿八两不在话下。一个望上去瘦精精的老头，按捺不住插话了：我们不比一顿的量，要比比一天的。我是床上一起来就去摸酒瓶，三顿都要弄一点，还用不着什么菜，熏烧店那种小袋袋的花生米，一袋能对付好几天哩。顶多也就晚上家门口剁两副鸭四件。旁边人笑他，你那叫酒鬼。他抹抹胸前的汗珠子：我才不是酒鬼呢，我是越喝越清醒，从不打老婆也不骂孩子，说完有几分自我陶醉地嘿嘿笑了。

也有在世道上混过，见过一些世面的，说当年和老板一块跑东北谈大豆生意，怎样把想弄醉他们的人搞到了桌肚底下。有一个显得有几分城府的，说他早几年血压高，心脏不太好，碰到饭局怎么与人虚与委蛇，在酒桌上打太极拳；有说哪年哪月何处饭庄吃过怎样高规格的酒席，谁人请的，参加者还有哪些显赫；有说和一帮四川佬猜拳行令，喝到大半夜再跑大街上吼它几嗓子……

男人们在这个世界上行走，无论干什么的，好像最爱的东西还是酒。哪怕他们老了，喝不动了，但毕竟都有过拿大顶的时候。所以一批老哥们凑在一道谈酒，又在这样一个特定的环境里，所有的道具统统卸了，还不口无遮拦，说他个气冲斗牛？！在对那种推杯换盏的回顾中，他们无疑可以找回那个曾经兵强马壮的自己。

二〇一七年三月八日于盱眙青梅苑

看老美一家吃饭

那天晚上，在我们常去的那家小饭馆里，巧遇了几位老外。他们一行六人，年轻的父母领着四个孩子。个头最高的是男孩，老大，八九岁的样子；小一点的是女孩，约莫六七岁吧；再小的是一对双胞胎，长相酷似，三岁上下，男娃。看来是这儿的常客，进了店便熟门熟路地往那张靠墙摆放正好空着的圆桌去。入座后，父亲去前台点菜，母亲则见缝插针地给几个孩子用英语讲一本书上的故事。书页在她手上翻动，几个孩子都很乖巧地坐着，全神贯注地听他们母亲抑扬顿挫的声音。等着后厨上菜的一二十分钟里，我特别注意了，四个孩子没一个离开位置随便跑动，也没出现交头接耳的情况。

不一会儿，他们点的菜和饭上桌了，全家人一起开吃，吃的过程里也没什么声音。很快碗盆清空，晚宴结束。随后起身，鱼贯而出。邻桌的人向这几个孩子投去赞许的目光，他们还都懂事地报以礼貌的微笑。

父亲同老板娘结账，用流利的中文夸饭馆的菜好吃。我在一旁饶有兴致地同这个也就三十多岁的老外聊了几句。他们一家来自美国，他受邀在南京一所高校教英语，已快两年了。太太是全职妈妈，负责照料孩子。他们在附近的小区租了一套房子。孩子们就在这儿上学。

等他们一行走了，老板娘对我笑笑，说，这老外抠得厉害，一家人的晚饭也就点了一只糖醋里脊，两盘扬州炒饭，还有一碗西红柿蛋汤，总共花了五十四元。

二〇一五年九月二十四日

乡人三则

卞的哥

是在高淳打车时认识这位卞的哥的。我先是坐在车的后座，从其脑袋侧面看，很像马云。后来同他聊，发现讲话一套一套的，虽够不上口若悬河，但词汇量丰富是一定的。我们要去的蒋山村，在高淳的最南面，有二十多公里。他说那儿熟，前不久村子里刚搞过一次百蟹宴，让进村观光的饱了口福尝了回免费大餐。那里有些什么可看的，他全知道。导游似的带着我们在好几处停了车，还尽其所知地说了不少，正史野史的还都有一点。

下得车来，见他个头还真的矮小，身形也蛮单薄。问了其身世，方知眼前是个有故事的主。他家在离县城十里地的砖墙镇上，一九七一年生人，虚岁四十五了，只读到初中毕业就出来闯了。先是跟在姐夫后面养螃蟹，自家的水面不阔，收成也就不多，小脑筋一动，把附近人家养的蟹全收罗来了，再设法运到其他城市去卖。那时候卖蟹是论斤称的，不像现在按大小个分级别档次了。风里来雨里去的学了识人的本事，也挣了些钱。后来碰上蟹的小年，也就歇了，改行了，跟人出去学水电工了。做呀做的，内里的门道全弄清了，慢慢就做起了小包工头。别人拿下一个项目，水电那一块他便出面包下来。场子是渐渐拉大了，但肩上的斤两担子也跟着沉了。南京、镇江、常州的他全跑过，工程接过不少，听起来蛮风光的，动辄上百万。可那都是要你垫资干的，自己哪来那么多钱啊，只得向熟人老乡借。当然给出的利息就比银行高。问他为何不找银行贷，他朝我笑笑，你不干这行不知道，光那些手续就能把你烦死。工程好歹上手做了，可做完了，钱却拿不到。甲方从来都是朝南坐的，工程款不是不给，拖你个一年两载那是家常便饭。等真正拿到手了，当初借人家的连本带息一还，也就所剩无几了，原先盘算好的那点利润变成了画给自个儿的一张饼。那些年里人苦得没命不谈，还整天不着家，老婆孩子一点顾不上。无奈之下这才把屁股捺实了，坐下来开出租。这一干已是七八个年头。要说苦嘛还是苦的，但总归能见得着钱了，刨掉七七八八的，一个月落上五六千没啥问题。虽是早出晚归，中午在外面混一顿，但晚上总能回去吃一碗热乎饭了。捣腾了这许多年，前年春上，自家的两层小楼总算体面地竖起来了。小他两岁的老婆在县里一家幼儿园当保育员，有好些年了。工资虽不高，但旱涝保收多少有几个。每天一早她乐颠颠地骑部电动车去城里上班。儿子也有了二十岁，眼下考入南京一所技术学院读大二。

“接下来要忙就是儿子的事了”，卞的哥边转着方向盘边对我说他未来的打算：“再苦个五年八年吧，等儿子毕了业有了工作结了婚，到那时身上这副担子才能卸下来。”转而口气变得有几分沉重，“不过，谁知道呢，儿子将来能成什么，干多大的事，可全是未知数哩。”我笑着宽慰他：“爹这么能干，儿子差不了的。”他似乎一下又找回了马云般的自信：“这话倒不假，我儿子一准能干出个人样来。”

刘姐

是在苏皖交界一处叫汪家垄的村口遇见她的。说早先这里曾是一座山，山不高，山上有成片的林子。后来通了公路，大小车辆便能一直开到家门口了。那天我们途经她门前时，她正弯着腰在竹匾上摊晒用开水烫过了的秋扁豆。门前蛮大的一方晒坪上，还码着几堆叫日头已晒得有点软塌的红红绿绿的尖辣椒。半米高的院墙外，菜地有好几畦，种着韭菜、萝卜、上海青等不同的菜蔬。她是那种见人自来熟的女人，热情泼辣且善于拉呱，也就半个时辰的工夫她把许多家事都同我们说了。

女人姓刘，娘家在几十里外的狸桥，属安徽宣城。嫁到这儿二十三年了。男人姓汪，祖上是从湖北恩施那边过来的，不过在这生根已有了好几辈。男人年轻时学的瓦工，总在外面干工程。好在这些年倒跑得不远了，个把月时间能回来一趟。平素家里大大小小的事儿基本由她一人担着。周边山坡上栽了不少的茶树、果树，一年里也能从地上刨出些钱来。自家的小楼盖了三层，上面住人，下面弄了个超市，卖点油盐酱醋啥的。还通过娘家熟人关系，办了个宣酒总代理。来买酒的大多是附近的乡民，因此经营的品种以中低档为主。方圆几里凡家中红白喜事，都从她这儿拿酒。后来说到了她儿子，立马眼角眉梢挂满得意。十八岁出去当的兵，三年后复员回来，现在镇上一家服装厂干熨烫工。“我这儿子聪明，这一段正在学开车，学成了还想重换一个工作。”说话间从手机里调出他儿子早两年在部队时拍的照，小伙子身着海魂衫，很是帅气。

女人去柴房捧来几只硕大的橘子，说自家树上结的，很甜，一定要我们尝尝。又领我们去看她侍弄的花儿，一盆盆的，长得同她人一般精神：铜钱草叶瓣肥硕，绿得可人；波斯菊花意正浓，衬出秋色旖旎。我们冷不丁问她晒在外面的秋扁豆咋个吃法，她说等到寒风呼啸大雪封门，抓一把开水一泡，和肉一道烧烧，味道不要太好。

临别时，她还主动加了我微信。这以后，朋友圈里时不时能见着她拍的各种花儿展姿的小视频。一个承载着够多生活重负的年近半百的女人竟有这等宽松绰约的闲情逸致，委实令人折服。

相守

老人家真的是很活动，二郎腿有滋有味地跷着，屁股就落在那环卫车的车把上。一身橘红色的环卫服，映着他泛几分酡红的脸，显得挺亮眼。雪刚下过不久，天气很阴冷，可他穿得不多，特利索的样子。

我们是在过马路等红灯时同他搭上腔的。老人家健谈，像是又喝了点酒，话匣子一点不盖地全开了。他是一九四六年生的，虚岁七十一了。家在苏北睢宁，十八岁出去当的兵，二十六岁回来分在一家工厂保卫科，一直干到退休。说儿子是一个什么乡的干部，分管计划生育，等等，平日里忙得不沾家。说这个孙子倒够争气，大学一下考到南京来了。他不舍得孙子一个人来这么远的地方读书，而儿子又不可能把工作丢了，那一年他已退了休，反正在家没事，跟老伴一商量，不如我们来陪孙子吧，也好让儿子放心。老两口啥也没带，就在靠着孙子学校不远的地方租了间十平米的房子住下了。这样，孙子在南京也就有了个临时的家，时不时地过来看看爷爷奶奶。他们也给他弄点汤汤水水的营养营养，隔三岔五地给孙子一点零花钱。

老两口来了南京，吃喝花销的自然比在家高，光房租每月就缴五百哩。总不能坐吃山空吧，老夫妻合计着找份事来干。那一年老头才六十三，于是去环卫所签了份合同，工作是管两条约莫一公里长的马路，两对面的人行道，一天须清扫三遍。之前长途车站设在这儿，人流量大，垃圾也多；这一阵车站迁走了，干净些了。问他累不累，苦不苦，他笑笑："还好。"说老伴就在附近一家网吧电玩城干，也是保洁，可每天上班的时间比他长。他中午还能溜回去喝上两口酒，饭则是老伴一早给做好的。说酒是五块多一瓶的普曲，喝喝蛮不错，弄两口这寒天就不觉着冷了。问到工资待遇，讲老伴比他多点，每月有两千三，而他只拿一千八不到一点，好在他们过得节俭，除了吃饭还能结余些。

不知不觉，二老在省城待了近八年。孙子大学毕了业，还在银行找了份很不错的工作。照道理也该回去了，可想想孙子又有点舍不得，"我们在这儿，房子虽小好歹是个家，如若我们走了，孙子就孤零零一个人了。"他从衣袋里掏出一根烟来，叼上，"不过在这儿估计不会待得太久了，孙子已谈了对象，等他哪天结了婚，有个姑娘来照应他，我们也就可以回去了。"老人站起身，倚着环卫车，一脸憧憬地说着明天的事。冬天的阳光很吝啬地洒了一点在老人矮矮瘦瘦的身体上。

二〇一六年二月十八日，南京，上林苑

古稀剪影

一

老黄。刚好七十。早年有过援藏经历，回来后便一直办报。二十世纪九十年代曾领衔创一份早报，大刀阔斧，气势如虹，业界称其“大佬”。退了休仍被延聘，操持一份美食杂志，还兼任烹饪协会秘书长。各地稍有点名气的酒店饭庄，大厨们全都认他这张“嘴”哩。碰上会员单位开个会啥的，几十张桌子跑下来，没几分酒量那是站不住的。

不久前的一个会上见到了他，讲话还是那般声若洪钟。下发讨论的一份材料上，措辞像有几处缺失，他认乎其真地抠了一通字眼。那晚在驻地，他弄来两瓶二锅头，一个劲拉几位老友坐坐。三口两口地六两就下了肚，出门时，见其脚下有些发飘，担心他醉了。次日上午在会场，刚想发条微信问候，却见朋友圈他已发了好一批现场采拍的照片——新闻人的职业习惯竟一点也没丢啊。

二

老陆。七十有五。退休后的这些年里硬是没闲着，研究性的论著出了五六本，常被一些高校请去作报告开讲座。还有一个坚持了五十多年的喜好：剪报。我曾去他府上一睹其壮观——高高矗起的一长溜书橱，齐崭崭地摞着上百本装订成册的剪报。信手翻开一本，那剪贴可是讲究——每一页平平整整，像是熨烫过一般。内容做了严格的分门别类，每一本均有醒目的编号。为了查找的方便，还特地制作了一本厚厚的目录索引。俨然一座图书馆的格局和做派。

每日早餐毕，小区里兜足三圈，老陆就开始了阅读甄选工作，能入他法眼的佳文美图，就先用夹子夹好（剪贴的细活会相对集中来做）。为了选材的开阔,他自费订阅了二十多种报刊。担心报纸漏送，女儿拿来孝敬他的好酒，自个儿没舍得喝，全巴结邮递员了。

当地一家晚报请他开专栏，老陆没含糊，应了。说，一定不滥竽充数，给就给最好的。这活他当个事来办，周四见报，周二稿子一准到。

三

去年冬日去常熟，见到了多年未遇的胡厂长。他搞印刷快四十年了，自打厂子改制后，等于就是替自己忙了。也不是不干就没饭吃，而是歇在家里觉着闷得慌。车间每天都要转转，有不少业务都是冲着他来的。老客户们的信任，他倍加小心地捧在手上。哪怕不赚什么钱，也一定把活做漂亮。

那天一早过来，脸是红扑扑的，脑门上还挂着几粒汗珠子。见了面朝我笑笑：刚打完一个整场的篮球。说自己球技如何了得，是市老年篮球队的一大主力，已连续几年参加了全国性的老年篮球赛。六十三岁那年发现身上有了不少毛病，赶紧锻炼，把年轻时爱好的篮球捡起来，哎，还真灵，这几年连感冒咳嗽都没了。我问老胡几多年纪了，他一脸青春地伸手比画着："小呢，才七十三。"

四

日前，一个朋友带我去苏州郊外，看了一处念佛堂。那念佛堂的大殿里，摆放着若干只软垫，大约可供近百人席地而坐。朋友说，每日凌晨三点，这里会坐得满满当当。至六点散去后，约莫九点又有一批人来。午后两点则是新一轮的念佛时辰。

念佛堂的创办者早两年业已往生，如今在这里料理日常事务的是她四十出头的女儿。母女俩接力式地做了一桩善举，即向民间募集资金，办起了一个为念佛老人养老送终的弥陀村。目前在这儿长住的有周边地区的四十多位老人，年长者已达九十五高龄。老人们在这里潜心念佛，安享晚年，闲暇时也会在附近的菜地里干些轻微劳动。

正值傍晚时分，我走进了他们就餐后的小食堂。见一个满头白发的老太正神情专注地把一只只洗干净的钢碗儿，一层层地反扣着叠在餐桌上。老人家不厌其烦目不转睛地做着同一个动作，令我很自然地想起孩子搭积木的那种神态。何谓返老还童？眼前的情景不正是一幅颇妙的写照。我也情不自禁地念了一声阿弥陀佛。

二〇一五年四月二十九日凌晨

萃香轩

两口子在这儿弄一爿小菜馆有八九年了，左左右右的门面旧的去新的来，不知已换了几茬的主，而他们还就没动过窝。菜馆不大，前面仅几张四人对坐的桌子，后面那包间像是硬隔出来的，逼仄得很，七八个往里一挤，谁也不好乱动了。

女人负责外面的事。有一张也就够她一人坐的小吧台，没人时她伏着，手机横过来，看看韩剧啥的。一旦有客进来，不紧不慢把菜单递上，人在一旁立着，帮你合计参谋着点菜。这头刚点上，她一嗓子，已把菜名报给了后厨男人的耳里。

两口子年纪相仿，总在四十不到的样子。女的来自苏北丰县，男的家在溧水乡下。有一个女儿，刚开店那会儿才会跑，如今已上初一了，望人的眉眼里似都有点大姑娘的神态了。

男人的菜也不是做得怎样的好，能吃，大路货而已。依据这一带食客的特点，炒啊烩的，基本都是重口味。有些老客是三天两头来的，一瓶老酒，三五个菜，能搞上半天；讲话才不瞻前顾后呢，声音贼大，还习惯性夹几个脏字。也有些穿着蛮斯文的，西装革履，是对面几家房屋中介的年轻人，做成了一笔二手房买卖，一准凑在一起庆祝一下。老板娘说，你还别小看了，我们这儿倒像个房产市场的晴雨表哩，房子卖得好，这些中介就常过来吃；有一阵不来了，我就晓得一定又是低迷了。

山不转水转，这生意还真的是靠一颗活络的脑袋瓜子来做。除了堂吃，周边小区许多人家都有老板娘的手机号，家里来了客或今儿不想弄菜了，一个电话打过去，一会儿给你送上门。这两年有了“美团”，他们也不甘人后加入进去。中午时分，不声不响的，几十个打包的菜点让“美团”的运送人员拎走了。

看得出这个家还是老板娘在当。她有个兄弟原本在老家的，人挺木讷，姐弟俩相差十多岁，她评价说，“是我爸妈的惯宝宝”，这两年跟在姐夫后头配配菜，学点手艺，有叫外卖的，他骑部电动车给送去。该收多少钱他姐算好了的，找头也备上了，他乐得不动脑子。这兄弟也二十六七了，去年有人给他介绍了对象，所以当姐的除了管他吃喝，每月还得给他开工资。“你不给他，他拿什么讨老婆？”老板娘说话直刀砌墙，兄弟还在一旁站着哩，她也照说不误。

男人大部分时间待在后头，出手也是够快的。但碰上饭点时人多，菜还是有些跟不上，便听见老板娘跑后头哇啦哇啦叫，催急了男人也会朝她吼几句。而生意消停时，能在前面看到老板和女儿头挨头地坐一块玩手机。女儿好像多少有点怕她娘。

这小菜馆就在马路对面，我们常去，名字不知谁给取的，还有点夫子气，叫萃香轩。

二〇一六年四月十七日夜

珍珍发屋

这间发屋开了有些年头了，珍珍是老板娘的名字。这条街上的人大多认识她。她是从安徽肥东过来的。早先有过一个帮手，后来走了。如今是她婆婆给她打下手，洗洗毛巾扫扫地，还帮她弄两个人吃的饭。

她做生意心大，舍不得让进店的人跑掉。这位是来焗油的，她先把染发剂给你涂上，罩上加热器；那边就赶紧把一个简单的头给理了。碰上来烫发的，她笑脸相迎，说什么也要把你留下。早上九点开门，晚上忙到十点是常有的事。她一边干着，一边同相熟的人抱怨自己命苦。一双膝盖上护膝戴好几年了，腰肌劳损也是早早地找上了她。

她男人是她同乡，先前在店里曾见过，一副老实巴交的模样。在她面前基本就不讲话，带一双耳朵听。早些年跟人推销酒，珍珍说，也没见到他几个钱。后来学了驾驶，买了部面包车，在金桥市场和装饰城一带转悠，替人拉拉货。再后来换了部车去开出租了，找了个二驾，白班夜班轮流倒，弄得他们两口子一天到黑很难打个照面。

家里挑大梁的应当还是珍珍。奋斗了好些年，终于买了套六十多平米的二手房，这样，一家人的户口总算落了下来。但每个月一千多的房贷还得好几年才能结清。

有一个儿子，二十多了，长得有他妈两倍宽。无论平日里珍珍苦口婆心怎样唠叨，儿子横竖就不太爱读书。初中毕业上了所技校，如今技校也读完了，在江宁一家公司找了份活干。每月拿到的工资，自己玩玩手机吃吃饭，估计所剩也不多了。

儿子正一天天大起来，没几年就该娶媳妇了。珍珍肩上的担子，想想也是够沉的。还完了自己的房贷，又得去爬另一座山了。

二〇一六年四月十七日夜

白发歌者

国庆期间去江浦县城小住。旅馆附近有座凤凰山公园，那天一早我们去山上转了转。也就百十级台阶吧，上去后见有成片的开阔地。放眼望去，山中的林木算得上茂密，不时地传来清脆的鸟鸣。风吹过，空气里有树叶和青草的气息。

忽闻一阵男高音远远飘来，循声寻去，在一处有了些年代的亭子里见到了歌者。年纪总在六十岁上下，头发已基本花白，脸上还有些不很明显的白癜风的斑块，但这似乎并不影响他歌唱时的投入。音乐声起，只见他神情专注引吭高歌，面部表情也极丰富。一曲

《西游记》主题曲《敢问路在何方》唱得大气磅礴，那音色和唱腔绝对同蒋大为可有一比。再看他的周围，是一帮配合默契的老搭档，吹拉弹唱也都齐全：两管笛子、一把二胡，还有一台电子琴。演奏者都是些差不多年纪的老哥们。后来向一旁观赏的人打听到，这歌者早几年就已退了休，现在一家厂子请他当保安。年轻时在知青宣传队歌就唱得好，老来则上了瘾似的，每天一早都会和他这帮老伙计来这山上吼他几嗓子。

突然就想到了我的一个老同事，也是在退休后迷上了小提琴，还专门花大价钱请了家教，隔日便倒两部地铁去老师那儿学，那股子认真劲，老师都感动得不行。有一回他碰见我说，你不知道哎，这小提琴简直太美了，我才六十多，还有一二十年好拉哩，我干吗不学！说这话的时候他近乎眉飞色舞。

总认为退了休的老人也就散散步看看景什么的，可从他们身上我却看到了一种年轻人才有的蓬勃向上的生命力量。

二〇一五年十月六日于江浦

城市，因他们而活色生香

卖鱼夫妻

两口子年纪相仿，女的或小一两岁，都才四十出头点。来南京十六年了，老家在苏北的睢宁（说每次开车回去，下了高速，不远就能看见他家盖的蛮考究的小三层）。

先是跟了一个本家叔叔过来的，打打下手，帮着卖鱼。卖了两年，自己也有点积蓄了，于是在城北租了间稍大点的房，把新婚不久的妻子从老家接了过来。

可一下子又找不到适合她干的活，干脆，就夫唱妇随一道卖鱼了。卖着卖着，倒是女的比男的先想到，说像这样腻在一块，等于一个人在赚钱，另一个的资源活活浪费了。后来便琢磨着，在同一家菜场租他两节柜台，各卖各的。女的去了二楼，卖海里的鱼，带鱼、鲳鱼、黄鱼，冷冻和鲜货全做。男的在楼下，专卖黄鳝和泥鳅，品种上不同别人打架。这一弄还真叫盘活了，每日里的进项几乎翻了番。

小两口的摊点我都去过。女的见人一脸笑，你问她带鱼的价钱，她会把声音稍稍压低了对你说，就按多少一斤给你吧，言外之意给别人要高点的。你这边刚把头点了，她转身已把冰柜掀开，弯腰替你选货了。称好后，也不用你交代，三下五除二，一把大号剪刀将鱼肚、鱼腮弄得干干净净；而后装入袋子，还又扯一只干净的帮你套上，说别把腥气搞到别的菜上。男的长着一副憨憨的娃娃脸，我常去那摊上买剖好的鳝丝。有两回，他说今儿忙，还没来得及烫呢。因天气热，见我一头的汗，说你到对面银行歇歇脚，吹吹空调，我这就给你弄。说着赶紧用电饭煲烧水了。半个多小时后我再转来，他已帮我剖好一斤多的鳝丝撮那儿了。瞧见凳上搁着一碗下好的面，全涨烂了，已近中午，他说忙得早饭还没捞到吃呢。身上的衣裤基本都是湿的，脚上一双雨靴，一年到头都得穿着。

两口子就这么日复一日地忙活，终在几年前挣下了一套七十平米的二手房。不过地点稍远些，在晓庄那边。如今孩子已十四岁了，上了初二。夫妻俩一早开辆面包车，来中央门这边的南昌路菜场上班。中午饭各自凑合着对付，晚上回去总给儿子做点好吃的。我不止一次地夸过他们有本事，男的朝我咧嘴笑笑，说还巴望着儿子在南京读个名牌大学呢。

钟点工小戴

女儿的孩子九个月大，一个人忙不过来，从365网上请了个钟点工，一天来家干三个小时，帮他们做点杂务，烧两顿饭。

请来的钟点工叫小戴，一九七六年生人，家在宿迁所辖泗洪县乡下。婚结得早，十九岁就有了娃。后来几年又生了两个。大女儿已经二十三岁了，如今在宿迁市里觅得一份挺不错的工作。

小戴原本一直在老家带孩子。她男人早先在乡村中学当老师，但不太安分，老是憧憬着大城市的生活。有一年就跟一个朋友一块来了南京，想自己闯出点名堂。一家专做教辅的民营出版公司正好招人，他去应聘，结果选上了。这家公司后来发展得很好，小戴的男人也跟着水涨船高，慢慢在公司谋到一个较高的职位，成为主抓教辅产品质量的技术总监。收入自然也让他们两口子满意啰。

小戴来南京是近两年的事。她最宠的小三子（也是唯一的儿子）考上了南京一所军校，这个宝贝疙瘩她希望能常常见着，于是和男人合计，把多年的积蓄拿了出来，在南京东郊购得一处住房（当然面积不是太大）。这样就每个星期能有两天和儿子待在一道了。老公心疼她，说平时你就在家歇着吧。但小戴打小就苦惯了，让她闲着比打她还难受，她执意要找份事做。别的怕干不好，说就给人干钟点工吧。

早上九点多，她骑部电动车先去菜场，根据主人的要求买好当日要吃的荤素菜。掐好时间，十点准时到达。洗汰烧，忙得井然有序。女儿说小戴阿姨的菜烧得不错，咸淡适中，我也品尝过一次，颇有同感。问她以前在家也这样弄吗？她笑笑说，自己家吃菜不讲究的，出来给人弄，得提高一下档次。她说好些菜是在手机上学来的，教人做菜的节目现在很多，我看上两遍，要紧的找个本子记一记。儿子回来的时候先实践一下，烧过两遍好像也就七不离八了。

小戴不躲懒，手脚快，忙好了中午和晚上的菜，还留出点时间把几个房间的卫生保洁也弄妥当了。中午一点工作结束，踏车回自己家歇个把钟头，下午三点又准时赶到第二家了。这一家只干两个半小时，晚六点自家厨房的灯已亮了，一会儿老公回来吃饭，两口子说说笑笑，一天的日子就这么过了。

的哥小胡

去河西办事，回头坐了他的车。小伙子姓胡，有一个很响的名字：宝虎。说出来开“美团”打车时间不长，做生意的空当给自己打打岔的。年纪也就四十出头一点，安徽岳西人。家中原本较穷，十几岁就跟着亲戚去上海打工。建筑工地上拎灰桶、拉砖、抬钢筋预制板，什么样的苦他全都吃过。后来应聘去了一家销售公司，卖电子产品。脑子活络，又肯学，一些技术性的东西很快掌握了。由于业绩不错，老板连着给他加了几回薪。几年后认识了一个也是从安徽来沪打工的女孩，两人好上了，没多久回家乡把婚结了。再回到上海时，小伙子起了念头，对媳妇说，咱也开个公司吧，等有了孩子，往后的日子能过得像样些。名字里有个虎字，还真就在大上海扑腾出了点声响。做的是和笔记本电脑相配套的电池加工及成品销售。早几年这类生意好做，加之小胡为人实在，做事靠谱，客户群不断扩大，赚钱似乎也就顺理成章了。

母亲出嫁前家在南京浦口，跟儿子说过将来想叶落归根。因此小胡有了第一桶金后，没太多犹豫跑江北来买了套房，那是在二〇〇四年。这以后，二〇〇八年，二〇一一年，又先后在江北再购两处房。那时江北的房价还没起来，他像是有先见之明似的（二〇一五年六月国务院同意设立南京江北新区）。待他有了孩子，母亲被他从安徽接到了江北的新房里。老人不光带了孙子，还和一些几十年不走动的老姐妹有了联络。如今他十四岁的儿子在浦口读的还是最好的一所中学。

近两年笔记本电池的生意不好做了，上海那边请了个朋友帮助盯着，他则在南京筹划着改做其他。平日里还有些老客户会要点货，余下的时间他不想白白耗掉，于是就暂时做了“美团”，早早晚晚地开辆车出来跑跑。小伙子随口说了点跑单的事儿，听下来还真感受到了他的实诚。说跑几个月了，从没主动取消过一单，而网约司机干这种事的大有人在。有两回，也都是很晚的时候了，接到跑汤山的单子，明知道回头带不了客，可这样的傻事他也去干了。还说到不久前，特别热的那几天，有天早晨从浦口家里出来，在一个路口等红灯，见一老太太抱着个孩子站路边哭。他停车问清了原委，是小孙女突发高烧要去医院，等了好久打不到车，她又不会用手机打车。小胡听了，二话没说，请老人上车，一直把她送到儿童医院。老人要给钱，他摆摆手，死活不肯，说不能坏了公司的规矩。

小伙子在车上同我聊了一路，有句话他反复说了几遍，说是小时候母亲教的，叫吃亏是福。不去占别人的便宜，可能的情况下尽量拿出一些给别人，这样做，常常能使自己很快乐。我朝身边这个皮肤黑黑一脸憨厚的小伙子看了看，觉着持了这种心襟的人，往往就会有意想不到的福报来找他哩。

二〇一八年八月十九日于盱眙

街巷即景

一

家门口的一间发屋。老板娘给我的头发刚剪到一半，手机响了（那手机搁在一堆梳子、发剪旁）。丢下我的头，忙不迭去接。没听完两句，调门儿变高了，叽里呱啦地一顿数落，一听便知是在熊他开出租车的男人。说的事倒不是他犯的，是老板娘自己的侄儿。原本在家乡的县城开过几年车，后跟过来了，让她男人带着。省城交规复杂得多，小家伙老犯晕。今儿个本本上的十二分全被扣光了，让明天参加大循环。这不，给老板娘汇报来了。老板娘听了气不打一处来：谁让你上回逞能，把侄儿本上的六分全给了朋友做人情？这下好了，几千块没了！

撂了手机，气还没消，又对我叨上半天：大循环一学就是七天，车开不了没进项不说，缴公司的钱还一分不能少——尽倒贴了。说着把她大夏天里还戴着副护膝的腿，狠狠敲了几下。

老板娘也才四十岁出头，干这手艺快二十年了。

二

天气热得泼一盆水在马路上立马就腾起一团雾来。

不大的小饭店居然就没想到装空调。

天色已渐渐暗了，恁是没人来光顾他的龙虾生意。

背上有一块文身的老板，赤着膊坐在门前小矮凳上，一只脚百无聊赖地搓另一只脚的脚丫，塑料拖鞋被他踢在了蛮远的一块砖上。

三

不远处一所小学的门口。下午三四点的光景，已排了很长一支队。大多是六十开外的老人，又以老太太居多。天天在这儿碰头，基本都面熟了，他爷爷她奶奶地叫着，东拉西扯地说一通闲篇。虽也有点树荫罩着，但汗还是一个劲地往下流，来不及擦。

儿女们都在外头忙着哩，这一类琐碎的事儿也就顺理成章地让一帮子闲人担了。

不一会，那红红绿绿叽叽喳喳的鸟儿便成群结队地往外来了。

老人们开始竖起脖子，目不转睛地盯着自己熟悉的那只鸟，等他们扑过来。

——每天都不厌其累地重复着这样的场景。直到有一天那鸟儿长大，从他们身边飞走。

二〇一七年八月一日

文艺老青年

日前去沪上参加一位七旬老友的新书首发式，接触到一批很让我心热的文艺老青年。

先说我的这位老友。十三岁迷上写诗，给报纸投稿。十七岁咬破手指写血书（因年龄不够）要求当兵，去了福建边防，几年里写下几百首活力四射的战地诗。转业后回到上海，分在一家影院搞宣传。却放着好好的事业单位不干，为深入火热的生活，主动到钢厂干了整整十年的炉前工，最后收获了一顶全上海都知晓的“钢铁诗人”的桂冠。四十一岁那年被调出参与筹办一张报纸，一边干着还一边去复旦大学补读新闻专业。退休后的这十几年，他几乎一天没闲着，先是给一个区筹建文艺创作中心，一手办起了两本诗刊；接着又帮一家出版社组织诗文库，主打老同志编写的书稿，短短几年里，已张罗了近二百本新书问世。还自费办了张八开四版的诗书画小报，坚持有好几年了，每次出报，那装信封、贴地址、跑邮局的活儿他拉着老伴一块要忙几天。做这些全不为了挣钱，图的是一个乐字，让一帮有着同样爱好的老哥老姐们都有了伸胳膊撂腿的地儿。

还认识了一位姓邵的先生，这哥们年龄倒不大，明年才退休哩。在一家造船集团干一本技术期刊的编辑，但自幼爱好的是文艺，写写画画的事儿干得特来劲。说孩子已成了家，没啥可烦心的事了，也就琢磨着见天写篇把小文自个儿心花怒放了。他递给我的名片上光头衔就有十多个，这个诗社那个协会的，他说活动不要太多哦，退下来以后，估计有得忙哩。晚上吃饭他坐我旁边，两口黄酒一闷脸红扑扑的，他说写文章其实跟喝黄酒差不多，让人总有股热乎乎的东西想往外冒。

首发式上挨我坐的一位长者，待我自报家门后，他尤显亲切地同我一再握手，说他就是南京人，金陵诗坛一位早年很有影响的工人诗人是他小学同班同学。他读书时也爱好文学，不过高考时因家庭出身的缘故，他报考了铁道学院，毕业后就一直在铁路上干到退休。过去当过上海路局的副局长，因此时常同他一块切磋的这些老伙伴都爱打趣叫他“局长诗人”。他笑笑对我说，诗人不敢当，但诗集倒是出几本了，写的还都是生命里最熟悉的铁路人——他们的生活和他们山川一样起伏有致的情感。局长诗人已是七十有五了，但讲话时中气十足，精瘦里透着干练和矍铄。

还有一位八旬老人，微笑的神态酷似弥勒佛。上台朗诵作品，步履轻捷而矫健，诵读时抑扬顿挫风度翩翩。未能近距离与他交流，后读会场上发放的一本多人集，内有关于他的简介，知其七十岁后，上海三联、交大、文汇等出版社已为他出过六部文集。平时在网上相当活跃，网名唤作“八牛翁”。

想想文学和艺术，有时候真是一种说不清道不明的神奇之物，它的种子或在你年少时便已植入，而收成并不知会在何时。有的甚至老都老了，这种子却悄没声息地拱土出芽了，于是让你觉着似有长风鼓荡，春潮来袭。那老了的可能只是躯体，而艺术的小精灵却不安分地扑打你的血管和心房，令你不由自主不管不顾地朝那来时的青春道上欢奔。

二〇一六年十月十日

自创跳步法的老哥

江苏的如皋是著名的长寿之乡，全国老年运动会放那儿开说有几届了。今秋开的时候，我和太太正好在如皋小住，不少身着运动服的老头老太与我们同住一个宾馆。那天中午在总台，见着一个来自江西抚州的老哥，正眉飞色舞地向服务员讲他上午比赛的情形，我也立一旁听，还饶有兴致地插了几句嘴，竟因此混了个脸熟。当晚我打了他房间的电话，他很热情地允我进房，居然同我畅聊了一通关于他的人生经历。

其父乃河南开封人，早年因家境殷实毕业于某教会学校，后来参加解放军，在部队当上文化干事，五十年代转业去了江西抚州的一座铁矿干领导。他们兄弟几个便在那儿相继出生。说到“文化大革命”，这老哥当时也才十几岁，但发生在他身边的一切他记得十分真切，描述绘声绘色。说父亲被拖上台挂怎样的牌子，牌子上又写着哪些字。他因运动成绩突出，已被招进省里的体工大队，却因父亲的问题被排挤出来，遣回原籍。后来进了一个工厂做学徒，干翻砂工，炉火旁蹲了十几年。但体育上他有极好的天赋，长跑总在全市运动会上拿第一。

二十世纪九十年代初最早一批弄潮儿闯海南，他也热血沸腾辞职去了，没想到这一去便是二十多个春秋。帮人擦皮鞋，卖水果，开小饭店，什么样的活计他全干过。听说我曾搞过报纸， 他便说起自己卖报纸的事。说海口的好几份报纸他都卖过，有些新创刊的，他肩背手捧一路叫卖，一天能卖掉上千份。他生得精瘦，但脚力穷好，走路像长颈鹿似的能跑得颠起来。到火车站长途汽车站去卖，价格能翻几番。他发行的业绩得过好几家报社的奖励。

随意间问其令郎多大了，他有几分尴尬地一笑，说自己至今还是个王老五。风风火火折腾了大半辈子，在海口挣得一处房，仅有十几平米。弄不清是个怎样的房。问他整天忙点啥，说一是练长跑，二是上网。有几个海内外的网站他是每天必看的，楼市行情，大盘走势，南海争端，“一带一路”，他似乎无不知晓；中美中日中俄，大大小小的国际关系，他竟全方位予以关注，且分析得头头是道。但却称自己只是网上的潜水者，静观不语，从不发帖。

关于跑步，他别出心裁，独创一格，说根据运动原理发明了一种跳步法，也就是跳着跑，虽经训练，速度已十分了得，但田径赛却不接受这样的项目。此次来如皋，参加的是五千米长跑，用的正是这种自创的跑步模式，但成绩吃亏了，没能拿到名次。对此他不无幽默地自嘲：看来还得随大溜，新东西人家不认。

这位老哥姓白，在河南老家的村里那是个大姓。讲他父亲早些年已走了，是烟抽得太多，肺子全黑了，临终前那一段他由海口回抚州给老爷子尽了孝。上面有两个哥哥，一个在“文革”中死了，另一个现在河南某地安度晚年。问他年方几何，答曰属马的，竟与我同庚。

二〇一六年十月十九日于常州

萍水相逢（八题）

之一

那天去中医院取药，坐了他的车。三句话一聊，便认了老乡。他是江都昌松人，我年轻时在江都工作过几年，那个乡我去过，不大，倒有些历史。乡名是为纪念解放战争中牺牲的两位烈士而取的。

他说自己开车有年头了，早先在扬州替一个私人老板开车，钱拿得不少，但人没自由，一天到晚跟着，老板谈生意打麻将泡澡堂子，他都得鞍前马后地一边候着。干了几年拜拜了。后来到江都街上租了个门面，经销红木家具，从苏州的蠡口进货来卖，那几年这生意好做，赚了不少。还在县城买了房。

有一个儿子在南京读大专，毕业后留了下来，在一家蛮大的公司干水暖工程。媳妇是江都的。后来有了孙子，就留在江都让他们老两口带。如今孙子七岁了，上小学了，被爹妈带南京来了。孙子打小便同他腻着的，一下子不见了，不习惯，就跟着也来了。在水西门那儿买了一处二手房，大头他来出，小头让儿子媳妇办了按揭慢慢还。到了南京不能总闲着，过了年也才五十六，身子骨还硬朗着哩。得，老本行再捡起来，开车吧，弄个二驾干干。但他并不匆忙上阵，先把地形熟悉起来。找了部电动车，大街小巷地转，转了有个把月，主要区域的什么街什么路七不离八了，这才上手。八九个月跑下来，俨然一个南京通了。问他一个月能苦多少钱，他笑笑：不多。我干的白班，早六点到晚六点，给一驾每天缴一百一，再加加气什么的，一天落个两百，没啥问题。中午这一顿在外面打打游击，晚上回到儿子那儿，喝杯小酒。主要是天天能看到孙子，这比什么都强。

说江都的那个红木家具店暂时还没关门，老伴在那盯着，生意不咋的。昌松乡下还有几间老屋呢，可惜没人，空关着。往深里想，人再能折腾，还不就是睡一张铺嘛。

他车技好，说这些事儿，全没耽误他拉活。我也是光顾着听了，竟忘了问其尊姓。不过那张脸倒还记得，活络里透着几分乡人的精明。

之二

在天泉小镇有些许凉风的初秋的一个傍晚，我们在一家名为“小鱼村”的饭店门口，拉了张店里的桌子，放露天里点菜，吃饭。门前站了好几个村中老少，他们已早早地吃了晚饭，聚拢在一块吹吹风说说闲话。有一个跟我差不多年纪的汉子，听说我们从南京来，便饶显热情地凑上来唠一点家常。

说他已故的父亲早年也在南京干的，单位在中央门一带，那时候不叫园林局，叫苗种场，负责城市绿化的。不过他爸不栽树，是给那些栽树和修剪苗木的工人专业磨剪刀。还有一手不赖的铁匠手艺，能打制各种大号铁剪，修剪树枝的那种。做这份营生有十好几年，后来因故回去了，在村里支了爿铁铺，制作用以打鸟的火枪。枪管里装上铁砂，几十米内可命中目标。那时候这边山林多，常有竹鼠、野獾、獐子、黄鼠狼出没，大大小小的鸟类就更多了，不少人靠捕杀这些猎物出售为生，因此他们家父子几个凭这门手艺能有碗饭吃。后来不行了，生产火枪被明令禁止。没几年，老爷子也死了。兄弟几个里算他活劲些，去了村上的排灌站，农忙的时候给各家田块送水，平时要对水渠水坝做些维护。近几年一家大型的酒店集团来这儿开发一个面对都市市场的养老项目，当地政府也参与了，把他们住的那几个村子全都征用了土地，而后在这里建了座小镇，统一建房安置他们这些移民。

说现在的小日子过得还行，属羊的，六十一足岁了，在农村算年纪不小了，但还没退，有一份活在干着——在一处隶属于养老项目的水处理厂做门卫，每月还有靠两千的钱拿着。日常也没啥钱好用，四季的蔬菜自家地里长着；逢到三、六、九号镇上有集好赶，要买点荤的，村口坐一块钱的中巴就到了，挺方便。两儿一女都已成了家，兜里有几文也都花在了孙辈身上。

说话间，天色渐渐暗下来，他摁亮手机照明，又朝我们吃饭的小桌指指：“不跟你们聊了，菜都凉了，我去那头转转，活动两下筋骨。”

这老汉个子不高，嗓门不低，我问他怎么称呼，他脆脆地撂一句：“百家姓里排第一，免贵姓赵。”

之三

在长寿之乡如皋小住了几日，宾馆附近有一处“骐记小炒”，是做快餐的。见店名与自己的名字相同，不由生出几分亲切，腿便迈了进去。店堂里坐了不少人，供应的品种有盖浇饭、面点和各式小炒。特点是价格低廉，二三十块解决问题。我带了瓶小劲酒，慢悠悠呷着。一阵的热闹过去后，老板娘方才有闲空坐下。是那种好客且健谈的类型，没费太大的劲，其来龙去脉也就知晓一二了。

她姓薛，原在一家化工企业做仓库保管，嫌工资低，遂主动请缨去了生产一线。因为企业间合作的关系，早几年她还去过内蒙古、新疆，在那儿一待就是半年。技术上有两把刷子，给人家当师傅那是绰绰有余。重要的是去边远地区还可另拿一笔外勤补贴。她说干化工对身体总有些妨碍，五十岁一到赶紧办了退休。下来后却又觉着在家闷得慌，便找到这家店里打起工来。先前的老板是外地的，干了几年走人了，她就把这个店盘了下来。想想大厨也不用请了，家里就有现成的，是她老公。年轻时就爱捣鼓饭菜，烹蒸烧炒，还都像那么回事。老公姓仲，和她同年，也才五十五，还在一家企业上着班哩。但工龄长了老资格，岗位也不是顶重要，所以每天只要上、下午去点个卯，其他时间便可自由支配。于是一大早去单位露个面，而后便自驾车去了菜场，把一天里小饭店要用的菜就全都买了。中午和晚上，这里热气腾腾的锅灶上他便大显身手了。

两人有个儿子，也三十出头了，在当地一家4S店搞汽车销售；媳妇是电影院的售票员，工作蛮轻松。小孙子已七岁了，放了学跟着爸爸来店里玩。爸爸替奶奶当下手，小家伙刺溜刺溜地店堂里转，时不时还见他帮爸爸端两只客人吃剩的盘子哩。

这一对勤快的夫妻忙了这么多年，在县城置下了三处房产。有两处对外出租，最大的一套房留给自家住。老板娘言语里溢满自豪：我们是四世同堂，我的婆婆七十六了，也跟我们一块住。每天干活累，早上起不来，总是婆婆来叫我；待我洗漱后再去把儿媳妇唤醒。一家子有老有小，各得其所，其乐融融。

这小店我连着去了两回，发现老板娘不光生意做得井井有条，还待客周到，人善心好。有两位操北方口音的老人进店问她有无粥卖，她先回说没有，后又追出去叫住老人，让他们进来坐着，自个儿跑出街去买了玉米糁，不多大工夫两碗热粥捧上了桌。

之四

在“骐记小炒”用餐时，还遇上了一个长相清秀的小伙子。听说他家在无锡的东亭镇，太太心下一喜，过后说很想找这位小老乡聊聊。打听到他就在不远处开一家洋快餐，第二天一早我们就寻了过去。

小伙子其实不是无锡人，家在安徽六安，父母亲都是农民。他生于一九八〇年，姓刘名辉，说朋友们都叫他阿辉。有一兄一妹，他是老二。由于家境贫寒，他十七岁读完高一就辍学了，跟着乡亲去上海崇明打工。建筑工地上给人搬砖拎灰桶做小工，还在一家木板厂干了两年，这以后又漂泊到了东亭，在一个机械企业干装配。江南的这处富庶小镇成了阿辉生命中的福地——来这儿不久他便认识了来自河南固始的打工女孩小燕子，两人很快坠入爱河，并且有了个男孩。小两口在东亭镇上租了房子，边上班边养育后代。本想把孩子送回安徽老家让父母带的，殊料家中遭遇了天大的灾难：先是不到五十岁的父亲在一次车祸中丧生，仅仅隔了两年，生身母亲又被另一起车祸夺去了生命。那时候阿辉才二十五岁不到。

接下来的这十多年，没了爹妈的阿辉自我成长的速度无形中得到了加快。在南京浦口打拼的哥哥通过努力成为一名婚庆主持人，好学的阿辉后来也入了这一行。这让他慢慢有了点财富，脑子也越来越快地跟上了时代的节拍。他在东亭镇办了十年期的按揭，有了一套属于自己的住房，同时还在隔江的如皋、南通等地，以小额投资的方式加盟了几处快餐连锁店。

他坐镇其中的一家，参与店内的经营管理，因此较多的时间人就待在如皋。十三岁的儿子和一个三岁的女儿则由妻子领着在东亭生活。好在两地相隔不远，也就两小时的车程便可让他坐拥妻儿。作为兼职婚庆主持人，他和多家公司建有一种松散型合作关系，平时好几个微信群里都有互动，有合适的活儿他便西装笔挺地出现在大江南北的婚礼现场。

之五

无锡上马墩，是一处颇具人气的老城区。这对小两口在菜场门前租了间十多平米的门面房，专做熏鱼生意。他们来自苏北宿迁乡间，小伙子二十九岁，女的小他两岁。说来这儿快三年了，之前是在上海做的，好几个亲戚都在那干这行。上海人爱吃熏鱼，甜甜酥酥口感好，又富营养。无锡人口味与上海接近，所以他们这小店一开张便一炮打响，有时忙得连抽支烟的工夫都没有。门面房选在菜场门口，那是小伙子的精明。活鱼不用自己养了，人家的池子替你养着，空气泵每天侍候着，那鱼自然活劲，新鲜。这边有人要买了，几个箭步进去便捉了活鱼来，活蹦乱跳的，现杀现弄。剖肚刮鳞分段，再切成薄块，刺和肉不能分家。小伙子刀工不错，案板前常围了人看他手艺。女的则负责站油锅，火候也把握得恰当，一把带网的大勺在她手上使得起落有致。客家倘要稍嫩些的，早点起锅便是。

不只熏青鱼段，还炸小鱼。我买来吃过，连头带刺全炸酥了，咬咬全吞了。下酒是只好菜。还以为这小鱼不好打理，女的说容易的，手一挤细细的鱼肠就出来了，水龙头一冲干干净净。做好的熏鱼盛放在大小不同的塑料碗里，论碗卖，中碗十五元，大碗二十元，价格不算贵。

中午、晚上饭点前后，小伙子还腾出手来，做那种带汤料的酸菜鱼卖。二十元一盆，比饭店便宜。菜场里卖菜的，周边药房、超市的售货员都来买去吃。他们没空送，要吃的自己来。丢五块钱押金盆子拿走，还盆时将押金取回。一个中午有几十盆生意好做。

问了小伙子，说已有了两个孩子，大的女孩快五岁了，小的男孩已两岁半。没在身边，是乡间的爷爷奶奶带着哩。他们在附近租了一处房，一天十多个小时忙下来，回到屋里已是人困马乏，洗洗弄弄要紧睡觉了。

之六

那晚和几个朋友在河西小聚，完了倒两部地铁夜归。出站口有几部机动小三轮在候着生意，见一位年纪大些的，上了他的车。一路上还同他拉了家常。

老人家一九四六年生人，整整七十了。但身子骨还硬朗，眼神也好，三轮不比骑单车，跑起来速度快，避个车让个道发现他应急反应挺敏捷。问他过去可是干的这一行，回说没，是在一家冶金机械厂做了三十多年的电焊工，因系特殊工种退休比人早几年，五十五岁就办了证，一直便在家待着。老婆比他小三岁，可身体不及他好。按年龄论生活他不该出来苦了，老两口退休工资加起来也有靠五千，吃用什么的没啥问题。但老人就是闲不住，说窝在家里闷得慌。一些老头爱打牌，整天伏在麻将桌上，而他对那不感兴趣，情愿出来跑跑遛遛。“搞了部三轮有几年了，也就弄几个小钱花花。不跟人多要，你出租车一个起步价十一块，我对半砍，只要六块。白天可不敢出来，有城管盯着哩。天黑了开出来弄他三四个钟头，一晚上苦个三十来块吧。但我也不搞得太晚，十一点一准回家。”老人说话不兜不绕，条理清，还贼生动。

十一点回了家却不急着睡，每天有个老规矩，临睡前咪上一小杯。晚饭时老太会多烧点菜，给他出车回来派用场。酒喝了，上床也就舒舒坦坦入梦了。早上六点准时准点醒，不赖床，洗漱后蹬双运动鞋，附近小公园跑上几圈，老胳膊老腿全部活动到位。练完了这才定定心心回去吃早饭。

说有个儿子四十二了，孙子已上小学五年级，大小事他们自己忙了，用不着老人再操心了。下车时我付了他车钱，他朝我笑笑：“你恐怕不记得了，上个月几号我在地铁口拉过你，也是老晚了，你说跟朋友喝酒的。酒是要喝，但不能过量。”这么有心还体贴人的老头，我被他说得心热了，也笑着回了他一句：但愿好人再相会，下次还坐你的车。

之七

在沙家浜穿行于芦苇荡的一条竹筏船上，认识了五十七岁头发有点花白的老严。他是景区为游客提供水上服务的若干船工中的一个。这天是周日，他特别忙，刚从另一处工作现场匆匆赶来——沙家浜景区为吸引游客，近年开发了一个大型实景剧，叫《芦荡烽火》，把京剧《沙家浜》的剧情作了提炼。专门辟出一块很大的水域，并搭起供演员表演的舞台，对面便是可容纳几百人观看的半露天剧场。郭建光、阿庆嫂、胡司令等一众人物悉数出场，文、武戏全有，文则让一些著名唱段饱你耳福，武则船艇枪炮，火光四起，水柱冲天，好不热闹。

老严在这场实景剧中也是开船的，是艘挂了膏药旗的鬼子的船，在水上追逐，对速度有很高的要求。戏演了四十分钟，老严忙乎了一头热汗。那边一结束，赶紧蹬了辆车，赶回这边的码头。好在这里的游艇不用人工撑篙或摇橹了，发动机电闸一推，船就嘟嘟跑了起来。我给他递了支烟，“短平快”地问了一些情况。老严干这活快八年了，算是景区的正式工。却非多劳多得，而是拿基本工资，一个月也就两千上下。这几年红色旅游升温，来景区的客人猛增，节假日、星期天常常会被安排加班。加班日的工资是翻双的，可以拿到一百六，但人也忙到连撒尿的工夫都没有。早先是在外东跑西颠，跟着工程队在江南一带造桥，但那份活累人，年纪慢慢大了，腰吃不消了，快五十岁那年便回转来。正好景区要招聘一批船工，他就应聘来了。

老严家在横泾乡下，弄船使橹那是从小就练就的童子功，只不过如今重新捡起罢了。有一个儿子也在景区工作，三十五了，之前干过导游，现在坐办公室了。“他不比我，我没什么文化，他是大专毕业，新东西学得快，所以钱也拿得比我多。”谈起儿子老严有几分掩饰不住的骄傲。又说到孙儿孙女都有了，大的快十岁了。那一刻清楚地看到他两边眼角溢出的笑。

之八

到阳澄湖边看望一位老友，被安排在临湖的一处宾馆住下。透过落地窗见一八角亭建在水中，亭子里有两位神情专注的钓者。阳光下见他们手中的鱼竿不时地高高提起，那上钩的鱼儿扑闪扑闪地被他们捉放到脚边的水箱里。于是按捺不住地出房，跑过一段不长的小桥，上前和他们搭讪。

两位都已退了休，原在上海一家机电公司，是玩得好的同事。周五上午九点多，开车从家里出发，两小时车程便到了这儿。这一片水面的主人和他们是朋友，来这儿垂钓不向他们收钱，只要钓得着，无论大小拿走就是。一问才知所有的渔具都是品牌货，连衣服、帽子一身行头皆正规军模样。此处来过几回了，熟门熟路，中午一到车停妥，两个先至湖边把窝子打好，而后抓紧去旁边的饭店把肚子填上。人吃饱了，精神头来了，鱼竿儿上上下下也就不乱章法了。鱼饵是专业商店配好的用几种粉揉捏而成的黏黏的团儿，粉红色的，挺诱人。可水中敏感的鱼儿不是回回咬钩的，十次有八次是把你钩上的那点饵食吞了，自己却不上来。因此可见二位频繁地把钩子拎上来，重沾饵食后再抛入水中。

不过到太阳快落山的时候，他们的战绩也颇让人眼热的了。小鲫鱼小鲹条已有了三四十条，还有一条近三斤的鲤鱼被装在另一只篓里，复又小心翼翼放置湖中的活水里养着。小鲹条也就手指粗细，出水不久便没了声息。他们拎到饭店请厨师加工，用油烹炸，撒些椒盐，晚上便用它下酒。这哥俩倒也并不贪杯，一瓶绍兴女儿红两人平分。喝完了趁着月色，还想再钓一会儿。却不料夜风起了，水下估计也有几分凉意了，鱼往深水里去了，再香的饵食也不来问津了。于是他们只好鸣锣收兵，说歇着吧，明儿一早再来。

人家钓鱼不好老打岔，一些事儿也不便多问。只晓得这哥俩是同年同月生的，虚岁六十三了。一个祖籍南通，另一位生在南京溧水，打小跟父亲去了上海。次日下午三点他们便打道回府了，几条大一点的鱼美滋滋带回去与家人共享。

二〇一六年九月至十一月间

写于如皋 · 常州 · 苏州

阿祥的年

阿祥的老家在江阴乡下。父母亲生了他们兄妹六个，阿祥是老四，前面两个哥哥一个姐姐，后面跟有一弟一妹。二十世纪八十年代初，阿祥和他二哥同年考上两所名牌大学，这事在他们那个村里被热传了好久，父母亲也因这哥俩被村人高看三分。

日子比村前那条河里的水流得还快，一转眼工夫，阿祥竟也五十出头了。他和二哥研究生毕业后，分别在省城安了家，且都像模像样地立了业。而留在乡下的几兄妹也都抓住了机遇，各自发展得均不赖，房子车子啥的都买了，有的还建起了小别墅。可惜爹妈没能享到更久的福，早几年先后离他们去了。

如今这分住在几处的六兄妹，并未因父母的离去变成一盘散沙。一年里总有些日子他们是一定要团在一起的，比如过年。就像儿时那样，哪怕再挤再轧也都拢一堆儿。阿祥说，每到除夕这一天，外甥和侄儿一人一部车，一早便从几百里外的乡下开来，我们一家，二哥一家，事先采买好的年货忙不迭地放进车子后备厢里，而后撒欢儿似的往老家——那生我养我的一方热土上去了。弟弟在父母先前住过的老屋边上盖起的三层别墅里，特意给我和二哥留有两个很大的房间，各项设施配得一应俱全。哥哥姐姐都有了第三代，三十晚上那顿年夜饭，一大家子坐下来，满满当当三桌人。你可以想象这场面有多热闹。正月初一到初六，咱们六兄妹在这儿轮流执政，每家负责张罗其中一天的午饭和晚宴。小辈里有三位是专业厨师——那种不用帮手，一个人就能置办几十桌酒席的角儿，所以这几天饭菜的口味、花色品种也就压根不用犯愁了。

父母亲虽然不在了，但那股浓浓的亲情，依旧让人陶醉不已。年初一早上，阿祥还在床上呢，弟媳妇已把煮好的热汤圆端到了哥嫂的床前。阿祥也就像小时候那样，先在床上美美地吃了汤圆再下来洗漱。

慢慢都上了年纪的老兄妹们这六七天里，汤圆似的黏在一处，搓搓麻将说说方言，回忆一起走过的昨日，也不时畅想一番孩子们或会更好的明天。有一间小屋里还端放着父母的相片，吃年夜饭之前，他们一家家地进去，给父母上炷香，斟杯酒，还说几句悄悄的私房话。

阿祥说，是父母让我们几个成了兄妹，大过年的团在一起，自然也一定是他们的心愿。这样的氛围，让我们始终觉着父母还在。

二〇一七年一月二十九日，正月初二夜

辑三

想象他们空下来，

拖两把小竹椅门前一坐，

晒晒太阳，听听溪流，

该是多美的一幅图画。

老街上的老人

高淳老街，十年间已是第三次去了。这条建于宋而至明清日渐繁华闹热的老街，有着“金陵第二夫子庙”的美称。二十世纪八十年代，当时的高淳县政府将原貌保存得较好的一段公布为文保单位，使得这些年来这段长约四百米的老街得到了重点保护。街两边做旧的商铺也都尽显当年的风华气色，摆卖和吆喝着各式高淳当地的农副产品。

三次去都让我驻足的是一家叫作“梅家鞋铺”的老店。店主梅老先生已是八十有七，个子高挑，身板清瘦却不失硬朗,左右两道浓淡有致的长寿眉，更添其一派仙风道骨。他坐一张半高的小竹椅，面前摆放着几排大小不一、色彩鲜艳的手工布鞋。前两回去见他忙得不亦乐乎，没插上话；这一次得以与他闲聊了一通。老人乃土生土长淳溪镇人，家就在不远处临水的码头边。十五岁跟了姐夫学做鞋，这门手艺让他养活了一家人。老太小他六岁，也同他一般身手利索，平时大都是他在店堂招呼迎客，老太在家中忙活，糊鞋骨纳鞋底，还烧一家人的饭，一早醒了就手脚不闲。说嫁给他那年才十九岁，小葱一样的水灵。岳父家是安徽当涂的，那时候在这老街上开一爿卖碗的店。当年这小鞋匠是怎么把人家姑娘追到手的，我没好意思问老先生这一段。他俩的四个孩子（两男两女）陆续出生在二十世纪五十年代。在店里碰着的是梅先生的长子，也快六十了，原本在一家纺织机械厂工作的，前些年厂子不行，也就下来跟老爸一起做了。问他手艺怎样，他说打小就学过的，只是再捡起来而已。他有几分感伤地对我说，老爷子坚持了七十多年的手艺，到他这代往后怕就断了，他们四兄妹的子女都读了书出去了，没一个愿意干这活了。

我在这店堂四下里瞅了瞅，梅老先生还真是这条老街上最大的一个亮点。两副用玻璃镜框高挂着的对联就很有些来头：一副通俗而明晓，出自一位书家之手："千针情深纳百层布鞋""双足踏实立一生气节"；再一副多了点书卷气，是当地最高领导人的墨宝："游山直上多豪兴""踏月归来少俗尘"，虽然说的还是鞋子，却有了古诗词的情韵。再往墙上看，有不少外国友人或港澳台同胞在店堂与梅先生的合影。去年青奥会期间，两任国际奥委会主席罗格和巴赫，专程来店里欣赏梅先生制鞋手艺的情景，也都由相机记录在案。精神矍铄的梅老先生有几分得意地介绍说，中央电视台的多个频道都来他店里拍过片子。

我由此而想开去：走了不少地方的老街，大都是卖一些差不多的东西，缺的是老街里该有的那种气息。而气息从何而来？应当是有一些如梅先生这样的老人，老人的身上自然会有让人流连的老故事，他们才是老街上真正的"街宝"。我们的文保不只要保建筑，更要保这些老人（他们的健康长寿不应当只是他们个人的事情），有他们在，老街老宅子的气息和文脉就有了，游客们大老远来，要看的其实正是这些鲜活而生动的历史遗存。

二〇一五年八月二十九日于高淳

浅识诸暨

三年前的圣诞节我们去过绍兴，那次的旅程安排是有诸暨一站的——打算去那儿买香榧吃，我太太对香榧一直情有独钟。结果那天在绍兴的一条老街上一下子看到了香榧，喜出望外的太太立马买了一大堆，于是诸暨之行也就取消了。

但诸暨这个地方一直还是放在心上的，知道它不仅产香榧，还出过红了两千多年的绝代美人西施小姐，围绕西施的若干传说一定程度地构成了这座浙东小城的迷人之处。当然它还有闻名遐迩的五泄景区，那一瀑五折的壮丽景观好像也是国内独一无二的。

几日前我们开车去了趟诸暨。下午三点多到的，天下着雨，小城显得很安静，也很干净。我们去锦江路上看了几家古玩店，网上说是一条街，但似乎阵容不够，颇冷清的样子。不过走了几家，老板都还热情。我们提一些傻乎乎的问题，他们不嫌烦，还笑吟吟地回答你。开这种古玩店，我想他们的心态一定很好，不急不忙的，可能一天也做不成一笔生意，但有雅量和底气在，就不怕。我甚至想这或许便是诸暨这个越国故都的某种气质——不嚷嚷，也不执意向你推销什么，东西放在那，识货的总归有的。

当晚我们下榻于一家汉庭酒店。在店堂里见陈列着一些书刊，有一本叫作《牧野》的文学期刊吸引了我的目光，遂向总台小姐借了一本回房翻翻。发现办得不俗，挺大气。虽无正式刊号，但路子很正，主办者是当地一家也叫牧野的文艺创作公司。选发的作品来自全国各地，分小说、散文、诗歌、评论四大板块。两个月出一期。装帧设计、排版印制都考究，透出一股雅致的文人气。卷首页上很醒目地登着国内一些较著名的文艺刊物从《牧野》中选载的作品的篇名和作者名。我不清楚国内有几本像这样非官方主办的文学刊物，它似乎并不追求经济效益,而是为中国的文学干一些默默无闻的基础工作。不仅通过这本刊物发现和培养了一批有潜力的文学新人，而且像一条不计回报的传送带，把一些优秀的作品向更高层次的文学期刊传送。它在自己刊物的封面上开宗明义地宣称，它已成为国内知名刊物《小说选刊》的选送基地。我为此想象它的主编一定是一个对文学充满了炽热情感的挚爱者，还是一个有眼光有识见的创造者，他能在这个四下追逐物质的喧嚣世界里，以一颗宁静之心，独辟蹊径地拓一方天地，经营文艺创作及其书刊出版。这样的劳作无疑是值得赞美的。

只在诸暨逗留了一晚，还未能更深地走近它。但这座小城的不事喧哗和成竹在胸，却令我离去后久久玩味。

二〇一三年十一月二十八日

想象力之于六合

在南京这块版图上，六合并不显山露水，但它却满可以拿出几样东西来证明自己不错的想象力。首先当然是雨花石，那么多石中之魁如天外来客，竟然神话般地齐集于一地；奇石如幻如梦，令世间多少人为之寻寻觅觅流连痴迷。再一个便是诞生于六合冶山一带的正宗出自乡人笔下的农民画。去年冬日，一位报社的朋友领我们去那儿的艺术中心看了，确有灵魂震撼之感。几百幅乡土气息十足的作品大胆运用夸张变形的艺术手法，虚中见实，土中见雅，拙中见美，其构图基本打破时空的束缚，以丰沛、朴实的情感和不落俗套的绘画语言，传递了这批富于想象力的农人对大千世界万事万物独特的识见。随手挑一幅看看，该作品题为《副业一支歌》，画的是一群农村里司空见惯的猪。正面突出部分是一只领头大猪，脖子上系着鲜艳的红绸带，脊背上坐着个吹笛的小猪倌，一脸的神采飞扬。猪的肚皮上俏皮地竖立着几枝娇羞的花儿，而那尾巴则刚劲地卷曲且翘起，得意之态溢于言表。再看它的后面，是一群黑白两色欢快奔逐的小猪崽，风起云动的阵势令人想起草原上的万马奔腾。

想象力往往就是创造之师的先驱。还说与六合有关的几则个案。一位在此地担任了多年文化馆长业已退休的老同志，他是写出了不少诗文的作家，还是个造诣颇深的胡琴演奏家。他的出众之处在于对这一门类艺术的“通吃”——二胡、高胡、板胡、京胡、中胡、三胡等六个不同品种的胡琴他均能演奏，独出心裁地谐意“六合”，并组合推出他的代表作《六合印象》，令演艺界为之瞠目。

前不久，滴滴打车时遇到一个小伙子，也就

三十出头一点，孩子有六岁了，跟着妈妈在六合，他独自一人在宁租了房，早起晚睡地一天总要接靠三十个单子才歇手，说南京比家乡地儿大多了，趁年轻为老婆孩子多苦点。再一例是在六合龙袍的长江村里碰到的。夫妻俩也都四十岁不到，早些年从这个村子出去已在南京立了足，男的在一家饭店干厨师。自从长江村启动了美丽乡村游的线路，节假日自驾来这儿踏青赏玩的不在少数。他们瞅准了这一商机，周六周日开车回到父母身边，自家的院落、房子都不小，里外摆个几桌，生意不要太好。挣了钱也就有了底气，虽然女儿都快十四岁了，去年底他们又生了二胎，得一娇儿。

往小里说，是某个人的一种胆识；朝大里想，难道不是某一方土地上不甘人后你追我赶的气场与氛围？！当然，将成功支撑起来的，不光是想象力，还需要持续不断的勤勉与韧性。但在二者的互为关系里，想象力无疑是那点燃创造的第一簇火苗。

二〇一六年四月九日写于六合龙袍镇

温州，那日大雨如注

那是四年前的一个夏天。我们在温州。

有天下午，去瓯江之中的江心屿游览，行程将结束时，忽闻雷声大作，天降暴雨。苦了我们这些未带雨具的，瞬间被淋得湿透。此刻，对岸的渡船还未过来。一群如我们一般的“落汤鸡”围在码头边的警卫室四周，那窄窄的檐板压根儿挡不了如注的雨水。透过警卫室的玻璃门窗，可见两位着制服的警卫正在抽烟聊天，他们抬头朝窗外瞥了瞥，依旧若无其事地吐着烟圈。有人用手指敲敲玻璃，示意想进去躲会儿雨，那警卫脸一沉，摆摆手，表示不可。外面的人也就不再敲了，歇了这念头。

终于听到了姗姗来迟的汽笛声，数百名游客跌跌撞撞地爬上了渡船。摆渡的时间也就十几分钟，上岸后的那群人，想得出是怎样一副狼狈。我们在路边试图打车，一辆辆溅着水花绝尘而去，要么是车中已有客了，要么是空车却不肯载客。我和妻手拉手，两人都冷得发抖，不知今晚将如何归去？突有一辆电动三轮从身边经过，我们向其拼命招手，小伙子停了下来，问清了我们要去的地方。他说他送不了了，但愿意帮我们拦一辆出租。我们觉得他这是推托之词，当时也顾不得那么多了，一屁股就湿漉漉地坐上了他的三轮，一再请他帮帮忙，送我们回转。小伙子犹豫了片刻，不再多说什么，遂掉转车头冒雨上路。后来发现这小伙子蛮健谈的，一路上他不时地把头别过来，和我们有一搭没一搭地聊他的身世。原来这是个自幼患了小儿麻痹症并落下终身残疾的青年，十三岁便离开河南老家，只身来到温州闯荡。在这儿苦苦奋斗了十七年，如今已买了房，并娶妻生子，眼下孩子已六岁了。

他对我们下榻的宾馆其实并不熟悉，这害他骑了不少弯路，天将黑时总算把我们送到了目的地。下车后他才告诉我们，他的家就在我们上车不远处，他是忙活了一天准备回家的，看我们在雨中淋得可怜而临时改变了主意。我们对他千恩万谢，并要付他加倍的车钱，他却说什么也不肯多要。他从我手中接过钱去的时候，我这才看清了他那双仅孩童般粗细的向后别着的畸形的手臂。

哦，正是这个身形瘦弱且矮小的残疾青年，在大雨中的温州，为我们诠释了何为美丽，何为高大。

二〇一四年九月

幸福的模样

这幅场景留在我脑海里已有了许久。约莫是在四年多以前，我们去绍兴所辖的一个叫作安昌的古镇。那是初夏时节，天已开始热了。吃了午饭，我们在镇子上溜达。行至一处河边，觉着有风吹来，遂站了站。无意间，瞥见几步外岸边驳石上坐着位老人，他屁股下面是一张矮矮的小凳。挨驳石一溜边放着三只不大的碗。一只已空了，一只浅浅的像是盛了几片咸鱼，再一只则被他不时地拿到手上，不紧不慢地送往嘴边，吱吱有声地抿上一口。我凑近了，闻到一股颇浓的酒香。和老人打了招呼，饶有兴致地问他喝什么酒，答曰自家泡的大补酒。我说没什么菜嘛，他说，已吃了，用手指指那只空了的碗；想想又说，这不还有菜嘛，指那碗里所剩不多的鱼块。我四下里看了，发现连筷子也没一双。抿了两口酒，就用手去拈那碗里的鱼。望望他的脸，酡红酡红的，似醉非醉的样子。问："你老多大年纪了？"他朝我笑笑："小呢，才七十三。"再望他那身坯，还挺结实，一身老式的夏布衣，扣子被解了，怀半敞着，一任那河上不疾不徐的小风舔他有几分发热的胸。

就这么一刹那的邂逅，却让我在后来的日子里时常想起这个镜头。老人饮酒时的那份悠然自得，旁若无人，总令我想到一个常常热议的词儿：幸福。那些被许多人所追逐的幸福，其实有时候就那么简单和平常。

二〇一四年六月八日记

一方水土一方人

去沙家浜玩，住在几里路外的横泾镇上。晚来欲找一处喝两盅，便很随意地荡到了这家老夫妻俩开的小饭店。灯光暗暗的，几张饭桌也是旧旧的。我拣了张靠马路的坐下，吹吹凉风，顺便还可以听听沿街那些商店里放得倍响的音乐。点了几个菜，价格都不高，但厨艺一般般，凑合着能吃。生意不是顶好，老头在锅上忙着，老太便端菜之余时不时地坐到我旁边聊几句。

说老头比她大六岁，年轻时出去当过兵，三十岁那年才回来。有人介绍认识的，“他个子不高，当时岁数也不小了，我是图他人老实才嫁给他的。”“我属马，明年是我的本命年，六十了。我二十四岁生了女儿，她是小马。”老两口在这镇上开饭店快二十年了，基本上是熟客，啥辰光来都能吃个新鲜吃个热乎。老太很得意地告诉我，孙子已十二岁了，居然也属马。如今在常熟城里念初一了。她说，我们是招女婿，孙子随我家老头姓，叫我们爷爷奶奶。当初，女儿结婚的房子是我们老两口苦的钱买的。在我们这儿，招女婿挺正常的，没有低人一等的说法，这个人家也不一定就穷得怎么样，那是老观念了。“我这个女婿算被我找着了，人好，实诚，特别懂得孝顺。前两年老头跌了一跤，骨折，动弹不了了，几十天里全是女婿把老头从病床上抱来抱去的，跟自己的亲爹一样。”继而她话语一转，“不过我这个当妈的，也把女婿当儿，平日里他家有什么事，该花钱的地方，我总第一时间让女儿送去。人心都是肉长的，两好才能并一好。”

我饶有兴致地问她贵姓，她说姓“陆”，用了阿拉伯数字的叫法（大约是平时点钱点惯了），我笑了，说应该叫“陆”，大陆的陆。她冲我一乐：“你别笑话我，我本来就不识字，小时候没读到书。”但看得出这是一个见过世面识事识理的女人，而且在整个家庭中她是主心骨，操心拿主意全是她的事。老头不怎么讲话，只知道做，顶多也就在一边听听，笑笑，偶尔附和两句。我说现在孙子都这么大了，也忙这么多年了，赚的票子够花了，可以到女儿女婿那儿享享清福了。她接我的话说，不干吧，待在家里也闷得慌，再弄几年，等到老头七十岁，我们就真的歇了。出去旅旅游，看看祖国大好河山什么的。

眼前这位开朗、劳碌而又快人快语的陆大姐，令我很自然地想起了《沙家浜》里八面逢缘的阿庆嫂，你别说，还真是一方水土养一方人呢。

二〇一三年十月二十日

高邮散记（二题）

三赴高邮

我曾三赴高邮。第一次好像是一九八五年的夏天。那时我还在江都文化局工作。县里的扬剧团在那儿演出。我乘了一辆剧团装布景和道具的卡车，坐副驾驶位置上，颠了好几个钟头才到。剧团的演职员散住在剧场附近的旅馆里，我在那儿待了有几天。利用白天演出的空当，分别找每个人谈话，倾听他们对剧团改革的诉求。当时的团长、支书年龄都蛮大了，吸纳大伙儿的意见，那次回去后对剧团的领导班子做了调整。知道高邮有多处名胜和很美的自然风光，却无暇顾及未能赏玩。倒是旅馆附近的一家面店还有些印象。那面条下得十二分的劲道，面汤尤鲜，汤全喝了，碗底还留着不少晶亮的虾籽。几条街是啥模样已不太说得清了，和江都老城区的格局大致差不多吧。

这一晃就到了二〇〇五年。那一段王正宇在高邮做书记，他是比我低一届的扬师中文系的同学。在学校时便有些往来，偶或在一起聊聊文学说说人生什么的。这一年的十月，我所在的《传媒观察》杂志（新华报业集团主办），由我牵头出了两期名为《城市与人》的特刊，策划选题时我想到了这位老同学，想通过对一个市委书记的采访探寻一座历史名城的变迁。我把这想法电话里同他说了，他很高兴，表达了欢迎之意。我从南京搭了班车，到达后他让研究室主任与我对接。当晚他从好几拨接待的餐桌上脱身后与我只是打了个照面，正式的采访安排在次日上午他的办公室里。前后聊了近两个小时，不时地有电话或向他请示工作的人插进来。不过自始至终他的精神状态都很饱满，谈得很开也挺尽兴。看得出对这片土地他倾注了较深的感情，说古论今，头头是道，对于这座城市的现在和未来，他脑子里有一轴很清晰的蓝图。想想他也不易，来高邮任职已是第八个年头，先副书记，后市长，再书记，一步一个台阶地走过。老婆孩子都没跟来，单枪匹马在异乡打拼。感奋之余，回宁后我弄了一篇七千字的长文，写了他在高邮的奋斗，也展示了那儿的民众在变革大潮中所上演的一幕幕精彩剧目。当日见他那般忙碌，我也就匆匆作别。研究室主任陪我走了一个乡镇，还去运河中的岛上看了正在施工修复中的镇国寺，那塔当时尚未修缮，也就远远地望了几眼。记得过长廊时风很大，能强烈感受到那座建于唐代的古寺所透出的威武雄阔之气。

待我此次再来，已是二〇一四年的初冬。刚刚办了退休，身心尤觉轻松。老友金实秋兄热情相邀，且专程陪同。他在高邮长大，又是省里著名的文史专家，对这儿的历史、文物、风土人情他熟门熟路，了如指掌。文广新局的领导又十分给力，派了通晓文博的副局长和青春洋溢的文联秘书长，领我们一行走街串巷，做了一次重点突出且深入细致的探访。盂城驿、明州署、文游台、净土寺塔、王氏纪念馆……这些历史遗迹、人文景观和与之相关的种种传说，让我们饱耳福、开眼界、涤心胸。七层高的镇国寺塔这回是上去了，登高望远，八面来风，纵目运河上驶过的一艘艘船只，脑海里叠现无尽的遐想；轻抚宋城墙斑驳的砖块，踏过魁星阁映照的光影，又去那凸现水乡风韵的蝶园广场兜了一圈，除了体悟到历史的沧桑与纵深，也享受到一种充满现代感的大气与时尚。傍晚时分，面对高邮湖上缓缓下坠的落日余晖，无边的静穆中，能听到自己内心深处安放的那一只生命之钟正一次次撞响……

与汪先生的一点瓜葛

说到高邮，很自然地想起了汪曾祺先生。他在世时与其无甚联系。虽有一面之缘，估计老人家也不会记得我什么。

一九八〇年秋他发表了小说《受戒》，那真是给当时的文坛注入了一股之前不曾有过的清冽冽的山泉。记得那会儿我还在扬师院读书，跟同学借了本选载有他这篇小说的《小说月报》。老师在上面讲课，而我在下面半遮半掩地偷看《受戒》。小英子和明海小和尚那种青涩可人的恋情，恰如作品中所引民谣咏唱的那样，弄得人“心里有点跳跳的”，几近安不下心来听课。倒不是故事讲得有多扑朔迷离，是觉得那独特的文字里所透出的清澈、散淡，那精心营造的生活场景里一个个人物身上所散发出的无邪之美，是我们先前接触的文学作品里所没有或很难寻觅到的。因此觉得特别新鲜和好奇。这以后又读了他的《大淖记事》，那高宝湖一带的水乡风情在他的笔底全活了似的在你面前忽闪，令你无法不为之着迷。

一九八二年年初我大学毕业被分至江都。赶上体制改革，一九八四年做了文化局局长。那时候县里还没设文联，一些作家和艺术家到访，也大都由我出面接待。约莫是在一九八六年的秋天，汪曾祺与另一位老作家林斤澜结伴来了一次江都。是不是还有叶兆言或其他作家，我印象不深了。他们先是从南京去的扬州，扬州文联当时的秘书长许少飞先生陪着一道来的。第一站看了江都引江的水利枢纽（那是个千篇一律的保留节目），紧接着去了十余里外的曹王林园场，看花木，赏苗圃。晚饭回到江都吃的，汪先生那一年六十六岁，酒量还好得很哩。向汪先生敬酒的时候，有没有说到我对他小说的喜爱，或者说了一通怎样的话，可惜一概都没了记忆。

对汪曾祺的进一步了解和认识，则是到了九十年代以后。而这全因了高邮的两位乡贤——陆建华先生和金实秋先生。陆长我十四岁，毕业于"文革"前的扬州师院，是我绝对意义上的师辈。一九八七年我由江都调宁后，很快与早几年便调来省委宣传部的陆老师有了联系。他执着于汪氏的研究与推广至今已达三十多年，在此领域所创造的成就当是国内无人可比肩的。一九九七年他在我当时供职的江苏文艺出版社出版了为世人所瞩目的《汪曾祺传》，这里面的若干章节他曾先行放在由江苏文艺出版社主办的《东方明星》杂志上连载。我作为这本杂志的主编有幸先睹为快，也因此间接感知汪先生博大唯美的文学世界。而与金实秋老师的相熟要稍晚些，他与汪先生也是素有文字交往的乡党。汪老辞世后，他和陆建华在第一时间主编并出版了较权威的纪念文集——《永远的汪曾祺》，对汪先生文学创作和多领域学术思想的研发，他称得上独辟蹊径，别开生面。近几年先后出版过《汪曾祺诗联品读》和《补说汪曾祺》等专著，我很荣幸地做了他这两本书的责任编辑。

近赴高邮，先至文游台拜谒了汪曾祺纪念馆，随后又去老街深处的竺家巷看了汪氏故居。在那儿见到了汪先生的胞妹汪丽纹和妹夫金家渝，金老已是八十开外，但人很健谈。说到了故居的几次变迁，颇有些无奈之慨。现在的所谓“故居”仅剩了窄窄两间，平时就他们老两口住着，意欲置放一些纪念物件也只能是一种奢望。而就是这样的一处蜗居，一年里还真有不少全国各地的“汪迷”不远千里地前来寻访，可见汪先生的作品在读者心目中的魅力。

金老把几本厚厚的留言簿捧来我看，造访者的职业涉及方方面面，名头很响的人物也不在少数。陪我同行的金实秋老师在一旁再三鼓励我写几句感想，我也就不揣浅陋地把当年在学堂偷读《受戒》时的情景描述了一番。临行前，朝墙上那幅充满慈蔼的先生的相片，再一次行了注目礼。

二〇一四年十二月二十日凌晨完稿

走马广州闲墨

一

新年正月初四，近午时分，我由下榻的酒店步行至珠江岸边。二十九年前的一个夏天，我曾来过这里，很深情地看过这条美丽的江。记得同行的摄影记者老魏曾为我拍过一幅照片，当时我穿一件橄榄绿的短衫，背景是些很见历史感的老树。

今日重来，山河依旧，只是看珠江的这个人呀，已不复青春容颜。——生命中给过我们这样感触的场景，自然不只是一条珠江。

但令我欣喜的是，就在我面朝江水慨叹之时，有几位锻炼的青年风一般从我身边跑过，看着他们的脚步那般轻捷和矫健，你能真切地感觉到，生命正是以这样的方式来显示她永不熄灭的延展。

二

在一家号称百年老店的“银记”，品尝了广东的著名小吃：肠粉。收银的女人有几分骄傲地说了肠粉的做法，方知米浆也能蒸出这般薄如蝉翼的浆皮，而后裹上各类色泽鲜艳的荤素馅料，并以主料命名为猪肉肠、牛肉肠、虾子肠，等等。肠衣晶莹洁白，质地软滑爽口。在中国美食幅员辽阔的大家庭里，各方水土上的前辈高手都能因地制宜、当仁不让地独创一格，这才有了后人走南闯北处处享用不尽的口福。

我还想说另一档子事。正是在这家店里，那天早上我去买两份外卖：白米糊和切成寸段的油条。一位年近五十的女服务员极细心地为我打包。两盒滚烫的米糊之间，她担心挤压，特地扯了片硬纸板给垫着；装好后我问了声，这塑料袋会不会拎断，她二话没说又帮我加套了一只，并将手拎处绾了几绾递给我。一笔仅十元的生意，她做得一丝不苟，不烦不躁。我在想，这老店所以能开得长久，除了别处没有的美味，像这样童叟无欺、体贴走心的服务态度也当是至关重要的一条。如我碰到的这一幕，怕在很多也叫百年的老店里不会多见了。

三

还是正月初四这一天，往珠江去的那条路上，一家挨一家的店铺都是经营婚庆用品的。大过年的，好像还没一家开门。街上显得特别寂静。偶或有一两位行人走过。路面上很干净。

这时候，在我前方突然出现了一个镜头：一只小狗趴地上不动，几步外站着个六十开外的矮矮的老头。他极有耐心地候着，而后下蹲，用备好的纸张将那污物包走了。

联想到在家时每日走过的街道，这样的污秽似随处可见。且时见狗的主人面对周遭不无指责的目光，仍一脸堂皇地拍拍屁股走了。

我因此对那个并不相识的广州老头油生敬意。

四

想去看一看孙中山当年创建的黄埔军校旧址，遂在马路边向一老者打听乘车的路线。老者约莫七十出头，脸膛红红，一口广东口音我几乎不懂。他从口袋里找出一张纸来，我给他笔，他教我乘几号线地铁在哪个站下，再转几号线哪一站下，而后几号出口行多远，复乘哪一路公交，一笔一画地详详细细写在纸上。老人笔力遒劲，一手好字，一再对我说，这黄埔值得一看。

当然，这样的问路法未免落伍，年轻人找度娘，立马给你清晰的路线图。但眼前指路的老者却让我想起了那句凝练的黄埔校训——“亲爱精诚”。

二〇一六年二月十四日（农历正月初七）

于江西上饶汉庭步行街店

做了回四小时不到的阔佬

也的确是有点头脑发热，选了个大年初二往外跑。以前都在家门口转，这回想跑远点，去趟广州。太太怕坐飞机，那咱就乘高铁呗。分两段走，先去上饶老家看几个亲戚，而后再往羊城赏花。去的票是节前便早早买好的，没啥问题。可到了广州才发现，任何事，想象总敌不过现实。行前倒是看了广州天气的，说是十几度，也就往行李箱塞了两件春秋衫。殊料到了那，压根不是这回事。下了车，先是脱滑雪衫，继而脱毛衣，里面的棉毛衫全部湿透透的。看看地铁里的广州人，薄薄一件单衫，简直就是夏天了。当晚也没啥辙，住下了，连锁酒店是女婿帮订的，钱都从网上缴了。第二天去几个景点走了，全是人，热度更胜一筹。挨到第三天，洗澡没衣服换了。原先打算的去哪看啥一下子全没了兴致，一脑子就想立马回去。

回？哼，可没你想的那么容易！跑了几处左近的售票点，对不起，还都关着门哩。只好乘地铁跑一趟火车站，排了一老鼻子长队，窗口撂出话来：直达票，没！只有再分两段走。前一段，二等座售罄，一等座价要每张高出近四百。想想太“杀”，可又别无选择（车站只售次日票，往后几日的你得提前一天再来），咬咬牙，还是买了吧。次日中午由广州乘六个半小时高铁回到上饶。没出站就拎着大包小包去了售票处，结果比广州还惨，二等座一等座均告无票，仅剩第三天的商务座。票价是二等座的三倍多。原先二百七的票，商务座要八百五。这样的奢侈，像我这等退了休的工薪族岂敢问津！但不走吧，这大过年的你又能往哪去？在窗口足足犹豫了几分钟，后面排队的又在催：你买还是不买？腿一拍，全当上了回赌台，输了。

在上饶滞留了一日，第三天一早，和太太坐上了这平生第一回领教的商务座。一列高铁大约二十几节车厢吧，其中一节设一等座二十二张，商务座五张，二者之间是隔开的。一张坐椅也就是我们通常见过的皮沙发模样,可任意调节身体后仰的角度，直至让你平躺下来。好像有点“陈奂生进城”的心态，觉着这样的花费不好好在这椅上睡他一觉，岂不白瞎了（赵本山语）？还真就迷迷糊糊地睡着了。一个盹，车已到了湖州。当然，较之二等座的旅客，还是多了点小特殊化待遇的：上车时，列车员给发了包小桃酥之类的点心和一小纸罐的饮料。

也就三小时五十分，我这两口子阔佬的体验便告结束。步出车厢，那倍感亲切和熟悉的寒风向我们袭来。哦，金陵，我们又回来了。

二〇一六年二月十六日（农历正月初九）晚

山里人家

是从网上知道的这个上晓起村，它在江西婺源境内。其实早几年我们曾来过这一带，是朋友开车来的。那回去了江湾，还去了下晓起村。已经到了它的门口了，却没能再往里走。上、下晓起之间也就相距一点二公里，但不通公路，汽车无法驶入，村人们进进出出只有一条青石板铺就的古道，几百年了都这样。各地来的游人，玩了下晓起大都打道回府，往上晓起去的寥寥无几。这么一来，反倒成全了上晓起也保护了上晓起，使得这个建于唐朝乾符年间的古村落，得以保留下那份如今已鲜见的清静和古朴。

这是一个层峦叠翠、四面环山的村庄，树龄达几百年甚至上千年的古樟树和柏树就有上百株之多。村里虽只有百十户人家，但风水却是出奇地好。早年间出了不少名人，有一位叫江人镜的，是清道光二十九年（一八五〇）的举人，后来官做到了“两淮盐运使”，统管六省盐务。因其治理有方，光绪帝还赏赐了他一品顶戴花翎。这位江大人生有十子，个个都混得有头有脸，或留洋或当官，为上晓起扬名立万成就扛鼎之作。

我们此番可谓有备而来，在这处世外桃源不慌不忙地过了好几天神仙般的小日子。每日里在清澈见底的溪水边游走，在白墙黑瓦的老房子里驻足，看田垅里悠闲自得的母鸡如何觅食，油菜籽儿黄菊花们怎样从容不迫地吸纳和准备；偶或从脚边擦过的黄狗，也都是那般乖巧，不会朝你叫一声。天才亮，那树林里的鸟儿便脆生生地唱开了，感觉能唤出空气里湿漉漉的清新。而入夜后的村庄那才真叫绝无半点夸张的万籁俱寂，熄了灯在屋里坐着，确是那种恍如隔世的幽远。

接触了几个山里的人家，发现他们是那样的活色生香，全然没有那种不入尘世的闭塞和寡闻。我们入住的这户孙姓人家，女主人五十岁上下，干着村委会的妇女主任，却还能腾出手来，兼搞一个家庭旅馆。她男人倒没见着，说是在杭州打工有十几年了，每年也就回来个三两次。房子很考究地造了四层，在村里算得上显眼的了。两个孩子都挺出息。大的是女儿，嫁到了十几里外的汪口镇上，才二十七岁，已有了两个娃儿。人虽嫁出去了，但时常回来给妈打个下手。招呼招呼入住的客人，洗洗床单灌灌热水什么的。有人要在家里吃饭，她会跑去不远的自留地里，扯一把青蒜，放几片腊肉，也算一个菜了。忙里偷闲的我见她还在翻看一堆复习资料，原来早几年她已在省里一所师范学校毕了业，且考到了小学教师的资格证，但这证不管用，也就只能代代课。说今年有机会招一批编制内的，网上报名的人很多，但她想碰碰运气。小她两岁的弟弟，那天我们也见到了。大学读的是警察学院，他说外头没什么关系，不想走这条路了。有一家公司是搞生态农业产品的,总部在北京,种植基地就设在婺源。他去应聘被录取了，一年有三个月在北京，其余时间待在这边的基地里忙活。小伙子长得精神，同我们有说有笑的，外面的世界一点也不陌生。

还有一户姓洪的，是孙家女儿介绍我们过去的。中午和晚上的饭就在他家搭伙了。说是农家菜馆，但真正来吃饭的并没几个。这家主人是木匠出身，也五十多了，以前一直在外面干，这几年基本就猫在了家里。院子外面他自建了座高高的亭子，刮风下雨一点不怕，亭子里照样摆出两桌。这样一种敞开式的格局，倒是颇聚人气，到了饭点，邻人都捧着碗过来，一边吃一边聊聊家里家外的事儿。洪木匠的儿子接了他的班，不过没在家门口干，跟人去了千里外的扬州，在一家专做工艺木门的厂里。儿子也虚岁三十了，去年回来办了婚礼，媳妇娶的是隔壁村上的，今年就给老洪家生了个孙女。那几天儿子刚好回来，我们吃的饭菜就是他弄的。没待几天说是又要走了，我们问小洪媳妇：“舍得老公出去吗？”她笑答：“不舍得又能怎样？好在如今有了网络，每晚都可以抱着女儿同他视频一下。”这小伙倒也争气，外出几年攒了笔钱，自己买了辆车。这样来去也就方便了，走高速七八个小时便能到家。老洪见人总笑嘻嘻的，开这爿餐馆在他也是弄着玩玩，客人不来就自己吃，好些菜都不用花钱去买。像野笋、野芹、蕨菜啥的，或山上或田里，花点力气和时间就都能搞来。我们想吃份小杂鱼，头天晚上跟老洪说了，他拉张网在门前的溪里放着，第二天一早，十几条活蹦乱跳的小鱼便撞他网里来了。

二○一四年四月二十一日晨于上晓起村

还说山里人家

一年后的四月，清明刚过，我们又来到了上晓起村。这回是轻车熟路，行前给孙家女儿发了条微信，告知她动身的日子和坐哪班车，让她母亲把房间留着。去年她忙着复习，终于天遂人愿，编制内的乡小老师让她给考上了。她妈对我们说，全村一共考上两个。另一个是木匠老洪家的女儿。

一日两顿的饭依旧还去老洪家吃。这次见到了他的准女婿。个子不是很高，生得有点黑，但一张口，便觉出见过不少世面。小伙子一九八六年生人，家在几十里外的另一处乡里。大学是在安徽淮南读的，学的医学检验，对口的工作难找，一毕业便随乡人去了广东惠州，在那儿搞了个电动车专卖店。生意不错，赚了钱，也就六年的时间，在惠州买上了房。说那儿的房价不高，十年按揭买了套一百四十平米的。这两年把在乡下开小店的父母和一个十几岁的弟弟全接去了，打算在那儿安营扎寨。这次回来是给老人上坟的，顺便也和未婚妻腻一段。婚事要等到年底办。山里娶亲大都在冬月农闲，那时候大伙都不忙了，才有空来喝你的喜酒。不像城里喝一顿，这里得结结实实闹三天。眼下让老洪一家发愁的，是女儿接下来的去向。嫁了人自然是要跟人走的，好不容易考上的乡小教师就这么弄丢了，有点不舍得。小伙子正在动脑筋，想活动活动，看能不能办个停薪留职。“万一不行，也只有放弃。到哪儿还愁挣不到一碗饭吃！”准女婿雄心勃勃的，可老洪两口子的心思毕竟不一样，养了这么大的姑娘从此就千里之外了，哪能说走就走呀。

此番来，还交上了个新朋友。那天车至婺源天色已晚，孙家妈妈特地联系了辆车来接我们。开车的小伙子姓熊，属马，三十七岁，九江修水县人。十几年前在浙江打工时认识了家在上晓起村的这个林姓姑娘，两人好上了，后来谈婚论嫁，林姑娘不肯跟他去修水，小伙子倒也实诚，说你不去我就来吧。老丈人大气，拿出自己的一块菜地，让女婿挨他旁边盖了间房。站门口一叫，两家都能听见。小两口婚后甜甜蜜蜜，生了两个娃。大的十四了，在江湾镇上念初中；小的七岁，上了村小。隔日我们去熊家坐了坐。却没见着他俩，说是已去了杭州。小熊的舅子在那儿办有一爿拉链厂，他们相帮着做一些对外的业务，家里这一摊则丢给了小熊的父母。他们从修水过来已有了年头，两个娃也都是他们带大的。说起这儿子，老两口挺骄傲，眼下这栋挺洋气的三层楼是他们辛苦攒钱这几年新建的。除了自己住，大部分房间拿出来做了旅馆。每年油菜花开的时候，房间都住得满满的。人虽忙碌，但心里挺乐呵。熊爸今年六十三，颈椎不太好；忙得更多的是熊妈，人虽瘦，却颠颠簸簸地一脸精神。她领我们去看屋后的几块地，虽零碎了点，但被她捣腾得一派生机。

大蒜、韭菜、香菜什么的都长了些，有客人来，跑地里扯一把，也就啥都有了。他家的小楼依山而建，远看满眼青葱。门前一块蛮阔的晒坪，匾子里晾着刚从山上采下的笋衣。想象他们空下来，拖两把小竹椅门前一坐，晒晒太阳，听听溪流，该是多美的一幅图画。

二〇一五年四月十日中午于上晓起村

再记山里人家

这次来在村里待了近十天，交往的圈子也慢慢大起来。彼此熟了，也就把你当了朋友，爱跟你唠点家里面的事。

同我们接触最多的还是孙家妈妈。她干村里的妇女主任二十多年了，说是最近支书念了文件，五十岁不让再干了，选了个三十一岁的接她班，让她两三年里把新手带出来。虽然每天还得去几里路外的村委会上个班，但杂七杂八的事比以前少些了。可家这头的担子依旧还在她肩上。每日里五点多便起床，不远处的老宅里养了一头小猪和五六只鸡，一早得把这些活物先侍候好。紧接着要去菜地，大小有六七块之多，且分在了山中几处，每一块地上种的不一样，活也就每天都有不同。昨日有人推车来，她买了把辣椒苗，已一株株地栽到地里了；今儿是给菊花秧浇水，一把大壶先在老宅里盛足了水，拎过去一垄垄把秧浇个透。包括我们吃的早餐她先前已弄好，搁在了留着余火的锅灶里。昨晚刚包的清明果和一早现煮的鲜鸡蛋没一会儿就端到了饭桌上。平时没客人的时候，她就一个人过。她说这一切也都习惯了，男人出去打工有十几年了，也就过年那个把月会回家来。女儿嫁人也快七年了，每年三四月游客猛的辰光，逢到周末会赶回来给妈搭把手。儿子早一年还在婺源一家公司干的，后觉着老在家门口转悠总非长久之计，今年元宵一过便去了杭州萧山，应聘在一家“海底捞”连锁店干上了。媳妇算是七不离八了，正月里两家已坐在一道喝了“拍板酒”，就等年底给他办大事了。孙家妈妈早早晚晚地苦，“还不是想多攒几个让儿子的婚事办得体面些”，她心里的话对我们也不掖着，快人快语的，性格挺好。“再过个两年不干了，每月有份农保。就等着儿子给我生孙子了，要说忙，也就忙这点事了。”五十刚出头的她，瘦精精的，身体看上去不是顶好，但整天没愁没恼的，就知道吭哧吭哧地干。山里的女人好像都这么一辈辈干过来的。

在老洪家吃饭还认识了一对双双姓江的小两口，两人同年，过完年一起二十八。原本是中学同学，读书时相互瞧上的。江小伙家在二十里外的江湾镇上，可江姑娘是个独生女，她爹妈不想女儿嫁出去。江小伙找人上门提亲时，当爹的放出话来：真要喜欢我姑娘，那就来咱家入赘吧。谁知还真碰上个痴情种，没多寻思江小伙说通了自家爹妈，让亲弟弟在家守二老，自个儿“嫁”到上晓起来了。老丈人其实看上了这孩子的憨厚和肯干，壮壮实实的小女婿一到，这个家等于就添了一个儿。小两口结婚整六年，活蹦乱跳的娃儿已在村小的学前班念书了。老丈人是这一带有名的泥瓦匠，不是给人打下手的那种，而是十八般武艺玩得转的大师傅。村里一户户的这几年都在盖新房，都知道老江的手艺，排着队地候他请他，但他从不粗制滥造，名声看得比啥重，盖一栋三四层的小楼得半年向上的工夫，他绝不为了钞票赶进度，从从容容地把活干好。有了这女婿，自然也就带着他一块干了，于是翁婿成了师徒。一些爬高上低的粗活没含糊丢给了女婿。这样他们就不在外面请人了，大小事儿师徒俩抬着干，顶多让丈母娘时不时地添双手。老丈人观点很明确，人家信得过才来请我们，那我们得惜福，惜这份信任。那天，我和太太一时兴起，爬到了他们即将竣工的三层楼顶。先朝老丈人狠夸了一通佳婿，可他硬是不接茬，一副不苟言笑的严师面孔。想想这小江还真不简单，平日里老丈人这把“刷子”，少不了要在他头上刮的。可背地里小江同我们谈起他师傅，竟是一脸的佩服和得意：论手艺和信誉，不敢往大里说，整个江湾十几个村，能挑头干的大师傅里，如果咱爸自己说第二，那一定没人敢称第一的。听了这话，我们就觉着，这小伙将来一准能成番事儿。

二○一五年四月十四日凌晨三点于上晓起村

南行杂记

冬日十二月，利用休假去福建的永定、南靖二县看土楼。由友人驾车，途经皖赣闽三省，往返两千多公里。行程中颇有几样吃物给我留下较深印象。谨记之。

安庆小麻球

那日上午，我们慕名去了安庆一条有着四百多年历史的老街——倒扒狮街。说这里当年是全省最繁华的闹市区，号称“安徽第一商业街”，可如今却风光不再，盛极一时的老字号已难觅踪影。丈余宽的老街两旁，铺子倒是一家连着一家，可卖的全是服装鞋裤之类。中低档的居多，东西的价格基本不贵。问棉袜价几许，十块钱拿了四双。在一个卖鞋的摊子上，妻惊喜地发现了手工纳底的童鞋，棉棉的很是稀罕，花三十元买了一双。边上竹椅上坐着个纳鞋的老太，看样子有七十多了，头发已几近花白。我们先是问她鞋子怎么卖，叫了几声未见答，老人家像是耳已背了。后从里间出来一个妇人与我们做了这笔生意。

一路荡去，于一处极不显眼的门店，看到了一些很可爱的老式茶点。有交切糖、大京果、云片糕、开口笑等多种，放在那种旧时模样的用厚玻璃隔开的一个个格子里。如今的孩子们对这些已没有多大兴趣，可在我童年的记忆里，这些令人眼馋的美物通常也只有在过年那几天才会很幸福地吃到一些。我让柜台里的营业员给我称了一斤小麻球，一路上我就在吃它。真的是香而脆，脆而酥，几颗入口，嘴巴会香上半天，有酥果的香，芝麻的香。这些年记得在不同的地方也曾买过几次，但远不是这样的味道。后来才发现装麻球的食品袋上印着“中华老字号 百年麦陇香”的字样。还能把这类卖不出什么大价钱的小吃物做得如此精细和考究的老字号，怕也真是不多了。

永定芋子包

远涉千里去永定是奔“世界文化遗产”土楼去的。土楼在福建省境内说是有上万座之多。而最具代表性和观赏性的土楼则首推龙岩所辖永定县洪坑村的土楼群和漳州所辖田螺坑的土楼群。我们先去的是永定，在洪坑村看了三座土楼。三座楼中又以振成楼名头最响，原因是二〇〇九年的除夕，时任国家主席胡锦涛曾来到这里给村民拜年。该楼已有一百多年的历史,楼前有一块开阔地,可纳千人之众,胡主席光临时欢声雷动的场面亦可想见。

参观此处楼群，我们没买门票，但门票钱却给了一个约莫三十岁的女导游小林。扎根独辫的她在我们的车临近景区时便毛遂自荐地游说，列出了几条跟她走的好处。想想我们也就依了她。她家原本也住在其中的一座楼里，现在租给别人做生意了。她做导游挺敬业，几座楼的来龙去脉、枝枝叶叶都能说出个子丑寅卯。她讲解时不喜欢你东张西望，要你看着她的嘴；爱拍照的妻几次跑开，她脸上明显有不悦之色。说了一会儿，她便领我们去看一间悬挂了不少油画的画室。主人自号光头画师，也姓林，早些年毕业于杭州的中国美院，油画画得还真不赖。我们与林画家交谈一番后，买了他的一幅《苗族女子》。再后来小林又热情地带我们去左近的一处窄窄的门面房里喝茶，一再说喝茶不要钱的，只是让你们歇歇脚。不大的一张小木桌上摆着茶具，一个瘦瘦的小伙子技艺挺娴熟地为我们泡了橘子茶、桂花茶、金骏眉、乌金等多种不同的茶，并一一介绍各种茶的优劣和泡茶的一些讲究。入座后我们知道了小伙子便是这小林的爱人，他原本在广东东莞打工的，可架不住女人几次三番的规劝，也就回来了。他说，给老婆打打下手，小茶馆里坐坐人也不是很累，捎带着向游客推荐一些价廉物美的地产茶，要说价格比起在城里茶行买自然便宜得多。就这么一来二去地说说聊聊，几乎是不露痕迹地一笔生意便做成了。几种茶我们都称了一点，在他茶摊上消费了四百元。其实家里茶也不缺，只是觉得小两口那么殷勤，让人家白忙乎有点不好意思。

中午饭是在楼中的一处农家菜馆解决的。菜价要得挺高，但做菜手艺却一般般。倒是一种上笼蒸的芋子包让喜欢烹饪的太太有了几分爱意，她还饶有兴致地向厨师打听来了大致的做法：芋头子晒干了磨成粉，再兑以黏性较强的糯米粉，用开水调和揉捏，而后的程序与做包子一样。里面的馅有肉丁、笋丁、香菇丁等，都是一级鲜的料，凑在一起自然味美了。上笼一蒸，包子皮呈半透明的淡紫色，芋子那幽幽的清香也隐约可品。

广昌腐竹

在有着“人间仙境”之美称的福建南靖县云水谣古镇赏玩了半日，约莫下午两点多，我们的车启程往江西上饶方向开。途经古田、长汀、龙岩，至晚七点，下高速，夜宿江西一座不大的县城广昌。

入住旅店后，拎着一瓶酒，随意地找了一处夜排档，点了几个菜。老板姓谢，四十岁上下，忙前忙后地挺周到。问他生意好不好，一般做到几点，他答总要弄到凌晨两三点的样子。一些人打完了牌，再到这儿来喝两盅，价格不贵，菜热乎，闹闹腾腾地嚷上几嗓子。他说干这行也有好几年了，人挺辛苦，但终究比租个门面房搞饭店，成本要低得多，苦呀累的也能多落几个。孩子还在上高中，将来用钱的地方还多着哩。

烧的几只菜，手艺都还说得过去，味道最好的是那只肉沫腐竹煲。那腐竹白白软软的，口感极佳，又入了肉沫的鲜，其美味可以想象。在好多大饭店吃过腐竹，大都烧不烂。有着“中国豆腐之乡”之称的淮南，早几年去时，也曾品尝过那儿的腐竹，却还是不敢恭维。而今却在这名不见经传的赣中小城，吃到了如此上好的腐竹，我们几个都有点大喜过望。席间向谢老板打听此物何处可买，他用手指指，就在不远处的小菜场。

于是次日一早，妻便按图索骥，去小菜场寻了一圈，买了几斤兴冲冲地放在了车上。

广丰土鸡

上饶所辖的广丰县是我父亲的出生地。十八年前的清明，七十四岁依旧还很健朗的父亲领着我们兄妹几个回乡给祖母修坟祭祀，那是生在异乡的我们第一次远行千里随父踏上祖籍地。当时依旧还很贫穷的乡亲对父亲及我们的到来，表现出了极大的热情。记得我们曾应邀去了多家做客，尽管做出的饭菜不甚可口，但感觉到他们已是极尽所能把最好的东西拿出来待客了。临行前的那天下午，在一处开阔的屋顶阳台上，我们用带去的相机，与一批批乡亲轮番拍了合影。乡政府还特地找了辆有点破旧的面包车送我们到城里，车子开出村的时候，先行跑出去的几个乡亲，点燃了长竹竿上缠着的鞭炮，噼噼叭叭的爆竹声一直尾随着我们的车辆响了好久。

十八年前身手矫健地陪同我们一起回乡的大表叔如今已不在了。他和我们一家感情颇笃，两年多前他因病去世时，正赶上父亲那一段也病重，未能返乡参加他的葬礼，心头一直留有遗憾。此行我便特意增加了广丰这一站，想给记忆里一直是胖乎乎、笑眯眯的大表叔赔个不是。头天给在上饶工作的表弟（大表叔的长子）通了电话，他早早地开着自己的车先至广丰迎候我们，而后一道驱车去了县郊的一处山村。翻过一座杂草丛生的山冈，我搀着因受伤而腿脚不太利索的妻子，站在了大表叔冷清的坟前，山风猎猎，伴我一吐心中的哀思和迟来的歉意。

当晚，一直在广丰生活的小表叔及婶婶，把他们的四个女儿，连同三个女婿和六个孙儿孙女一起找来，浩浩荡荡一大家子，在远郊一处叫作“田园山庄”的饭馆摆了一桌，以隆重的礼节，宴请我这远道而来的表侄。这小表叔在他们同胞四兄弟里，书算读得少的，且一直也没挪窝，但他肯吃苦，多种营生皆有涉猎。如今四朵金花全部长大成人，也都一个个懂得孝敬，这让才六十四岁的小表叔说不出有几多的欢喜。饭桌上一个小孙女一直在他腿上坐着，他别着胳膊喝着酒，一脸慈爱地陶醉在人丁兴旺的欢乐里。

“田园山庄”那晚的菜肴，也的确给小表叔长了脸。山庄虽地处一隅，但菜一上桌，你这才晓得什么叫真人不露相。鲶鱼烩粉皮，是第一道上的大菜，那鱼肉切成寸段，葱姜蒜头红焖，出奇的鲜嫩，搁了一点辣子，显出道地的赣菜口味，说是野生的，看来货真价实。还有红烧牛羊肉，苦瓜胀蛋什么的，可圈可点者不下七八样。最让我挥之不去的是那道红烧土鸡，真是久违了的那种天赐美味——来自场头田垄里那谷粒和草虫的精气神仿佛全凝在了里面。平时我们在城里的菜场，也会买些所谓的土鸡回去烧，但无论你怎么下功夫，烧出来的鸡肉总是老巴巴的，嚼不烂，且滋味也寡得很，全没了鲜香二字。想如今谁都知道赚钱是硬道理，专业性的养鸡场据说给鸡打激素，吃拌了添加剂的鸡饲料，三个月便让它走完一生。

谢谢广丰老家的农人，还能有这份不为钱所动的定力，用良心和爱喂养出真正的土鸡。

打拼在异乡

前不久去了一趟贵州，在贵阳、六盘水等地作了短暂的逗留。有限的时间里接触了几个不同类型的人，发现了他们身上的共同点，那就是都在异乡的土地上打拼——

接待我们的小高是江苏高邮人，大学毕业有八九年了，先是在上海，后来去了北京，在一家做智慧社区的科技企业干到了中层。一年多以前，公司为了拓展业务，派他到贵阳来。小伙子结婚时间不长，有个女儿才两岁，现由妻子带着住在高邮外婆家。他独自一人在贵阳租了房，一段时间的攻坚战，局面已初步打开；目前正忙着招兵买马向市属各区渗透。他所干的事情听起来有点科技含量，是“连接政府和老百姓最后一公里，解决民生、社会综合治理等问题”的，主要同一些政府部门打交道。这里面当然有工作上的技巧和所需掌握的尺度，而这个也才三十三岁的年轻人似已了然于胸了。问他想孩子吗，他说当然，隔一段时间会飞回去看看。好在如今交通便捷了,贵阳有直飞扬泰的班机,起个早,中午就能抱上娃。

假如说小高的身上多少还透着点书生气的话，那后来在六盘水遇上的小王已不缺岁月所馈赠的风尘了。这个一口东北口音的大连汉子，来贵州已有十几年。一九七七年出生的他算见过些世面了，从旅游学校毕业后进了大连一家五星级酒店，凑巧碰上新加坡喜来登的老总不知因何看上了他，让他去狮城干了两年，洗厕所、修草坪、餐厅主管、大堂经理啥的都干了，两年后想重用他，孰料他反倒炒了洋老板的鱿鱼，收拾行李重回大连。这以后也像鬼使神差的，在大连认识了一个贵阳来的也是做酒店的老总，两人谈得投机，闹“非典”那年，他居然就被此人忽悠，乘了足足七十个小时的火车（那时还没高铁）奔贵阳来了。先前几年还是干的酒店，做销售经理，后来命中注定似的有缘结识了一个在六盘水长大的比他大三岁的女人，这让他从此在数千里之外的异乡扎下根来。太太是搞旅行社的，不久后他也从酒店出来，夫妻联手，在贵阳、六盘水各占一个码头。六盘水号称中国凉都，这些年夏天来这儿歇暑的人渐渐多了，有几条旅游线路还就是在小王手上开出来的。他对我说，干咱这一行，餐风饮露甚至担惊受怕都是少不了的，游客袋子里的那两个钱挖出来谈何容易。

生活对每个人可能都有些不可知的未来在那儿等着你。那晚我们在六盘水一家很不起眼的小饭馆就餐，老板娘来自四川泸州，今年快五十了。说当初到这儿来，是因为这里有个在公家做事的老表哥，本想干两年赚一票就回去的，没想到一口气竟干了十几年，如今房也买了车也买了，打算安营扎寨了。她说话不慌不忙的，很有章法的样子。这个叫作“姐妹川菜”的小餐馆是她同别人合伙开的,一直挺红火,没请厨师,菜是自己弄,给她打下手的是从老家跟来的侄儿。问她老公为啥不在,答曰在一家快件公司当办公室主任哩。交谈中说到给了他们一家很多帮助的老表哥已在两年前过世了,她显得很动感情,眼眶都红了。步出店门时不经意看到墙角处一只瓦缸里开着的花,她说那是发芽的土豆自己长出来的,这情景颇似这位尚不知名姓的女主人,命运把她丢在了异乡,她也就顺其自然地在那拱出不屈的生命花来。

还想说一个未曾谋面的人物。他是苗族人,出生在黔东南山区的一个小县城里,幼年曾随当民办教师的母亲在苗乡生活。因营养不良而双腿瘫痪,后来奇迹般地重新站起。一九八二年高中毕业考入南京林大,毕业后回到贵阳,在林研所、省高院和省府大院分别干过工程师、法官和公务员,就在其娶妻生子、事业有成的而立之年,他毅然带着全家移居万里之外的新西兰。于是一切又从头开始,餐厅洗碗工、面包房学徒……一样样地干过来。二十年时光不再，坎坷的遭遇给了他常人所不及的丰富而充盈的人生，他因此写下两部厚厚的大书，交由家乡的贵州大学出版社出版。如今年已五旬的他以一名外资公司驻华机构高管的身份往来于中新两地，在贵阳最繁华的商务区他买下了一个楼层，开设了一家名为“非同”的主题酒店，我们此行也就下塌于此。电梯开启，那柔软的地毯上很别致地摆放着几摞酒店主人的著作，入住的客人可随意取读。

——忽然就想起了一首歌《敢问路在何方》，这几位身在异乡打拼的人儿，其实正是我们这个剧烈变化的时代所特有的折光。是的，无论成功，或者失败，凡事只要经历了，也就不负这个时代了。

二〇一六年七月五日凌晨

台湾行

二〇〇八年秋，随江苏省版权协会赴台考察团，至台北、新竹、南投、嘉义、高雄等地逗留，参观考察。虽时过五年之久，但行程中的一些亲历和感触，仍时现脑际，未曾忘怀。

——题记

金门高粱

此乃一等好酒，敢与大陆的茅台、五粮液等酒中翘楚一比高下。在台期间，有幸几次品尝到她芳香馥郁的美味。

此酒产地金门，最早生产她的九龙江酒厂就设在金门岛城南门，后于一九五六年正式更名为金门酒厂（比茅台酒厂晚了一年）。一大批由大陆过去的老兵，喝惯了那种高度烈性的白酒，金门高粱可谓是专为他们而造，让他们一醉方休，在酒里找到回家的感觉——一瓶开启，思乡情浓酒更浓。

记得一九九一年我出差去厦门鼓浪屿，在一岛上用望远镜十分清晰地看到了金门。脚下的海水紧密相连，两岛相隔也就咫尺之遥。

而这样的对峙竟达几十年之久，两边都有重兵把守。

好在一场手足相残的炮火终究没有再度点燃。在金门戒备森严的高炮背后，浓烈的高粱酒欢快出槽——她成了呼唤两岸沟通和冰释前嫌的最恰当的使者——二○○五年，连战、宋楚瑜、郁慕明等先后访问大陆，他们给中共领导人所赠的礼品都是这饶有深味的金门高粱。

蛋阿婆

往南投，环湖游览了山清水秀的日月潭，而后一行人又向近处的文武庙、玄光寺走去。

途经一小山，山间有一处很别致的安排：吃一种阿婆香菇蛋。

这位阿婆当时已七十八岁了，说她二十多岁时便开始做这种用山里的香菇为佐料精心制作的煮鸡蛋来卖。做了五十年，卖了五十年，当年青春美貌的“蛋西施”如今变成了“蛋阿婆”。一只锅被她做成了一个品牌产业，如今她的“阿婆香菇蛋”一天要卖出去几千甚至上万只。

可惜那天未能见到这位传奇人物蛋阿婆，但我却很虔诚地排了队买了她的香菇蛋，分给我的同行者品尝。

想象一双玲珑纤巧的手，在五十年漫长的岁月里，日复一日地做着同样的一件事，这要有多大的定力和耐心呵！单调、寂寞、清贫，所有这一切似乎都无法改变一颗澄静如水的心。

我怎能不为这样执着的老人献上深深的祝福！

席地而坐的少年

从阿里山重峦叠嶂的丛林里出来，已近傍晚时分，车载我们去了嘉义。

当晚下榻于这家叫作童年的度假村。设计者一定是动足了脑筋，从每一间客房到走廊到门厅，乃至户外的院落，无不融入一种浓郁的乡村风情和天真烂漫的儿童色彩。每一个入住者似都有了时光倒流重返童年的感觉。

更有意思的是，次日清晨，在洒满阳光的餐厅里我们竟邂逅了一批来这里度假的孩子们，他们是来自台北一所小学的四五年级的学生。吃自助餐时他们井然有序地排着队，依次往前挪动。没有人说话，队伍很安静。老师跟一个像是班长模样的同学轻轻叮咛了一句：让他们吃多少取多少，不要多拿。待他们吃完后离开餐桌，我注意看了一下，几乎没有一只餐盘留下剩余的食物。

一会儿又在进门的大厅里看见了这批孩子，他们还在等车，各自的拉杆箱摆放得整整齐齐；未见那种嬉笑打闹的场景，而是肩挨肩地席地而坐。老师在一旁跟他们讲着什么，他们很凝神地听着，那情形就像一群纪律严明、训练有素的战士。

桃李不言，下自成蹊。若干端坐着的台北少年，用他们默默的身形阐释着中华文化的传统礼仪；而在这样的画面面前，身为成年人的我们则多少感到了一点如芒刺背的汗颜。

难忘高雄

高雄是一座很美的城市，一条听名字就温馨无比的爱河，从她的身旁横贯而过。城市的设计者在爱河的沿岸巧夺天工地造出了一条完整的自行车道系统，以人文、生态、小区邻里为主轴，将爱河沿线的秀丽风光、亲水设施、公园绿地、博物馆群及小区风情悉数纳入。春和日丽或秋高气爽之时，三两好友，踏一部自行车在此结伴而行，简直就像在一轴徐徐展开的长卷里尽情遨游。

我们在高雄的那天晚上，从真爱码头上船，在静静流淌的船舶之上，一睹了爱河入夜后的天然娇态。坐在船里看两岸，灯火闪烁且变幻，好似一条五颜六色的光之河，把忙碌了一天将入睡梦的爱河照得波光粼粼，更添了几分妩媚。

还让我难忘的是次日上午的一次购物。

考察团给大家安排了一个小时的时间。车停在大远百货的门前。先乘电梯上到十一楼，而后一层层地下，快速浏览。在五楼和六楼我的脚步停了下来，这里专售女装，我大约跑了七八个摊位，想给妻子挑一件秋冬时穿的外衣。我一家家地问过去，请售货员帮我参谋，发现她们无一例外地笑脸相迎，热情且客气。有两位我还请她们帮忙试穿了不同的款式，她们不厌其烦，一一满足了我的要求。最终购得一件蝙蝠袖的羊毛薄呢短大衣，我再三谢过，满意而去。

这一回购物的情景令我在后来的日子里时常忆起。

我的感触是，一张亲切而好客的笑脸，有时候，的确就让你记住了这座城市。

二〇一三年十二月三十一日

西山闲笔

一

第一次去西山是二〇〇二年，那是在秋天。我们先在隔湖相望的东山一处船餐厅上吃了午饭，后由友人找来一条汽艇，从水上送我们去的西山。快艇在浩瀚的湖面上疾驶，迎着猎猎湖风，穿行二十多分钟，驶达石公山下的码头。

那是我与培德君的第一次相见。他专程来码头边接我。其时他四十岁，正值壮年，是西山中心小学的校长（此前的二十多年里，他一直在这个岛上从事着小学教育工作）。同时他还是对西山的每一处景点、每一则人文掌故烂熟于心的“西山通”。教学管理之余他编写了多部发掘西山历史文化的专著，受到诸多到访游客的热捧。

因了与培德君的这份气息相投，之后的十几年里，几乎每年我们都会来西山一次。西山有太多引以为豪的大自然赠予它的风水宝物，诸如春季的碧螺春茶，初夏的枇杷、杨梅，深秋的银杏、板栗、橘子，等等，我们都曾很幸运地领略过它们奇妙的风味。

二

先前我们大都是请朋友开车去的，这一回我们换了一种走法：由南京乘高铁至苏州，出站后，乘市区六十九路公交，行经六十七个站头，抵达仇巷（西山岛内的一个村子）。行前给培德君通了电话，请他帮助联系了一处环境幽雅的农家乐，打算在这儿小住几日，吃吃杨梅，会会老友。

正赶上江南特有的梅雨季节，我们在车站等公交的时候，雨便慢慢大了。两小时的车程，雨水伴我们殷勤地落了一路。好在要寻的住处，就在公交站点的马路对面。

入住的这户人家姓沈，男主人五十多了，似不太言语，但做事却显麻溜妥帖。一幢四层的小楼说建好快十年了，但看上去并不落伍。与邻近几处农家乐相比，沈家的院落显得特别阔大。闲聊中获知，经营有方的沈老板是把家中原本分散的几处地块，与人做了置换，归拢在一道，才有了这四亩多地。极气派的门楼前，辟出一块足有一百平米的停车场；门前还矗了片硕大的太湖石，邀当地书家题写了客栈名。

入得院内，见一半遮半掩的水池，镜面般碧清；贴墙栽植着紫玉兰、紫薇等几株树木和一蓬修竹；树干粗细不一，雨中望去，浮漾着盈盈绿意。四层楼内除了两间自住，尚有十多间对外的客房。介绍说一年中有些季节和日子他们是十分忙碌的，来自周边城市的游人大多是自驾来这里采枇杷或买银杏，会提前预约住上一晚，顺便品尝一下沈老板不错的厨艺。

他们家是男主内，女主外。男人在屋里忙，女人在镇上的幼儿园当园长。生有一子已三十出头，在苏州市里一家建设公司做监理，媳妇是医院妇产科的医生。小两口在苏州买的房结的婚，女儿都已六岁了。这孩子生下不久便抱来西山乡下，由爷爷奶奶一手带大。

三

此番见到的培德君，已是卸去了工作的重担，“无官一身轻”了。小学校长这活他前后干了三十一年，去年年底正式办了退休。但忙惯了的人似乎总闲不下来。这不，区教育局还延聘他和另几位老校长为督学，每月需到区辖的八所小学走走看看，说一些他们的经验和意见。镇上的领导也来邀他，西山一些人文典籍的编撰，请他主持或具体执笔，且特地在一处景点里为他腾出间办公室来。

脑子聪明的他竟然用很短的时间学会了开车，主要是经常得去苏州看望他那双胞胎的小孙孙。儿子一家早些年便在苏州定居生活了，因此夫人也就更多时间留住苏州，帮着照看业已六岁的一对顽皮娃。

培德的父母高堂都还健在，二老均已八十开外。母亲长父亲两岁，身体却好过父亲。父亲近年因患脑梗和其他疾病，多次入院就诊。身为长子的培德总是带头侍奉父亲于左右。记得若干年前读过他一篇谈孝道的文章，而今他是身体力行，续写生活中的行孝之作。

四

因了住店的关系与沈老板也慢慢熟了，约略知道了他的一些人生经历。他是标准的西山土著，二十岁去山东当了五年的兵，回来后先在一个乡办厂干了两年，后来考了张驾照，到镇上一家专门生产石材的厂子开了十多年的车，往全国各地运送石材。再后来因为治理环境加大力度，岛上的一些水泥厂、石材厂都被关了。他人还算活络，又去考了张开大车的照。那辰光太湖大桥建起来了，苏州至西山的公交也通了,他很快成了这条线上的驾驶员。但那碗饭并不好吃，每天得跑三个来回，早六点一直干到晚九点，工作强度实在太大。干完三年只好打了退堂鼓。

这以后便忙家里的建房，那时候西山搞农家乐的还不多，他算较早的一批。这一弄便是近十年，基本上大小事情也就他一个人对付。来的客人实在多了，会从村里临时请一两个帮工。还不光就忙这些，不远的山里自家种了不少的杨梅、枇杷、橘子，还包括一些挺费劲的茶树,都得他腾出手来去打理。说到这个，他讲话的口气有点沉重，且不无感伤地流露出几分忧虑。说用不了多久我们这些“五〇后”“六〇后”也都老了，这满山的树呀谁来侍弄?儿子他们是别指望了，一大批西山后代都已陆陆续续离开了这里。祖辈们延续至今的生产、生活方式，或许在他们这代人身上便告终结。

我由此联想到这两天在村里转的情形，走过了不少的人家，还真没看到一张年轻的面孔。又想起头天从苏州乘公交车过来，车上见到几位上了年纪的农妇，她们是一大早担着杨梅去苏州城里卖，赶上了落雨，没卖掉多少，只好又乘车把东西担回来。像这样的场景，估计要不了多少年，也就很难碰到了。

这个岛上种杨梅采杨梅的人呀都会慢慢老去。

五

持这种感伤和担忧的一定不止沈老板一个，而改变这种状况或者说洞察这里面商机的，也就自然会应运而生。我有位见过两面的朋友，她原本在新加坡生活，回西山来是寻根问祖的，结果被这里满山的珍果迷住了。几经琢磨，她留了下来，利用手中的一些资源，做起了枇杷、杨梅的海内外空运生意。她在这儿租用了冷库，把枇杷从果农手上较大批量地收购过来，先暂时冷藏；同时通过网络和各种途径进行销售。还与快件公司联手，早几个月便印制好了发运的专用纸箱。采摘旺季，她在网上招聘了一批周末勤工俭学的大学生，以速成法培训学生踩着梯子上树采摘。她对我说好多方面还都缺乏经验，都在一步步摸索中。比如运往国外，要提供一系列的食品检验检疫证明，尽管出去的价格能卖得较高，但手续的繁杂和对果品保鲜的要求，一定程度地束缚了销售。她说看到村里一些体弱多病的老人，因满树的果实无力采摘而向他们求助，她真恨不得生出三头六臂来。

想象着西山的未来，估计这样的外来介入者会越来越多。毕竟这是一块富庶的土地，有着许多得天独厚的天然优势，满山的奇珍异果，相信会有一批年轻的有识之士前来接手。如同传说中的“商山四皓”当年不远千里归隐西山，现如今，不乏眼光的各路好汉想来自会以各种路数来此一试身手。

水是流动的，有人出去也就会有人进来。西山的历史总归是由一代代新人往下写的，只是，每个时代会有一副不同的笔墨。

二〇一七年六月二十日至二十二日，西山仇巷

辑四

生命中那些与你觥筹交错、

推杯换盏的画面，

随着时光的流逝，会逐渐淡忘；

而同你一起蒙羞受难，

一起挥泪流血的那个人

或某些特定的场景，

则令你无法磨灭，与你纠葛一生。

吃吃想想

一

木心先生有一段文字说到粥：没有比粥更温柔的了。念予毕生流离红尘，就找不到一个似粥温柔的人。

顺着他这句话，我想说一点差不多的意思。

那天一早起来，想起姐姐以前裹的白粽子。又叫清水粽，里面啥也不放，只有粽叶的清香和糯米本身的味道。单纯，也正宗。解开粽叶，望着它一副白生生的模样，不知何故想到了敦厚这个词。敦厚，可能不光指脾气和性情，在世人的眼里，它或还指一种美德。但放眼望去，真正的敦厚之人又能寻出多少呢？

二

好多年前去大连，朋友多餐招待海鲜。吃之前，见他们都习以为常地啃几瓣生蒜头。知道是好东西，杀菌排毒，对身体有益。但那股辛辣，我等的舌头似乎总也消受不了。

南方人许多菜里也搁点蒜头，虽切碎了，但一般却不直接拿来吃，只是要它那点意思。去去腥，也提提鲜吧。

记得父亲晚年时，常买那种腌制的糖醋蒜头来吃。比起生蒜，辣劲已弱了许多，但冲鼻子的味道还有。不过这玩意儿开胃，稀饭可以多喝两碗。

这些年龙虾流行，吃法也弄出了不少花样，诸如十三香、蒜泥、清蒸、冰镇等。十三香适合重口味，相比之下，蒜泥要温和些。见小饭店的老板用打豆浆的机子将蒜头打成泥糊状，倒进煮沸的龙虾里，成功解决了南方人很少吃生蒜的问题。大盆龙虾啖完，那鲜美的汤汁则用来拌面，蒜泥也就一屑不剩地全入了肚子。

保健书上说，春夏之交多食蒜。好厨师还真抵半个医生哩。

三

去年春节前，省城的一家报纸做了个“年夜饭”的策划——全省十三个设县区的市，每市选出一道代表性菜点，派记者去当地采写相关文章，版面做得很漂亮，满纸流溢民俗风情。蒙策划者高看，给我也派了个“穿插性”的活，让我就每道菜写一则百字点评，以点缀和活跃版面。十三个菜名发到了我手机上，要求当晚交卷。不免有些头大。其中一些菜点亲口尝过，自然有话可说；而有的只是听说而已，并无直接体验。好在也就百十个字，没吃过，可以想象嘛。

单说其中一道：泰州溱潼鱼圆。还真就无缘吃过，但此处每年搞得闹猛的会船已是如雷贯耳，于是便由此展延开来，写出了如下文字：“目睹你此刻惬意且倩巧的身形，我却想到了八百年前岳家军阻击金兵的猎猎军旗，还想到十里溱湖上百舸争流千帆竞发的威风凛凛，而那万顷碧波之下，分明有你不无欢悦的追逐和腾跳。”

十三道菜的评点第二天见报了，微信版也在朋友圈转了。好家伙，反馈竟有点“炸开锅”的味道。集中为两种意见，一是认为所选某菜肴，不具备该地代表性，比较公认的应当是另一种菜。二是认为某菜肴选得并无不当，但在这一区域，还轮不到它来坐“龙头椅”。比如鱼圆，泰州范围内名气较响的，朋友们列出了好几处。印象最深的，是兴化一哥们的留言，说全市选出五处鱼圆打擂台，胜出者恐是咱们沙沟大鱼圆。并向我介绍其特别的做法：剁成鱼泥后，还须入油锅煎炸，使鱼圆形成金黄表皮，不只喷香，口感也好，而内里仍然鲜嫩多汁，软滑爽口。这哥们特别强调，制作时不放任何调料。

后来我上百度看了，说当年乾隆爷路过沙沟，就是这大鱼圆，一口气连吃八只，而后给出了八个字的评价：外皮似金，内肉如银。

一千个读者就有一千个“哈姆雷特”。鱼圆好像也是。不久前，我所居住的小区楼下，新开了一处专营农副产品的连锁店,供应方为句容一家农场。那日进店，售货员向我特别推荐当日送来的新鲜鱼圆，我试购一盒，回家尝了，味道果然不错。

由此可见，好鱼圆并非一定某地才有。说穿了，所谓好，也就是真材实料（当然不排除制作技艺上的高低），而倘是鱼肉里掺了其他的什么，哪怕你制作时再耍什么技巧，恐也蒙不过那一张张尝尽人间百味的吃货们的嘴。

二〇一八年五月九日

妻在山中

这处世外桃源般的古村落，是她看电视发现的，说是南昌的一个农学教授，来这里向村民们推广一种皇菊的种植，带动了全村致富。村子藏在山里，自然风光绝佳；一条走了几百年的青石板路，挡住了车辆，也把尘世的嘈杂挡在了山外，使得此处十分难得地保留了原生态的静谧和古朴。

连续两年的春天，我们不远千里来这儿小住，几乎每一幢民居，每一条曲曲弯弯的水巷，都留有她欢快的足迹——

她站在田边，看老牛犁田，看雪亮的犁铧翻出花一样的泥浪；那拴在一旁的小牛犊天真无邪地吃草、玩耍，偶尔回眸，瞅瞅妈妈还在不在。见此情景，她会出神地看上半天。

门前树下的一只小狗，成了她每天拜访的好友。去小商店买回一些吃物，早早晚晚要去喂几次，这狗也熟识了她，听到她的脚步声，大老远就朝她汪汪地伸舌头。

她背着相机，一次次出没于村中。远山近水，古樟石桥，屋前菜地，房后柴垛，庭院的盆花觅食的鸡，遮雨廊棚下闲聊的老人，河埠头汰洗被褥的村妇……全被她一一摄入镜头。

在我们搭伙的洪家，她同八十六岁的婆婆拉呱，聊春雨后山林间有哪些美味野菜；给这婆婆的重外孙——还在站筒里咿呀的娃儿抓拍了各种神态。

跟着房东孙家妈妈学做清明果，将掺了草汁的米粉揉透、搓圆、包馅，而后给孙妈妈打下手，用柴灶蒸出满屋清香。

看人家建房造屋，她牵着我的手爬上那尚未竣工的三楼，与大师傅兴致勃勃地聊上一通；冷不丁钻进只有四个教室的村小，扒着门缝偷听了半节孩子们的音乐课……

——记得她早年曾有一篇散文，说她的前世恍若就在江南的某处水镇，她的灵魂鱼一般地一直在那些烟雨迷蒙的青黑色老宅子里游弋。

似乎是一种梦境的重现，如今在这方水土之上她找到了自己精神的原乡，也找到了一处让心灵栖息的驿站。

二〇一五年四月十二日于江西婺源上晓起村

去安德门买花

自打有了地铁，切实感觉到城市变小了，距离已不再是问题。记得二十多年前，去看诗人马铃薯兄弟（他那会儿在位于安德门的江苏公安专科学校当老师），从我住的光华门乘公交，费了老鼻子劲才到。那时候的安德门一带，心理上感觉很乡下。留下点印象的，是公安学校里有个射击场（学员们训练用的），显得开阔而剽悍。

大约在去年冬日的某一天，太太要买花，上网搜到了安德门有一处花卉市场，于是便由现在的住处——中央门乘了地铁去，也就八站路，没多一会儿就到了。那儿的市场，看模样原先是个村落。大致散落开的房屋有几十户之多，完全一种乡间住家的格局。因为经营的需要，后来陆续对房屋进行了改造。不少在室内搭起了塑料大棚，养一些娇贵的需保持温控的品种。一些常见的更适合老百姓赏玩的普通花卉，则随意摆放在室外门前，任由阳光和风雨去打理它们。那儿的花市也有了一定的气候，不只是品类较多，价格也比一般市面上的花店便宜不少。比如一盆月季，家门口花店敢要五十元，那儿只卖十五元。我随太太去了几次，搜罗来的各类盆花已达五六十种。有一回是让女婿开车去的，后备箱里塞了个满满当当。

有了这些花儿，太太便有得忙了，一大早起来，登登登地上了楼。南北两处露台，一盆盆地用壶洒下细密的水珠，那神情颇似给一批孩子喂奶。平素碰到点什么烦心的事儿，她也有了解闷的招——走，去安德门买花！

杨姐的心愿

杨姐是位“辣妹子”，十九岁随夫君从湖南株洲来到南京，在一家军工企业干机床，一直干到五十岁。退休后的这二十多年里，她一手带大了三个小孙孙，还断断续续地读了十多年的老年大学；读着读着竟迷上了写作，背着老伴给报纸投稿（说是怕老伴笑她自不量力），从开始的“豆腐干”到后来的千字文，居然发了有百篇之多。再后来，有热心人帮着张罗给她出了一本书，让这个七十二岁的属马的老人在她生命的晚霞里收获了一份特别的礼物。

杨姐的老伴大她三岁，个儿不高却活得十分精彩。退休前也一直干的技术活，是一家厂子的工程师。设计、制作、维修什么的，样样都拿得起。六十岁往后他热衷于环保，和几个老哥凑在一道捣鼓纳米生物复合设备，申请了好几个国家级的发明专利。六十五岁那年用一个夏天偷偷学会了开车，拿到了驾照；只花了两万多，买回一辆“安驰”牌二手老爷车。车老坏，倒让他学到了不少修车的本事，这样的车他照样开到几百里外的苏锡常去。到了七十岁，他还闲不住，买了许多零部件回来，自己动手装配那种轻巧便捷的折叠自行车，并向老友们推广。半个多月里一气装了十多辆，无偿地送给那些家庭较困难却有孩子在学校念书的邻居们。

忙得有滋有味让人艳羡的这老两口，突然在去年冬天遭遇了他们人生中最大的一次寒流——老伴因颅内的血管瘤，做了一次大手术而意识无法恢复，几近植物人。杨姐陪伴他辗转几家医院，寻求康复，但效果不佳；且因长期卧床而染上褥疮。一个原本那般活泼健朗，像有使不完劲的可爱的小老头，就这么让病魔给击垮了。但生性坚韧执着的杨姐，说什么也不愿服输。那天我们去病房探视，杨姐噙着泪对我说：我在家里每天做好各种有营养的流质带来，每天都在他耳边叫唤，和他说话，或许哪一天他就会醒来。我只想他褥疮能治好，重新坐起来，这样我可以用手推车推他外面走走，哪怕他不说话，我也愿意就这么一天天地推着他。

都说少年夫妻老来伴，这对业已走过了金婚的老人，愿上苍能眷顾他们——我在心底默默地祷告。

二〇一四年八月二十五日

颐养苑

去年冬天，老岳母因病突然走了。妻子舍不得她爸孤单，把老人接到我们这儿过了几个月。每日里好吃好喝侍候，也带他四下走走散心；还挑了好几部电视连续剧，让他在网上每天看几集。但这里毕竟没他说话的朋友，也没什么具体的事儿可做，时间长了不免觉着有些闷郁。

后来便想到了养老院。于是回到岳父先前生活的那个城市，考察了几处，最后选中了一家。名字就颇雅：颐养苑，回避了老人怕见的那个“老”字。苑者，还真是栽种了不少树木，有点荟萃的意思。

一幢环形楼，七层，电梯上下；进门的大厅整洁宽敞，挂有不少寿比南山一类的字画。食堂弄得很干净，一日三餐有不错的伙食，到点由专人送到房间（这对于不擅做饭的岳父，首要问题也就解决了）。住宿的两人间，南北通风，冬暖夏凉。每一楼层还配有医护人员，小毛小病的可以不用出门。

还是妻子想得周到，特地从家里带了几盆开得正艳的花去，让她老爸每天晨起给花浇水，从劳碌中享受生活乐趣；还从为他拍摄的一大堆照片里挑了几幅最精神的，去相馆放大，配了镜框，挂房间墙上，让他每天瞅着自己乐一乐。那儿的生活还挺丰富，读书看报，打打麻将，餐后庭院散步，回屋新闻联播。时不时地还会有一些亲友过来看他，同他摆摆龙门阵。我们也就三四个星期便开车过去，把他接出来，到附近一些景点转转，晚来翁婿还喝上两杯。

和早几个月比，老泰山不再唉声叹气，状态好了许多。每天一大早妻和他通话，那声音亮亮的能震你耳膜。有意思的是，八十岁的人了还乐颠颠地给人当义工——同房间的那个王老已动弹不了，经常尿床，于是他会起夜几次给王老把尿，倒尿壶。他不无自豪地对我们说：我只比他小一岁，可身体比他好得多，他整天躺着，哪都去不了。一位信佛的朋友为此称岳父为“施主”，说在别人需要时给人以方便，这叫“无畏布施”。岳父闻听此言自然开心，这样的事也就干得更起劲了。

生死相交

一位现在高邮生活的好友，一九七八年当兵时在云南文山州待过，并上过自卫反击战的战场。据我所知，快四十年了，他和他的这批战友一直保持着联络。特别是这几年各自的岁数都慢慢大了，联系的密度似乎也加大了。一年里他们都会找出些由头设法在一道聚上几次——清明前夕约好了，从各地赶到文山去，给魂留异乡的老班长点上支烟，倒上杯酒，说点体己话。微信群里获悉某战友的老父病重，除了第一时间的问候，还会凑上些心意，给病中的老人捎去。今年春上，这位好友的爱女在高邮成婚，我也受邀赴宴。婚礼现场我看到了十分感人的一幕：好友和他十几位从各地赶来贺喜的战友，站成两排，列队高唱当年的兵歌《打靶归来》等。嘹亮的歌声唱沸了全场，那些两鬓已染上银霜的汉子，唱至动情处，好几个眼眶里都见有泪光在闪。想象他们在自己所吟唱的歌声里，又回到了年轻时代共同穿越的那片炮火硝烟。

惜此生无缘戎马疆场，但那一刻我从这些饱经沧桑的男人的脸上和他们盈而未落的泪眼里，一下子读出了生死相交这个词的含义和分量。

前不久看倪萍主持的一期《等着我》节目，使得这方面的体会又加深了一层。在那场节目中，一位年近九旬参加过抗美援朝的老兵坐在轮椅上，由他两个儿子推送其上场。老人已是风烛残年，因脑梗的影响已无法说出话来，其中的一个儿子为他代言，讲述了其父六十六年前在朝鲜战场上所经历的一切。当年在部队相处得如同兄弟的一位战友，两人共同出没于弹片横飞的战壕。一次突围中，这位战友遭炮火袭击而不幸阵亡，临终前从胸襟上摘下一枚自己的立功奖章，委托他——假如活着回去，一定设法将此奖章交予其亲属。这以后的六十六年他一直谨记战友的嘱托，通过种种途径寻觅相关线索，但一直未能如愿。眼看着自己年事已高，将不久于人世，老人茶饭不思，焦虑异常。两个儿子终与“等着我”寻亲平台取得了联系。节目现场当这位烈士的继子（烈士哥哥的儿子,过继给了他的名下）出现时，轮椅上的老人抱着战友的继子老泪纵横，他吃力地比画着手势，努力想叫出声音来。珍藏了半个多世纪的这枚带血的奖章，终于送到了战友生前所希望到达的亲人的手里。

我努力去体悟人世间的这种——困境危难中共进退而缔结的情感。这里面确有一种了不起的力量在。细想之下你会发现，生命中那些与你觥筹交错、推杯换盏的画面，随着时光的流逝会逐渐淡忘；而同你一起蒙羞受难，一起挥泪流血的那个人或某些特定的场景，则令你无法磨灭，与你纠葛一生。

二〇一七年六月二十八日夜

少年晴谷

苏南有很多美丽而富庶的乡镇，他自幼生长的那个地方叫渭塘。一听这名字就知道有水，是的，那里是阳澄湖万顷碧波流经的风水宝地。

他的父母也都在这片水域长大，故而得此处天地间灵动开阔之气。

父亲在二十六岁那年生的他，给他取名：晴谷，几辈人简单而朴素的心愿全投放在了这名字上，诚望这孩子一生晴朗明媚，赢五谷丰登。

这孩子记事以后，从父母那儿得到的不只是单纯的爱，更有关于立志、发奋以及积善行德的润物无声。

憨厚的父亲甚为刻苦，从一个四处奔走的供销员到后来自己办厂当老板，一步步把企业往强里做；更可贵的是，没能读到大学的父亲完全凭自身努力写出了一本又一本的书。母亲不仅聪慧干练，在一家公司做到了副总，而且有一副乐善好施的菩萨心肠，为当地的慈善事业做出了许多默默无闻的奉献。

并没有什么刻意的塑造，就如同那阳澄湖里随处可见的芦苇与水草，那风、阳光、空气，一切是那么自然地给了这些生命以最好的生长背景。在父母身边慢慢长大成人的晴谷，饱含青春的体内释放出诸多让人赞赏的品行：诚实、善良、勤勉、温和、谦逊、通达……

他在省城一所大学读完了四年本科，而后去一家外资企业干了两年，学到了一些先进的管理方法。这以后便重返出生之地——子承父业，将父亲打下的一片江山进一步去巩固和拓展。大学里学的机械制造与自动化专业，被最大限度地派上了用场。两年多在父亲言传身教的帮助下，这个刚满二十六岁的纯情少年，对自己企业的生产、营销与管理已然是成竹在胸，见过了不少大世面。

办厂之余他还饶有兴致地研读了一批凝聚着前人智慧的经典著述。一部影响了中国若干名人学士、探讨善恶标准和命运真相的《了凡四训》（系生于苏州吴江的明朝人袁了凡教育子孙所作的家训），他不仅找来原文逐段品诵揣摩，更将今人净空法师所著的讲记读本买下近百册，分送师友同道。

得空时他还随母去附近的念佛堂潜心悟道，并把自己对佛教精义的一些参悟，以更为浅近的语言讲给那些信奉阿弥陀佛却不识字的爷爷奶奶们听，使他们一定程度地了解了命数的由来，对终将到来的往生不再存有恐惧心理。

生活中他是一个特别懂得感恩的人，哪怕碰到的只是一些微不足道的小事——有一回，他去一个地方购买机器上的零部件，突然下起了大雨，有一个店里的阿姨给了他一把伞，为这事他特地在微信上很虔诚地表达了内心的那份感恩。

在这物欲甚嚣尘上的年代，有一个这样的少年向你走来，想你会同我一样，生出满满的欣慰和喜爱。

去乡下喝喜酒

阿坤是我熟识快二十年的老友了。早半年便打了招呼：五月，可一定记着来乡下喝我儿子的喜酒哦！

行前翻了阿坤写的一本书，里面有一篇简略讲到他自己三十年前的婚礼。说结婚那天，他是用一条水泥机挂船去几里外的村子接新娘的，当时家里穷，给老丈人家的彩礼也就出了六百元，可人家陪嫁过来的物件，光一辆永久牌自行车倒值了一百多哩。父亲虽然是个大队书记，但一向清廉，不贪别人半点便宜，为这儿子结婚，才硬着头皮向人借了办喜酒的钱。家里地方小，酒桌摆不下，是隔壁邻居腾出自家堂屋，支持他们把喜事办了。

可这一回当然是今非昔比了。阿坤自己开了厂，这些年家当叫他慢慢盘大了。更何况就这么一个宝贝儿子，儿子也争气也出息，大学毕业后摔打了几年，如今大小事都能独当一面了。所以这场婚礼阿坤是一定要搞得体体面面风风光光的。

各个方面的亲朋好友，都很正规地发了请柬。远道的早一天便受邀住进了他在镇上酒店订下的客房。乡下的习俗，喜酒是要连喝两顿的，从中午一直闹到晚上。阿坤和他亲家联手包下了镇上最大的一家酒店，酒席摆了有一百多桌，那场面也是我此生第一回亲见。阿坤说他这个亲家也厉害，企业做得比他还大，女儿自然是其掌上明珠。所以儿子只能又娶又“嫁”，老丈人那边他还是儿，两边都有正儿八经的婚房为小两口备着。

阿坤在当地有头有脸，婚庆公司设计的婚礼中，安排两边的父亲上台说话。亲家公是事先写好稿子念的，现场反应平平；中气十足的阿坤即兴讲来（儿子倒是关照老爸做个书面准备，他冲儿子一笑：我书都写那么多本了，你还担心我几句话讲不好），句句出彩。最有趣的是用诗一般的语言，热赞儿媳妇，称她是高山上的雪莲，美丽、纯洁、高贵。结尾还巧用一部刚刚热播的电视剧的剧名，兴高采烈地“以幸福的名义”诚谢所有关心和帮助过他们父子的好人、贵人。

婚礼过后的次日一早，阿坤开车送我去地铁站，说昨晚上的婚宴临时又增加了十几桌，是一些事先未曾惊动的村上的乡亲，听说后主动赶来贺喜的。他们当中有的出了人情钱，这些都要一家家退回去；还给他们买了糕啊枣子的，也都要这一两天给他们一一送上门去。

我突然问起阿坤一个细节：酒桌上那么多的菜肴没吃完怎么办？是不是有点太浪费了？阿坤说，这些，她信佛的太太事先都有了安排：请了些乡人帮忙，凡是未曾动过的食物，一律打包送给附近的慈善机构，其余的联系了动物协会，尽可能做到不暴殄天物。这让我听了非常感动。

二〇一七年五月二十四日夜

何不删繁就简

日子真是过得快，一晃，女儿都要做妈妈了。临产前的这一段，妻子不舍得女儿一人在家，说她尽买点外卖对付了，营养不够，执意把大肚子接回来住。尔后每天都制订出详细的膳食安排，可着劲地给她做这做那,能想得出的吃物几乎都轮了一遍。一段时间下来，大小姐竟然吃什么都觉着腻味了。那一日，她对妈妈说，能不能给我做点小时候的味道？那种最简单的就好。

当娘的于是搜肠刮肚地想了：过去都给她弄了些啥？突然就想到了有一年的夏天（那时女儿大约

十岁左右），热得连菜场也不想跑。有一天中午，冰箱里就几颗土豆和两小截藕。土豆也玩不出什么花样，只是切了薄薄的片儿炒；藕用滚刀切成斜块，放了几粒腌制的小尖椒，味道是酸酸甜甜辣辣的，女儿吃了直喊好。还有一回，她有个同学来家做作业，临时说不走了，娘也是忙中抓瞎，给她们烧了两只菜，其中一只是清炒菜秧（又叫鸡毛菜），油放得较足，还搁了点味精。那同学后来问女儿：你妈妈是不是饭店的厨师？菜怎会烧得这么好吃？

给女儿说起这段往事，她连说记得记得，一脸开心的样子，继而要求就做这些菜来吃。当娘的笑了，说，这也太寒酸了吧？

没想到，她要的便是删繁就简，最简单的味道却歪打正着，让她给记住了。这倒令我想起最近在读的一本书。讲的是作家汪曾祺的一些酒事。汪先生一辈子好酒，但他对菜肴似乎并不怎么讲究。或者说下酒的菜他只要不多的几个，有味便好。二十世纪五十年代，汪曾祺在北京文联上班，每天上下班要路过王府井，路边有个小酒铺，专卖羊尾巴油炒麻豆腐。汪先生下班后常会拐进去，要二两酒，吃上一碗麻豆腐。有时还拉着同事邓友梅一道吃，并替他也要上二两，还饶有体会地对邓说，光吃麻豆腐太腻，得用酒润润喉。邓友梅后来回忆说，自己的酒量也就在那时候喝上去的。八十年代以后，汪曾祺家中常有些各地的作家朋友来访。他特别好客，而且喜欢自己下厨做几道可口的小菜，比如拌一碟扁豆、拍几根黄瓜、炒一盘鸡蛋，或煮些花生米、切几片五香干。清清爽爽，原汁原味，似乎便是汪先生对菜的要求。这一点很像他给世人留下的那些文字，简洁得如同白描。

随意，简单，不搞繁文缛节，或正是食者最佳的境界？由此惹我忆起少时在故乡见过的一些记忆颇深的场景——傍晚时分，夕阳西下，停在路边的三轮车夫，半蹲在自己的车踏板上。那座椅上摊着一张老荷叶包着的熏烧猪头肉，二两五的小酒瓶（那种瘦瘦长长的，现已基本绝迹）被他抓在手上，不时地朝嘴里呷上一口。乐滋滋的脸上很快见到几分酡红。再一幕，是在一爿老浴室里，有了些年纪的浴客，出浴后两条大毛巾披裹好，打发跑堂的去附近面馆，给他下碗热腾腾的饺面端来，呼啦啦几口便下了肚。那份惬意和舒适，记得乡人有一个专门的词来形容，叫“小雅”。

所述的这一些，好像都通到一个意思——过于繁复的东西，或许容易使人生倦；而愈简单愈平凡愈不起眼的，反倒讨巧，让人喜欢上了。

二〇一七年十一月三日夜

记下孩子成长的那些细节

一位年轻的好友在他的微信里，时不时地发布一些三岁的女儿饶有情趣的生活镜头——给她洗脸挖鼻孔时小人精冷不丁地冒出一句绝妙之语；暑假在奶奶家不小心打坏一只碗而吓得直哭；第一天上幼儿园如何跟老师认乎其真地介绍自己……点点滴滴，记录在案。虽只三言两语，却惟妙惟肖，不只活现了孩子的顽皮伶俐，也把一个初为人父的忙碌中的喜悦和对爱女的万般柔情，留在了关注他的朋友圈里。

正是这样的情景，勾起我对女儿二十多年前幼时生活的一些片段式的回忆——也是刚刚上幼儿园那阵子吧。冬天很冷，我们租住的屋子里没有暖气。早上她总赖床不起，她妈妈先打一盆热水给她泡脚；而后将搪瓷痰盂端来让她小便，她怕冷，不肯坐上去，我把双手搓热了在痰盂的檐口上焐一焐，然后抱她坐上去。不一会儿妈妈给她煮好了牛奶，她挨着饭桌站好，喝一口奶，嚼一块那种动物形状的小饼干。有时还没睡醒，我们得逗她乐，把小鸡模样的饼干挑出来，蘸了奶塞入她嘴里，还即兴编了顺口溜：来来来，鸡一先来，吃完鸡一吃鸡二，鸡二没了吃鸡三……

吃罢早餐，穿戴整齐，我便踏了自行车送她往幼儿园去。一路上顶着凛冽的寒风，给她唱《咱们工人有力量》《我们走在大路上》，还有那支《焦裕禄》电影的主题曲——“波涛黄河东流去，留下一片黄沙地，党为了给咱除沙害，派来了焦裕禄好书记……”女儿伏在我车龙头上，听得很专注。快到幼儿园门口了，她赶紧叫道：爸爸别唱了。噢，她是担心我的歌声被老师听见而受批评。那时候她胆子小，比她大一点的男孩欺负她，她也不敢报告给老师。

傍晚时分，妈妈去接她，她兴高采烈地跑到老师面前，忙不迭地说声再见，立马就牵了妈妈的手，一蹦三跳地往家走。路上妈妈问她，今儿在幼儿园吃了什么，她不太弄得清；妈妈说，啥菜？有肉吗？她答肉饭；阿有鱼？她又说鱼饭。害得妈妈笑弯了腰。走着走着，忽见路边一堆别人煎中药倒出来的药渣，有几颗红枣滚在路中央，她上前想去捡来吃，当妈的抢先一步把那红枣踩了，连说地上的东西不能吃。她这才快快跟着走了。

在幼儿园跟着老师学了几首歌，回到家，靠着墙壁反复唱，还辅之以各种表演的姿势；碰到家里来了客人，她一准缠着人家讲故事，有时还会钻到桌肚里，兴致勃勃地数数字，计算屋里坐着的人共有几双脚，但常常把自己的那一双给算漏了。

……日子真是过得飞快，好多事仿佛还在眼前，可我们都已经老了。遗憾的是生命里的这些岁月总是步履匆匆，关于孩子的成长，真的拿不出多少细节饱满的历史资料。而如今的时代给当下生活着的人们（尤其是年轻的父母）提供了太多的便利，假如都能像我在前面提到的那位好友，大家一起来做一个留住时间的有心人——真实而又即时地记录下孩子成长中的每一点进步，每一些变化，乃至每一个细节，相信到你真正老了的那一天，会有说不尽的欣慰在心头。

二〇一四年九月十六日

想起大光路

二十世纪八十年代后期，来南京不久，我曾在大光路上一处部队干休所租房住过几年。每想起那一段生活，有几样吃物便在脑海里浮现。

——每至夏日，总在太阳落山的时分，有一位朝鲜族大娘就出现在干休所门前。她推一辆罩着蓝色尼龙纱的小推车，卖一种弄得很干净煮得白白嫩嫩的腐竹，口味调得特别好。不光是鲜，还有点酸酸辣辣。女儿那时有四五岁了，我们会差遣她拿只碗买些回来。那大娘童叟无欺，女儿买回的腐竹分量颇足。煮一锅绿豆稀饭，她娘已盛好几碗凉在那儿了，就等着这道晚饭菜哩。有时候家里来了个把客人，再出去剁点鸭四件、猪耳朵边啥的，也就荤素都有了。两瓶啤酒一饮，够爽。

——距家两站路的大中桥，夏天的晚上挺热闹。卖西瓜香瓜青苹果的，卖草席枕席芭蕉扇的，各种吆喝声此起彼伏。有一个老头则别开生面，一只煤球炉摆在路边，炉上放着铁锅，手执锅铲不停地翻动。两张木凳上是他现炒的螺螄，小碗儿堆得尖尖的。那香气飘得满街都是。女儿站着不走了，她娘也有点馋了，盯着那碗不放。老头把一张笑脸投过来：没得事，姑娘，拈几个尝尝。于是这边用手抓了往嘴里，吱溜一声，没费多大劲，壳中的肉和那辣里透鲜的汤汁全吸到了。孩她娘连说这螺螄活泛。也就一两块钱一碗吧，倒入塑料袋，扎紧；而后蹬了车子，回去享受了。

——最难忘的还是干休所附近那爿小面馆，最冷的天里那地方跑得最勤。一位不太言语的中年师傅下得一手人人叫绝的小煮面。大白菜切成丝儿，外加肉丝，料备足了搁他手边。每一碗面里的菜他都是现炒现煸，而后放水；待汤沸，抓一把面扔锅里，稍煮片刻；起锅，倒入碗内。料足、菜丰、汤鲜，面也挺挺刮刮。那小面馆门脸不显眼，却每天人满为患，宁肯排长队也愿候那师傅的一碗面。进店时一个个缩着脖子寒丝丝的，一大碗汤面下肚，热乎气儿由里往外蹿了，脸也腾起了红云。这一天人就有了劲道。

二〇一五年五月二十一日夜

苏州拾零

一

约莫距今有三十五年了，那时候我刚刚大学毕业不久，在苏北的一所县城从事共青团的工作。记得那一年的夏天很热。当是七八月间的某一天，我和团县委的另一名干部受命带领全县乡镇完中的团委书记去苏州学习。当时苏州中学出了一个先进典型，好像是全国范围内宣传的，这是我们去的由头。我们从县里包了一部大客车，坐了四十多人，均系二十多岁的年轻人，一路上歌声笑声不断。我坐在前面副驾驶的位置上，时不时地给开车的师傅点燃一支烟，递给他，让他开心，有较好的行车状态。一早出发的，下午快一点才到，各自吃了点随身带的干粮，就往苏州中学去了。听了一场这位典型作的报告，而后去几间教室转了转，看了张贴在墙上的图片和一些花花绿绿的文字。结束后看天光还早，遂把团干部拉到了一处园林，可惜天太热，一个个都大汗淋漓的，难有多少赏玩的雅兴。那天晚上我们一行驻扎在一家老式旅社，是那种类似于大学生宿舍的统铺，上下层的，一屋住了七八个人。都热得睡不了，分好几拨子凑在昏黄的灯下打扑克。我和另一名带队的，则不敢大意，怕他们溜出去玩，人跑丢了，回去不好交代，就一个个房间敲了门去点人头，催他们早点睡。不少人睡到半夜还去盥洗室冲凉。

这便是我平生第一次对苏州的造访。行色过于匆忙，次日一早便打道回府了。她的老街、古巷、石桥，那么多曲折有致的园子，和那里所透出的气息，一概都与我擦肩而过了。

二

想到苏州，脑子里便跳出几位老友的身影，竟还都与吃呀什么的连在一起。

应当是二十世纪九十年代中期某一个冬日的夜晚，地点是苏州观前街附近，一家门脸并不显眼的小馆子。我和小于（即诗人马铃薯兄弟）彼时为所办杂志组稿在苏州逗留。好友薛亦然牵头接待我们，参加者有诗人车前子（陶文瑜那晚来没来，不太肯定），还有苏州老牌商场第一百货的副总赵荷生和办公室主任罗宁凡（罗兄为人忠厚，还是位勤奋的作家）等。车前子那一段好像在为"一百"做营销策划，算他们的特殊员工。那晚上的菜自然不错，但印象更深的是酒。平时我爱喝两口白的，那晚亦然说，天冷，不如弄点梅子温两壶黄酒暖暖身子。我觉着主意不错，便说行。之前也曾喝过黄酒，但那晚明显是多了。这玩意儿入口时甜糯绵软，不以为是酒，而待半个时辰过后，就把颜色给你看了。餐毕，一干人步出门外，我和小于沿着人民路往下榻的憩园旅馆去，走着走着，步子不太听话了，有几分武松把虎打了从景阳冈下来的那种踉跄了。说黄酒往往后发制人，那一刻真有了深切的体会。

说到搞杂志，当年陪我跑得最多的是吕锦华。苏州所辖县区她一个个领我走过，甚至一些乡镇也去过，且因此交了不少各界的朋友。当时常熟的江书记，对新闻出版、文学艺术均很重视，只要知道锦华和我来了，再忙也会抽空来住地聊上一会儿。有两次我们在常熟的张桥采访，他知悉后还特地赶过来。其中一回天色已晚，餐桌上大闸蟹已吃到一半了，江书记才匆匆赶到，我和锦华都高兴得多喝了一杯。锦华在苏州文联的那间办公室我是常去的，每次去她总是笑盈盈地迎出来，嘘寒问暖，十分亲切。此情此景依稀昨日，可惜斯人已去，如今的锦华已静静安息在苏州灵岩山上。每每思之，不胜唏嘘。

时常忆起的还有吴江的阿庆（大名沈荣庆，供职于吴江日报），他是锦华的好友，与我也相处甚笃。记得第一次见他，才三十出头一点。那日晚饭，他往桌上我们每人的面前都搁了一小坛子“泰山大曲”，完全一派生猛少年的气势。这以后岁月荏苒，他五十岁生日那天，我由南京专程赶赴吴江给他祝寿，也就两桌人，都是铁哥们。又过了几年再去，那一回他说腰扭了，我赶紧介绍他去苏州中医院找一位我熟悉的骨科主任诊治。那晚没能过来陪我，次日一早却让夫人拎了两瓶老酒送到房间来，叫我除了感动不知如何是好。

一座城市因了一批友人而让你倍觉亲近和温暖，比如苏州之于我。

二〇一六年十月十七日

大白菜

大雪封门的时候，有一样东西你得早早地备着。何物？大白菜。有了它，即便出不了门去，吃喝啥的也可以对付上几天。

入了大寒，太太去菜场买了好几斤牛腩，五香八角大料煨好，搁冰箱里。这时候挖几块出来，开水现泡一把山芋粉丝，和一棵大白菜（人要不多，半棵足矣）一烩，热腾腾地端上桌来，再斟上一杯小酒（这几天喝的居然是六十二度的闷倒驴，新疆一个朋友送的）。这时候窗外的雪啊风啊也就没了似的，全忘了。

记得二十世纪六七十年代，大白菜是入冬后一般家庭饭桌上的主打。它可以不依不傍地单烧，有一股子特别的清香，入口绵甜，颇让人回味。若与豆腐、百页、油豆腐果等豆制品放一道来烧，味道又好一筹，可称绝配。当然，“嫁”与“有钱人”——猪肉、牛肉或羊肉，那就更没得说了，要多美有多美。小时候过年，父亲把大白菜的帮子斜刀劈成菱形，用它和猪肝一道炒，白菜帮的脆与猪肝的嫩，互为映衬，互为借光，食之难忘。二十岁那年我在一家工厂干机修，厂子的食堂一只做得最好的菜，是白菜炒肉丝。切成肉丝相仿粗细的白菜帮丝，在这只菜里是挑大梁的。大火爆炒后，起锅前除了适量的酱油味精，还搁一点芡粉，它的汤汁便稀稀稠稠，用来拌饭，一顿可以下去四两。大冬天上夜班，从车间出来，裹一件沾满纱絮机油的工作大衣，一路狂奔到食堂，这只热乎乎油亮亮的白菜炒肉丝，能把身上所受的寒凉全给拔光。

大白菜一般人都喜欢，但不知何故，价格总

也卖不上去。前些日子我住的小区门口，停了辆卡车在叫卖，是一大早主人从盱眙乡下现拉来的。塑料袋都给你装好扎好了，两棵足有十二三斤，也就要价五元。想想真是苦了这些菜农。北京有一位老作家赵大年，八十年代初上影厂拍了一部他写的电影《车水马龙》，反映的就是大白菜往京城运的事。当时北京不允许马车进城，可大白菜人人都要吃呀，一段时间里所有大街小胡同统统解禁，马车把式扬眉吐气，鞭子抽得贼响；警察捏着鼻子给川流不息的骡车马车、拖拉机放行，大白菜山一样地从郊县浩浩荡荡运进城来。然后是商业局的干部和菜场的职工迅速行动起来，昼夜加班，组织收菜，再分级过秤，按户销售。市民们兴高采烈地日夜排队，每家都是几百斤几百斤地往家搬菜。邻里间还你帮我拎，我帮你扛，忙得不亦乐乎。双职工的家庭，领导特批半天假给你买菜，不算私事算公务。

这样的场面倘是放到现在，一定觉得滑稽无比，但它却是那个时代的真实写照。汪曾祺先生的公子汪朗有一篇散文《大白菜畅想》，写他童年时（“三年自然灾害”时期）母亲工作的新华社，居然也找了块空地挖了个菜窖，面积有两个篮球场大，用来堆放过冬的大白菜。菜窖的门口挂着厚厚的棉帘，淘气的他曾偷偷溜进菜窖玩过几次，说“里面都还暖和，就是有一股子白菜帮子的气味”，进而感叹道“外人很难想象，堂堂国家通讯社，当年还有这号重点工程”。

汪朗在这篇文章里对大白菜的历史做了深入考证，引经据典地细述它由南而北的发展历程。说京城百姓白菜吃了几百年，花样也是越翻越多：可生可熟、可荤可素、可菹可酱……重点说到生吃，又以代表作芥末墩儿为例，介绍了它的腌制方法及个中美妙。称上等的芥末墩儿，味道酸、甜、辣而爽口，芥末的冲味要穿透鼻腔直达脑门。讲当年梅兰芳家中的餐桌上时常食用此物，还讲制作这玩意儿最地道的当推老舍先生。老舍是旗人，芥末墩儿是满族入关后带到北京的，这样的说法自然立得起来。

汪朗传乃父之衣钵，话起美食来也是有腔有调。

我因对大白菜情有独钟，所以这篇文章还真是读出了些味道。

二〇一八年一月二十七日晨

大肉包

此处用的这个“大”字，不是可有可无的虚词；亦非爷爷同小孙子说话，总爱在某一食品和物件前面，加上“大”或“小”的字眼，以期吸引孩子的注意力，调动起他对此物的兴趣。当然，这里面也表现了隔代亲的浓浓爱意。我说的大肉包，是指肉包中大号的那种。

肉包有做得很小的，一口一个都嫌小的。苏州、无锡、上海等地都有，当地人称“小笼”，也有叫“小笼馒头”，其实就是微型肉包。三地卖的我都吃过，味道不错，用料与做工都考究，货真价实。而南京的“小笼”，做法上有区别，是放了皮冻与肉糜一道包，蒸出来一包汤，故称“小笼汤包”。

比“小笼”大一号的（姑且叫“中肉包”），也就是平常见得较多的，马路上的包子店里随处可买到的普通肉包。它属于大众化点心，各地都有。差别在口味和质量。往北去，包子的馅往往咸些；南方一带则偏甜。质量会大相径庭。

我要叙述的大肉包，体积有一个成年人的拳头大小，用料也应是普通肉包的两到三倍。价格自然高些。

能买到大肉包的地方不多。南京是有几处的。卖得最火的，当推早些年在金陵饭店侧门，靠管家桥街上开的一个外卖部。每天早上和下午四五点，窗口排起的长队有时甚至影响了交通。记得二〇〇〇年前后，我在当时尚还红火的《服务导报》上班，办公地址就在附近的国药大厦楼上。下得楼来，过一条几米宽的马路，就能看到那排长队买大肉包的盛况。那时候报社的福利好，每个月都会给职工发一张印好的包子票，因此我也时常加入到那长队里。其他品种的包子也都不差，但最受欢迎的还是大肉包。包子里的肉馅和汤汁倍儿足，吃了它，那真叫一个杀馋和过瘾。豆瓣网上有一位专写美食的作家叫徐路的，说到金陵饭店的大肉包，言其咬出来的一汪卤，可从手腕流到胳膊肘，还不住地往下滴答呢。说得或许有点夸张，但汤汁之丰沛是一定一定的。

南京以外也有这样的大肉包，且一点也不逊色。二十世纪九十年代，因工作的关系，我往苏州跑得勤，好几次被朋友安排在十全街上的南园宾馆住。那是一家老字号，蒋介石当年在苏州的花园别墅所在地。蒋的第二任夫人姚冶诚及其幼子蒋纬国曾在这儿住过不短的时日。解放后，这里成了接待党和国家领导人的国宾馆。南园的环境幽雅自不必说，我住那儿时有几次早晨出来溜达，发现宾馆进门处有只窗口，一早就有热腾腾的包子卖，还没几个人排队。我买来吃了，之前从未吃过这么大的肉包，味道也贼好，真是开眼又开胃了。

这些年苏州跑得少了，南京新街口一带也因工作单位迁址，去得不多，不知这两处的大肉包还在卖吗？个儿和内囊一如过去的模样？

说起对肉包的情感，当可追溯到儿时，那是在故乡扬州。刚刚才会走路的我，在所居新村门口就吃到了富春肉包的外卖。祖父给我一只摔不坏的用竹根制作的小碗，肉包被我小心端着捧回家来。一点点先把包子的外围吃掉，最后才享用里面的馅，也是一点点吮着，不舍得一下子结束这过程。几十年过去了，如今只要回到扬州，除了跑去富春堂吃，还总爱再买一点带回南京慢慢消受。

早几年富春开拓经营，把店开到了南京，由于常去那儿，同他们老总成了朋友。老总知我好这一口，连着几个春节，特地让师傅为我订做了几十只大肉包，开车送上门来，让我一解思乡之愁，又享了口腹之欢，真乃十二分的感动。

二〇一八年八月三日于盱眙天泉湖畔

代跋：

向普通人致敬

——我所认识的王慧骐其人其文

对王慧骐的称呼，我听了有几种：一是慧骐，一是王总，还有一个就是王老师。我一直喊他王总，他是什么总，我是模模糊糊知道，却说不太明白的，有时就是喊顺了，没有特别的色彩，但也是一种尊称——如果要有情感加持，那无非是我们一段时间没见面了，或是他因为什么事对我有所见外，我急于打断。当然，称呼是需要的，它是我与王总在社会关系中相处的一个坐标，于我而言，它有时是一个飘忽不定的概念，不能仅从字面上来认识它。

所以，以下我对王总的称呼，也仅指一个亲近而又不落入俗套的称呼。王总成名甚早，三十多岁，也就是我跟他最初相识时我的年龄。他是人生得意，而我在那个年龄则是默默无闻，所以，他对我有诸多托举。二〇一五年，我在江苏文艺出版社出版个人随笔集《旧时光里的小团圆》，他更是不昧作者无名，写下长达五千多字的述评文章。当他后来获知我的作品获江苏省紫金山文学奖时，那眼睛里闪动的是非常由衷的高兴和雀跃。那挚诚的神情和他那篇滚烫的《在对旧时光的回眸里发掘生命的内蕴》交相映衬，让我怦然难忘，我们举杯相庆而至无言相笑……

那是我和王总相知相交中的高光时刻。更多时候，我是读王总的文章，通过他笔下的一个个普通人物，一件件平常小事，一份份朴素情感，在他与他人的交集中，我大概了解到了王总的人生脉络：他年轻时做过县里的文化局局长，后来到了省城从事出版行业，还有过一段极其风光的办刊经历，及至他退休，已然出版多部著作。更为难得的是，他一路结交了不少朋友，其中有很多是他从年轻时就结识的,他们的关系一直延宕至今。我有时也在揣度，想来这种关系是经过岁月洗礼，超越世俗的，它沉淀如酒，醇厚绵长，有挥斥方遒激扬文字的时候，有举杯挥洒豪情的时候，更有沉静逼仄岁月中的默默相伴与相知……这些朋友什么身份都有，年龄也不分大小，有离得远的，也有住得近的，甚至是一面之交；兴许彼此间并不熟悉，但王总有本事，一个兴致来了,就会把这些朋友拨拨弄弄召集在一起。经王总一介绍，个个才恍然大悟，原来大家早就在王总的文章中认识了——说到底，没有一个朋友没被王总写过；王总也善于捕捉和挖掘一个人身上的真性情。我就是有幸被王总圈进他朋友圈的一个。

王总对朋友很热络，这种热络往往体现在他能记住被你自己忽略掉的很多生活小细节。原来，无论是对身边普通人的关注，还是对美食的独钟，都藏着一颗热爱生活的心，他在那些琐屑的细节中发现，一个即便活得再粗糙的普通人也有格外动人的一面，事实上，他对身边的朋友是如此，他对人生中萍水相逢的路人也是如此。他往那匆忙、琐屑、拥挤的生活中划上一刀，既展露出人性中的困顿与不堪，又不遗余力地祭上他的悲悯情怀：无论是写过去，还是对当下的描摹，王总都提供了一个“他者”的视角，这就像电影中的长镜头，在绵密而克制的笔调中，客观、冷静，甚至是细致入微地呈现其所经历过的那些人那些事——

他的一位朋友，出生后的第十三天，父亲突遭一场车祸而不幸丧生。留下年仅三十一岁的母亲和四个孩子，包括一个姐姐和两个哥哥。朋友说的只是家常话，王总听着，却疼痛得不知该如何才好，除了和朋友仰头喝酒，他只能将一番情感倾注于笔端。他写道：面对四个都还不谙世事的娃儿，母亲的日子可想而知。朋友讲了一件事的例子，说他大约六七岁的时候，庄上有一家院子里种了两棵枣树，小孩子嘴馋，想吃，隔着墙老远地用小石块砸树上还没成熟的枣子。那家的主人知道了，便跑到他家门口来一次次地骂。他母亲先是都忍着，终于有一回拎了把劈柴刀，冲进那家院子，一边哭着一边死命砍那棵枣树，嘴里还狠狠地念着：我让你们吃枣子！旁边的人一个都不敢上来拉，树砍到一半，母亲自己没了力气，哭昏在了树下。

我没读过王总三十多岁时的文字，只知道他以散文诗出名，我理解的散文诗，一定是文字绚烂、情感充沛，背后则是一片赤诚之心。人生恰如焰火，绚烂之后是灰烬，在张爱玲的笔下，这是灰烬之冷。王总却从灰烬中触摸到一种暖意，他的赤诚在多年以后并没有丝毫改变，只是在叙述中，已然褪去了火气，展露一片苍灰的生活底色，但文字背后却藏着一双隐忍欲泪的眼睛，那泪终在每个读者心底肆意流下。如果只表现灰而绝望的过程，那显然不是王总的用意，他会留下一个温暖的尾巴，正如上面那个故事的结尾，他写道：从那以后村里再也没人敢来欺负他们孤儿寡母了……老人家现已七十出头，但筋骨还好得很，说不久前带她去贵阳、重庆玩，爬山、上码头，年轻人都赶不上她的速度。

他笔下的“烟火”是困顿，是坚持，是温暖，是疲惫，是感动，更是热气腾腾的生活：路边的一对老年环卫工人，他们风吹日晒、千辛万苦，只为了来南京陪陪在这里读大学的孙子；家门口给人剪头发的女老板，男人犯错了，她又是骂又是哭的，“说着把她大夏天里还戴着副护膝的腿，狠狠敲了几下。”“老板娘也才四十岁出头，干这手艺快二十年了。”寥寥数语，却蕴藏了一种悲悯与无奈；他写苏州评弹研究家周良先生，“他已是九十一岁的老人了，但每次给我寄书赠刊总是亲写信封，绝不劳驾别人。信封上的字遒劲而工整，一如他为人为文的风格。”即便是在街头等着孙子孙女放学的老爷爷老奶奶，王总也会投以充分的关注和理解：儿女们都在外头忙着哩，这一类琐碎的事儿也就顺理成章地让一帮子闲人担了……

一个人的经历终究有限，一个人耽于观察的兴趣和时间更是因人而异，无疑，在王总的文章里，可以丰富我们的人生阅历，某种意义上说，这种行为更具有文学意义：他用他的一支笔带着我们重返文学作品的现场，用他自身的心灵温暖和对文学的独特理解，来解读他的认识，呈现他所汲取的人生感受和生活况味。这对我们读者来说，无疑是一次次非常鲜活的阅读体验。

作为一个读者，我是这么感受的，当时作为《金陵晚报》的副刊编辑，我也愿意让报纸前的读者去感受到我的喜爱，我让它们固定地出现在一周的某一个时段某一个位置，用上也许平淡实则精心选择的标题和栏目名——说到底，一个编辑也是挟以私心的。

另一方面，王总让我认识到了南京另外一个文学生态圈,这个文学圈集聚了一帮对文学保持热爱、疏于经营，但又脱离了普通审美的文学人士，他们不博名、不谋利，只在文字中找取共鸣与温暖。再追溯下去，兴许他们都曾参加过南京市文学讲习所的培训，沐浴过二十世纪八十年代的文学之光。

人与人相处，有时常常就是倚剑长歌一杯酒，这样一个春日迟迟的上午，我所能想起的，还有就是和王总喝过几次印象深刻的酒，品尝过不少人间美食，更多记忆已在日月光辉中消弭，又在某段文字间得以一一重现。有如此温暖而敞亮的人陪伴，相信我们后面还会有酒喝，有文章看，有共同的人互相喜欢。

王峰

（作者系《南京日报》首席文化记者、江苏紫金山文学奖得主）

青色馬文存

望乡

王慧骐 著

文匯出版社

目录

永远的母亲

——兼致挚友于二辉

那天下午，远在长春的你给我打来电话，说想利用几天的休假，陪已七十四岁的老母亲来南京一游。说母亲这辈子还没乘过飞机，想帮老人家了这个心愿。接你电话的那一刻，我正在为妻子是否接受手术愁眉不展。但对于你的这番孝心，我没有半点迟疑地表达了欢迎之意。二辉，真的羡慕你，还有高堂老母可以孝敬，而我，几年前便没了母亲。

两天后的傍晚，你和母亲如约飞抵南京，我和妻子一同去机场迎接。出口处见到了你的母亲，老人家头发已基本花白，但气色不错，身板还算硬朗。妻子过后对我说，看见你母亲的第一眼就觉得亲切，那张脸盘像她慈祥的外婆。而我从伯母头上的白发想起了我的母亲，印象中她的头发白得很早。都说女子生养过多，老来便严重缺钙，致头发脱落或花白。可怜我的母亲，这一生里正常分娩就有八次之多。

来宁后的第二天，我们陪伯母去登中山陵。天气有点闷热，四下里皆是登陵的游人。上千级的台阶，不知伯母能否登至顶上。她一再拒绝我们搀扶，坚持要只身上去。中间大约歇了两次脚，最终还是登顶瞻仰了中山先生的灵柩。你对我说过，伯母患糖尿病已有多年，晚期症状已十分明显：双目几近失明，耳朵背得厉害，双腿浮肿，举步维艰。然而，她却以多病之躯，踏千级石阶，叩拜伟人，这样的顽强、执着令我心生敬意。

肃立山巅，感受八面来风、满目青绿，我的思绪飞到了若干年前——好像也是一个五月，年近七旬的母亲随父亲一道，来我当时租赁的光华门寓所小住。那时女儿还小，在附近的一所幼儿园上学，母亲在她逗留的那几日里揽下了接送孙女的活儿。其间，我们领着女儿陪父母一道去登了中山陵，还留下了一幅合影。照片上的母亲彼时还很健朗，一身朴素的打扮，脚下是一双普通的球鞋。而如今，身边如织的人流中，再也不可能出现她的身影了。

亲爱的母亲，你能听见我在心底呼唤你的声音吗？

安排完南京的游程，次日，我们一道驱车来到了百里之外的扬州。那是我的故乡，一个很美的城市（我的母亲如今就在这绿水青山的一隅安息）。

游玩了几处景点，“重头戏”放在了闻名遐迩的瘦西湖。我们先是乘船在湖上一览两岸风光，而后陪伯母徒步赏玩了二十四桥、白塔、莲花亭、小金山等景点。一路上风和日丽，鸟语花香，我与你边走边聊，谈各自的近况，也谈一些人生的感悟；妻在后面陪伯母走着，说着各自的家长里短，不时地见有笑意泛上她们的脸庞。你用随身带来的摄像机，为母亲在多处景点留下到此一游的美好记忆。

二辉呀，你千里迢迢领老母亲来此感受湖光山色，体味亲情孝心，相形之下，我则备觉汗颜。在母亲从学校退休到去世前的十几年里，我因俗务缠身，一年里虽有几次返乡，但总是行色匆匆，未能挤出时间陪母亲出去走走。母亲是一个很有情调的人，一次被一个骑车人撞得腿部几处骨折，吊着牵引躺在床上，居然还哼唱一些年轻时唱过的老歌或京剧唱腔，以此给自己解闷。我无法原谅自己的是，瘦西湖就在我母亲身边，而在她生命的最后几年里，作为儿子，我却没想到陪母亲来这里看看。哦，落花有意，流水无情，人世间有多少遗憾，是永远也无法弥补的。等你某一天醒来了，悟到了，而时光已非昨日。

请拂过湖面的清风，把我这份深重的忏悔，捎给那个养育了我，如今已长眠在那片绿树丛中的女人。

我想对天下还拥有母亲的儿子说：当你对母亲想到了什么，就赶紧去做，千万别等到明天！

二辉，此番相见的第一个晚上，你拿出一本杂志给我，上面有你专为母亲而写的《妈妈，疼爱你晚了》，文中所吐露的真情令我感动不已。你对妈妈的疼爱，此次的千里之行，其实已交出了一份最好的作业。

而我则被心中的悔恨又一次击倒。对母亲，我还能做些什么呢？上苍已把那扇门给彻底地关了。我能回赠你的，是母亲走后的那天早晨，满含悲恸写下的一篇悼词。二辉，今天我把它寄给你，想你能体会我当时如雷轰顶的心境。

五天的相聚十分短暂，你和母亲要登机返家了。我和妻去机场为你们送行，安检口握别之时，满头白发的伯母拉着我妻子的手说：谢谢你们，让我在异乡有了见到儿女似的感觉。我们为老人的这片真诚湿了眼眶。

二辉，要说感激当是我对你们说。正是二位的到来，让我循着你们温情的脚步，来到久违了的母亲身边。

初稿于二○○五年五月，修订于二○一八年五月二十三日

——母亲二十周年祭日

（于二辉：作家，吉林人民出版社编审）

咀嚼童年

苏州作家陶文瑜新出的一部散文集《红莲白藕》，这一阵儿我一直放在枕边，每天都会翻两篇来读。我在细致地体会他那种绝对独到——老谋深算又不动声色的文字风格。他叨一些过往的人和事，随意而亲切，像是手里牵着一股风，让你不由自主地随他飘飘欲仙，又酣然入境。

比如有一篇《大饼店》，写其少时舅舅一早给他送大饼油条来的事。“舅舅早上四点钟起床，到大饼店泡好茶(那爿大饼店是和老虎灶连在一起的)，喝了二开以后，再吃大饼油条。有时候舅舅吃着吃着，想起外甥来了，就要做饼的老师傅再做一些（里面放更多的葱和猪油），并且趁着热气，跨上自行车给我们送来。母亲就会来叫醒我和弟弟，说舅舅送点心来了。母亲说这话的时候，天还黑着呢。”——注意了没有？那儿时吃过的大饼油条，竟如此久远且顽固地留在了这个人一生的记忆里。陶文瑜甚至还这么说：“在书本上读到舅舅，或是在日常生活里自己及别人说起舅舅，我就会想起大饼油条，并隐约有滋滋的香味生出来。”

文瑜的这种感受唤起了我强烈的共鸣。记得大约十年前，我也曾写过与此相仿的小文，记述了家乡扬州的包子。在我童年时，隔三岔五的，祖父会在我们住的新村门口，给我买一只当时已有了外卖的富春包子。那包子通常就装在祖父用一管竹根自制的小竹碗里。我一般不舍得一下子吃掉，会在嘴里抿上半天。包子里汤水多，稍咬一口便流溅出来，里面的肉馅是那样无与伦比的鲜嫩。

我因此怀疑，可能每个人都难逃这样的定律：即愈往老里去，就愈会不时地思念少时生活过的故乡，而脑子里常常跳出来的，或许就是一些普通得不能再普通的家常食物。说木心老人在八十岁那年，由美国返回他阔别了二十四年的故乡——乌镇，当看到家乡的一些小吃，他总是眉开眼笑，吃起来显得无休无止。有人劝他注意身体，那些不太容易消化的食物就别吃了，可木心的回答却颇让人寻味：“贪食家乡的食品，其实就是咀嚼童年呀。”

说得真好，不过也让人觉出了辛酸。因为谁都知道，童年，是一张有去无回的单程车票。

二〇一七年十月二十二日

扬州酱菜

客居金陵快三十年了，但对扬州酱菜的感情却依旧不减。

其实不只是扬州人在做酱菜，其他地方人也会做酱菜，平时也都买来品尝过。但平心而论，还是扬州酱菜的口味好,不甜不咸,还能咂出一点鲜味来。

现在我们说的扬州酱菜，通常是指超市里卖的产品。一律用瓶装的，品种不外乎四五个：萝卜头、乳黄瓜、什锦菜、香菜心、宝塔菜。各地的销量怎样，我不清楚。但我肯定是铁杆消费者，一年总要买几十瓶的。我们楼下的那家苏果超市店，售货员见我来了常会咬耳朵：那个买扬州酱菜的又来了。

而这样的瓶装酱菜在我童年的记忆里，却是极少问津的奢侈品。小时候，我们吃得最多的酱菜是一种拌有辣椒的萝卜干，不是很辣，脆脆的，卖一角六分一斤。我们姐弟几个都挺乐意去酱菜店，那时候叫酱园子。扬州最著名的酱园子有两家，一叫“四美”，一叫“三和”。“四美”在国庆路上，“三和”则在离我们家不远的南门街上。我们买酱菜大都去“三和”，或甘泉路上的那家，具体店名已记不清了。酱园子的柜台上一溜排放着好多个大小不一的瓦坛子，坛口开着，能看得清里面装了什么。店堂里走一遭，鼻孔里全是股咸滋滋的酱香。那时候酱园子的老板见人总是一脸笑，不因为你是小孩就不搭理你。他们大约也知道，出来买个酱小菜什么的，大人往往是不屑干的，大都让小孩来跑腿，所以对像我这样的半大小子，他们热情着哩。“称一斤辣萝卜干！”“哎，好的！”应得麻溜得很。秤盘到里面的缸里挖一撮，秤杆还在你面前比画一下，翘翘的，随后倒在一张已摊好的阔大的老荷叶上，秤盘敲几下，表示里面没掖着啥，而后极利索地替你包好，再从头顶上方将那圈吊着的细细的包装绳拉一截下来，很娴熟地打一个十字结，递到你手上。记忆中，这个过程我总是很专注地看着，心里有一种愉悦。除了辣萝卜干，还有一种酱菜也是当时常买的，叫玫瑰大头菜，呈绛黑色，价钱要贵一倍，三角四分一斤。大头菜，圆圆长长的，腌制前，用刀从横竖两个方向均匀地划过几刀，这样咸味能进得去；捧出来像花一般，估计“玫瑰”一说由此而来。这种大头菜，咸里面还带点隐隐的甜，吃到嘴里不齁人，小孩子多的家庭一般还不大舍得买，几筷子叉叉就没了。以前酱菜有市场，是因为大部分人家一天都是两顿粥，早晚都靠酱菜唱主角。记得当初祖父在世时，买回来的大头菜，他用刀切成小粒，而后滴几滴香油，放在锅里拌一拌，这样吃起来又多了一份香油味。

印象中瓶装酱菜很早就有了，但一般都是买来送人的，自己舍不得吃。一九七六年我去上海出版社修改书稿，母亲特地买了四瓶不同花样的酱菜，让我带去送给编辑老师。一路上，乘车坐船，我都小心翼翼地，生怕磕着碰着。见面后，那位编辑老师硬是推辞了半天，才接了这份礼，感谢的话说了一大堆。

再往后，这世事发展得就太快了，没过几年，酱菜这玩意儿便身价大跌了。估计也不会有谁拿它当礼品送人了。但我却仍旧对此物珍爱有加。前不久，我应邀回扬州参加一个活动，结束时，东道主给每人送了一点纪念品：一盒平山茶、一盒四瓶装的扬州酱菜。这礼物怎么看都觉着舒服，一路上我都喜滋滋的。

爷爷的煎豆腐

还记得那是小时候，天才蒙蒙亮吧，卖豆腐的老汉便挑着担子，在我们住的新村里吆喝开了。那声音闷闷的，并不叫得很开，恐是怕扰了有些还在梦里的孩子。记忆中还有下雨的日子，那天色自会更暗一些。睡意蒙眬的我，隐约能听见老汉压低了的叫唤声。这时候，爷爷一准会拿只搪瓷盘去买那老汉的豆腐。他会让老汉挨着豆腐板的边儿划，说靠边的那块比里面的要厚出一些。乡下待过的爷爷从来就是个精打细算过日子的人。

几块豆腐到了爷爷手上，绝对能做出一道上等的好菜。且看他如何做来——先是用切了段的胡萝卜在小碗里蘸上点油，均匀地涂抹在专门用来煎豆腐的平底锅里；蜂窝球的煤炉门被他关得只剩了不大一条缝，火候对于这道菜的制作似乎大有讲究。转眼间，四四方方的豆腐已安躺在了爷爷阔大的手掌上。但见他小心翼翼地将豆腐划成若干寸薄的长条，而后再一片片平摊入锅。接下来，需要一些时间让豆腐在慢慢热起来的油里浸润并变黄，爷爷说，这个过程不可以有半点的心急火燎。为了确保豆腐在稍后的翻转中不致破损，爷爷特地向街头的白铁匠讨教，自制了一柄宽窄适中的小扁铲。翻动时也要小心，因为豆腐块们都紧挨着，不可用力过猛。这才有了我们后来吃到的两面金黄且又不焦不烂的煎豆腐。当然随后的烧制时还会放入一些作料，比如家门口那块地里栽种的青蒜叶儿，和从江西老家带来的黑豆豉；起锅前也会搁一点一级鲜的虾籽酱油哩。

爷爷离开我们快五十年了，而他做的那道煎豆腐，时不时地会在我脑子里复活，让我重温那份特别的美味。

二〇一四年四月二十日于江西婺源上晓起村

奶妈

母亲生了二姐之后，奶水就明显少了。因此，我、弟弟和妹妹——我们仨小时候都曾喝了一段奶妈的奶。这三位奶妈是爷爷当年跑了几十里地，从三个不同的地方找来的。

听母亲说，我的奶妈其实奶水也不足，她自己的孩子断了奶有半个多月了才来，说我只喝了她一点奶尾子。我记事后，大约七八岁的样子，见过她一次，人瘦瘦的，和我似乎不太亲密。但我终究喝过她的奶，这份哺育之恩是须终生记取的。爷爷跟我说过她姓甚名谁，是何县何乡的人，这些我都记住了。若干年后，有一回我出差途经那个县，特地找到那个乡去，问了好多人，结果无功而返，这遗憾也就只能深埋于心了。

妹妹的奶妈情形和这差不多，也是后来不常有走动。爷爷过世的那一年她像心有灵犀似的，突然来过一次。我们告诉她爷爷走了（那一年妹妹才九岁），她立即眼睛就湿了，说一定要去爷爷坟上磕个头，一再地同我们讲爷爷当年对她的那些好。

和我们家保持了较久联系的，是弟弟的奶妈。她是三个奶妈中长得最好的，人也特别和善，不仅对弟弟，对我们几个也都喜欢。爷爷在的时候，她常来；后来爷爷走了，她照旧一年会有几次来看我们。她老公人也好，生得壮实，且健谈，见人总是一脸笑。每次来，父母亲都会留他们住个几天，像家里人似的，有点什么事还爱同他们商量。奶妈的大儿子在部队上当兵，人也长得挺周正的。奶妈想让我二姐做她儿媳妇，记得父母当时也都表示同意了，后因二姐从农场回来进了厂，让那个教她车床的师傅给追走了,和奶妈的儿子终还是缺了点缘分。

前不久听弟弟说起，奶妈已过了八十岁，但家里的一些农活她还争着干。去年爬到屋后的草堆上叉草，不小心摔下来，肋骨断了好几根，在医院躺了几个月又挺过来了，托人带信给弟弟，弟弟赶紧开了车去看她。她流着泪说：我就怕这回见不到你了。弟弟望着她也心疼，直说不会的、不会的，我们巴望着给你过九十岁生日哩。弟弟跟我说了这些，我也挺难过的，当即嘱咐弟弟："下次我回去，你可一定领我去看看她老人家。"

二〇一四年五月七日夜

那时中秋

说的还是以前的事。一些关于中秋的记忆。

那时母亲在一所乡村中学教书。临近中秋了，她会在镇上的集市买一串蟹，让卖蟹的将蒲包扎扎牢，放入她常用的那只长方形的柳条篮里。而后步行近十里，再搭一个多小时的班车回到城里的家中。那时家里有六七口人，买回来的蟹一人吃不到两只，于是便谋划着做一锅蟹酱。把蟹洗净劈开，分作几爿，放在事先和好的面粉糊里蘸一蘸，而后入油锅走一走，再加水，将蟹煮得八分熟；倒入加有毛豆粒、茭白丁、香菇丁的面粉糊和各种作料，一会儿一大锅的螃蟹酱就成了。那种大号的粗瓷碗能盛好几碗，足以让我们这批半大不小的吃货杀尽馋意。不只是那蟹爪蟹黄，浓稠稠的酱糊糊也鲜美得绝顶。

母亲从集市上买回来的还有一大包菱角，那是农人一早从河塘里采摘来的，还透着股幽幽的清香。大都煮熟了吃，也会留几只生的，母亲找了菜刀来，我们说才不用呢，牙齿就能咬。那菱肉白生生的甜，咬得出浆汁来。

一家人吃了晚饭，正儿八经地搬几张板凳，坐到外面露天里赏月。入了秋的夜晚，天已有了几分凉意。小孩子更关注的是那张小方桌上摆放的几样吃物。那吃物是爷爷早几天便备好了的，有南瓜子和西瓜子。南瓜是自家门前那一小片地里种的，每次吃南瓜，子都掏出来，摊在阳光下的匾子里晾干，收好。热天吃的西瓜，子也不舍得扔，晒干后一点点地集起来。中秋前夕，爷爷会坐在蜂窝炉旁边，放一只铁锅，用文火不紧不慢地炒出这喷香的瓜子来。月饼自然也是有的，但一人摊不到一个。爷爷用刀将月饼很均匀地切成四块，放在圆圆的洋瓷盘里。印象中能吃到两块至三块。吃的时候用手掌窝着，一点点地往嘴里送，不是一口吞下去，而是慢慢嚼，细细品。那时候的月饼不像现在这么多花样，也就椒盐和五仁的两种。如今的食品厂已不屑做这种价廉而最没花头的月饼了，倒是菜场里会有些个体户肯做，我会想方设法找到这样的月饼买来吃（童年的味道就这般顽固地伴随了你一生）。

……该吃的都吃了，夜空里的月亮这时候也慢慢露脸了。像是被墨漂染过的云层，一缕缕一缕缕地退去了，圆月把它的清辉洒在了我们围坐的那片地面上，亮亮的，如同白昼一般。我们盯着月亮看，月亮在缓缓地移动。那一晚，我们几兄妹都很兴奋，觉得中秋节真好，让我们吃到了这么多好东西，还看到了这么美的亮月儿。

二〇一四年九月八日，中秋之夜

表叔

三位表叔是亲兄弟，都是祖父的外甥，他们的母亲和我祖父是嫡亲兄妹，算起来是很近的亲戚了。他们三兄弟管我父亲叫表哥，父亲待他们也真像亲兄弟一般。因父亲较早地离家出来读书了，并在扬州落了根，随后祖父也来了，三位表叔就把这儿当作他们娘家的大本营，外甥看舅，都奔这儿来了。

大表叔，学农的，土壤专业毕业，但由于成分不太好，毕业后没能留在南方而去了吉林长春，在一所农业院校教了不少年的书。他的妻子则留在江西老家，帮他侍奉老人养儿育女，单身在外的他每年都会有一段探亲假。他返转的第一站，总先来扬州，看看他老舅。我们兄妹几个那时都还小，他每次来总会在这儿住上个十天八天。祖父见他外甥来了，特开心，立马张罗着打酒买菜。二十世纪六十年代条件不好，但大表叔一来，我们家一准改善伙食。煨一锅猪脚爪，弄几瓶白酒，几个大人都吃得面红耳赤。大表叔在他们三兄弟中养得最胖，好像胃口也是顶好的。他虽是学农的，但文字功夫却挺棒，父亲后来写有几部专业书稿，还请大表叔帮他润色哩。

要说和我们兄妹走得最近的，那是二表叔。三兄弟中他文化要低些，大概也就读到初中毕业，二十世纪五十年代末期约莫二十多岁的样子便从老家投奔他老舅来了。祖父总说他人老实，让我爸多帮他。他先后干过好几个单位，也都是咱老爸使的力。他讲话有点口吃，但人却不笨，特别是捣鼓一些机械零件，显出特别的天赋。有一阵儿在厂里干木工，手艺让他赢得上下的尊重。记得小时候，祖父带我们去看戏，散场后，我们困了，赖着不肯走了，二表叔会一把抱起我，而祖父的肩上则常常驮着小我两岁的弟弟。

二表叔后来成了家，老婆是我爸托人帮他找的。婚宴就在家里办的，我爸自告奋勇做大厨。新婚的房间则是我们兄妹几个挤挤，腾出来的一间。那辰光人真不讲究，有件把家具是二表叔自己做的，买了几床新被和蚊帐，再就是门上贴一对喜字，也就办大事了。再后来表婶所在的厂子给分了一间房，他们这才搬出去住。打那以后，我们也冷清了，常想着他。我们兄弟有好几次为了拿一圈铅丝或几根铁钉什么的，大摇大摆地往他那儿跑，在那儿蹭一顿饭，感觉美滋滋的。表婶也待我们挺好的，每次去她总会弄两个菜，茨菰烧肉、青菜百叶，有好几样菜我今天还能记得哩。

再说说三表叔，也就比我们大个十来岁吧。他大学考到了南京来，寒暑假若不回江西老家，会就近来我们家住些日子。他知书识礼的，一看就是个小知识分子。毕竟比我们大些，我们几个疯癫癫地在外面顽皮，他一般不与我们为伍。大学毕业后他被分到了云南个旧的一个水电站工作。他一心想调回来，于是我爸又四处托人，为他物色到一个中意的对象。谁料恋爱谈了一阵后，人家又不肯了，担心那么远调不回来，三表叔心急如焚，千里之外发来加急电报，让表哥力挽狂澜。我爸不敢懈怠，连夜骑辆自行车，来回几十里，给那位后来成了我三表婶的女子动之以情、晓之以理，终让她回心转意收回了成命。三表叔结婚时，记得我还颇激动地给他们写了一首表达贺意的诗。那时候我快有二十岁了，对诗有一种特别的投入。

四十多年过后，这些前辈们如一棵棵老树，先后倒下。三位表叔也就剩了三表叔一个，年纪也有七十岁了。每至清明，他会捧一束花去他老舅和大表哥的坟上坐坐，不无落寞地同他们唠唠往事，叙叙旧情。

寻亲

母亲走了快十五年了，这件事一直就压在我的心头，我是指寻找在杭州生活的姨妈——她是母亲唯一的妹妹。

母亲离世前的几天，姨妈曾专程来扬州的医院看过她。那一天病中的母亲被我们扶着坐起来，精神显得出奇得好。她们两个老姊妹手拉着手，说了不少话。姐妹俩还哼唱了她们年轻时代唱过的歌。几天后母亲过世，我们给姨妈打了报丧的电话。

姨妈家的电话号码后来不知怎么被我姐姐给弄丢了。而后的这些年我曾多次给杭州的 114 打电话询问，但均无果。偶然寻得一封姨妈当年写给母亲的信，遂据落款地址，托了杭州友人实地去找，说是早已搬了家。线索也就断了。

但我心犹不甘。今年四月底，我和妻子去西塘古镇度假，返宁前特地冒雨去了杭州。我们先是找到姨妈旧的住处，按门牌号码揿门铃。那位居住其间的老者，任我们怎么恳求也不肯开门，问他什么一概不知。无奈之下只得求助于社区，工作人员说，我们这儿资料不全，你们要找的人一准早搬了，去了哪儿弄不清。说着摊了摊手，一副爱莫能助的样子。我们仍不死心，问他们派出所能否查到，答曰你们去试试吧，不过所辖派出所距离好几里地。我和妻腿都做过手术，路也不熟，撑着一把伞，一路问过去，终让我们找到了那个派出所。向值班女民警说明来意，她让我们先在门外等。大约过了近十分钟，女民警叫我，说是联系上了，让我听电话。真是苍天不负有心人，电话里传来姨父的声音，我当时非常激动。姨父已八十九岁高龄，然思维还挺敏捷的，口齿也清楚，他把现在的新址告诉了我，约好第二天上午去探望。

次日晨早早醒来，买了一些东西去看姨妈。见到姨妈的第一眼，我控制不住地流下了泪，她的眉眼实在太像母亲了。十几年不见，姨妈老多了，头发雪白，行动已不方便，且记忆力严重衰退，已基本认不出我来。长她六岁的姨父却还身体硬朗，每日里是他用轮椅推着姨妈去楼下花园里散步。他们的三个子女闻信后也都先后赶来。我们在一道合了影，吃了饭，聊了各自的情况。并相约来年春天，做一次两地互访，把这份亲情延续下去。

十几年后与失而复得的姨妈久别重逢，想来九泉之下的母亲也一定同我一样欣喜无比。

二〇一二年十一月六日

杭州记杂

因了母亲的缘故，我对杭州有一种特殊的情感。母亲幼时在杭州生活，在那儿读小学、中学；后抗战爆发，举家逃难，高中是在江西上饶读的，并在那儿认识了父亲。后与父亲成婚，在父亲的家乡广丰枧底生下了没几年便夭折的我的大哥和大姐。新中国成立之初，父亲毕业于原国立中央大学（即后来的南京大学），被分配至彼时还很落后的苏北行署所在地——扬州，母亲随他而去，在那儿教书，养育我们兄妹几个，直至生命的终老。

在我童年和少年时代，曾随母多次去过杭州，探望外公、外婆和姨妈。因此存活在我记忆中的这座城市，大多是一些早已消逝的旧日影像。

少时赴杭之旅

去杭州一般是在夏天放暑假的时候。凌晨两三点就起身了，天还黑黢黢的呢。头一天预先叫好的一辆黄包车，拉着我们母子在夜色中一路颠跑，去往扬州汽车站，从那儿搭乘班车至十几公里外的六圩码头。码头上全是人，排着长长的队；买到了船票，还得排一两个小时船才来。好不容易挤到了船上，却不一定能找到座。船舱分上下两层，印象中都是人挨人，尤其在底舱，空气浑浊，气味难闻。背个篓子，提个袋子的，做小生意的不少。有卖跌打损伤丸的，卖清凉油、十滴水的，也有卖西瓜、香瓜的、茶干糕点的，吆喝声此起彼伏。船在江面上忽高忽低，颠簸得厉害。母亲身体单薄，常常会晕船，但没吐，说会头昏。现在有了润扬大桥，而那时候除了摆渡的船只，谁也没有飞越天堑的本事。下了船，还得跑好几里地，才能到镇江的火车站。依旧是排队，买票。大多坐的是慢车，快车也快不了多少，反正得七八个小时才能坐到上海，下火车时天已黑透了。通常我们会选择在上海的亲戚家中住一宿，次日再行。也有连轴转的，当晚十二点左右，有一班上海往杭州的车，不过也是慢车，摇摇晃晃的，中途要停二十多个站。到达杭州早已天光大亮了。记得有一回，我已经十二三岁了，带着小我两岁的弟弟乘的便是这班车。从家里出来时，蒸了一些菜包子带着，路上还舍不得吃，结果因天太热，放在书包里的菜包子全馊了。快到杭州时，哥儿俩恶作剧似的把馊包子一只只朝窗外田野里扔。

待到长途跋涉，走到外公家，母子俩都已精疲力竭，骨头快散架了；必得补一两天的觉，元气才回来。

武林路 60 号

这是外公家的门牌号，快半个世纪了，我也没忘掉。外公人很聪明，年轻时做木工出身，后来做到了包工头，用现在的话说是项目经理。而且一个个的工程接得还都比较大。也许是他人缘好，中华人民共和国成立初成分被定为手工业主，这使得后来历次运动中他没吃太大的苦。估计一直干的就是造房子这个营生,所以我童年所见到的外公的住处，显得比较阔绰。是那种中西结合而更多地偏重于西式风格的房屋，一进一进是挨着的，进深怕有三十多米，房与房之间有木门，有的还装着纱门，防蚊虫进入。地面全是铺的木地板，厨房和浴房在后面，中间还隔着一条长长的天井。更让我感到稀奇的是，从紧贴街边的那扇门一进来，看到的是一个十分开阔的院落，面积有近百平方米的样子。夏日的傍晚，外婆早早地会在院落的地面泼洒一些凉水，让地表降温。一家人的晚饭吃得蛮早，小桌子、小凳子都端了出去。在院落里吃，好借个天光。姨妈烧菜的手艺不错，百叶卷包肉、清蒸臭豆腐、老鸭冬瓜汤，有几种菜一直留在我记忆里。那口味淡而不寡，鲜而不腻，以后才知道，那便是杭帮菜的味道。

外公平头，头发短短的，已都是银白，且两道长寿眉也一概白了。有时候觉得他挺严厉的，有时候又觉着颇亲切。夏日里他着一身白衫，脚上是一双纯牛皮的拖鞋，走得不紧不慢的，很有几分绅士风度。晚间餐桌上他会喝点酒，不喝白的，是那种绍兴黄酒。他见我望着他喝酒，便说，小孩子现在不能喝，以后可以喝。他喝酒注重吃菜，所以没见他醉过。记得我十几岁去的一次，在外面街上买了两瓶黄酒，打算带回去给我父亲喝，外公知道还夸了我，说我是个孝子。

院子往里面去有一个颇大的角落，被竹篱围了用来养鸡，像是有十好几只哩。每天天一亮外婆便起来给鸡喂食，她把菜叶子剁得细细的，拌上糠，还会搅一点隔夜的粥或米饭。家里吃的蛋应当不用到外面去买了。外婆的一只眼睛很早就看不见了，但一整天还总是忙忙碌碌的。她出生在上海浦东乡下，讲话方言重，我不太听得懂。但母亲能听懂，总见她们母女在房里说些悄悄话。

那时候还没抽水马桶，记得大门后面的一个拐角处放一只尿桶，男人们都在那里解手。每晚八九点的光景，摇铃铛的粪车会准时出现。外婆或母亲会把里屋的马桶和门后的尿桶提出去倒掉，而后拎回来刷净。我好奇地站在马路上看过，那一刻好像一家家都在忙这事。

外公的家离西湖最有名的六公园很近，十几分钟就能跑到。三潭印月、平湖秋月、柳浪闻莺、花港观鱼……这些景点，我在小小年纪便已是烂熟于心了。

二十世纪七十年代自我工作以后，杭州便也去得少了。外公的老屋大约在二十世纪八十年代中期因城市改造而被拆了，彼时外公外婆均已辞世。他们二老也都活到了八十岁出头，在这所老屋里走完他们的一生。

读识姨妈

和姨妈虽无太多情感方面的交流，却对其有发自内心的敬重，觉着她是一个很了不起的女人。外公外婆生了三个女儿，母亲是老二。上面的姐姐在抗战逃难时，被日本鬼子的飞机炸死；而母亲又早早地离开了家，后来几十年也一直不在杭州。因此，照料二老的重担便毫无选择地落在了姨妈身上。

姨妈早年是读过书的，读到了怎样一个程度我不甚清楚。母亲过世后，翻拣她的遗物，看到姨妈写给她的一些信，不仅文通字顺，且颇富文采，一手字也很是耐看。但上有老下有小的家庭拖累，她无法再去读书，甚至连出去谋一份职业的想法也没能实现。新中国成立后不久她便嫁了人，姨父是部队调干生，学的冶金设计，大学毕业后分在了武汉一个很重要的岗位上。单位领导一直就知道他们是牛郎织女，但就是卡住不放人，他和姨妈在一起的时间也就是一年不超过一个月的探亲假。想想那年代的人，真是老实和单纯，向组织谈几次说几次，当真不放，也就只好认了。而姨妈这一头又丢不下渐渐年迈的二老。更不易的是，自一九五五年至一九六二年间她的三个子女陆续问世，可以想见她当以怎样一副肩膀来扛这个家？里里外外大小事宜，抛头露面的是她，打理拾掇的还是她。听说有一回，踩着梯子上到屋顶捡漏，一不小心从高处跌落，好多天人事不知，待其苏醒后向立在一边垂泪的三个孩子交代了后事。却蒙苍天厚爱，死里逃生，让她重又站在了生活的前沿阵地。

几乎是姨妈一人带大的三个孩子，后来都出息得让她骄傲不已。长子大学毕业后，一步步做到一家著名企业的老总，业务拓展至海外市场；这些年则全身心投入慈善事业，和一位美国归来的医生朋友，为贫困地区唇腭裂患童四处奔走，这项被命名为“微笑行动”的慈善工程已在全国产生了广泛影响。次子是改革开放后杭城最早一批“吃螃蟹”的私营业主，后来的生意也是稳扎稳打做得风生水起。女儿倒是默默无闻，嫁了个普通人家，如今她的孩子业已婚娶,她便抽出身来,专心陪护年近九旬的姨妈，端茶喂药，榻前尽孝。

由子而观母，便能知晓姨妈此生的奋斗与辛劳，她在几个孩子身上所播洒的爱，不只是自己有了收成、享了回报，更多的则被他们传递给了这个更广阔的世界。

二〇一四年八月二十四日

不远千里背来年糕的叔父

春节期间，看一个说年味的电视片，讲到已列入国家产地保护的江西弋阳的年糕（又称大禾米粿），其制作过程是怎样的一种艰辛——从选米、洗净、浸泡，到入甑以大火蒸熟，再放入石臼之中用木槌反复捶打；待打绒后捏成团，二次入甑，燃大火复蒸；之后再行循环，做足“三蒸两百捶”方才大功告成。说弋阳人打年糕已有了一千二百多年的历史，此处所产稻谷一年仅一次收成，春播，夏种，秋养，冬收，吸“四季之水”，得“天地之养”，故尤显软糯。所制年糕洁白如霜、透明如玉，油光发亮，韧性甚好，较他处年糕，无疑胜出一筹。

这一产自弋阳的美物其实在我少年时便已品尝过多次，只是一直不知其得来竟如此不易。今日睹物思人，想到了当年不远千里从弋阳把重达几十斤的年糕吭哧吭哧背来的叔父。

祖父生有二子。父亲年长，少时肯读书，考上大学后也就早早离乡；而小他十岁的叔父，则因厌于学业而未能摆脱贫困之故里，新中国成立后不久去了邻县弋阳的一处垦殖场当农工。由于没什么文化，终日辛劳也只能混饱个肚子。二十世纪六七十年代，我们侄辈几个已陆续出生并长大。记得每年临近春节,叔父早在腊月初始就找人相帮打好年糕，而后乘汽车转火车，几天几夜，经受旅途劳顿，跨越三省来到他并不熟悉的扬州，为的是和我们一道过个团圆年。一年里的绝大部分时间他都是孤单而寂寞的，所以每次来了他都想多留些时候。过年那一段全家老小的忙碌与欢乐，记忆中总有叔父并不高大却憨实的身影。

惜因种种缘故，叔父这一生终身未娶而无子嗣；

可怜六十岁不到又碰上效力大半辈子的农场宣告倒闭，遂孑然一身来到他兄长身边。最后的几年则由幼时受过其抚养的侄女（我大姐）照料其生活起居。辞世之年为八十二岁。我们兄弟在扬州为他选了块墓地，让其与兄嫂（我父母）相伴，比邻而居。

二〇一七年三月六日夜于盱眙天泉湖畔青梅苑

又见拖拉机

在南京近郊一处全新开发后迎宾的古村落里，开阔的打谷场上古董似的摆放着一台废弃不用的大型拖拉机，好些年轻人颇觉新鲜地以它为背景拍照，还有的爬到驾驶座上很神气地摆个拖拉机手的pose。这场景我见之犹感亲切，仿佛回到了五十多年前——那坐在东方红轮式拖拉机上一副英武之态的是我当时尚很年轻的父亲。

父亲早年就读于国立中央大学（现今南京大学的前身），所学专业是飞机发动机。按道理毕业后他该去与飞机有关的科研院所或生产单位，但由于家庭出身的缘故而被迫改行，去了一所农业院校任教。起初开过汽车发动机的课程，但二十世纪五十年代，汽车是个稀罕物，一般人连边也沾不上，因此推广应用是个问题。及至二十世纪六十年代初，农业机械化的热潮逐步兴起，父亲教的专业开始变得吃香，除了给大学生授课，还举办了多期两三个月的短期速成班，各地的书记、县长都被上级要求带头学开拖拉机。那几年里父亲基本吃住都在学校的课堂和实验农场，教他们理论，还手把手地教这些干部驾驶拖拉机，在田间耕作或播种、插秧。家中的影集里有一张已经发黄的父亲当年教一名女学员开拖拉机的照片,那女学员干部模样,剪齐耳短发,神情十分专注。“文革”时父亲作为“臭老九”被监督劳动,每天要负责十几台拖拉机的清洁和保养。那机库后面有两扇不大的窗子，我和弟弟偷偷跑去看父亲，隔着窗户的铁条，父亲把他满是汽油味的手伸过来,摸摸我们的头,嘱咐我们好好上学别惹事。而那熟悉的拖拉机驾驶座，在我童年时，父亲曾多次抱我上去，教我按喇叭，摆弄方向盘。

……风一样吹过来，这些画面重又飘到了我面前。画面里的父亲像是许久没刮胡子了，双臂戴着透出油渍的护袖，朝我不无疲惫地笑着。

二〇一六年四月七日夜

最后的泪珠

在我的记忆里，威严且坚强的父亲是极少流泪的。很多年前有过一次，那是在“文革”刚开始不久。那一天，他所在的大学，约莫有上百个“走资派”和“牛鬼蛇神”被集体押出去游街示众。因为他是教农业机械的，所以在他挂于胸前的牌子上，还专门给拴了一个几斤重的拖拉机上的配件。他的头发被左右两个红卫兵揪着，手被反剪着往前走。那天游街的队伍好长，一路上围观的人也很多。我当时才十二三岁，亲眼目睹了父亲受辱的这个场面。记得那天晚上父亲游街回来后，坐在椅子上，揽着我们几个孩子，很痛苦地流下了眼泪——这可能便是我所见到的父亲一生中唯一的一次流泪。后来他被关押在学校的机库里劳动，翻来覆去地写交代材料，时间有半年之久，但我却再也没见父亲哭过。我们去探视，给他送衣物、食品，他总是面带笑容地和我们说一些诸如要听话、要争气别调皮之类的话。

及至他生命中的最后几年，因为得了脑梗，而渐渐丧失了语言表达的功能。姐姐喂他吃饭，或给他洗脸剃胡子，他会朝她笑笑；碰到我回去时用轮椅推着他去街上玩，他会向我伸出大拇指，表示高兴和赞赏。临终前的那几天，他已多脏器衰竭而处于昏迷状态，我们几兄妹及各自的孩子纷纷从各地赶至他在医院的病床前。每来一个人，我们都会比较大声地叫他，告诉他是谁来了。他似乎心有感应似的，眼皮会努力地动一动。

院方已下达了几次病危通知，主治医生建议我们趁老人还有一口气的时候，早点把他拉回家中。我是长子，这个决定要等我来发出。而我却心犹不甘，一次次地跑去恳求医生再想想办法；那其实已没有实际作用的输液瓶我始终不肯让护士拔掉，我企盼着奇迹会在父亲的身上出现。

然而，一切都已无力回天，当时针指向二○一○年十一月二十八日凌晨二点十八分的时候，劳累了一生的父亲终于走到了他生命的尽头。那一刻，神奇的一幕出现了：我看见父亲的眼里突然滚出了一粒很大的泪珠——一个年已九十二岁的老人啊，依然还对这尘世有着如此不舍的眷恋！

我对弟弟哽咽着说，爸爸走了，我们带他回家吧。

写于二○一三年十一月二十八日，父亲三周年祭日

不做怎么行？

在大学同学的微信群里读到这样一段文字：南通乡下一位一百零三岁的老奶奶，坐在自家门前冬日的阳光下挑拣黄豆种子。电视台前来采访她的小姑娘不解地问道："您老这么大年纪了，怎么不歇歇、不玩玩？"老奶奶说："不做怎么有得吃？"

想象老奶奶说这句话时一本正经的神态，憋不住发噱。不做就没得吃？谁不给你吃？儿子？孙子？重孙？恐怕不至于吧。可老奶奶为什么这么说呢？这应当是老辈人打小而来留在脑子里的一种教育，或许在其幼时爸爸妈妈就是这么对她说的。根深蒂固，构成了老奶奶条件反射似的脱口而出。

突然就想到了我的父亲，在他八十七岁那年，我从故乡把他接来我新装修的房子里小住。住到二十多天的时候，他就不定心了，早晨一起来便念叨着：不能在你这儿再住了，赶紧要回去了（回他那个老屋）。我问他回去干啥，他朝我笑笑：回去写书呀，带研究生呀！父亲当时已有轻度脑梗，脑子时常会清楚一阵糊涂一阵。我对他说：你还有什么研究生好带的？他很确信无疑地望着我：我要做的事情太多了，哪能老待在你这里吃闲饭？不做怎么行？“做”这个字，可以说贯穿了父亲的一生。除了吃饭和睡觉，他几乎就没有不做的时候。

同那位一百零三岁的老奶奶一样，有些信念在他们那辈人的脑子里可谓坚如磐石，任你怎样也是摧毁不了的。

二〇一七年六月二十五日

留在记忆中的那些美好

有一些关于美食的记忆，甚至具体到某一画面、某一细微之处，会一直存留于脑海，不因岁月的推移而褪色或淡去，相反，几十年以后还会不时地冒出来，在眼前晃动。

说两个例子吧。时间是我读中学那个阶段，二十世纪六十年代末七十年代初。虽生活在城市，但其时的物质匮乏却是城乡共有的。难得家里包一顿饺子，这一天一定就像过节一样。兄妹几个齐上阵，择菜、洗菜、烫菜、剁馅、和面、揪面、擀饺皮，乒乒乓乓，七手八脚，忙得不亦乐乎。包饺子的过程也特别兴奋，一个个都比平时话多。包好了，就等着一口大钢精锅在蜂窝煤的炉子上，一锅一锅下出来。几个半大的孩子围站在炉边，等着水开，等着饺子和水一起沸腾，目不转睛地望着它们一只只慢慢浮上来。

一个中号或接近大号的蓝边瓷碗，大约能装八只到十只饺子，甚至更多些。吃罢三碗，仍感尚未尽兴，一直要把肚子撑圆，才肯丢手。

再说老家扬州，有条老街，叫甘泉路。甘泉路上有一家汤圆店，记得好些个晚上，我打那儿路过，门前还有很多人在排队买筹子。店内的汤圆我吃过一两次，味道好极。有多种馅儿：猪油白糖、桂花豆沙、黑芝麻糖、纯肉、荠菜肉等。下汤圆的铁锅超大，炉膛里烧的煤估计也是上等的，炉火蹿出的火苗老高。汤圆在大锅里挤挤挨挨地翻滚。任外面寒风呼啸，雪花飘飘，汤圆店里的吃客们棉袄解开了，帽子也摘掉了，脑门儿上能见到沁出的热汗。

——如今回顾起来，发现来自童年或少年的一些关于美食的记忆，大都与饥饿和彼时的贫乏连在一起。因为渴望无法满足，而对某样食品产生特别的垂爱；或少数几次的接触，而致毕生无法忘怀。

再联想开去。上中学时隔壁班上有一位语文老师是个马来西亚归侨。因其复杂的海外关系，“文革”时自然成为批斗对象。据说他在劳改队被关了一段时间后，突然有一次在食堂里很意外地吃到了久违的粉蒸肉，他连吃两片后无法自抑地喊了一声“粉蒸肉万岁”。一个正值壮年的正常人，久不沾荤腥了，其“得意忘形”想来源自一种生理本能。当然他后来为此遭到了多次上纲上线的批判。

还想起汪曾祺先生写他当年在西南联大读书时的一些事情。兜里没什么钱，有时想喝两口酒，和一个叫朱德熙的同学会拿几本书到旧书摊上当掉，换点钱，然后找一爿小酒馆，点一两个极普通的菜，也能有滋有味地吃上一下午。若干年后汪先生写这些旧事，写当时吃过的菜，喝过的酒，在哪家饭店，竟然写得绘声绘色，充满深情。

细细体会下来，这里面其实更多的是困窘，是贫穷，还有就是，正好赶上了一个特定的晦暗的时代。

不记得是哪位名人说的，我们通常所说的美，往往是需要付出代价的。

留在我们记忆中的那些美好，有时候，酿造它的恰恰就是艰难困苦的因子。只不过作为拥有者，我们常常把美好背后的苦涩，用时光的筛子筛了出去。

二〇一八年八月二十二日于盱眙天泉湖畔

怀母二题

没有围墙的学校

母亲在那所乡村中学待了有十几个年头。时间是二十世纪六七十年代。

当时的校舍比较简陋。教室与教室间的隔断，像是用毛竹片将几层芦席夹紧,外面糊了一层黄泥。因此，课堂里的喧闹几乎是可以打通的。

那两排一间挨一间的教室门前，有不多的几张水泥砌成的乒乓球台子,泥瓦工的手艺看来欠缺些，台面上几处凹瘪一下雨便会汪水。孩子们在上面打球也只能是捡个乐子而已。

学校四周没有围墙。学生出了教室跑不多远，便是成片的农田。远远地能望见他们的大人插秧或收割的情景。贴着教师宿舍的那条路，两边栽了不少的树。树有些年纪了，腰身看上去已蛮粗。再往前去，是一只显得颇精神的池塘。夏季来临，满塘的荷叶铺展开来，沁出一片凉意；入夜后，那蛙声此起彼伏地响着，使学校变得格外幽静。

印象中那时候经常停电，母亲在宿舍里批改学生的作业，会时常借助煤油灯的光亮。有时觉得亮度不够，把灯芯捻一捻，那火苗突然蹿上来，好几次燎焦过母亲额下的发丝。

母亲是个英语老师。那些年一些主课都很难上好，更何况英语了。农村的孩子觉着学这些一点用没有，所以上课时便各干各的，秩序也就差。母亲心犹不甘地出力喊了，但大多无济于事。她也只有对几个靠着讲台近些或稍有兴趣的学生尽点心了。若干年后，有两位当年的学生专程乘了车来家中看她，说起母亲那时教书的艰难，师生几个都有点忍不住地流了眼泪。

在我十来岁的光景，曾几次随母亲去那所校园小住，因此那些影像会时常浮现于脑际，而让人挥之不去。

题一幅旧照

那应当是一个夏日的午后，母亲穿了一件极普通的府绸短袖，那衣衫至少穿了有几年，原本蓝茵茵的色彩已被洗得很淡了。她端坐在那张朝南的平时有阳光洒进来的书桌旁，桌面上摆放着父亲关于植保机械的书稿。母亲的钢笔字几十年如一日的清秀、娴静。她退休后的好多时光就这般在为父亲默默誊写书稿中度过。

照片里的母亲，眉宇间似有若无地流出一点浅浅的笑。头发留得不是很长，惜已基本花白。这方面母亲遗传了她父母的基因，约莫五十岁头发就渐渐往白里走了。

母亲那淡淡的笑容里，分明传递出一种随遇而安的自足与温婉。她大半辈子生活的地方并非自己的故乡，为了家和孩子她选择留在了这座城市。几十年里经历过不少生活的周折，包括在几处乡村学校较长时期的逗留和辗转。但母亲的生活态度一直都是达观且积极的，平日里很少听到她向谁抱怨过什么。

那一天，母亲投向镜头的目光，除了一份快慰，感觉还有一种让人心酸的坚定。母亲一生养育过八个孩子，体能的透支不言而喻。到了晚年，她不仅消瘦，骨质疏松症也相当严重。尽管出门行走总小心翼翼，但还是让人骑车给撞了。骨折了的腿脚被敷了石膏，吊了牵引，可病榻之上，她却能强忍疼痛，自寻其乐地哼唱年轻时学来的京剧《萧何月下追韩信》等唱段。

母亲离开我们十七年了，这幅旧照摄于她七十岁那年。事先并无什么准备，爱好摄影的妻子（她和我母亲一直相处得很好）在我们回乡的那天下午，近乎神来之笔地抓拍了这个镜头——把母亲最真实也最传神的形态留在了这个世界。我为此感激我的爱人。

写于二〇一五年五月十二日

距母亲十七周年祭日还有十一天

没了爹娘的春节

父母在的时候，总是回家乡过年。如今回想起来，那样的年才是真正的年。尽管老屋那么局促，几兄妹带着孩子一道回去甚至睡沙发、打地铺，但团在一起的感觉那才叫一个热乎。也尽管过年的内容每一年并无太大差异，但总觉着过不够似的，才过今年便又盼明年了。

最记得除夕夜的餐桌上，酒过三巡之后常玩一种“接词”的游戏。你说一个词，最好是成语，你的词尾是下一个人的词头，诸如：万马奔腾、腾云驾雾、雾里看花、花好月圆……就这么一直接下去。在谁那儿卡壳了，自罚一杯，而后由你出词，进入下一轮。母亲七十多岁时还参与我们这个游戏，且身手不凡，接得十分利索，时有出人意表之语。年夜饭一般会吃上两三个钟头，说说笑笑甚是开心。电视春节晚会也是每年必看的，母亲早在下午就备好了装着瓜子、花生、交切片、小蜜橘等多种吃食的盒盘，这时候兴致勃勃地端出来，供我们看电视时品尝。待到电视主持人倒计时数完七六五四三二一，晚上十二点的钟声敲响时，心里颇有些百感交集，孩子们大了一岁，而我们这些也从孩子过来的人则往老的门槛又迈了一步。

……一年又一年，像这样大家庭聚拢一道过年的情景，随着父母的离去，令人感伤地落下了帷幕。母亲走了有十六年了，父亲最后的几年也大都在病榻之上度过，但那几个春节我依旧赶回去，和神志已不太清楚的老父一道过年。我领着姐弟，斟上杯中酒，站在父亲的床前，摸摸他的脸，祝他过年好。他傻傻地望着我们，似笑非笑的样子。虽觉辛酸，但内心总归还是温暖的。只要父亲还在，这个家就还是完整的。如同阵地上的一面旗帜，哪怕它被战火撕成了碎片，但旗杆不倒，阵地就一定还在。

父亲终究还是走了。那年的春节我们几兄妹仍旧聚在了一块，只不过忙年的热情有点降温了，而是去饭店订了餐，一家家轮流做东。过年的感觉自然也就淡了许多。

后来的一年则分在了几处。二姐随夫去了四川婆家；弟弟装修了新房，年初二等候亲家来提亲，张罗女儿出嫁的事；我则接来了妹妹一家和我们在省城过年。那些日子我又沉浸在欢快的忙碌中。早早地晒好了被褥，打扫了房间，分几次外出采购年货。除夕之夜也像在老家一样，十分工整地写好菜单，张贴上墙，七碗八碟地搞了一大桌子。但不知怎的，举杯之时，眼前总还晃动着父母乃至祖父的身影，老想着那几间曾经给了我们太多过年欢乐的老屋。

多年不见你们好吗？

年一过，日子就溜溜地往春里暖里跑了。雨水，惊蛰，春分，离清明也就不多远了。其实元宵看灯的那天便在心里念叨你们了。团团圆圆是说人好好的时候，而一旦物质的身体消失了，也就不可能再有关于他（她）的任何音信了。说是生命中最亲的人过世后，会在那边托梦给他（她）牵挂的人。可我即便梦着你们的时候，也总是无法看清楚你们的脸，梦境里所呈现的一切大都断断续续，有的甚至十分离奇。而只有当我清醒着，脑子活跃着，你们的形容才不模糊，连每一句讲话的声音和笑的模样都清晰逼真。

——虽然快有五十年了，那时我才十二三岁，但许多情景恍如昨日。祖父是在一个乍暖还寒的初春的凌晨离世的。他原本身体很好，“文革”风暴袭来时他被批斗，扫马路、冲厕所，受尽凌辱。后来得了脑溢血，没能坚持多久。出殡的那天，我们几个孙儿都不敢哭出声来（他被宣布为“阶级敌人”，除了几个直系亲属，没有人敢来送他）。他穿一件青灰色的棉袄被推进火化炉。我们还很柔弱的臂膀拼命拽住躺着爷爷尸身的滑轮车，不肯让他进去。我们知道这一进去，就再也见不到爷爷了。火葬场的工人硬是把我们几双小手扒下来。不一会儿，见那炉中蹿起的火苗卷走了爷爷……

——后来便是母亲，她走了已十八个年头。那一年的五月一日，我回乡参加大学同学二十年的聚会。晚上住在家里，天很热，我洗了澡，赤着膊和母亲说话。已是晚上十一点了，母亲还在吃着饭（那几年她的牙齿几乎掉完，靠牙床一点点磨烂食物，吃一顿饭要花几个小时）。她不时地停下来问我一些家中或工作上的事。当时的她只是消瘦，并无什么致命的病症。我们母子间很随意地拉呱持续了将近一小时（人无先知，彼时绝无意识到那便是我与母亲此生的最后一次交流）。十多天以后，母亲在家中跌倒，发觉脸部有些外伤，送医后，我们几兄妹还乐观地认为母亲很快便能康复。但事实是，我们彻底地输了！任凭怎样地哭喊也唤不回母亲了。

——父亲是八十五岁那年被查出患了脑梗，病情是慢慢加重的，前后拖过了近七年。其间住过几次医院，还都奇迹般地出现好转，而后回家。最后一次我们也认为是差不多的情形，但终因多器官衰竭而告无力回天。医院的吊瓶在最后一刻仍被我们提回家中，也就在那一刻发现了父亲噙在眼里的泪珠（虽然他未留任何遗言，但那颗最后的泪珠却泄露了一个九十二岁的老人对生的留恋）。时间真是飞一般闪过，都已经快六年了，那沉重的哀乐仿佛还响在耳畔。

……一年里，除了你们的忌日，也就是这芳草萋萋泪湿衣襟的清明，我们会从各处聚拢来，燃上香，摆上供品，把沾满露珠的花瓣撒落在你们身边。其余的日子你们是冷清的、孤寂的，连个说话的人也没有。

真的是多年不见了，比如爷爷，那时候我们还都是十几岁的孩子，而现在这些孩子都已是花甲之年了。你记着的是我们少时的面孔，是我们跟在你屁股后面淘气的身影；同样，留在我们记忆中的你，是慈蔼、高大，遇到任何事总站在最前面的那副厚实的肩膀。对这个世界而言，你们都只是一些极普通的凡人，因此你们的离去，也只是满天星斗里少了一颗而已，可对于我们（你们生命的延续者），你们却是整个天空。记住你们，我们也就更清醒地知道自己的根在哪里，身由何处来，甚至也更加明了我们的未来该往何处去。其实与你们之间，以及我们往后的小辈之间，我们也就是一个纽带，或者是一组相互啮合的齿轮，前轮向前了，后轮跟上来，那根联动的轴心便是伟大的血缘。

怀念孤独而不再言语的你们，是因为在这样的怀念里我们或可相互取暖，或可被依旧还在的爱包裹着，去走接下来的每一个还会寒冷的冬天。

多年不见的亲人，你们都还好吗？

二〇一六年二月二十三日（农历正月十六）夜

母亲抱着五个月大的我，父亲手上的姐姐当时不到两岁

父母亲在苏农一村的老房子门前

祖父抱着刚出生不久的弟弟，拍摄时间为一九五七年夏天

一九六六年春节摄于扬州照相馆，是祖父生前与家人的最后一幅合影

我小学毕业那年的全家福。父亲的穿戴与发型最显规整

摄于一九七〇年元旦，那年我（后中）十六岁

二十世纪四十年代的母亲

二十世纪五十年代的母亲

母亲七十岁那年，摄于家中

就读于国立中央大学（今南京大学）时的父亲

一九五八年五月一日父亲在天安门前，时年四十岁

二十世纪五十年代父亲教女学员开插秧机

二十世纪九十年代父亲主持研究生论文答辩

晚年的父母，在扬州瘦西湖五亭桥畔

父母和孙辈在家中

我（右）和表弟自逊在杭州，那年我五岁

母亲（左）和姨妈一九八九年夏在北京北海公园

父母亲和炘叔及廉叔一家，最前面的小孩是我女儿，
拍摄地为居住了二十多年的扬州苏农一村

我初中毕业时的同学合影

我高中毕业时的同学留影

出生之年

听爷爷说过，这一年的夏天曾经暴雨成灾，好多地方都成了泽国。父亲当时在一所刚创办不久的大学里教书，去几里路外的学校，是附近庄上的农民撑了船，把他和他的同事们送去的。

也是在这一年，三十六岁的父亲被评上了讲师，拿到了每月九十七点五元的薪水（这个工资标准一直维持到“文革”后的一九七六年。父亲用这笔薪水养大我们姐弟四个）。

还是这一年，进入深秋的一天早晨，母亲生下了我。上面已有了两个姐姐,我是父亲的第一个儿子。

我出生后，同事和邻居都起哄让父亲请客，说你家是双喜临门——得子又加薪呀。

父亲自然开心，很爽快地请了。据说是花了十多元钱，在外面饭店很体面地办了两桌。

历史的长镜头很快就扫了一圈，没几天便二〇一四年了。这也意味着我在这世上已走过将近一个甲子。

说将要莅临的这个马年是六十年才轮一回的“金肚马”，好多结了婚的新娘子都想在这一年把她们的小马驹给生下来。那敢情好啊，我这匹老马给小小马们送祝福了!

于是这些日子便对冯小刚尤为期待，由他操刀的春节晚会是叩开“金肚马”的第一声爆竹哟。

二〇一三年十二月二十七日

旧时邻人

这个旧，也不是有多旧，距今也就五十多年吧。那时我快有十岁了。

我们居住的教职工新村，在进了大门就能看见的那块空地上，有一天开始挖土打桩建新房了。那时候的人还不知道充分利用地皮做文章，盖房子也就两层。两层就觉得蛮高了。同现在差不多的是，建房子也要搭脚手架。几根粗大的木料横竖拉起作支撑，竹篱笆模样的竹板块一张张接起来，铺成了建房工人上下的道。毛竹板虽有较好的韧性，但走上去还是晃晃悠悠的，像过浮桥。

我们几个也就相差一两岁的姐弟，牵着手在上面走，抖抖颤颤的，有几分害怕。但好奇心还是占了上风，我们偷偷地上去过几次。有一回父亲下班回来，他自行车的铃声我们都熟悉，老远就听到了，吓得我们从脚手架上三步并作两步地往下跑。最小的妹妹摔倒了，哭声暴露了目标。父亲经过时发现了，回家罚我们几个下跪反思。

我们原本住在新村最里面的老平房，之所以成群结队往那未竣工的新楼上跑，当然是有道理的。那时大约已知道了我们家将入住这座新楼。论条件，父亲当时的资格好像还缺一点。新楼主要是为教授造的，而父亲彼时还只是讲师，不过已做了十几年，算资深了；再加上我们家人口多，祖孙三代有八九个哩，这可能也构成了照顾的理由。后来全部入住后，八户中有六户是教授，与我爸情形相似的是住我们楼上的吴家，他也是名老讲师，其夫人是学校医务室的医生，姓张。他们有四个子女，还有一位老人，是吴先生的母亲。

这房子用现在的眼光看，真的是既局促又寒酸，除了朝南的一间稍大点，朝北的三间，最小的用来做了厨房，剩下的两间都小得可怜，铺一张床在里面，多余的空间也就很有限了。但放在二十世纪六十年代初，有这点面积的人家也是颇让人眼热的了。这房子我们一家在里面住了将近三十年（我读完大学去了外地，离开得要早一些）。

同住一栋楼的八户人家，平时走动交流并不多。入住后没几年便赶上了“文革”，教授的日子都不好过。每一家都噤若寒蝉似的，怕被别人抓小辫子。印象中每一家的男主人都挨过斗。楼上西边的平教授，太太是上海人，总听她在楼道里对人说，朝西的那间屋子如何如何不好，“开着窗子嘛冷煞哉，关着窗子嘛热煞哉”，上海话我们不太听得懂，只是觉得这瘦老太上楼下楼的整天都心事重重的样子。西隔壁的周教授，教水利的，夫妻俩都是浙江人。他们有两个儿子，大的和我差不多大，小的与我妹妹是幼儿园同班。起初几年我祖父还在，两家人关系挺热络的，祖父做了点好菜，总爱盛一碗端给他们分享。那小儿子脑袋特别大，两只大耳朵还会无意识地动，笑起来一口虎牙十分可爱。夏日的晚上，我们摆了几张小竹床在门前纳凉，他也会凑过来一起玩。后来这孩子不知得了什么病，突然就死了。周师母整天以泪洗面，我祖父见了挺同情，同家里商量后对周师母说，反正我们家孩子也多，这小孙女一直同你家儿子玩，就让她给你们做孩子吧。周师母当然求之不得，妹妹还真就去了周家，管周教授夫妇叫爸妈。但前后待了有几个月吧，同我们早不见晚见的妹妹还是闹着又回来了。

印象较深的还有住东头楼上的薛教授，他是个好好先生，见到我们这些孩子也都会打个招呼，笑一笑；晚上乘凉，他拿一把蒲扇四下逛，走到我家门口，会逗留一下，在方凳上坐一坐，同父亲或祖父聊上几句。具体哪一年不记得了，反正那一阵“文革”的气氛已越来越浓了。薛教授大约是被学校的红卫兵斗了几次，脑子想不开，有天早上把老伴骗出去买菜，自己关上门在家中上吊了。待其老伴买菜回来发觉后，大惊失色地下楼呼救，记得是我父亲第一时间冲上了楼去，将薛教授小心托住，解开他颈上的绳子，而后背着他拼命往附近医院跑，可惜最终未能抢回他的命来。

不觉间离开那栋楼有三十多年了，当时与父亲同事的那批教授们也都先后作古了。他们的后代虽至今仍能清晰地叫出那些名字，但由于历史的原因彼此无甚联系，也不知后来各自都去了哪里，只是听说东隔壁缪教授的公子读了医科大学，后来成了有名的脑外科专家；最东面朱部长的儿子当上了级别不低的地方官员……而偶或在我脑中闪现的，则是他们少年时的身影。

二〇一七年九月十六日夜于安徽六安

忙年

从小到大，我都十分看重过年。对过年有一种发自内心的期盼和向往。小时候，虽然物质较贫乏，但年前的那份忙碌和过年那几天里近乎奢侈的享受，却是无法忘却的。

我们家对年的重视，与祖父有很大关系，是他把江西农村过年的那种气息带了进来。先说“忙年”，印象颇深的有这么几件事。

一是舂粉。总在腊月廿四前后，会去粮店买些上好的糯米，背到专门的加工点，请人用石臼舂成米粉，而后拎回来摊在匾子上晾几天。大年初一的早上，一准能吃到裹了芝麻或豆沙馅的甜甜糯糯的汤圆。

二是起早买菜。二十世纪六七十年代，公家菜场的东西大都凭票供应，不要票的，要排队。天还没有亮透，我和二姐就拎着几个菜篮子往菜场跑了。因为要同时对付几处的排队，顾不过来，就让篮子代替人，也站一个队。当然需跟站在前后的大叔大婶们打个招呼。待这边一排完，赶紧再到篮子那儿去。那时候，像大白菜、有不少黄叶子的青菜，甚至豆腐，都要排队。也由不得你挑挑拣拣，能买到就很不错了。豆腐买回去，常吊在门口做冻豆腐吃。

三是掸尘。一家人爬高上低地全都上了阵，先用鸡毛掸子到处掸掸，而后用盆端了水，搓了潮抹布一处处地擦，好久不擦的窗玻璃都一块块亮起来，旧貌换了新颜。

四是炒花生。先去附近的建筑工地跟人家讨一点黄沙，回来用筛子筛净。找一口大铁锅，搁煤球炉上；将黄沙倒入，烘干炒热，然后花生放进去，用铲子不停地翻动。火候很重要，稍不留神就炒过头，剥出来的花生米会发黄，吃到嘴里有焦糊味。这技术活儿早年是祖父干的，祖父过世后一直由父亲来担当。如今父亲也没了，但我却老是想起他炒花生时的那副专注，和衣服上落下的那依稀可见的沙尘。

五是蒸包子。这是一项不小的工程，且技术含量较高。先要发面，向馒头店讨一团酵头，和入面粉，装在一个大盆里，把它盖严实，而后弄一床小被子捂捂好。再就是调好包子的馅。需经历择、洗、烫、剁等几个流程，馅一般是青菜、大白菜或萝卜丝，拌以适量的肉。祖父手巧，包子的收口捏得特别好。我们在一旁手痒痒地也想一试，祖父笑笑让我们包两个，要么是馅塞多了，要么是收口捏得鼻塌嘴歪的，不像包子。蒸包子的笼是向邻人借来的，大铁锅里放足了水，装了包子的蒸笼叠了几层，这时候煤炉的火要倍儿旺，火若不行，面则发不开，前功尽弃。后来几年外面有了帮人加工包子的业务，就不在家里做了，但包子的馅，二姐却坚持要自己一手弄好，这得费不少的心思。

“忙年”的最高潮当然是除夕晚上的那顿年夜

饭。菜单早在几天前就已开好,贴在了厨房的醒目处。一大早兄弟姐妹们就全都起来了，洗菜的，切菜的，配冷碟的，烧热菜的，厨房不大，几个人在里面身都转不过来。菜的数量之多是因袭了江西老家的风俗，一般有八冷八热四大荤。当然盘子里的货色是随着时代而改变的。二十世纪六七十年代东西缺，什么荸荠、茨菰、大蒜、豆腐果，稍加几根肉丝，都算一个炒菜。烧杂烩算是大菜了，可里面却寻不到太多的荤腥，放的是胡萝卜丝、百页、山药、黄芽菜，顶多有几片咸肉吧。不过我们家倒是有一道延续了好多年的大菜，所有吃过的人都说好。其实做法挺简单的：把鸡蛋先煮熟，而后剥壳，在其嫩嫩的身上划几道口子,然后放进先前已烧好的鸡里，再煮它一阵，需浓油赤酱，鸡的美味全入了蛋里。这个菜我们给它取了个名字，叫“母子会”，用它作为年夜饭的压轴戏。

二〇一二年一月

童年记趣

童年，是一条从那儿启程却再也无法返回的路。

所有关于童年的故事都留在了故乡那片依旧水灵的蓝天白云里。

——题记

捞冰落水

那时候的冬天，一定比现在冷许多。雪会连下好多天，不声不响的，把出门的路全遮盖了。小河里的水也都结了冰，虽不像北方那样，人驾着车可以在冰上行走,但冰层也是蛮厚的。要到河里去担水,大人们也是带了工具去敲的。先砸一个窟窿,然后才把小铅桶扎下去。

我们那所教工新村住了一百多户人家,平日里吃水用水大都在这河里解决。后来打了一口深水井,是那种装了根铁柄,用泵把水慢慢压上来的洋井,但离住地稍远了些,且打起来也挺吃力的,大人们似乎更喜欢往河边跑。河面够阔,水流亦清,有两条宽约尺许的厚厚的杂木板,与河中的木桩搭牢了,构成供人立足的小埠头。长辈们在这里淘米洗菜,或用木槌敲汰衣物,有说有笑的,不知不觉手头的活儿已干完。

下雪结冰的天气,对大人自然不好,可对我们这些七八岁的孩子却是一件乐开怀的事。一早起来我们便在雪地里疯跑,把雪在手里捏成团,你追我赶地相互投掷;愈是大雪堆得厚的地方,愈是要跑过去多踩几脚,才不管鞋子湿不湿呢。看哪个小伙伴站在树底下,就偷偷绕到其背后把树梢上的雪拼命摇到他脸上身上,还冷不丁地抓一把雪塞人家衣领里，而后大笑着幸灾乐祸地跑掉。去河边捡上几片小瓦砾，弯下腰使足劲让瓦砾贴着河面的冰滑行，看谁扔的瓦砾滑得远，就这么乐此不疲地，不扔到满头热汗绝不歇手。

记得有一回，袁先生家的老四鹤来（小我一岁，但鬼点子多多）跑来对我说，哎，告诉你，河里的冰是甜的，就像夏天吃的冰棍一样，我们去捞上来吃！我信了，便和他一道去了河边。那时天色已近傍晚，小埠头上不见人了，我站在踏板上，隐约看见一处有点裂缝的冰。鹤来怂恿我去捞，还递了根小木棍给我。我有点怕，他说没事的。我便蹲下去，竭尽全力把小木棍往前移，试图将那块裂开的冰扒拉过来，却不料，脚下一滑，失足跌入了冰窟窿。冰水彻骨，水深差点淹到脖子，身上的棉袄棉裤全湿透了。我吓得半死，大声哭喊着救命，可没有人来救我，鼓动我来捞冰的鹤来此刻已跑得无影无踪。当时自己是怎么挣扎着爬上来的，具体细节已记不清了。只知道哭着哆嗦着跑回家后，祖父把我从里到外的湿衣服全脱了，而后用被子将我裹紧，还塞了只汤婆子给我取暖。当晚我就发起了高烧。

出没在蚕豆田里

挨着河边不远的地方，有一片拾掇得很规整的田块。不知是谁在上面撒播了蚕豆种，先是看到一株株的绿杆子钻出来，而后开花了，是那种粉粉的带一点蓝底子的小白花，再后来就结果实了，秸秆上挂着一串串饱鼓鼓的蚕豆角。蹲下来看，只觉着一株挨一株，密匝匝的。一次次往河边去，打那蚕豆田经过，暖暖的风吹过来，感觉豆秸在轻轻摇，散发出一种似有若无的淡淡的清香，还有一种说不出的诱惑。

我们几个趣味十足地围着那片绿色奔跑，时不时地会玩一阵躲猫猫。这边叫一声，随即便弯着腰钻进蚕豆丛中；那边小伙伴循声而来，却费了好大劲才找到。在我们眼里，这成片的蚕豆田就好似当年游击健儿抗击日寇的青纱帐。我们躲在里面，就觉着外面的大人一定看不见我们。这里是我们的世界，我们的极乐天地。

有一回，我和一个小伙伴约好了，躲进蚕豆田，剥了好多蚕豆吃，吃饱了还在里面睡了一觉。偷吃蚕豆的时候有几分害怕，老是朝外张望，害怕有人过来抓我们。后来看有大人走过去，并没发现我们，胆子也就慢慢大了，放开来吃了。一直吃到有一股青帮味从胃里翻上来，听到肚子里咕咕响了，再不敢往下吃了。干了坏事，不敢立马就跑掉，于是挪一个地方，干脆躺一躺。头朝上，能望得见蓝蓝的天，阳光从秸秆里漏到我们脸上，有点晃眼，不知不觉地竟然睡着了。后来大约是听到了大人的叫唤，才赶紧从里面跑出来。衣服上沾了不少的泥土和挥之不去的淡淡的蚕豆味道。

何师傅那惊魂的一鞭

父亲当年供职的单位是一所创建不久的农业学院。学院里建有奶站、畜牧兽医站，还有规模不小的附属农场。奶站养了不少奶牛，向院内外供应新鲜的牛奶。畜牧兽医站是为这个专业的大学生们实习而开设的，周边农民养的牲畜有了这样那样的毛病也都拉到这儿来治。农场则有着面积不小的地块，长了各种各样的农作物，收割的时候能见到大型康拜因收割机的身影。稻谷或麦粒装了一袋袋的，放进专门的库房。农场里还配了好几架马车，常常驮着一袋袋的东西往城里去。

我的小学同学耿扬生，他爸是农场的领导，所以他同赶马车的何师傅也就很熟。去学校上学时，我在新村门口常常能碰到耿扬生在马车上挨何师傅坐着，很得意地从我身边绝尘而去。有几次我叫他，他便求何师傅让马车慢下来，而后朝我挥挥手。我当然心领神会，赶紧就爬上去，坐在那装了粮食的麻包上，也过了几回这坐马车的瘾，别提有多开心呢。何师傅手执一根长长的马鞭，跑一阵会吆喝着甩上清脆的一鞭，那马也就奔得迅疾了许多，坐在马车上的我只觉着风在耳边飕飕地过。

沾了几回耿扬生的光，我误以为何师傅已经认识我了。有一次我去上学，又见到了这辆马车，那天耿扬生不在车上，我叫了一声何师傅，他并没搭理我。一会儿马车开始加速了，我一个箭步扒上车，何师傅一定是感觉到了，但见他不紧不慢地把马鞭往上一扬，使劲朝后一甩，这一鞭如闪电般地抽到了我脸上，立马觉得火辣辣痛得厉害，却又不敢声张和哭叫。待马车拐弯速度减慢时，我很狼狈地跳了下去，从此不敢再扒这马车。

这一鞭，也让我永远记住了这个大块头的何师傅。

城门拐角处的花生摊

扬州是座老城，东西南北地建了不少个城门。我家住的地方离老南门较近，我每天上学必经那条南门街。那时候城门的概念已经没有了，只记得要爬一个蛮陡的坡子，不过那坡子全是清一色的麻条石垒出来的台阶，有好几十级哩。走上去便是一座桥，从桥上往下看，能看见下面潺潺流淌的护城河，河的两边有着不少经年的老树，树冠铺开来，遮得河水幽碧幽碧的。

南门街是一条历史挺久远的老街。街的两边一溜排着各式各样的老铺子，面馆、粮店、药房、刀剪铺、杂货店，修伞补锅的、看西洋景租小人书的，似乎应有尽有。印象颇深的是一家叫作“三和”的酱园子，当时就说是百年老店了。高门楼，阔店堂，但里面却是暗暗的，从窗棂到柜台，还有那一只只大大小小的坛坛罐罐，都给人一种幽深感。半里以外就能嗅到这园子的气息了，是那种咸咸湿湿的酱缸味。再就是一家开间不大的理发店，父亲常带我去那儿理发。老板姓丁，刮胡子那叫一把好手。父亲理完了发，丁师傅就把那靠背椅慢慢摇下来，父亲便躺着，丁师傅往他胡子上刷肥皂沫，而后用几条热毛巾给他焐脸，这当儿找出刮胡刀在一条已被荡得乌黑发亮的宽布带上荡那么几下，接着便开始了其技艺的展示。感觉到父亲这时候很享受，刮好了胡子的脸显得比平时精神了许多。

有一点扯远了，还回到我要说的故事上来。刚才说到了城门，它的一个拐角处，风刮不到那儿，冬日里往那儿一蹲，晒晒太阳挺好。有一个五十岁上下的汉子，黑黑的，听口音像是山东一带的，在那儿摆了个小摊子，卖花生米。小包五分，大包一角，是那种有棱有角的三角包。是用书的封皮纸包的，挺刮且不透气，有助于存放。我在往返学校的路上，常常会背着书包，去那儿站上一会儿，看人家买花生吃，煞煞馋。也向大人讨钱买过一两次，那花生米确实炒得好，闻着香，吃着脆，让人有很久的回味。

后来有那么几天，从那个拐角处走过时，却没见着那卖花生的汉子，不免有点失落，可还舍不得走，在那儿东看看西瞧瞧。突然就发现了一个小秘密：贴着墙根的那几块砖原来是活动的，可以抽出来。再往里瞧，哟，里面露出了好几个三角包。一定是卖花生的藏在这儿的。我情不自禁地拿了一包，可谓又惊又喜。但转念一想，拿人家东西是不对的，遂又放了回去；向前走了几步，终还是敌不过那份香香的诱惑，重又折了回去，以最快的速度拿了一包，而后做贼似的紧跑了一阵。

这包花生米，最后成了我的负担。想吃吧又担心万一里面放了点什么，吃出问题来；更重要的是，这毕竟是没花钱偷来的,卖花生的汉子要是发现了,会不会找到学校来?心里纠结了半天,最终还是狠狠心把它扔了。

二〇一二年三月

我的中学时代

一九六六年至一九七二年，是我的中学时代。

一滴小小的水珠，它流溅的身影也曾是那个时代的折光。

——题记

学工学农学军

我所就读的中学，是那座古城的一所名校。若干曾经闻名中国的人物都毕业于此校。

我在小学毕业前，正是以敬畏与神圣之心填报了这所学校，并参加了全省组织的正规统考，且发榜的成绩亦有望踏入这扇光荣之门。但到了这一年的九月，一切建立已久的秩序似都被踩在了脚下。虽然还是进了这所学校，但凭借的却是住地就近入学的条件。心中渴盼的那颗橄榄，吃到嘴里时已非原本的味道。

初中三年间虽也有各种课程的安排，但教材已面目全非，读书学习不再是主业，更多的内容是向工农兵学习的社会实践。

印象中曾有好几个月的时间是在一家汽车修配厂度过的。在翻砂车间搬过几十斤重的铸件，在精工车间用铁砂皮打磨车床车出的工件；排成队去烈日下锄草，那半人高的蒿草之中有不少锈迹斑斑的废弃了的旧汽车的零部件；还曾帮助一些不识字的工人师傅写忆苦思甜和大批判之类的文章，他们一对一地口述,我们用笔记录下来,整理后念给他们听，他们满意了，再誊写出来交给车间主任，而后集中张贴在专门的宣传栏里。

学农就更像那么回事了。几个班级组成的大部队带着行李衣被，拉到了几十里之外的农村，铺上稻草打地铺，住在大队提供的砖坯搭建的草房里。十几岁的孩子感到这样的集体生活很新鲜、很刺激，晚上说说笑笑、打打闹闹都不肯睡。吃饭时，菜都打在脸盆里，一人手上捧一只装满饭的搪瓷盆，十几双筷子一起朝那盆里夹菜。活儿则是由贫下中农伯伯带着一道干。用畚箕挑肥，或赤脚跳进那臭气逼人的沤肥池里，用钢叉把已沤黑了的青草或水生植物，一叉叉地叉起来，再奋力甩到上面的畚箕里，我的手上因此磨出了血泡，叉的过程中疼得受不了。用圆竹杠抬那扎成捆的麦把，两个肩膀也都痛了好些天。三年里像这样的学农经历有过好几次，每次的时间总在十天半月。劳动结束后布置每人都要写小结，写自己怎样用汗水洗刷身上的小资产阶级思想。

所谓学军就是请了部队的战士带我们去拉练。最远的跑过四五十里的路程。要求每个人都必须带上背包。我从家里找了条小棉被，也有四五斤重，背到学校并不觉得，一上了路就知道了分量。记得还组织过两次夜行军，走一阵，跑一阵，部队战士领我们喊口号：一不怕苦，二不怕死；红军不怕远征难，万水千山只等闲……跑着跑着就有同学打起了瞌睡，步子走乱了，踢到了前面同学的脚。最开心的是宣布休息一会儿，坐下来吃干粮。同学之间互通有无，什么金刚脐呀、烧饼呀馒头呀，你扯一块给我，我掰一截给你。还有一回吃到了一个同学带的狗肉包子，觉得特香。

课桌里冒烟的纸片

初一时候的班主任老师，姓朱，体育学院毕业的，听说做老师的时间并不是很长。教体育兼任班主任，是不是他自己的选择，就不得而知了。朱老师个子不高却生得壮实，两鬓有一点白发，是那种少年白，这让他多少显得有点老成。体育运动无疑是他的强项，带我们短跑和跨栏时，所显示的爆发力让全班同学都伸舌头，简直棒极了。体育课一周好像有好几节，朱老师教课特别认真且严格，凡达不到要求的，都提溜出来，让你反复练习到他满意为止。

除体育课而外，朱老师与我们打成一片的机会还很多。每天的自习课他是必来的，担心我们做作业时开小差或相互打闹。他会利用这个时间段穿插一些他的讲话，强调一下遵守纪律的重要。有时还会组织政治学习，念几张报纸，说一点“文革”正在发生的事。记得那时候常来班上说说话的还有一位“工宣队”师傅，他来自我们后来去学工劳动的汽修厂，身份是全年级的政治辅导员。第一次与大家见面他自报家门：我姓鲁，鲁班的鲁。他眼睛可能受过伤，有点明显的缺陷。但人却挺和善的，说话慢条斯理的，可惜说的是苏南某地的方言，我们听得有点似懂非懂。

大约在我读初一下学期时，父亲作为一名臭知识分子受到了“文革”的冲击，被学院的红卫兵挂了牌游街，一度我们几个孩子也一定程度地受到了牵连。同学中很快有人把我家里的情况报告给了朱老师，我从朱老师看我的眼神里读出了一些异样。有几个每天一路走的同学，似乎也在躲我，不太搭理我了。那一段时间我挺郁闷的，上课总也提不起精神，一双手老是放在课桌抽屉里做些小动作。有一天，不知从哪儿捡到了一个打火机，十分好奇地带在身上玩。上自习课的时候觉得无聊，就又拿出来拨弄，还捡来了一些废纸片。“啪”地一下，打火机的火苗点燃了废纸，一下烧着了，我赶紧用手把它掐灭，弄得教室里一团烟。无巧不成书的是，朱老师正好来了,正在作案现场的我被他逮个正着。上课玩火,这还了得！他当场声色俱厉地训斥了我，还拉我到讲台上，说这是搞破坏，居心不良，必须做检讨。我知道闯了大祸，吓得脸通红，一句话也不敢辩白。后来自己是怎么回家的，具体细节已不太记得清了。

反正这事弄得我好长一段时间抬不起头来，心里常会冒出一种犯罪感。

瓦工木工的干活

应当是在初二到初三那个阶段，学校为了贯彻伟大领袖毛主席提出的“深挖洞，广积粮，不称霸”的最高指示，在校园里四处挖起了防空洞。以年级为单位划好地段，再分配到每一个班。先是用锛和锹挖出深约两米的壕沟，把土和碎瓦砾一筐筐抬上来，找一处开阔地堆好。而后大卡车拉来好多的砖，开始砌建防空洞了。这时候绝大部分同学都回班级上课了，只留下少数几个跟在专门请来的瓦工师傅后面当下手。递递砖呀，拌拌黄沙水泥呀，就像建筑工地上的小工。师傅说，把那块砖递给我，把沙浆桶给我拎过来。你就得眼疾手快，递错了，拿晚了，师傅会骂你。班级上当时抽了四五个同学，说是你们几个个儿挺高的，师傅一准会喜欢。后来弄清楚了，我们几个，家庭多少有些问题，属于“可以教育好的子女” 那种类型吧。老师找你说了，由不得你乐意不乐意，就这么定了，且一干便是大半年之久。

先倒是给师傅做了一阵下手的，但没几天就让你“上手”干了。先得学吊线，两点为一线，学的数学用上了。学师傅的样子，斜眯着一只眼，看两头固定好的线直不直。直了，就把砖一块块地往上砌。外口需用好砖，里面则堆一些破损了的碎砖。上下砖之间必须错开，才能搭得住、咬得牢。不全是用整砖，还得根据实际的长短，用瓦刀把砖块砍断。这是要点功夫的，重不得轻不得；砍多了，浪费，有时还可能砍到手；砍少了，再补一刀则往往又多了。全凭一种悟性，还有手腕上的那把力，非蛮力，而须巧劲。我肯学且勤做，没过多久，手艺便得到了师傅的肯定。印象中那个冬天特别冷，寒风在堑壕里刮得嗖嗖的，好在不停地干活，身上才不觉得冷，只是一双手冻得够呛。整日里与砖块打交道，那粗纱手套被磨坏了好几双，手也被磕出了几处口子。

这是做的瓦工，再来说说木工。木工不是学校安排的，是自找的。我有一个表叔在工厂干木模工，常来家里玩，帮我们打了书架、杌櫈什么的。我们在旁边看看，也闲不住地跟着锯锯、刨刨，学了那么两下子。我弟弟比我聪明，有点无师自通的味道。后来我们哥儿俩联手，竟也能弄出件把像样的东西了。那几年上学就像玩似的，没有多少人关注你书读得怎样，于是我们便以干木工活为乐事。还真的背起了木匠家什，去要好的同学家里，为人家打了衣橱、饭桌、椅子等家具。不过做这些活，一般是我弟弟挑大梁，我给他打打下手。连续十天半月的，一放了学就往人家家里跑，出力流汗并不收钱，纯粹是义务、帮忙。同学的家长过意不去，给我们买烧饼油条，下面条，还烧鱼烧肉，盛情款待。我们有一种被人看重的感觉，故而虽苦犹乐。

苦练“杀敌”本领

父亲挨斗时胸前挂着的一块牌子是“地主阶级的孝子贤孙”。说他包庇了自己的“反动父亲”。其实祖父一生并未干什么坏事，只是临新中国成立七拼八凑地买了十六亩田。在当时以贫困著称的江西乡下，有着这点地的竟成了鱼肉乡里的“恶霸地主”。父亲大学毕业后出来工作，把祖父接出来一道生活，也成了他不可推脱的一项罪名。运动中父亲与祖父均成了批斗的靶子，由此我们姐弟几个的处境便可想而知了。

我们居住的教工新村里有一批比我们大几岁的男孩，似乎怀着一种阶级仇恨似的，看到我们总是怒目圆瞪，白天晚上找出各种理由欺负我们。用泥团石块砸我们家的门，十好几个地窝一道，朝着我们喊口号：打倒老地主！小地主们滚出来！那时候父亲已被学院的红卫兵抓去隔离审查了，老祖父已是七旬开外的年迈之人，谁还敢同他们争斗！我们欲哭无泪，极其苦闷和恐惧。孤立无援中，我们在家里的门窗后面钉了木条，甚至焊了圆铁条，做了一系列的加固措施。作为男子汉，我和弟弟则发狠要苦练功夫，必要时与入侵者拼个高低。我们把家里腌大菜的城墙砖找出来，用铁锤凿子在砖的中间敲出个圆洞,然后用一根圆木棍,两头装上这样的砖，便成了一副最原始的石担。后来还设法从同学那儿弄来了水泥浇铸的圆圆的“杠铃”。我们在家中有限的空间里腾出地方,作为我们的练功场所。早也练，晚也练。站着，练抓举、挺举；还躺到一条板凳上，石担压在胸口，向上举三十下至五十下，这是练的上身力量。

苦练“杀敌”本领的同时，我们还加强了对外的合作交流，以寻求一种切实的保护。院子里有一个二十岁出头的青年，叫江晓东，曾因小偷小摸有过一段劳教的经历。他也有个弟弟，和我弟弟差不多年纪。他们哥儿俩也很孤独，院子里那批男孩不找他们玩，说他们是坏人。江晓东并不高大，但却臂力过人，且身上有股侠气，愿意帮人。我们很自然地走到了一块。有好几次我们姐弟挨打时，江晓东挺身而出，挥拳相向，的确很有些威慑力。后来江晓东的一个朋友殷楠林也与我们熟识了，时不时地也会加入我们的队伍。殷当时是插队知青，也曾带着我们一道干过一些坏事。印象最深的是，有一次，他领着乡下来的农民，趁着夜色悄悄地去公共厕所里偷粪。农民们开着一条水泥船来，船就停在运河岸边，而后担着粪桶一个个厕所摸进去。殷则带着我们，站在厕所外替他们放风。我胆战心惊地跟着殷，一直忙活到天快亮。

插在裤袋里的书包

回忆起来初中那个阶段是我人生顶灰暗的一段

时期。一是压根儿没读什么书，大量的时间都被各种劳动和活动挤占了；二是生活始终处于一种动荡不宁的状态。“文革”的风暴席卷着校园内外，一会儿“最高指示”发表了，连夜被学校叫去参加热烈欢呼的上街游行；一会儿某某老师因为什么问题被揪出来了，又让同学拖着去看那触目惊心的大字报。后来，造反派又派生出这个派那个派，都说自己是最最革命派，他们散传单、扯喇叭，你叫我嚷各据一方，继而上升为真刀真枪的生死械斗。时见头戴安全帽、肩扛长矛大刀的队列或车辆从我们身边呼啸而过。不安、惶恐、迷惘，是我们那批尚处懵懂又正值青春发育期的少年真实的心理写照。

我的好多初中同学都在十五岁那年便过早地踏上了社会。初中毕业后，绝大部分家庭出身较好的同学被分配了工作。主要去向是到工厂当徒工。我记得当时第一批分得最好的单位，是一家远在两百公里以外的兴化安丰纱厂，我们班有两个出身“红五类”的女同学有幸被选中。消息传来，整个班级都为之羡慕不已。而我由于家庭的缘故，一直都没等来工厂录用的通知。走投无路时，顷接同学带来的口信，说老师让我继续读高中。那般无聊的学委实是不想再上了，我态度非常坚决地向当时已从学院劳改队回了家的父亲表明心迹。但父亲似乎对读书执迷不悟，连续几天软硬兼施地做我的工作，万般无奈下我极为勉强地应了他读高中的要求。

然而高中那三年倒是慢慢地有了点学习的氛围，尤其到了高三那一年，邓小平同志出来抓教育了（即后来又受到批判的著名的修正主义教育路线回潮），上面有了要求，老师们也开始付诸行动。读书想“混”眼看已经不行了，一些成绩好的同学不断受到老师表扬，正气似乎在抬头了。我大概也是从高二下学期开始知道用功了。内心原本的一种压抑转化成了学习的一股动力，很快我的各门功课都有了较大的起色，成为班上的尖子。尤其是作文，多次被语文老师选作范文，当众朗读。但在班上我的话还是不多，更多时候是沉默寡言地独来独往。我因个子高，座位总被安排在最后，紧靠着教室的后门。下课铃一响，我总是第一个拉开门走出教室。

平心而论，高中这三年书是读了一些，但蒙在心灵上的阴影并未彻底消除。说出来也许别人不信，三年里我竟一天也没背过书包。凡当天要学的课本和作业本，我总是用手窝一窝，把它们插在裤子后面的口袋里，就这么独行侠般地在校园里进进出出。

拍完毕业照的那天，我独自跑到校园后面的小山包上，望着天空和前面不远的一条小河，傻傻地站了好半天，心里在说：别了，我的中学时代。

二〇一二年二月初稿，二〇一八年秋修改

记忆中的几位老师

小学时的老师叫张莲珠。教我们语文，同时担任班主任，她的爱人和我父亲是农学院的同事，印象中是教俄文的。我和张老师同住一个教职工新村，她的家离我家不远，进进出出常能碰到。课堂上的张老师挺严肃的，但院子里见到她，会有很和蔼的笑容。张老师有一个小我两三岁的儿子，那时候身体不太好，每到冬天就会发哮喘。有一阵儿张老师让我上学时和他儿子一道走，因此每天一早我都会去他们家，等这个弟弟起床、穿衣、吃饭，而后一道前往学校。小时候就知道我们的学校有些历史了，最初的名字叫“慕究理女子学堂”，是由教会所办。新中国成立后没几年更名为育才小学。

还记得教我们算术的老师叫詹美宝（有同学私下里叫他宝宝），当时很年轻，人也长得帅。上珠算课时，一把用来教学的大算盘也不知他是怎么挂上黑板的。大算盘的杆子像是用猪鬃做的，往上往下拨动算珠时，一个个都乖乖地不会滑下来。詹老师讲课善用启发式，会举一些例子，让单调的计算变得好玩。不过他也会冷不丁地把一些课上开小差的同学提溜起来问问题。记得小学毕业后约二十年的样子（一九八五年前后），我为外甥女的入学去过一次母校，彼时詹老师似已做了育才小学的校长。

高中时的语文老师是刘立人先生。“文革”前毕业于南京师范学院（后改为南京师范大学），与后来成为著名书法家的尉天池是同班同学。他个子不高，戴一副眼镜，课堂上颇有些威严。讲课时字正腔圆，中气十足；板书亦十分豪气，率性且奔放。顶记得他写一个“人”字，左一撇还算节制，右一捺则跨度近小半个黑板，大有笔走龙蛇之势。刘老师上课有自己的风格，不求面面俱到，句句坐实，而是碰到出彩处，他会不惜笔墨地铺展开去，把作者的匠心渲染到极致，让你顿生回味之津。刘老师不教死书，对富有想象力的学生作文推崇备至。而且他还是一个大大咧咧不拘小节的人，记得有一次快上课了，他在厕所里遇见我，问我课文讲到哪一课了。进了教室，见他抄起课本，口若悬河地讲开了。刘老师教书之余，还搞创作，写过不少风行一时的扬州评话和历史故事。他的府上我曾去过多次，颇有些诚惶诚恐地把自己的作文和作文以外的习作捧给他指点。刘老师的夫人姓丁，也是教语文的，在他们家中见过，有点不苟言笑。听说刘老师后来调师院搞古典文献研究了。惭愧的是这么多年也没去看他，想来先生一切都还好吧。

班主任许白虹老师当时教我们物理。他是那种谦谦君子的好好先生，似乎从来就没见他在课堂上发过脾气、训过学生。尽管那时“修正主义教育路线”开始“回潮”，慢慢有了读书的空气，而同学中的认识水准却还不尽一致，因此学习成绩的参差不齐让一个富有责任感的老师显出几分忧心忡忡。但他并不高喉咙大嗓门，而是极耐心地、不厌其烦地试图把他肚里的那桶水，毫无保留地倒与我们。碰到下了课还乐意向他请教问题的同学，他会孩子般地眉开眼笑，乐滋滋地给你“开小灶”。他那时就住在学校提供的筒子楼教师宿舍，有个小女儿好像才出生不久，回到家洗尿布、烫奶瓶啥的总见他忙碌。他为人和善，对学生也都彬彬有礼，有两次在课堂上不知因为说了什么而见他突然脸红起来。现在回想起来，那是一个男人极为可贵的羞涩之态。

直到四十多年后我才知道，许老师出生于水乡兴化的一个大户人家，祖辈都是书香门第。他从江苏师院（后改名为苏州大学）毕业后一直就在扬州中学教书育人，辛苦了将近一辈子。不久前在一次高中同学的聚会上，我见到了他，先生还是那般温文尔雅，只是多了一些不忍细看的白发。

……岁月让一个当年的学生都已慢慢老去，而挥之不去、常留心中的，是这些老师永远年轻的笑容。

二〇一七年七月六日夜

昔日工友

我二十岁那年（一九七四），被分到家乡的一家纺织厂学徒，在那儿工作了将近四年。一些当时的人和事还大体记得，突然就生了写一写他们的念头。

——题记

杨排

那时候的工厂像是沿用了部队的模式，车间称作“连”，车间主任叫“连指导员”；低一个等级谓之“排”，也就是现在班组的意思。我所在的前纺车间有三个排，分别轮着“三班倒”。每天交接班的那十几分钟里能碰到另一个排的工友。

我们的排长姓杨，大伙儿叫他一般把后面那个“长”字省了。那时他也就三十来岁吧，人生得瘦，爱戴一顶洗白了的旧军帽（主要还是因为工作时，棉絮在机器里轧松后扬出的灰尘太大）。话不是太多，班前班后的会也都是三句五句地结束。为人挺实诚的，哪个工友家里有点什么事了，只要同他讲，他一准会明里暗里地使劲给帮忙。他结婚好几年了，有一个男孩，七八岁的样子，曾带到车间来过，挺可爱的，长得很像杨排，小嘴也有点瘪。他的家在三十里外的朴席乡下，平时很少回去，也就插秧割稻那几天，他会赶回去忙一阵。除此而外基本是以厂为家了。车间里百分之八十是女工，年纪大一点的都叫他小杨。时不时地被这些老大姐吆喝着接接手，换她们去吃饭或上厕所啥的。上路子的去去也就来了，碰到资格老的脸皮厚的，一趟厕所能上半个多小时——一帮子人躲在厕所里张家长李家短了。一会儿人过来了，杨排还不太好意思说什么，总不能问人家你在那儿都干了点啥吧？

我新来乍到的，杨排对我挺照顾。有点什么文字的活，他也总找我。那辰光，一个高中生也算个小秀才了。我干的是保全工，也就是负责纺机的保养和维修。有时候空下来，会被一些女工抓抓差，临时顶替她们一阵子。这种事让杨排碰上，他会护着我，说上女工几句。

吃饭时杨排会拉上我一道走。赶上人多，七八个窗口都排了好长的队。印象中最好吃的一道菜是黄芽菜炒肉丝。食堂锅大，火足，芽菜儿炒得脆脆软软的，肉丝也不老；起锅时想必放了点芡粉，汤汁稀稀稠稠的，特别下饭。杨排和我都爱吃这道菜。

刚进厂那会儿，我还不会骑自行车，杨排听说后，把自己的一辆车借给我学。下了小夜班已是晚上十一点多了，他不顾一天工作的疲劳，帮我扶车把，稳后座，奔前忙后地连教了好几个晚上。

诗人徐

他和我不在一个排，是直属厂部的机修车间的。

年龄大我几岁，进厂也较我早，我得喊他师傅。我同他相识是因为诗歌。当时厂里成立了一个业余诗歌组，各连排喜欢舞文弄墨的，下了班便凑一道，写一些反映纺织女工大战三尺车弄的“阵地诗”，或抄在黑板上，或贴上墙报栏。诗是自己创作的，抄贴出来自然都留有各自的大名。每每从宣传廊经过，看到那经美工画了插图而被美化了的诗，还真有几分美滋滋的感觉。

叫他“诗人徐”，可能是有一点贬义的。他的诗学外国人，句子老长，有时还爱用点“倒装句”，这名字大概就是这样来的。他有个长辈像是在什么中学教书的，平时同我们交流，他也弄得有点文绉绉酸溜溜的。但人倒不坏，见人还总是一脸笑，有两次诗歌组活动，他慷慨解囊买了冷饮请大家吃。开赛诗会，他上台朗诵，一激动，那蛮大的草莓一般的酒糟鼻会突然发红。平日不见他戴眼镜，而到了重要场合（诸如全厂性的会议），他会很斯文地给自己架一副眼镜。

说真的，那年头诗歌还真有点鼓劲和激励作用哩。厂长动不动就提要求，什么“新年开门红”“鏖战红五月”“大干三季度”啦，不断给青年突击队加码，并让诗歌做出迅捷的反应。最记得一九七六年九月九日毛主席逝世，第二天全厂停产开追悼大会，第三天我们就写出了深切怀念的诗，轮流登台念给大伙儿听。当时我正在班上，掐好了时间赶到会场，登台时着一身满是油污的工装（上衣口袋里还放着一把小扳手），诗句念到动情处，不觉已泪流满面。台下也是一片抽泣声。

黄师傅

他是我正宗的师傅。记得是连指导员和杨排一道，把我带到他面前，有点组织意思地交代他负责带我，教会我修理技术。我跟在他后面，大约有两三个月的时间。先是看，看他给每一台并条机、纺纱机加油，机台前后的油眼都在哪儿，不同部位的油眼吃油量是不同的；再就是看他修机子，小故障大问题都从哪些地方入手。车间里的机器大都是一八九〇年英国造的，到那会儿已是八十年开外的“老牙货”了，因此各种毛病可谓接踵而至。刚修好了这一台，那边又听见叫黄师傅了。才学那一阵，上班到下班，我身上的衣服，汗就没干过。干这活，不但要有一把死力气（那机身后面的大铁砣，重达两百斤左右，修理时得卸下来，弄好后还得挂上去），还须眼疾手快、脑子飞转——黄师傅处理故障常有些小门道、小诀窍，却并不说得很清楚，全靠你自个儿意会，用心去记。

他年纪不大，不超过四十岁，但在厂里算老师傅了。个头不太高，微胖；笑起来有点深藏不露。工作虽与女工打交道，但无一句多余的话，修完了机子便走人。看得出不少人都有点惧怕他。对我这个徒弟，他还算客气，没弄出什么难堪的事儿。虽没行过拜师礼，但架子多少还是搭一点的。两三个月后他基本放手，让我独当一面。碰到上夜班，他会寻一僻静处打打瞌睡。遇到我解决不了的问题去叫他，他不慌不忙地跟了来，让我当着他面再试一遍，而后也不多说什么，只是笑笑，一阵捣鼓后，把故障就给排除了，内里的一些关关节节他则轻描淡写一笔带过。后来自己琢磨，或许师傅就是这么当的，更多的东西留给你去慢慢悟。

二姐夫

木心先生有首小诗《从前慢》，经刘欢在羊年春节晚会上一唱而广为流传。诗中所描绘的关于从前的种种，令人勾起不无伤感的怀想。

听着刘欢唱这首《从前慢》，我脑子里突然就跳出一个人来，那是我二姐夫。有关他的最早的记忆是一九七六年唐山大地震以后。那时候我二姐从农场刚调回城里不久，分在一个省属企业学车工。教她的师傅是个四川人，比她大五岁。平时话不多，人挺实诚。一段时间的师徒关系后，由一个长一辈的师傅出面来递话，想把这关系往前推一步。我二姐大约是愿意的，但我爸却不肯，认为两家有点门不当户不对。而后来发生的一些变故，帮了这个四川小伙子的忙。唐山地震的影响也波及了我们那儿，就在这一年的八月，随时会发生地震的传说一阵紧似一阵。楼房里不敢住了，七手八脚地把一些生活必需品搬到了室外空地上。再后来，一家家地便到附近的小山岗取土，用水和泥打土坯，准备在外面搭建防震棚安营扎寨了。那一段时间，渴望成为我二姐夫的那个人，厂子里下了班第一时间便往我家赶。他从小在农村长大，苦活累活的都干过，我们家的防震棚从选址到采买一些建筑材料，再到打桩、搬土坯、垒建等大大小小的环节，全有他的汗水和功劳。那一年的冬天，雪下得特别大，好多人家的防震棚被雪压塌了，而我们家的那座却经受住了考验，在风雪中巍然挺立，被左右邻居公认为质量第一。经历了这场特殊的战斗，这位不惜力的四川哥也就顺理成章地做了我的二姐夫。

后来的岁月里，更多地看到了他身上颇具韧性的那种“慢”——他喜欢钓鱼，碰到节假日或星期天，他一准起个大早,天还没亮透便蹬部自行车出门了。几十里外的野塘边，他寻寻觅觅，捕捉生活的乐趣。傍晚时分，晃晃悠悠地将鱼篓拎进屋来，给一帮馋嘴的弟妹改善伙食。剩下的几条则养在木盆里，孝敬他的老丈人。

逢年过节一大家子在一道团聚，那洗菜切菜的活儿大都是二姐夫一手包揽。最欣赏他坐在一张方凳上,不紧不慢地把菜切出各种花样来。看他劈干丝，还真是一番享受哩。一块软软的大白干，在他手上，慢条斯理地劈出薄如蝉翼的片儿,而后再轻轻切丝，那刀功的确算得一流。

二〇一五年九月五日

那时写稿

回想起四十年前初学写作时的一些事儿，颇觉有趣，仅记二三。

那时我在一家纺织厂干机修工，“三班倒”。硬碰硬干足八小时，下了夜班竟无睡意，还能吭哧吭哧写上半天稿。没钱买正规的方格稿纸，车间里宣传员贴墙报裁下来的一些边角料，我讨来用以誊写稿件。那会儿给报刊编辑部投稿可以不用贴邮票，在信封的右上角写上“邮资总付”几个字（相当于现在发快件的“到付”）即可投入信箱。信封我大都将编辑部寄来的反一面糊好再用。还曾把父亲吃中药的药袋改造成了大信封。

投稿全是瞎撞，谁也不认识。幸运的是碰到了不少好编辑。记得第一次在《新华日报》发诗（那是一九七五年四月二十六日），还闹了个笑话。这位不知名的编辑，见我写的是有关纺织厂的内容，又看我名字里有个“慧”，便望文生义地在我名字前冠以“女工”字样。那两年好像还没稿费这一说，但只要发了作品，会给作者寄些纪念品。一九七六年唐山大地震后，我写过一组“抗震短歌”，在《解放军文艺》上发了，除收到杂志外，还寄来一本挺考究的笔记本和两沓吸水性很好的专用稿纸，拿到这些东西后我兴奋了好几天。印象中，稿费发放最早的省份是广东，一九七五年三月我在《广东文艺》上发了一首赞美少年体操表演的诗（有四十行，那是我真正意义上的处女作），一个月后收到了平生第一张通过邮局汇来的稿费单，好像是八元钱（那时我每月的工资也就十八元）。这事在我当时工作的厂里成了件大家议论的新闻，熟识我的师傅和同事开心地闹着让我请全车间吃糖，我还真跑到厂子附近的南货店里买了两斤糖果请了大伙的客。

二〇一五年五月五日

写作生涯中的第一位贵人

我平生出版的第一本书，是儿童诗集，书名叫《茧花花》，由少年儿童出版社出版，时间在一九七八年六月，那一年我二十四岁。

我是以浅显的儿童歌谣涉足文学创作的。高中毕业后，我被分在故乡的一家纱厂做机修工。劳动强度很大的“三班倒”并未影响我对写作的痴迷，一下了班我就把自己关在房间里炮制一段段押韵的句子，而后把这些句子工工整整地誊清后寄出去。那时候可供投稿的报刊并不多，印象中有上海的《少年报》《儿童时代》《小朋友》等。而被选中发表的则是凤毛麟角。但我不气馁，坚持着一首首地写。有一回我在厂里出了工伤事故，左手的四个指头被夹入高速旋转的并条机，指甲被连根拔掉，吊了副绷带在家歇了二十多天，十指连心的疼痛中，居然还写出了几十首琅琅上口的儿歌和短诗。

稿子越集越多了，已有厚厚一大本。不知天高地厚的我竟又做起了出书的梦。一个二十来岁没有任何背景的小徒工，作品未曾发表多少，即便在儿童文学界也是没人知晓的无名之辈。谁会为你出书呢？这情景颇有点痴人说梦。

我因此把赵元真老师看作是我写作生涯中出现的第一位贵人。就在我斗胆把书稿寄往上海的少儿出版社以后不久的一天，我意外地收到了一封署有编辑大名的来信。这封信让我欣喜不已。他并没有说书稿可以出版，只是希望我能对作品再行修改和提高，并让我把修改后的作品给他寄去。这对一个初出茅庐的文学青年无疑是一场春雨的突然而至。我兴奋了好几个晚上，并迅速投入了改稿的战斗。改好几篇我就给赵老师寄几篇去，如此这般地几个回合下来，赵老师那头终于亮出了令我雀跃的橄榄枝——他通知我去出版社改稿。

当时的喜悦之情可想而知，不仅我个人，也包括我全家。我向单位请了假，工人师傅们看我的眼光都有了点异样。母亲喜不可抑地为我准备行装，动身前的那天晚上，她发现我穿的长裤短了点，特地把裤脚拆开放了边，又一针针地缝好；那时候没有熨斗,她用茶缸倒了开水,小心翼翼地把裤脚熨平。小时候曾随父母去过大上海，独自一人去还是头一回，母亲在我耳畔说了不少叮咛的话。

赵老师很热情地接待了我。在他们办公楼的后面有一幢老楼，老楼上有一些闲置的空房，他事先请示了社里，拿出一间清扫后，铺了床、挂了蚊帐，还给我买了蚊香。我在那儿住了有半个多月，其间正是夏季,下过好几场雷暴雨。我伏在一张长条桌上，按赵老师所提的要求一遍遍地修改书稿。他的办公室我也曾去过两次，是那种苏联模式的房子，显得很开阔，且墙壁上都设计有壁炉。坐在赵老师对面的一位女编辑，是当时沪上很有名气的作家，笔名竹林，以写知青小说而驰名，赵老师对她赞赏有加。他们的编辑室主任施雁冰大姐，是一位资深出版家，曾编辑出版过一批有影响的儿童文学作品，经她之手推出过不少后来成名的创作新人。她谦和坦诚，一脸笑意。赵老师与我言语不多，我也只是大致晓得他的一些简况。他当时也就三十五六岁吧，戴一副眼镜，人长得颇清秀。他毕业于北京大学中文系，分配在北京市委宣传部工作，因妻子在上海嘉定乡下，几年后他调回了上海，在少儿出版社任编辑。记得我在书稿改完后，曾随赵老师去过一趟他在嘉定的家。当时交通还不方便，花在路上的时间将近两个小时。赵老师平时上班也住在社里，十天半月才回家一次。

在与赵老师不多的接触中，感觉到他为人正派磊落，做事绝不考虑个人得失。我后来才知道，报我这本选题时，他手上有好几部名头很响的诗人的作品。儿童诗作为他们出书的一个品种，一年也只出极少的几本，而这样的机会他却给了一个不会给他带来任何利益，且素昧平生、地位低下的年轻人，赵老师的品格足见一斑。

他真的不图什么，甚至连一顿仅有的吃请都被他婉言谢绝了。这令我感到深深的不安。当时也是在他们社里，有一本杂志叫《少年科学》，曾发表过我的作品，那位责编听说我来了，来房间看我。也是出于对我的关心，要介绍几位其他刊物的编辑让我认识，提出让我请顿饭，由他出面约，我应了。但我带的钱不多，赶紧写信回家，让母亲寄来。我也特地去请了赵老师，他说："你还只是个未曾满师的徒工，哪儿来的钱请客？我不会去的。"他甚至对提议请客的编辑表示了不满。这样的事情放在三十年后来说，听起来是不是有点天方夜谭？

由沪返乡后没多久，我的儿童诗集《茧花花》出版了。赵老师亲自给我寄来了油墨飘香的样书和一笔不低的稿费，我除了去信向他致谢外，这以后再也没有见过赵老师。不知他是否一切安好？这些年我心里时常惦起他。

一家人高考简述

我是一九七七年年底参加高考的那支大军中的一个。从国家层面上，我们这批因读了大学而使自身命运发生改变的人，当深切铭谢彼时的决策者邓小平同志。而落到具体的微观上，我要感谢的人是我父亲，倘若没有他那时坚定且带有几分强制性的要求，我此生或就与大学门无缘了。

我一九七二年年底高中毕业，因家庭出身的缘故（父亲在一所大学教书，“文革”中被作为“臭老九”受到批斗）待分配的时间比别人长，在家窝了有一年多，直到一九七四年十月才被分到一家大集体性质的纺织企业干机修工。工作得来不易，所以倍加珍惜，干得特别卖力。头一年只有每月十三元的工资（在机身轰鸣的前纺车间三班倒，劳动强度很大），第二年拿到了十八元（好像比初中毕业的多三元），到了一九七七年十月我三年学徒期满，正式称师傅了（工资也升到了每月二十四元），重要的是内心深处有了种自食其力的成就感。而获悉可以参加高考的消息，距考试也就个把月时间了。自己当时压根儿没往这上面想。“读书无用”“知识越多越反动”的意识导向，经十年“文革”的种种亲历，已是难以磨灭；但深受其害的父亲，却匪夷所思地坚决要求我和弟弟参加当年的高考。我们称他是“伤疤未愈，疼痛已忘”，而他认定了年轻人必须读书这条死理，说书读到你肚子里，别人是拿不走的，将来总归有用。

拗不过成天在耳边叨叨的父亲，一百个不愿意地答应了他的要求。暗地里想的是，考不上你也没辙，我照旧回厂干我的师傅。

等于是为了应付老子，在剩下不多的日子才找来一些复习资料，临时抱了阵佛脚。政治有一些应景的内容，似乎还好对付；数学丢的时间较长了，急补的效果可以想象；史地是两门合在一道考，也只能强记硬背，别无他法。好在语文倒不怵，念高中时就一直爱写作，工厂那么艰苦的环境里我都乐此不疲地写稿、投稿，在好多报刊上发表了诗文，甚至已有少年儿童出版社出版了我的第一本诗集。结果上了考场，还真是这方面的积累帮了我的大忙。这一年的高考作文题是《苦战》，对体裁未作限制，我打了个“擦边球”——充分发挥我的强项，写了首一百多行的长诗（模糊的印象中，诗里好像还穿插引用了毛泽东的“敢上九天揽月，敢下五洋捉鳖”、叶剑英的“科学有险阻，苦战能过关”这类豪情万丈的诗句）。然而究竟写得怎样，自己心里也没底。几天后才辗转听到了一点消息，说我这张作文卷子特地请了省城的阅卷老师终裁，结果给了满分——竟然成为当年全地区的作文最高分。

后来的录取也颇具戏剧性。我填报的唯一志愿是国内一所名牌大学的新闻系（这个系当时对家庭出身，有较严苛的要求），前来招生的老师找我谈话，说你的作文不错，明年欢迎你报考我们的中文系。我原以为没戏了，可向父亲交差了。也不知何故，后来家乡的那所大学中文系却录取了我。

再来说说我爱人的高考，她晚我两届，是一九七九年夏天考入大学的。她当时还不到十八岁，是文科班的语文课代表，班主任（也是语文老师）对她寄予厚望。她的身体那一阵儿很差，考完第一门人就差点晕倒，老师焦急地安排她去考场附近的一个同学家里休息，还恳请那位同学的家长帮助照顾和提供饭食。总算没有辜负老师，整个文科班也就她一人考上了本科院校。若干年后，她曾专门写过一篇散文，充满深情地怀念那位已故的班主任老师。

最后说我女儿。她的高考在二〇〇三年，正是闹“非典”的时候。临考前这孩子居然不争气地发起热来，我和爱人急得要死，但又不敢带她去大医院看，只好在住所附近的一家企业职工医院，悄悄配了退烧和消炎药给孩子吃。几场考试，我们去送考，进门要测体温，我们都战战兢兢的，生怕她被弄去隔离。阿弥陀佛，“七、八、九”三天顺利过关，如愿考入第一志愿填报的艺术院校。

二〇一七年六月十一日

同窗琐忆

一

回忆三十多年前我在扬师中文系七七级（2）班读书时的情景，脑海里跳出的竟都是一些上不了台面的琐屑之事。但这里面有不少同学活生生的影子，也就觉着几分珍贵。故将记忆的碎片一一捡来。

彼时我是家住扬州的走读生，并不在学校占个铺什么的，有点像工人做工、农民种地，都是早出晚归。与我同座的章遵比我小好几岁，他每天一早骑着车子来我家叫我，两人同行。我骑车学得晚，那时候才勉强会骑。记得有一次赶早听课，在校园里下一个较陡的坡，车刹突然失灵，我蹩脚的车技害我结结实实地摔了一跤，两个膝盖全跌破了。章遵和另一个当时年龄也小的蒋亚林，两人蛮谈得来。有一阵他们俩都迷上了写小说，都是悄悄地，并不声张。在轻易不示人的情况下我很荣幸地读过他们各自的小说处女作。

在阶梯教室上大班课时，有时课间休息，我会偷偷跑到教室后面的小山包上抽支烟过个瘾。与我最臭味相投的好像是邱龙涛，我常常会叫上他一道去。李为兵倒是不抽烟的，但有时也意志不够坚定地被我们逼着弄一支。郜启扬是不是当时就会抽了，我不太能确认。总之，我们那个临时组合的一伙里，时常会有他的身影。邱龙涛与李为兵是同桌，跟我们隔着过道同一排。上课时开个小差、说两句悄悄话的事常有。印象中邱龙涛说话做事总不紧不慢的，他有俩酒窝，浅浅的；李为兵不太爱说话，时现帅哥的矜持。记得读书期间的某一个星期日，我们曾应邀去过一次李为兵家做客，他父亲好像是江都的一个老干部。

走读生中常在一起玩耍的，或说走得较近的，印象中有李茂昭、王正、徐德明、龚惠林等。李茂昭和（1）班的潘宝明当时在同学堆里都以比较“会吹”而著称。平心而论，他们两个肚里都有货，且记忆力都好，讲起个什么历史人物，或某一首古诗词，都能倒背如流，说得头头是道。和他俩在一道，我们常常只有带着耳朵听的份。王正属于那种“不鸣则已，一鸣惊人”的类型，轻易不开口，一旦张嘴总能给你一点意外。他皮肤白，说话常常还会脸红。长着一副娃娃脸的方晓伟有时也会在我们几个屁股后面跟着，谈论某个话题时他会不甘寂寞地冷不丁地冒几句高论。那时候他还在青春发育期，“小公鸡”的嗓子，说话声音不好听。还有一个沙扬，也是瘦瘦小小的，不过他不像方晓伟，不大插话，跟在一帮人后头，有点形单影只的感觉。

读书的那几年我因为住在家里，相对要自由些，一有点空闲我就埋头写一些小东西，且时不时地向外面的报刊投稿。这种比较积极的写作状态也带动和影响了一些同学，如王东明、郜启扬、王正等，都分别和我合作并发表过一些不同类型的文章。这些文章的剪报如今都发黄了，但我却舍不得扔掉。

二

再说说毕业后的这些年里，我与一些同学交往中的点点滴滴。

班长张王飞一九九八年调来省作协任职，我听说后与（3）班的吴星飞等很高兴地为他接风，欢迎他的到来。平时各忙各的，走动并不多。前几年我为南京一位不太受关注的老作家出了一部长篇，并张罗着给这位八十岁开外的老人开了个作品讨论会，事先把这部作品给了王飞，希望他届时能来捧捧场。开会的那天他正好有事，但还是把别的事给推了，准时赶来赴会，且在会上对那部长篇给予充分阐释，令老人感激不已，可谓给足了我这个老同学的面子。还有一回为我太太加入作协的事去找他，他看了那些申报的作品，二话没说，自告奋勇地做了我太太入会的介绍人，此举令我尤为感动。

副班长曹义田因入学前业已成婚，家庭的拖累使他早我们一年便离校挑起了生活的重担。我毕业后第一站去了江都，这使得我们的友谊得以在校外续写新篇。我后来调往南京，他与我一直保持联系，一九九一年我们俩合作出版了一部二十万字的报告文学集。各自在工作上或家庭生活中遇到了什么困难，也都会相互通报，并竭尽全力予以相助。最难忘的是一九九八年我母亲过世，他闻信后第一时间赶至我家中吊唁，并捎来了时任江都市市长的陈勤同学的悼念之意。二〇〇五年我太太住院开刀，他放下手中的事情携妻前来，帮我料理家务，侍候病人，此情此景令我永生铭记。

蒋亚林当年因写作与我走得较近，他有心里话愿与我交流。每年春节我回扬州过年，大年初一他必来我处小坐。抽两支烟，喝一杯茶，聊聊家常。他每有新著问世，总不忘赠我一册。我购了新房，装修中好多事情不懂，一次次电话求教于他，他不厌其烦地把自己所积累的装修经验悉数奉献。

林道立与范钦林二位是对我文学创作给予过格外关注的热心之人，他们曾在不同的时期为我的习作撰写过评论，给我以真诚的鼓励和指点；邹敏在《扬州晚报》当老总期间，我曾为一个年轻人的求职找过她的麻烦，她在办公室里热情而爽朗的声音犹在耳畔；去宝应、高邮出差，蒙陆成斌、陈富权盛情款待；到南通采访，李益陵、顾凤伟等热情相陪，领我夜游濠河，览江城夜色……

同学之情，点点滴滴在心头，时常忆起，未曾相忘。纵观当今之世，人与人的相处，更多地显现一种利益的瓜葛。唯有这份前世修来的同窗之谊，纯朴洁净而不染世俗风尘。如同一株株雪中绽放的红梅，历经岁月之久远而芳馨依旧。

于二〇一三年四月四日清明节

说一本旧书

弟弟从故乡来，带来一本旧书——是我们兄弟三十多年前的一次合作。二十二篇写少年儿童生活的故事组成了这本书，一百六十页，约八万字，安徽人民出版社出版，时间是一九八三年一月。版权页显示的首印数为一万册，定价只有三角八分。书名叫作《比比谁的心灵美》，是这本书的责任编辑李先轶先生定的。当时全国范围在搞“五讲四美三热爱”的活动，因此很明显的有着时代的烙印。

这本书我早已不存，而弟弟还保护得如此完好，见之除了生出一份久违的亲切，更觉出兄弟间情谊的珍贵。睹物思人,不由得想起了书的责编先轶老师。他是安徽亳县（今亳州）人，大学毕业后在县里干共青团工作，爱好写诗，二十世纪七十年代曾发表过一批颇受好评的儿童诗。大约一九七八年前后他调入安徽团省委主办的《安徽青年报》,做副刊编辑。其时我在扬州师院中文系读书，从阅览室里看到了这张报纸，于是向先轶主持的几个版面投稿。很快便有了反馈，不仅发了我的习作，寄来样报，还给我写了亲笔信，很客气也很热情，希望我源源不断地给他们供稿。记得在我毕业前，他曾从合肥专程来扬州看望我，我父亲还在家里做了饭菜，接待过先轶老师。他人生得瘦黑，但还壮实。有一张憨厚而坦诚的面孔，说话时的表情让你感觉到这是位信得过的兄长。

不久后他调到了安徽人民出版社少儿读物编辑室任职。一九八二年的七八月份他给我来信说，社里打算出一批给中小学生阅读的课外读物，研究后想请我执笔写一本反映少年儿童现实生活的故事集。时间较紧，希望我能在两三个月以内交稿。彼时我已毕业分配至扬州所辖的江都团县委工作，手头上的事务比较多，接下他交代的这项任务后，我与爱好写作的弟弟碰了头，请他也一道介入这本书的写作。于是我们在两地分头构思并写作，各自都写了十几篇，而后由我统稿，形成大体一致的写作风格。

出书前，先轶嘱我去一趟合肥，以便让书尽快定稿。我乘汽车、火车辗转赴约，当天一早出发，到合肥已是傍晚。先轶在出站口等候我多时，帮我拎包，那一脸宽厚而舒朗的笑，到今天我仍能忆起。他领我去了他家，说：就在这儿住吧，挤是挤了点，但交流起来要方便些。见他这般实诚，我哪还好意思说住在外面。

那一阵他也是举家迁来不久，住处简陋且逼仄。印象中他们夫妇和两个已是十几岁的大男孩挤在一间，先轶的老母亲住在外间，硬腾出一小间来给我住。早晨他们上班的上班、上学的上学，都起得很早，一家人轻手轻脚地不吵醒我。我起身后，老妈妈把烧好的小米稀饭和现贴的面饼端给我吃。我在合肥逗留的几天里，先轶还领着我去看了包公祠、逍遥津等几个著名景点。在我面前他真像个大哥哥似的，没有半点老师的架子。

大约在一九八六年，突然有一天，北京的樊发稼老师给我写信说，先轶走了，患的是肝癌，临终前去了上海救治，但已抢不回来了，谢世之时才四十八岁。天妒英才，儿童文学界痛失了一位优秀编辑（那几年里，他不仅组织了金波、樊发稼、高洪波等一批儿童文学作家的作品，还以极大的热情发现并扶持了若干来自生活底层如我这般的普通作者），我没有了一位谦和而豁达的兄长！他的那副热心肠和始终不为忧愁与劳累所压倒的满脸笑意，已永远留在了我的记忆里。

二〇一五年八月二十九日夜

记江都三地

竹墩

它曾经是江都的一个乡，二十世纪九十年代中期被划入临近的乡镇，现在知道它的人可能不多了。它原属小纪区，与古镇小纪相距约十里。其土地面积和人口规模，在当时江都县三十二个乡镇（场）中，属幺弟的位置。

离开了三十多年还说它，盖因一段特别的缘分。

我大学毕业后分到江都，第一个工作单位是团县委。第一次下去蹲点，书记派我去了离县城较远的贫困乡——竹墩。七月份去的，正赶上四夏大忙。离乡政府最近的一个大队部，成了我的容身之所。大队部有里外两间房，里间原是通讯员小孙的宿舍，让出来给我住。床是一块铺板，睡上去嘎嘎作响；虽挂了蚊帐，但蚊子特多，常睡到半夜起来拍蚊子。三顿饭去乡政府食堂吃，有几个干部天天能在那儿碰头。通讯员小孙对文学挺有兴趣的，听说我是中文系毕业的，时不时会问我一些这方面的问题。大队团支书姓马，壮实且开朗，同我讲团支部的工作和团员青年帮扶五保户的事。时间久了，彼此熟了，包括家里的一些事也会对我唠。后来我回到县里，他还来过几次，带着花生什么的来看我。

在那儿蹲点也蹲出了几篇稿子，写的是竹墩的事与人。其中一篇寄到当时团省委的机关刊物《江苏青年》，编辑部很重视，让我和书记一道去了趟南京，谈这篇稿子的修改。随后不久便刊用了。书记乐得不行，证明他领导下的团工作取得了实绩。

白天到处跑跑还不觉着什么，一到了晚上就莫名地生出孤独。农民们大都歇得早，四下里看去死一般寂静。那一段我正同妻子谈恋爱，其心境可想而知。天黑了我便关上门，趴在窄窄的条桌上，给远处那人一吐相思。竹墩的邮局很小，好像就一个工作人员，我的好几封信都是从此处发出的。那邮局的位置，如今脑子里还有大致的轮廓。

印象中竹墩没有一条像样的街道，几家出售日用品和农副产品的商店，断断续续的，勉强构成一个小小的集镇。早晨会有些附近的农民，把自家地里长的番茄、扁豆、丝瓜挑过来卖。到了下午，小街上就冷清了。

当时回趟家十分不易，从竹墩到小纪，步行得一个多小时，也无别的选择，只能是跑路；到了小纪后还要乘长途车才能去江都；而若回扬州，则还得个把小时颠簸的车程。

竹墩去小纪的路，有一段是田埂，只要下雨便泥泞不堪。其间还有两道蛮宽的河要过。有一次半路上下起雨来，被淋得够呛。

想起来都是些遥远的事了，也不知如今的竹墩是个啥样？小孙、小马他们几个都还过得好吧？

前些时候一位叫花善祥的，辗转同我联系上了，他是后来竹墩乡的文化站长，微信头像上看，人依旧少壮而精神。他为竹墩写了不少追溯历史记录苍生的文字，几次邀我一定再去竹墩看看。

张纲

母亲在张纲中学教了十几年的书。我少时曾随母亲在这儿有过多次时间不短的小住。母亲的好多同事我至今还能叫得出他们的名字，甚至记得哪一家有几个孩子。我当时写的作文，母亲拿给语文教得最好的张松卿老师看，请他修改指点。老师们都挺喜欢我的，因为他们看得出母亲有多疼我。母亲教的是英语，那些年正值“文革”前后，学生们都觉着学了无用，认真学的不多。但母亲依旧尽了心地去教，有一两个用功的，常来母亲宿舍请教，她因此而显得特别开心。

和母亲同宿舍的马老师，年轻时挺漂亮的（我见过她挂在墙上的照片），可惜脸上有几粒麻子。

她丈夫在南京工作，听说是个工程师。记得那一年长江大桥才通车，母亲带我去看大桥，在马老师南京的家里还住了一晚。学校里，母亲是公认的好好先生，从来没和谁红过脸，见谁总是笑眯眯的。伙食房那几个师傅见了我总说：你妈妈人好哩！早上去打稀饭，捧着一只大号的搪瓷缸，轮到我们了，打饭的王师傅一准会多舀一勺。那稀饭一路端回去就慢慢稠了，母亲说里面放了些碱的。

逢到周六没课时，母亲会起早领我去街上。张纲是一个历史久远的古镇，街两边有不少的店面，一家挨着一家，街道由古色古香的麻条石铺就。小街跑到头，有一座闸门高吊的水闸，卖鱼卖螃蟹的基本都集中在这里。要回扬州家里了，这一天母亲总会买一点时鲜的菜蔬，菱角呀、扁豆呀、山芋呀，还会有螃蟹（那时的螃蟹真便宜，好像只要几角一斤）。她胆子小，总让卖螃蟹的把蒲包扎扎紧，不让蟹脚伸出来。母亲拎一只长方形的藤条篮，每次回去都装得满满的，姐弟几个都在家盼着呢。

从张纲到江都，走小路约莫六七里地，那条道我们母子走过不少回。也有班车可乘的，估计母亲还是为了节省点钱吧。

对张纲我始终怀有一种特别的亲切，我想这是因了母亲的缘故。若干年后母亲不在了，有一回我和妻子特地从扬州打了车，专程去了一趟张纲中学，想找寻母亲当年生活的痕迹。比如她住过的宿舍，她教书的课堂，或者她曾经的同事，可惜都没能如愿。一切皆不复再现。那片春天里能嗅到泥土芳香的校园，和一幅幅鲜活而生动的场景，只能去我记忆里寻找了。

嘶马

没有确切地考证过这个地名的由来，倒是听说过几种不同的版本。归结起来，似都有点悲壮的色彩。

在江都工作了五年多，好像每年都能听到嘶马坍江的消息。分管农业和水利的副县长，七八月汛期来临时，十天半月地回不了家，一直就坐镇在嘶马。江堤上，整日整夜都有巡逻的队伍，大家都知道险情关天，打瞌睡也不敢动真格的。

不过大水过了也就一马平川了，日子该怎么过还怎么过，饭馆里照样热气腾腾。嘶马有一道叫得响的名菜，叫“拉豆腐”。若是首次品尝，没人指点，舌头会烫出泡来。这道菜端上来时，不冒半点热气，冒冒失失一勺子，能把你烫死。做这道菜，有很高的厨艺要求，洁白如玉的豆腐藏在一层素油的下面，油面上覆有竹笋的黄、香菇的褐和菠菜的绿。豆腐经油炼过，油温甚高。它一上桌，便拔了全桌菜品的“头筹”。

想到嘶马，自然会忆起忠厚而实诚的刘忠。二十世纪八十年代中期他是那儿的文化站长，后调往江都，成为我工作的助手。他做事勤勉，为人低调，还写得一手好字。我一九八七年夏调离时，他还在那儿干着。同事们的眼里，他是个只知埋头耕耘而从不计较收获的老黄牛。

二〇〇六年冬的一天清晨，我忽接刘忠爱人电话，她泣不成声地传递来一个噩耗：长我一岁的刘忠在那日晨练中心脏骤停，经抢救无效而亡。我于当日驱车百里赶至江都，只为再见老友一面。玻璃罩里的刘忠经遗容化妆，已看不真切。我垂泪相向，欲说无语。遗像下跪着他业已成婚的子、媳，记得那年他刚调来江都时，小儿还抱在手里。一切恍如昨日。他才五十岁出头，原本不是个壮硕的汉子吗？老天为何如此不公！

刘忠是嘶马的儿子，我因此格外念叨这个古镇。听说他还家有老父，年近八旬，不知老人身体怎样？吾心甚念！愿嘶马长嘶一声，代刘父鸣失子之痛。

初稿于二〇〇八年十一月，改定于二〇一八年五月

老友新记（三题）

花善祥的实诚

善祥记性好，三十多年前的往事，他仍记忆如新，人物、事件、场景，皆能一一复原。他说一九八二年我在江都团县委工作期间，曾让他和我大学同学曹义田一道去采访当时丁伙乡的一位特等残疾军人种花木的事迹，而这事我已忘得一干二净。

二十世纪八十年代初，善祥在竹墩乡干文化站长。待我从团县委去了文化局，他又转岗去干乡团委书记了，因此工作上我俩似无太多交集。彼此的友谊重新续上，大约是一年多前。我写了篇怀想竹墩的文章在一家晚报上发表，他是有心人，不知从何渠道知晓了，遂通过作协主席李景文找我要那份报纸，我拍了照，请景文转他。后来互加了微信，知道他这几年从小纪镇党委宣传岗位上退休后，一直就在忙于主编、撰写一部极有史料价值的《竹墩史话》。

编写这样的著述，对一个地方而言，无疑是件功德无量的大好事；而对一个具体的人来说，则一定是有了不起的境界，他不止要有学识——历史的、民俗的以及社会学等方面的功底，更要有一腔士子的热血，一份对土地和乡村不掺半点杂质的爱——这爱绝非一个空洞的口号，它要求你必须投入相对长度的一段宝贵时光，以及常人难以想象的种种劳心劳力。从写作的角度说，这是一个大活、硬活，能接此活和肯接此活的人，我相信，应当不多。光凭此举，便可足见善祥是一个怎样实诚的人。

进一步领略他的这一特征，则在不久前我们的一次会面。这是相隔三十多年后的老友重逢——三十六年前的夏天，我曾受命至竹墩参加四夏大忙，在那里生活了一个多月的时间（也就在那时和善祥结识）。更准确地说，作为一名彼时大学毕业不久的学生，竹墩，是我了解和认识社会第一座深度进入的“码头”。善祥与我近年内微信上的多次互动，促成了我此次的怀旧之旅。那天中午善祥安排我们一行在小纪镇吃了午饭，而后亲驾一部电动轿车，前面引路，往竹墩去。一路上，他几次停车，走下来向我一一细述：当年你必经的这座桥还没装栏杆，后来重造了；那条路往前延伸是通向南桥村的……他讲道，小纪到竹墩的实际距离只有五六里地，而当年你觉着它遥远，是因为土路不好走，碰上雨天，满脚都是泥巴。如今宽阔的水泥道上，踩个油门，十几分钟便可到达。

车至竹墩，善祥领我踏访了原乡政府、邮局、小学以及我曾居住过的东桥大队部等处旧址，还对我讲述了当年同我打过交道的几位友人后来的去向，令我不由得心生唏嘘，感慨世事之不易和人在历史长河中的渺小。

当晚，善祥陪我由竹墩去往宜陵，且与我同宿一室，开怀畅聊至夜深。他谈了这些年所走过的人生之路，还谈了其多篇文章笔下的人物所历命运遭际；尤让我感动的是，他对少时所相遇的那些由上海、南京等地来竹墩插队的知青，保持了长达半个世纪的交往与友情（他在由其主编的《竹墩史话》里辟出专章，写了六位他所熟悉的知青的故事，每一篇都元气淋漓，充满深情）。

次日上午他还陪我去了丁沟中学（也是三十多年后的旧地重游），拜访了该校刘校长，看望了主持“丁中广祥”微信公众号的张广祥老师。而后与我在校门口话别。他说有一批老知青已从多地到达竹墩，他要赶回去接待他们。

待我回宁后读到相关微信方才知晓，他当时匆匆赶回竹墩，是为了筹备第二天在那里举行的他的新书《竹墩史话》的首发式。我问他为何不对我说，这个活动我太应该也太想去参加了。他说知道我已买好当天返宁的车票，不好意思让我改变行程，因此话到嘴边又咽了下去。那一刻，我真的有点无语凝噎，一下就想到了“实诚”这个词，并立马有了写一写这个老友的念头。其实他完全可以开这个口的，我把火车票退掉，晚一天回去又有何妨？

如同竹墩几十年不变的土地，善祥把他的笃厚与实诚如此这般地留给了我，令我在几百里之外的金陵，时生念想。

二〇一八年十月二十八日晚于南京

褚德军的闲适

应当是在一九八八年前后认识德军的。那时我已去了南京，编一本全省发行的青年刊物。杂志上每期都会拿出一定的篇幅，推介、宣传青年中的先进人物，各个界别的都有。德军当时是作为优秀的青年企业家，由我的老同学曹义田介绍给我的。义田那时候还在宜陵中学任教。德军是他少年时代一道玩的同学、发小，两人的关系一直很好。

他推举德军，并亲自动笔为其撰写办厂创业的一路风尘和所取得的业绩。记得采访德军那天我和义田一道去的，当时的企业好像就在公路边上，厂区颇开阔，老远就能看见地上堆放的各种钢管。德军给我的印象是人很谦和，不说满话，用现在的说法叫低调。义田执笔写德军的文章，稍后在我主持的刊物上发了，团系统内有较大反响，不少人给编辑部打来电话，要求去企业取经。听说此文后来还被收进了彼时江都县委组织部编选的一本受表彰人物的报告文学集子里。

这以后与德军的联络并不是很多。有两回去宜陵看义田，义田总把德军找来陪我喝两杯。直到去年夏天，义田的孙女过十岁生日，邀我去江都一聚，那晚的酒宴上与德军同桌，闲聊中获知，他近年写了部很有意思的书，叫《老扬州传说》。第二天他从宜陵开车过来请我吃早茶，把这本由广陵书社出版的新书签赠与我。我带回来认真读了，发现德军还真是个不简单的人。他自幼爱好民间传说，多种渠道听来的故事全被他装进了肚子里，沉淀、酝酿了好多年，终于把它们一一写出来。这些作品丰富了扬州民间文学的画廊，为读者和同道所赞赏。之后我在为江都几位文友的新著作评时，很高兴地谈了读他这部书的感受。再后来，义田还告诉我，德军不只爱好写作，对多门类的表演艺术也下足功夫，深入其中而饶具建树。比如扬剧，他远不是一般性哼哼唱唱的票友，而是可称之为家的水准，多年来已写出十多个剧本，有的还是正儿八经的多幕剧大戏，且已搬上舞台像模像样地公演过。因了这番成就，他被推选为江都区剧协副主席兼秘书长，亦属实至名归。此外他还擅长作曲，有几首在当地流行很广的民歌作品；二胡、笛子、中阮等民族乐器，他也都熟门熟路，有较高的演奏技艺。这样的多才多艺集于一身，在我熟识的友人中，还真称得上凤毛麟角了。

而新近一次两天时间近距离的接触，让我对德军有了更细致的观察，进而有了更进一步的领悟。我以为德军的身上由内而外分明透着一种豁达的闲适。从其着装、发型，甚至爱驾的款式上，你可以读到他的年轻、雅致和斯文；从其多方面表现出的生活喜好上，你可看出他视野的开阔和进取心的勃勃犹存。平时他在微信朋友圈发布的一些内容，其实已尽显其内心的闲情逸致——他推崇雕塑、盆景这类巧夺天工的艺术品之美；他和亲朋好友游历名山大川，追寻大自然里无穷的奥秘；他和儿子一家开车去贵州旅游，返回时不远数千里特地带回几箱茅台，为的是让更多的友人和他共享美酒的芬芳……

那日他载我由丁沟去往江都的路上，途经一片即将收获的晚稻田，他特意停车，拉我到田边拍了两张照。面对那一片迷人的金黄，他喜不可抑地对我说，这是一种成熟较晚的晚梗大米，香糯而可口。这样的丰收场景如今已很难见到。德军从小在乡村长大，对庄稼和果实有一种天然的亲近，这是我等比不了的。那一刻我从他的眼里读到了类同于“采菊东篱下，悠然见南山”“明月松间照，清泉石上流”一样安谧而又唯美的意境。

他写作、摄影、唱戏、演奏，他驾车、打牌、饮酒、交友，全不为功名利禄计，寻的是一份创造与交流里的乐趣，一种身心全屏打开的自在与闲适。这令我想起了丰子恺老先生当年一篇文章里的金句：“不乱于心，不困于情。不畏将来，不念过往。如此，安心。”这当是一个人完全活出了自己的一种大境界吧？在德军兄的身上我分明见到了这样的景象。

谨以此小文，与长我一岁的德军兄共勉。

改定于二〇一八年十月三十日

曹义田的宽厚

义田是我读大学时的副班长。我们是一九七八年春天进校的（所谓七七级，是指一九七七年秋末参加高考，一九七八年春入校），不觉间熟识已整整四十年了。义田比我大三岁，入学前的经历比我复杂些。他初中毕业赶上“文革”，也就没书读了，回家种了两年地；后来去当兵，当了五年，是卫生兵（这使他后来一直对医疗这一块有兴趣，说到哪儿还都知道一些，能称半个医生）；部队回来去了乡广播站干满两年，这才赶上高考，读了大学。我则是一九七二年高中毕业，在家待分配两年，而后去一家工厂做了四年工再读书的。七七级是中国特殊年代的一批学子，入学前大多在社会上程度不同地“混”过，经历也都各式各样，五花八门。

义田在部队就入了党，属于根正苗红，所以一入校就被委以重任。但义田不摆副班长的架子，同学面前总是笑眯眯的，乐于助人。四十年后我看义田，还跟读书时一样，是位亲切、厚重的兄长。巧的是，我毕业后稍经波折而被分至江都，命中注定要与义田结一辈子的缘分。

我在江都工作了五年半时间（一九八二年二月至一九八七年七月），这个阶段义田在宜陵中学任教。听说他书教得很好，外校的老师常来听他的公开课。他当过年级语文组长，后来做到学校的教导主任。他偶尔会来江都看我，也就带他到招待所大食堂吃顿饭吧，算是招待了。教学之余他还喜欢写点东西，那几年里便与我有过文字上的合作。我调南京后，他是第一个从家乡来看望我的人。我初来伊始，租住在大光路上一处空军干休所里，房子逼仄。一九八八年的夏天南京奇热，他为一篇稿子（具体什么内容已记不清了），特地坐四五个小时的长途车，接着又坐个把小时的公交车才找到我那儿。中午我下面条给他吃，就着两罐冷藏的可口可乐（那时我刚有了一台香雪海小冰箱），呼呼啦啦的，两人赤个膊吃得蛮有滋味的。

我们俩合作撰文，大都由他先行执笔，拉出初稿，我只是做点现成事，在结构和文字上稍作调整或修饰，最后给报刊寄出的稿子也都由他誊清（他有一手遒劲漂亮的钢笔字——我在他面前一般不敢写字）。若论付出的辛劳，他绝对占到三分之二强。我不知轻重地把名字放他前头（一般是他放的，我未作调整，其实就是默认了），确有掠美之嫌。一九九一年南京出版社为我俩出过一本合著的报告文学集，书名叫《女人的归宿》。惜装帧印制较差，不太好意思拿出来示人。但此集所收文章还算厚实，涉及社会人生、教育改革、妇女命运等诸多较热的时代话题。

我离开江都后不久，义田被抽调去了县委办公室，办《江都简报》；后又参与筹创公开发行的《江都报》，被任命为副总编辑，兢兢业业一直干到接近退休之年。早些年我曾写过一篇《说曹哥》，文中谈到过他办报时拼命三郎的风采。就各自后来的经历而言，我们俩其实走了一条差不多的职业之路，因此个中甘苦相互更能体悟。

再往后的这些年，我们间的走动似比年轻时还要频繁。我太太和他夫人也都如姊妹似的相处，有说不完的话。我们两家曾结伴去了安徽、浙江等地旅游，一路观山看水，晚来则对饮两口，百说不厌地忆忆过往。义田对我此生的关爱，点点滴滴总在心头——一九九八年五月，我母亲在扬州辞世，他第一时间赶来吊唁；家父晚年患病在床，他曾数次前来探望；二〇〇五年我太太开刀手术，他闻信后携嫂夫人迅即赶至南京，帮我买菜做饭，料理家务，给我俩以极大的精神抚慰；今年春上，我那刚刚出生不久的小外孙因病住院，他也是一天一个电话详询病情，适时提出宝贵建议……

一个人能做到始终如一地待人宽厚，一定有一颗博大的仁爱之心、慈悲之心。我的这位老同学真的当得上这两个沉甸甸的字儿。

初稿于二〇一八年十一月一日夜

青春之忆（三题）

作为高考恢复后的第一届大学毕业生，我于一九八二年三月至一九八七年七月，在扬州所辖的江都县，从事过共青团工作和宣传文化工作。那片热土上曾留下我难忘的青春记忆……

——题记

之一

日前在一个老友邀约的饭局上，结识了一位在省级机关任职的处长，有五十多岁了，人挺健谈的。他告诉我老家在江都吴堡，我也就同他说起有过一段江都工作的经历。于是，像都有了他乡遇故知的感觉，两只小酒杯也碰得更勤了。他说小时候常去家乡文化站里打乒乓球，和几个小伙伴结伴去下军棋，逢到寒暑假还去蹭新添的大部头小说；当时吴堡的文化站长叫管伏虎，戴一副眼镜，个头不高人偏瘦，但在他们那个年纪的孩子眼里，文化站长算得上乡里顶有学问的人，什么都懂似的。还说，过年那些天里，总有玩不完的娱乐活动。我发现他在讲这些过往事时，脸上还现出几分陶醉之色。

朋友提到了管伏虎，令我自然联想起三十多年前活跃在江都那片土地上的文化站长们。我曾很荣幸地与他们为伍，感受过他们身上的那份淳朴、率真和有别于常人的某种职业特点。印象较深的，是当时樊川文化站的田诗楼。我离开江都后，曾在《中国文化报》上发过一篇文章：《小镇上有个写诗的人》，写的就是他。他家屋门对着一条老街，入内，堂屋里摆着吃饭的八仙桌，后门推开，可见清冽冽的河水，不时有小船从门前摇过，咿呀橹声可闻。田诗楼在家中请过我的饭，吃的鱼虾新鲜得没法说。他人憨厚，生得壮实；夫人则能干而泼辣，且快人快语。我们夸诗楼是个好男人，她先是哈哈一笑，接着开始数落他的不是，说他忙文化站那些事儿，常常顾不了家，把她晾在一边。诗楼之前在县文化馆干过不短的时间，回樊川镇有点像县里干部下去的意思，因此樊川从上到下还都把他当个人物看。他要搞一些文化推广活动，到镇政府要经费寻支持，镇里的头头一般不敢不当回事。在他手上，文化站建起了一栋两层小楼，记得落成不久，我专程从江都赶去祝贺。楼上楼下的设施一色水的“簇刮新”，诗楼还真是有点能耐。

当然也不光是田诗楼，四十多个乡、镇、场的文化站长，在那片方圆几十里的地界上都属于有头有脸的角儿。没那么两下子，是当不了这个站长的。除了能力（吹拉弹唱的一般都能撂出几手），上下左右的人际关系也是要过得硬的。乡里的干部要觉得：哎，这个人就是这么块料！周边百姓也都认你，愿往你那儿跑，从你那儿找点乐子，得到点柴米油盐、吃喝拉撒以外的东西，也就是我们通常所说的精神生活。

文化站长给我留下记忆的，还能说出一些名字来，如小纪的虞善潮、吴堡的管伏虎、真武的葛兆斌、塘头的王槐艾、杨庄的顾才华、宜陵的戴明如（女）、大桥的陈志强、三周的张朝瑾、双沟的王霖、砖桥的任德富……他们的一张张个性分明的面孔此刻便在我眼前晃动。尽管与他们也都是一些工作上的交往，彼此并无更深入的了解；而且在那个岗位上我逗留的时间只有短短四年，自离开后联系也渐稀疏。但我始终未曾忘怀那段岁月，内心深处把这段和他们的相遇、相交视作一种难得的缘分。

其中有三位文化站长是在我任职期间，由乡镇调往县城的。一位是张纲的站长陆继凤，他参与组建了当时的县文化工业公司，对开启二十世纪八十年代江都的文化三产起到过积极作用。不久前他曾打电话给我，说已过了八十寿辰，我由衷地为他的健旺祝福。另一位是武坚的沈宝琛，他调来充实了局里开展多种经营的骨干力量，在协同有关方面作战上有过建树。再一位是嘶马的刘忠，他为人正派厚道，作风严谨踏实，还写得一手规整的好字，调来文化局担任秘书。

可惜已于早几年英年早逝，去世次日他夫人打来电话，我当即放下手头的工作，驱车百里赶赴江都。

说了乡镇的文化站长，还想说一点县文化馆那些曾经的同事留在我记忆中的点滴印象。

他们是一批多才多艺的文化人。当时的馆长刘玉林是从部队转业回来的，事业心比较强，工作方法上可能略显简单些，但对待工作的热忱却是不用怀疑的。记得他泼墨便是一手好字，那可是书法家的水准。副馆长陈乃震学音乐出身，作的曲曾多次获奖；他为人处世很低调，平时话不多。毕业于省戏校的蔡悦生对扬剧表演情有独钟，常去乡下帮助一些演出队排练小扬剧或其他文艺类节目。周伐耕先生负责美术一块，擅长油画，书法印章也都出色。我一九八四年年底结婚时他特地为我刻制了两方印章贺喜。搞音乐的缪茂嘉和搞摄影的周光荣，以及当时任文艺组组长、负责主编《江都文艺报》的万军，皆为充满活力且颇具才华的年轻人。尤以万军与我平时交流多些。来文化馆前他也在部队待过，虽然年纪轻，但谈起世道人生来，却有自己不无犀利且独到的见解。当时他也写点诗，饶有兴致地和我讨论过几次关于诗歌的一些问题，我给他编的那张小报还投过诗稿。万军后来让县委组织部给挖走，筹创《江都报》，挑更重的担子去了。

大约八十年代中期，文化馆举办了第一次群众交谊舞会，两位馆长嘱我出个场说几句话，我遵命照办了。这样的活动在当时的县城毕竟有点开风气之先的意味。几句肯定和鼓励的话说完后，我悄悄撤了。不怕大伙见笑，笨拙和保守的我，这以后也一直没学会跳舞。

之二

早两年苏位东先生还健在的时候，有一次在南京一个朋友邀聚的场合见到我，断续聊了点旧事，突然就说到了二十世纪八十年代在江都担任县委书记的章昌祥。听得出老苏对章书记很有感情，一再地说他要通过文字留下一点印记。后来苏先生走了，也不知道这件事他有没有来得及做。

这一两年应一些老友之邀，我回了几趟江都。不知何故，还真就老是会念起这位已故多年的老书记。其实我在江都工作的几年里和章书记并未打太多的交道，只是一种很纯粹的上下级关系，甚至没有单独在一起喝过一杯水。他给我的记忆，大多只是一些片段，一些很具体的事儿。而今忆起，是一张很熟悉的面孔和有几分威严的身形，如在眼前；他讲话的声音，包括习惯性使用的手势，我都能依稀感到。

印象比较深的，有这样几件事：

大约在一九八四年、一九八五年的样子，好像是夏天，抑或在初秋，天气还挺热。当时应当是苏位东牵的线，邀了一批国内戏剧理论界的权威人物，有张庚、郭汉城（皆为延安时期的老一辈戏剧工作者）等，在江都研讨、审定《中国戏曲志》这一类的书稿（我并未参与，故而知之不详），住了一个多月的时间。他们一行的工作结束前，章书记出面请专家们吃了一顿饭，参加者有当时的县委办主任李国枢等。我也被通知参加了。席间章书记似很开心地对北京来的这批专家说：这是小王，我们县的文化局长，文章写得不错。转而带几分命令式的口气对我说：小王，跟这些专家好好喝一杯。我酒量不行，但那晚却喝得不少，走出来脚底都有点发飘了。

还有一次，是省里为一九八五年十月自杀身亡的原南京博物院院长姚迁平反，举行了极其隆重的追悼会。当时章书记和县委其他领导也专程赴宁参加了追悼会。我也被通知去了。记得吊唁者的队伍在博物院的台阶上排出半里多长，悼念大厅里悬挂的挽联满目皆是，气氛尤为凝重。章书记因何带队出席这样的场合，我不得而知，但我能感受到章对宣传文化界的知名人士确乎发自内心的尊重。

对新闻界的朋友，章书记也十分热情和看重。有一位当时已有五十多岁的江苏人民广播电台的老记者，叫吴邦义，他到江都来，章书记专门抽出时间接待，还让我陪着他跑了好几个乡镇去调研。后来才知道，吴邦义是章早在一九六五年便熟识的老朋友了。那一年的九月，原国防部长张爱萍将军曾作为社教工作队的副教导员（教导员是当时扬州军分区政委庄心一）下到邗江县方巷乡蹲点，开展社会主义教育运动，前后有几个月的时间。吴邦义当时即来方巷采写过张将军深入基层指导社教工作的情况，与时任方巷乡党委书记的章昌祥就有接触。应当是一九八五年的六七月间，章书记提出让我去邗江方巷找一些老同志，了解一下张爱萍将军当年在方巷和乡村干部及老百姓交往中发生的故事，建议我可以此素材写点东西。我遵嘱去了，找有关人做了很细致的采访，最后写了篇八九千字的通讯特写，题为《国防部长和他的农民朋友》，中国青年出版社一九八五年九月出版的《追求》杂志第三期作为“本刊特稿”安排在头条位置予以发表。此文成稿后，我曾通过办公室交与章书记审稿，文中原有一段涉及他的文字，被他建议拿掉。其余文字则未作改动。

再就是出生于江都嘶马后去上海生活并发展的诗人刘希涛一九八六年前后以《中国城市导报》专刊部主任的身份来江都采访，章书记让我陪他一同采访，甚至将自己平时使用的蓝鸟轿车给我们跑了几天。刘回沪后在其任职的报纸上发了一篇对江都经济发展全景式的报道。初稿是在采访后我协助他完成的。

对当时江都的文艺人才，章也一直很关心和爱护。扬剧团的苏春芳是台柱子，她的爱人吴春锁那时已当了扬州市的广电局长，他希望苏春芳离开剧团到他身边工作，来江都找过我几次，要求放人。我对吴说，你的爱人能不能离开剧团，我说了不算。二苏（还有苏位东）是章书记直接管的人。苏春芳在热爱扬剧的江都老百姓的眼里是个名演员，大伙儿都喜欢看她的戏。章的留住人才，正是顺应民意。

上次在江都，听说章书记的遗孀包馆长仍健在，现住扬州，很想去看看她。当年她在图书馆担任副馆长，不声不响的，见人总是很客气。

之三

一九八二年的春天我去团县委报到。确切的日子不记得了，但报到当日便参加了一个布置学雷锋有关活动的会，这事让我记住了。据此而设定为三月初的某一天，似可成立。团县委当时设在老县委大院最南边一长溜的平房中。办公室只有两间，每间的面积在二十平方米上下。进门的一间摆放有五张桌子，最里面靠窗户的两张是正、副书记的座（我去的时候，听说副书记闻道才已去镇江农机学院读书，另一位副书记张万荣已调至商业局任副局长了，所以有一张办公桌是空着的），唯一的一部手摇电话机就放在书记的桌上。另一间的门平时很少开，进出走旁边的侧门。里面只放了两张桌子，空出来的大半间摆了两张橱柜，用来堆放有关物品、书籍和历年积累的文件资料等。我的办公桌是里间靠后的一张，坐我对面的是刚从邵伯中学团委书记任上调来的王建明，分管学少部工作，年纪和我差不多。他毕业于高邮师范，学的也是中文，两人的共同话题较多；而且团县委六七个人中，当时就我们俩抽烟，有点臭味相投的意思。

书记李加强生得壮实，有一张胖乎乎的脸，不过眼睛不大，笑起来弥勒佛似的。他出道早，从村干部一路干上来，基层工作的经验绝对是其强项。开个会啥的，不太说大道理，而较多使用通俗俚语，有时甚至就是即兴发挥的顺口溜，听来不无亲切感。我一直以为加强较我年长，直到三十六年后——也即今年早些时候，我与他在江都重逢，随意问起他的年纪，才知他只比我大了几个月，是真正意义上的同龄人。不久前我们互加了微信，视频通话中，他对我“痛说革命家史”，知其十八岁那年入的党，入党没几天做了大队书记。到我成为他部下的时候，他已是为党工作整十年的老干部了。

我们那时同住在县招待所“对盒子”的平房里。可惜房间很小，摆两张单人床，中间放一张小矮柜，就满满当当了。柜子有两扇对开门，我有时在宿舍写材料，得把柜门往两边打开，两条腿才勉强有了塞放的空间。不过时间一长，腿就发麻了，要赶紧站起来活动两下。加强那时候夫人也来了，还有个三四岁的女儿，这样的房间他租用了两间，一间用来睡觉，一间烧饭吃饭。我们俩的住处挨得很近，有什么事，他站门口朝我一叫唤，听得一清二楚。

我在团县委的主要工作是负责文字材料，有向县委和上级团委呈报的阶段性、动态性工作报告，有涉及青工、青农、学少等方面的工作经验交流、典型人物或事迹的采集与撰写等。和加强共事的那一年多里，有几件与工作有关的事儿，留有较深印象——

一是一九八二年夏被安排去竹墩蹲点，驻村一个多月，除参加四夏大忙外，还对农村实行联产承包后团员青年怎样发挥突击队作用，以及如何帮扶五保户等相关内容做了重点调研，并形成了一篇通讯报告，给了团省委的机关刊物《江苏青年》杂志。文章发表前，我随加强书记去了趟南京，听取杂志社领导对文章的修改意见。刊出后不久，时任团省委书记的孙家正一行专程来江都视察团的工作，还专门去了竹墩、小纪，看了现场，想来或许是那篇调研引起了上级领导的关注。二是那一年的植树节，带一批团青上山植树（山在何处，已不复记起）。春天的暖风，吹动着我们带去的团旗和挥锹提水的红男绿女，中途休息时，我手执一只扩音小喇叭，站在山坡上，高声朗诵我的一首诗作：《我骄傲，我是共青团员》（这首诗后来很荣幸地登上了《中国青年报》），赢得了一阵植树的年轻人热烈的掌声。三是和王建明（学少部长）、李海马（青工部长）三个人玩转江都大会堂——那是一次较大规模的全县三级团干会。时值冬日，滴水成冰。会议开始前，以区乡为方阵，我们几个轮番起头，领队拉歌，嘹亮的歌声此起彼伏，唱热了寒冷的会场，也唱热了会场里一张张年轻的脸庞。那次会议请到了时任县委书记的章昌祥给大家作报告，章书记也被会场上的气氛感染得开怀大笑。

大约是一九八三年五月（或稍晚些时候）加强被调往小纪做了党委书记，团县委的领导换成了王明祥。明祥是南京知青，早在一九六九年便插队在了吴堡，后被推荐去省城读了农学院，回来后一直在县农业科技部门工作。他比加强大两岁，彼时也正是英姿风发之年。他对我们几个较他先入“山门”的部长，都挺尊重和客气的，工作上的事也都和大家商量着来。知道我和建明喜欢抽烟，他居然还托商业局的团干帮我们买内部价的烟来，说是给我们提供“精神食粮”。他的工作方法也很独特，富有创意。记得有一次他去省里开一个什么会，因为走得急，没来得及召集我们碰头，于是在我们几个的玻璃台板下分别压好他手写的便笺。实际是交代他外出这几天我们得干的工作，但因文字写得十分礼貌，让我们感觉到他的诚恳、周到和体恤下情。明祥做团工作进入很快，与全县四十三个乡镇和县属单位的团委书记没多久都成了朋友。最记得一九八三年年底，他领我和建明带了江都的一大批团干去扬州市委党校参加集训，其间组织的多项活动，整体展示了江都团干的强大阵容，为其他区县所艳羡。明祥在团县委领导的任上未能干满一年，次年三月，县级机构改革，明祥以其出色的才干荣升分管农业与水利的副县长，成为更高一级的领导干部。

我一九八七年七月调离江都来南京，明祥是两年多以后与我在宁聚首。他先是在省国土厅当了处长，没几年升任副厅长。刚来不久，他就跑到省委大院我办公的地方看我这个老部下，还邀我到他当时暂住的旅馆吃饭，畅叙那段共事之谊。其后近三十年里，我俩虽同在南京，但因各自都忙，真正碰头的机会并不是很多。有一回，好像是一九九六年前后吧，闻道才赴陕西挂职，从南京出发，明祥打电话给我，叫我参加他安排的给闻道才饯行的晚餐。一直到不久前的一天，明祥已从省农林厅正厅级巡视员的位置上退了下来，我约他和几个好友一道喝了回小酒。那晚他特别高兴，向我一吐他与江都无法割舍的情感。他在此处从插队到后来干团县委书记、副县长，前后将近二十二年，人生最美好的青春年华全都献给了这片土地。酒桌上他给我看了一段微信视频，那里面有他当知青时骑在牛背上的照片，是那么纯真无邪，青葱年少！我看了不禁为之眼湿，感觉身后有岁月之河拍击的阵阵声浪。

回顾团县委的这段工作经历，还有一位战友不容忘怀。她就是我前面提及的青工部长李海马。她在团县委干了不少年头，为人真诚热情，有一副菩萨心肠，凡事乐于助人。工作上她有方法也有水平，和周边上下打交道，尤显其刚柔相济之特质。做事情她有板有眼，且刷刮（扬州方言，指利索）到位。她是我的入党介绍人，平日相处就像个大姐姐似的，特别细致和耐心。听说她后来被安排在县府招待所当指导员，还干过文化局副书记等职。前些年我去江都曾见过她一次，惜无更多问候。想来现已退休安享晚年，谨借此段文字给海马大姐捎去我的一片祝福。

二〇一八年十月至十一月

念旧

家里有一把小藤椅，是三十多年前女儿刚出世时，隔壁一位医生送的。

女儿坐在这张小藤椅上吃饭、搭积木、写作业，一天天地长大。后来搬过几次家，小藤椅虽然用不上了，但太太一直不舍得丢掉。说看到它就能想起女儿小时候的许多事。

早两年女儿结婚了，再后来又怀孕了。太太不声不响地去女儿先前的房里找出那把旧藤椅来，发现周边的藤条已悄悄断裂了（岁月的剥蚀就是这般无声无息进行的）。但她还是不愿意扔掉，说支撑的骨架依旧硬朗，找一个藤匠把它修复吧，不日将至的小外孙

还可以坐坐 。

于是向几个同城的朋友打听，都摇摇头说，看不到这样的手艺人了。后来通过百度搜寻到常州某条老街上有一个做藤器的，特地请了位朋友开车，带上小藤椅找到了那条老街。可惜那爿店已不复存在，听人讲这师傅搬走有几年了，百度上的信息许是久远不更新了。

无功而返的太太有好几日仍在手机上捣鼓，终被她检索出一条视频，说高淳某乡有一个年近七旬的老人，还在为人编制藤椅，做这门手艺有四十多年了。于是又一次按图索骥，这一回的寻访居然成功了——尽管找的过程有几分曲折，但总算在一个较偏僻的村子找到了这位师傅。他也挺爽快地接了这个活。

十多天后我们再度开车去取。当见到那张用新藤编就的小椅，太太先是有几分喜不自禁；而在回来的路上，却又叹了口气说，这新藤与过去的藤相比，终还是差了不少，那份光亮筋道，找不回来了。

唉，恐怕这念旧，才真是一种无法修复的毛病呢。

二〇一七年九月十六日晨

小外孙趣事录

小外孙名博朗，日前刚过了周岁生日。当是在九个月到十个月之间，长势明显加速，每日可见新变；且时现趣状，令人捧腹。兹记录一二，以为备忘。

爬爬赛

某日，胸前别上了一只大大的阿拉伯数字，那是他的参赛号。和一批月份接近的小朋友参加由某婴幼儿用品厂家冠名的爬爬赛。同时出列的有四位小运动员，发令哨嚾嚾吹响，左邻右舍还在发呆呢

（有一个竟掉链子，哇哇大哭），他已呼啦啦爬出了七八米远。突有一孩子家长窜入爬道，手举银光闪闪的小汽车，向自己尚未开爬的宝宝示意，让其过来。这一玩具冷不丁地出现，阻碍了我们朗朗爬行的手脚——小家伙经不住诱惑，视线转移，斜身向发光小汽车爬去，全然忘记了自己身负的使命。原本有望拿到名次的小赛手，功亏一篑，只得了份参与奖：一支奶瓶清洗剂和一只绕珠小玩具。回家后，他娘给他奖励了几只外婆包的马齿苋水饺，他一口口吃得甚欢。

阿——布

男孩子好像开口晚，一岁了还不会叫妈妈。常来我们这儿小住，同外婆自然打得火热。多次教他叫阿婆，“阿”已叫得蛮顺溜了，但“婆”字始终憋不出来，终于有一天把两个字连上了：阿——布（叫“婆”是有几分难度）。但我细细观察了，他虽这么叫唤，可指向意识并不明确，属于小和尚念经，有口无心。我手指外婆，一边叫，一边让他确认，但他并不跟着你念，听你叫的遍数多了，他也稍微应付一下，似有若无地冒上一句。

而在他自己家里，独自埋头玩玩具，也没人提醒他，突然就上了瘾似的口中念念有词：“阿——布，阿——布……”他妈妈赶紧抓拍了视频给阿婆发来。阿婆凑着手机，一遍遍地看，看也看不够；后来干脆闭上眼，贴着手机听，也是一遍遍的，陶醉其中，不知不觉有眼泪滚落下来。遂给女儿回发微信：叫我怎能不爱他？！

抓周

现在人真会做生意，孩子抓周，网上购得一套行头：三尺见方的红绸一块，抓周证一本，书、算盘、毛笔、尺子、福袋等做得小巧玲珑的物品共计十二件。我看了本本上对诸物寓意的说明，全是迎合家长心理的好话，无论抓到哪样，都让大人开心的。整个流程我们基本按照抓周证所提示的要求进行。小外孙尤为好动，床铺大小的爬垫已容纳不了他四处出击的身手。十几样物品摆放面前，他也一下子不知何处下手。稍微玩得久一点的是一支毛笔和一只小槌（意为将来是个读书人或法官）。很难说他对某物有特别的兴趣，据我之观察，他的兴趣全在“吃”上，好几样物件都被他放在嘴上啃了（小家伙上下牙已冒出了五颗）。有一只像棉花糖一样软软的包子，稍不留神已被他咬下一口，他娘忙不迭地从他嘴里把“包子皮”抠了出来。我在一旁笑得不行，说长大了肯定是个吃货。此物抓周证上的释义为：有口福，衣食无忧。活动结束后，他娘将一组现场照片发了朋友圈，很高兴地留言：我儿将来会是个拿笔杆子的大法官。

号啕大哭

一日中午，外婆抱他在家里兜了数圈，各种想到的玩法也都走了一遭。小家伙委实精力过人，不把自己累得七荤八素，是万不肯闭眼睛的。外婆也弄他不动了，只好开了电视机，想让他听听音乐，安静下来。某频道正在播一部电视剧，画面上一个母亲的孩子生病死了，母亲和父亲有一段对话，说得声泪俱下。朗朗先是目不转睛地盯着屏幕，人物对话不会听得明白，但剧中母亲痛不欲生的模样和说话的声调，一定给了他强烈的感染，他突然就号啕大哭起来。外婆见状赶紧将其小脸藏在自己身后，可小家伙一边哭，一边仍别过身子转向电视机，还盯着看，继而又是一阵很伤心的哭泣，吓得外婆赶紧关了电视。事后他外婆对我说，朗朗这孩子分明已有了情感。

对付阿公假寐

细细想来，小家伙的把戏还真是不少——在他爷爷家里玩了一种小猴子摇头的玩具，悄没声息地模仿上了。他妈妈让他吃什么，不想吃，就摇头。到外婆这儿来，还故意摇给外婆看，外婆舍不得，说：朗朗不摇头，摇了头会痛的。他并不停下，继续摇，还一脸坏笑。他妈妈教他发嗲的姿势：把小脑袋歪在一边，他一下就学会了。视频通话中只要我们说声：嗲嗲。他马上就头一歪，一副乖巧状。

家中的沙发上有一把夏日里用的蒲扇，外婆顺手拿来给他扇风，他要过去，挥了几下，也横七竖八地帮外婆扇起风来。我抱他玩，他最喜欢我将其高高举起，在上面笑得前仰后合；玩累了抱他坐下，他把我的胸口当成跑道，在上面使了劲地蹦跶。

天色已是很晚了，他还精神头十足地不肯睡。我就装睡，故意打呼噜，他先是用打探的目光审视一通，接着也发出“噗噗噗”的声音，搞得满嘴唾沫。要么就趴伏在我脸上，用小手挖我鼻孔，用小嘴啃我腮帮子，把口水涂我一脸。

二〇一八年十一月二十一日

新旧之间

一早，见阳光不错，将小外孙放置其软软靠背的车里，推他下楼走走——和小区里并不熟识的爷爷奶奶，及同他差不多大小的小朋友们打打招呼。小家伙好动，不肯滞在某处久留，遂推他出小区，过马路，到对面超市给他买了一扎令其眉开眼笑的毛毛虫面包；而后再推回来，找了条有暖阳临照的长椅坐下，慢条斯理地一点点掰新买的面包喂他。还没等嘴里吃完，就来不及地盯着我手看，那眼神示意我继续。

思绪突然就飘到了十几年前，也像这样的冬日里有较好阳光的日子，地点是数百里外的故乡。那时，年近九旬的父亲因患脑梗，腿脚已无法行走，每天都由请来的护工用轮椅车推他四下发呆。每次回去，我总把父亲也这么孩子似的推出去转转，看看外面生龙活虎的人群，和并不能吊起他太大兴趣的街景。

推着推着，后来父亲就没了，但这些特定的镜头却时常令我想起。如今，我手推的则是又一辈新人了。

要不了太久，二十年吧？长短都说不定的，我也会被这眼前的新人推走，推到阳光照不到的某个隐深处。

不过又何必发什么感慨？瞧那庭院里一株株挺拔的树木，不也都是老叶一片片跌落，给初萌的新叶腾地儿嘛！

二〇一八年十二月十七日夜

师母

一

师母姓宗，按道理可以叫她宗老师。她也的确有过很多学生，她是学医的，具体说是助产专业。无数生命的第一声啼哭都是她和她的学生们亲手迎来的，她们无疑是这个世界上可与母亲媲美的称得上伟大的人。年纪上她也足以做我的老师，一九六三年她从盐城卫生学校（现改为盐城卫生职业技术学院）青春飞扬步出校门之时，我才九岁。

但我还是觉着叫她师母来得亲切和自然。她也确实是我的师母，我从认识她的第一天起就这么叫她。她是我大学时的老师吴周文先生的夫人，那时吴老师的家在扬州师院正门对面的一栋老楼里（这房子后来拆了）。吴老师当时教我们写作，除了课上布置的作文外，我时常会拿一些额外写的文章去请教他，听他的意见。印象中是在大二前后（时间当在一九七九年）开始有了对吴老师的上门叨扰。一般是在星期天的上午或下午，吴老师总是很热情地就我的习作谈一点他的看法，也会推荐一些作家的作品让我去读。每次去，只要师母在，都会把我当孩子似的拿一些糖果和茶食摊到桌上，叫我吃。天冷时，还会冲一个医用盐水瓶给我焐手。师母与老师合力构造出的这种温煦的氛围，让你一个学生待着自在，能坐住。慢慢地交往也多起来，师生间像亲戚一样有了走动。吴老师带着师母和两个当时还年幼的孩子，会在一些节假日里受邀去我家中做客。我父亲生性好客，对我的老师格外尊敬，每每他们光临，父亲一定亲自下厨做菜。二十世纪八十年代初期物质较为贫乏，说是吃饭，却拿不出几个菜来。大蒜茨菰炒肉片之类的也端上桌来凑数。好在老师和师母都不嫌弃，吃得很是开心。自然我也去过老师家里吃饭，老师戴上护袖，一副精悍模样；冷盘热炒，做得都很讲究。师母甘当下手，递递拿拿，显得十分协调。

大学毕业后，我去了江都工作，不几年又调往南京。虽不在一处，但联络一直未曾中断。那些年我父母还在，只要回扬州看父母，也都尽量挤出时间去吴老师那儿坐坐。直到不久前的一次，为了看看师母退休后的这些年里创作的绘画作品，我用了两个大半天的时间，很认真地坐下来听师母聊。她视我为最亲近的人，同我聊了她独特的身世和一生中所经历的许多事。假如说之前我对师母已有了些认识的话，那还只是点微不足道的皮毛，太肤浅了；通过此次长谈，师母在我这儿，站成了一个充满质感的立体，她的纯朴、善良和过人的坚韧，是那样丰富且逼真地摇曳我的心旌，令我生出由衷的敬意。

二

师母出生于盐城市大丰区刘庄镇。这是一个有着两千多年历史的古镇，早在汉代就有了居民定居。师母的描述里，这里有“菜花黄遍”的紫云山，有香火一直很旺的紫云禅林，更有善男信女一次次虔诚而过的万寿桥。一条三里多长的老街铺砌着青砖和光溜的青石板，下雨天她把自己的衣服从腰背翻盖到头上，一双鞋子夹于腋下，从小学校打着赤脚一路狂奔回家。还记得老屋门前一条河，开门便见摇橹人；那停泊在桥下或埠头上的船只，出售粮食、猪仔和各种农副产品。沉浸在过往追忆中的师母，一再强调说，刘庄的山水风光绝对可与江南的周庄一比。

师母的父亲当年在老街上开有一爿香店，前店后坊，自产自销。母亲生了他们兄妹七个，她是老小，和最大的大姐相差十八岁。母亲怀上她的时候已四十多岁了，本不想要的，故意做重活想把她累掉，但她命硬，花枝儿如期绽放。

一九四八年她五岁，已依稀记事了。解放战争虽已接近尾声，但仗在刘庄却打得十分闹猛。她跟随父母家人星夜从东台乘快船，一天一夜逃至无锡乡下避难。在那儿生活了近一年才回转。在她长到九岁时，哥哥姐姐们或嫁人或外出打工都不在家了，小小的人儿因此成了家中劳动的主力。在她爸爸的旧脑瓜里，女孩子压根儿不用读书，长大了天生嫁人。隔壁人家有一位做小学校长的，对她爸说，你家荷珠也不小了，我看她人机灵，脑子也够用，让她去学校读几年书吧。父亲心里不赞成，但当面又不好拂人家美意，只是言不由衷地点了点头。第二天，也没大人跟着，她一个人拿了张小板凳去学校报了名。头一年胆子小，走路都贴着墙根，常被同学欺负。到了第二年就慢慢适应了，胆子大些了，谁欺负她也敢还手了。虽然在外面上学，但回到家什么事还都得干。父亲做的香，每一束要包上金纸，这活她每天放学后要做好几个钟头。母亲裹了小脚，出去跑腿的事也都是她这个幺丫头来。十几岁上，百多斤的担子在肩上晃晃悠悠的，她胸一抬，走起。

十八岁（一九六〇）初中毕业，考上了盐城专区卫校。当时她是班上第一个拿到录取通知书的（那份欢喜劲，半个多世纪后还记忆犹新）。那天回家她第一次看到了父亲脸上破天荒的笑容。家里的香店此时已公私合营了，父亲在商业合作社每月拿的工资是二十二元。从她外出读书起，父亲按月给她寄八元，留下的十四元，是父母两人的生活费。父亲抽了几十年的烟，也是从那时候开始戒掉的。

卫校读书三年半，学了助产和检验。每门功课的成绩都在年级名列前茅，几年里一直担任班上的学习委员。毕业后她被分到了靠近海边的东台曹撇公社，那里有一所地段医院。二十一岁的师母在这所彼时拥有三十多张床位，算是有一定规模的医院里执掌起了妇产科的帅印。所辖三十七个大队涉及妇科方面的辅导培训、预防医治等各项业务均由她全面负责。她在这所医院工作了整整七年，生命中那段最绚丽的芳华，奉献给了这片土地。

三

师母与老师相识于“文革”中的一九六七年。当时扬州地区的邗江县方巷公社是全国学习和宣传毛泽东思想的样板示范点，盐城卫生系统特地组织医护人员前往学习取经。学习之余师母陪一位同学去扬州师院看望一个朋友，无巧不成书地和时已留校任教的吴老师相遇。大约算得上一见钟情了，在学校食堂吃了顿简餐后，吴老师自告奋勇，步行好几华里，送这位初识的女医生和她的同学回下榻的旅社，一路上有说有笑的，并不拘谨。分手时，这对互生好感的年轻人很自然地交换了通信地址，此后便你来我往开始了鸿雁传书。一年多以后他们正式结为夫妻。头几年是两地分居，直至一九七一年师母调来苏北人民医院妇产科工作，小家才算安顿下来。记得老师早两年在《上海文学》发过一组散文，其中一篇写师母当年由东台调往扬州时，一辆永久二十八寸的自行车是架在自己的肩上，登上舷梯后放置于长途班车车顶上的，这个细节活现了师母自幼养成的不向困难低头的坚毅性格。

在我看来，正是这样的性格，给这个初建的家庭不止注入了一种春水般的活力，还注入了一种坚定、坚实和持久的稳固性。回顾和老师共同走过的长达半个世纪的生活之路，师母说，他们不光有年轻时的激情浪漫、相互体贴——那时候她在医院一直是三班倒，有时除夕之夜是在值班室里度过的。有一年初一大早，吴老师骑车来医院接她回家，两人在几近空无一人的街道上，踏着车，开心地放声欢笑……那时候孩子还小，吴老师白天上课，晚上还要玩命似的读书，撰写评论，为了给他安静的写作空间，她把孩子的摇篮车一次次推到另一间屋里……更有步入中老年后相依相伴的你中有我，我中有你——退休后师母迷上了绘画，从临摹到创作，一幅幅山水、人物、花鸟出自她的手上，每每完成画作后，总把第一读者吴老师找来，他在一旁伫立端详，斟酌一番后，遂为师母的画作命名，且以其俊逸之墨挥毫题款。师母笑言，我从不敢贪天之功以为己有，凡有人看我画时，我总如实相告：画是我的，而字是我家先生的。这些年，一双儿女都已出息成才，且先后在深圳安家定居了。各自的住房也都宽敞，都盼二老南迁和他们一道生活。师母倒是心有所动，但吴老师似更留恋旧屋，窄仅六七平方米的一间小书房是他精神的安放之地。师母终究还是放心不下老师的生活起居，说他有时在煤气灶上熬粥，人却跑到房里看书了，粥汤潽得一塌糊涂，他竟浑然不知。

突然就想到了周华健唱的那首著名的《朋友》，其中一句歌词及旋律在我耳边反复响起："一句话，一辈子，一生情，一杯酒……"其实在这世间，相濡以沫、患难与共的夫妻，不更是这样一种亲密无间、生死相交的亲朋挚友吗？！

似乎还应记上一笔的是：那天师母向我说起的二十年前发生在他们家的一场磨难。那是一九九七年的事了，那一年她加了工资；儿子大学毕业后去了海南，在一家大公司干得非常出色，为此她很高兴。突然有一天儿子回来了，说是因为感冒了几天，海南一家医院给他拍了片子，说他得了胸腺瘤（即诊断为恶性）。这一消息对师母无异于晴空霹雳，她先是有点懵了，不能接受，继而悲痛欲绝。但意志的坚强很快又占了上风，她告诫自己，千万不能倒下，只要有一线生机，也要尽百分之百的努力。她毅然终止了当时手头为申报高级职称正在进行的材料准备工作。儿子在她心中胜过一切，她愿为救子倾尽所有。她与老师领着儿子去了上海一家全国著名的医院,但手术还需等待床位。此时已临近春节，他们先是在早年便出嫁至上海的师母的二姐家中借住，后因二姐的几对儿孙都要回来过年，他们只好撤出，找了一家旅社住下。小年夜那天，一家三口在街边的一个火锅店,吃了顿凄楚而惨淡的年夜饭。师母说当时手术未做,凶吉难卜,想想真要大哭一场，但在儿子面前她仍强作欢笑。 那些日子碰到的一些事儿，她都一概不忍回首。术后她又携子来到南京，在外面租了房子，陪护和侍候儿子做了几个月的放疗。其间也都是说不尽的艰辛。直至几年后一个偶然的场合，从一位国内胸科顶级专家那里，她获知儿子可能被误诊了，一时间心中五味杂陈，为儿子所历折腾倍感心痛。不过，她认为任何事都有它积极的一面，正是这场苦难的风暴，使得他们母子情感相依，心与心贴得更紧了。所谓沧海横流方显出英雄本色，在家庭重大事件的面前，师母敢于独当一面，迎难而上，在老师的心里，想必她便是一座巍峨的高山。

四

师母学画始于她六十岁时。有一句歇后语叫六十岁学吹鼓手，意思是心有余力不足，勉为其难。可画画似乎用不了这么大的动静，当然得要些气力，但更多的是要心平气和，要心静如水。这两样师母都有，她把房门一关，站着能画两个钟头。说起这个，她冲我一笑：绝非一时心血来潮。我知道师母的禀性，当她决定做这件事了，按其性格是一定会坚持下来的。事实是，从拿起画笔到今天，她已经从从容容画了十五年。

原本并无绘画基础，小学生一样从零开始。老年大学的国画班，连着上了好几茬。每次上课总是早早到教室，坐在前面，这样能听得细致，看得分明。没谁给她下指标，也没有今天必须完成的硬任务。就这么不慌不忙地学，按照自己能掌控的节奏学，便也学得周正，有板有眼。艺术面前像个孩子，她不怵不畏，没那么多条条框框，清规戒律，因此什么样的门都敢敲，管你堂有多高室有多深，她一个初生牛犊硬是登堂入室朝里闯了。山水、人物、花鸟，几大门类全走了一遍，且都正儿八经地留下了一堆墨宝。和一些科班出身的画者不同，她心里不设宏图大略，更不存功利之心，从不指望卖画赚钱换个小别墅啥的。物质上，她和吴老师一样，没有欲望，安于清贫。画画于她，纯粹是寻一份心境，找一处精神去向。一支玲珑画笔，把跃动于心的高山大川、奇花异草、风情人物，魔术般地一一呈现出来，在她便得一份享受创造的大快活。

学画的渠道，除了老年大学的专业课，她还雷打不动定时收看央视的书画频道（说有个叫徐湛的老师，课上得特别好）。再就是初始几年下了一番苦功临摹名家名作。她说这上面也花了不少的退休工资。一边说着一边去房里搬出好些个大部头，如《芥子园画谱》、金鸿钧的《墨香居画识》《项维仁工笔人物画》、俞继高、王道中的花鸟画集等，展示于我面前。说这些年还学会了手机上网，下载各种心仪的经典之作，不时拿出来端详，潜心揣摩。当然也会拉着吴老师一道，大自然里四下走走；花鸟市场、花卉展览，常见她驻足凝眸的身影。一些构图绝佳的场景实物，手机抓拍回去，再细细玩味。如此这般地见得多了，想得多了，腹稿也就一次比一次地清晰起来，而一旦提笔，那些想表现的东西，便全须全尾栩栩如生地流淌出来、跳跃出来。那铺展开的宣纸上，也便有了生气、有了光彩。

要说师母每天作画的场地，还真一点无甚讲究。她没有专门的画室，卧室里铺一张床外，仅一个很窄的书桌（桌肚下塞满了好几摞画册）。平日里就那么一动不动地站着，画她的春花蝶飞、秋山枫韵，桐寨椰风……

我寻思着她的艺术天赋来自何处？突然就灵

光乍现似的觅到了其源头所在。那该是她的出生之地——美丽的水乡：大丰刘庄的山光水色赋予了她灵感、胆识与胸襟。访谈中她对我说过，小时候过端午节，妈妈给她一个咸鸭蛋，她舍不得吃，在蛋壳上端用针小心翼翼地挑开一个口子，而后轻轻拨弄，把里面的蛋白蛋黄一点点掏出来慢慢吮食。剩下的蛋壳还是好好的，她巧思妙手，把蛋壳做成一个小水桶形状，上面用线吊着。爬上出门不远的桥栏杆，把精心制作的小水桶（蛋壳）轻轻悬放在水面上，看风把它摇来晃去。有小船从桥下过，摇船人看见了这根线，禁不住抬头朝她望望又笑笑，弄不清这小丫头在玩啥。其实呀，这童年的游戏里还真就藏着不可小觑的想象力与创造力呢。师母还告诉过我，说她上小学那会儿，有一个玩得好的同学，父亲是教私塾的，家里有一个书橱，放着好多书。她每次去这个同学家玩，都能看到书橱里的书。她记得《红楼梦》《西游记》，还有《阿 Q 正传》的连环画等，都是从那里看到的。大书每次去看上十几页，她在上面折个角，下次来接着往下看。内容虽似懂非懂，但读来却津津有味。而这些关于美、关于世态人情的艺术性的文字，也就像一粒神秘的种子,悄无声息地在她幼小的心田里便适时播下了，它并无声响，只是静静地待在你心的深处，仿佛就在等着主人六十岁以后来开花的。当然还有，命中注定她嫁给了一个一生从事文学评论的人，几十年里，各种各样的优秀文学作品自然不会少读，耳濡目染的，梁实秋、朱自清、陆蠡、郭风、雨果、巴尔扎克、托尔斯泰……那许许多多大家美文与小说经典所勾画所缔造的意境、情趣与氛围，也就润物细无声地流入师母原本就活跃着的艺术细胞里，给她审美品位的生成以一种无形的浸淫与影响。

悟性加想象力加女性独有的细腻表现力，再加恒久坚持的意志力，构成了师母笔下的绘画艺术不断成熟、不断进步的几大要素。这些年她有若干的作品入选各类大赛和相关的联展作品汇集;《扬州晚报》《文艺家》杂志等报刊也都多次刊发过她或清新淡雅或含蓄隽永的山水、人物与花鸟，并因此受到画界与传媒的广泛好评。许多熟悉或不熟悉的朋友通过各种渠道向她求画，有的请回家中悬挂，有的作为艺术珍品收藏。真为师母的艺术成就而骄傲。

师母无疑是幸福的，她在晚年选择了绘画作为生命形态的一种完善，一种补充，这份劳作不只是修身养性，还是她与这个世界相互打探相互融合的某种通道，她在这里发现快乐，也找到自我价值最完美的释放。不久前看到一则报道，说《美国华盛顿邮报》新近做过一次关于人间十大奢侈品的评选，评选结果表明，无一项与钱和物质有关。这十大奢侈品为：一、生命的觉悟。二、一颗自由、喜悦与充满爱的心。三、走遍天下的气魄。四、回归自然，有与大自然连接的能力。五、安稳而平和的睡眠。六、享受真正属于自己的空间与时间。七、彼此深爱的灵魂伴侣。八、任何时候都有真正懂你的人。九、身体健康，内心富有。十、能感染并点燃他人的希望。对照起来，这些奢侈品师母好像大都拥有。她和老师如今仍生活在扬州师院校园内一栋有了些年代的公寓里，住房面积也就七十多平方米，但老两口安贫守道，乐在其中，粗茶淡饭自有人间百味，不无简陋的清静老屋里，住着两位受人尊敬的精神富翁。

完稿于二〇一八年二月二十日，农历正月初五

青色馬文存

拾穗集

王慧骐 著

文匯出版社

青色馬文存

拾穗集

王慧骐 著

文匯出版社

小引

做过三十年书、报、刊的文字编辑，与文字和文字背后的人广为结缘。

将近些年所写说人、读书、评文的若干篇札归拢来，如由田间捡得的一把把谷穗，自有庄稼人一路弯腰的劳顿，亦有其间所藏的一份暗自欣喜。

所论作品与人，并非大红大紫，但却也不依不傍，在或许并不开阔的一片天空下，开各自的花，结各自的果。名不见经传者，未见得就不能抱出一个金娃娃来。路边的谷穗，或照样可绽出一片芬芳。

书分四辑，收文五十余篇。

目录

——辑一

—— 辑二

—— 辑三

—— 辑四

辑一

我所认识的周良先生

我与周良先生相识并交往已有了十多个年头。二〇〇四年，经由苏州市文联副主席吕锦华介绍，为周良先生主编的《评弹书简》《评弹艺术》(第三十三集)、《苏州评弹书目选》（上、下）第五集五部书稿做了相关的设计、制作和出版工作。这期间和他通过几封信，在电话里听到过他慈蔼而谦和的声音。真正见到他是在二〇〇六年的秋天了。其时我所在的新华报业集团组建成立了图书编辑出版中心，为开发图书选题，更为对非物质文化遗产的保护提供一种实质性的支持，受时任报业集团董事长许洪祥同志的委托，我去苏州拜访了久仰的文化界前辈周良先生。由于先前已有了较为愉快的合作，与我一见如故的周良先生，对我给予了极大的信任。这才使我在后来的几年里，有机会为苏州评弹的建设与发展做了一点具体的事儿。前不久专门做了一个统计，自二〇〇七年以来，新华报业图书编辑中心先后承接了由周良先生主编的“苏州评弹书目库”一至七辑共三十二种、五十五本评话及弹词的文字录入、排版、改校、送审、接洽出版、安排印刷等相关的工作，这五十五本书的总字数达到了一千五百七十七万。

就在这么多书稿、校样一次次的往返中，我对德高望重的周良先生也有了更多的了解和认识。首先，印象最深的是他身上那股令人钦佩的敬业精神。对苏州评弹事业的热爱与全方位的打造，几乎成了他生命的全部内容。在他离休以后的二十八年里，他的每一天都毫无保留地奉献给了这项光荣而艰巨的文化传承工程。正如中国艺术研究院曲艺研究所所长吴文科先生在其论文中所评述的那样：“检视周良先生的学术旅程，时间横跨了半个世纪。道路是如此漫长，步履又是如此坚实。在令人景仰和感佩的同时，还有别一种震撼与感动。那就是，随着时间的不断推移和年事的升高，他的学术研究成果也愈加丰硕地涌现。几乎百分之九十的著述，都是在他六十岁离休之后完成出版的；包括加入《中国曲艺志》的编纂队伍而在全国奔波辛劳的二十多年，也是他进入六十五岁以后的事情；而约三分之一数量的著述，又是在他进入八十岁以后完成出版的。”周良先生正是以他超乎常人的执着与坚持，创造出了一种令人惊叹的生命奇迹。

在我与他有限的接触中，我所感受到的，是他始终都很快乐，且充满年轻人才有的活力。每次和他通话，那不慌不忙的言谈中能觉出一种饱满的情绪，并不时听到他爽朗而宽厚的笑声。生活中的他平易近人、豁达大度；而对待每一部作品，他则严谨细致，精益求精。书目库每一辑的封面和封面勒口上的编委会名单，以及刊登有演出者照片的彩页，他都十分重视，从选照片开始，一幅幅照片上的文字说明，均由他亲笔撰写，并小心翼翼地装好信封，给我寄来；设计出的打印稿他会反复看几遍，一再关照我们不能出错。七八年里前后五十多部书目，我的印象中他也都一一审校，从他寄回的校样上能看到认真阅改后的痕迹。页面上他留下的每个字，都写得遒劲工整，笔画交代得十分清楚。有些吴方言的古字需通过造字的方法来解决，他均一一标出，方便了排版人员的操作。

多部书稿的交往中，还令我感受到周良先生文字上的功夫和魅力。吴文科先生评价周氏的著作与文章，“朴素、平实、从容、淡定的风格与气质遍被华章”，对此我亦深有同感。每一部书目他大都会在前面写一段非常简洁的前言，来龙去脉，前因后果，寥寥几句，便一目了然。他的文字干净利落，删繁就简，惜墨如金，想在里面找出一个多余的字来，几乎不太可能。所谓“清水出芙蓉，天然去雕饰”，放在周良先生的文章里观照，我想当是再确切不过的。

还想说说先生的那个工作团队。苏州锦帆路上那座颇显幽静的章太炎故居里，小楼的二层一直往里走，辟出两间做了“江浙沪评弹工作领导小组”的办公室。里面一间用来堆放历年出版的有关评弹的各类书籍，外面一间放了四张较为简陋的办公桌。八十八岁高龄的周良老每周会有两天，在这儿与他的团队成员碰头。魏福林先生，七十岁出头；刘家昌先生已是八十岁开外，最年轻的刘爱平女士也六十多岁了。他们几位也都是退休以后来这儿发光发热的。平时看校样在家里，碰头的日子会商量一些要紧的事，而后各自领命，分头落实，倒也忙得不亦乐乎。最令我感动同时又有几分不安的是，每一批书目印完出厂，都是成批量地送往苏州，印厂的车子进城须在晚上八点以后。这可苦了这些老人，他们先是要提前一处处地打招呼，安排好书的存放地点；运送之日，则要在夜间往几个点上打电话，有时还得为运书的司机做导航，告诉他行车的路线；要等到大批量的书全都安然入库，他们才能放下心来。这个过程琐碎而繁杂，而这批热爱评弹事业的老人从来就没听他们说过半句怨言。我有幸在这些年里，每年都要见他们两次到三次。看到我去，他们都很高兴，说这说那的，十分亲密。老人们性格开朗，且都不乏生活情趣和工作热情。周良老与我的闲谈中，不时地还会关切地问一些老友们的情况，凡我知晓的，我都据实相告。看得出这些问候里所包含的是一份牵挂，和对过往美好事物的不尽忆念。这让我由此体悟到先生所怀的那颗平实的仁者之心。

写于二〇一四年六月六日凌晨

南京，请记住诗人冯亦同

南京的十二月总是异常寒冷，而十二月中的十三日这一天，则是全南京人的心灵都会蒙受一次杀戮的日子。整整八十年了，每至此日都是这样的感受。

应当是始于二○○二年十二月十三日，这一天，南京各界在侵华日军南京大屠杀遇难同胞纪念馆的广场上所举行的祭悼仪式中，增加了一个新的内容，即由一位青年代表在寒风里朗诵一篇凄楚动情又掷地有声的《和平宣言》，它的作者就是在南京生活了半个多世纪的诗人冯亦同先生。此后的五年间，每一年的《和平宣言》也都是由冯先生以散文体精心撰写。到了二○一四年，经党的十二届全国人大常委会第七次会议通过，将每年的十二月十三日设立为南京大屠杀死难者国家公祭日。

这一年的十月间，冯亦同先生受省市有关部门的约请，根据新的要求重撰《和平宣言》。他花了长达一个月的时间，字斟句酌，数易其稿，最终呈现于大众眼前的这篇宣言，虽只有短短六十句，二百四十个字，但却简明扼要，字字精当，凝练中透出大气与古朴。宣言采用中国最古老的四言二节拍的形式来表现，不只彰显“国之大事，在祀与戎”的国家之礼仪，同时也传递了南京这座历史名城厚重的文化底蕴，在遣词造句上，作者煞费苦心，以古韵起伏杂糅时代辞章，读来琅琅上口，情致飞扬。首个国家公祭日的仪式上，将先前的一个人朗诵改由七十七名中学生集体咏诵，形成了一种气势和力量。《和平宣言》的文字也相对固定下来，不再每年改动。

细思之下，《和平宣言》这一具有文献意义的重要诗篇交由冯亦同先生执笔，无疑表明这座城市对这位诗人的倚重与厚爱；而于诗人而言，以其数十载对这座城市在文学、诗词和文化推广诸多领域的奉献，受此重托，亦属实至名归，当仁不让。

冯亦同出生于江苏宝应，中学在扬州就读。自一九五九年考入南京师院（今南师大），此生便与南京结缘。大学毕业后，他先是在这里当了十八年的中学语文老师，而后调入南京市文联，从事作家协会的工作，直至退休。对于这片生活了大半辈子的热土，他倾注了无尽的眷恋与挚爱。他为南京精神文明建设所做的工作，在广度和深度上都达到了一个他人恐难企及的标高——一九九五年，他应南京市委宣传部之约，为南京出版社编选了《名家笔下的南京》和《诗人眼中的南京》（与俞律先生合编）等发掘南京文史精华且持续畅销的读物；还主编或与他人合编了《秦淮恋》《不屈的城墙》《教育诗选》等多部诗文集；二〇〇二年，第六届中国艺术节在南京举行，开幕式上，一台荟萃了众多著名艺术家参演的“金陵神韵——南京历史名篇大型朗诵音乐会”，他受邀担任总撰稿；其后，第一部反映南京大屠杀历史题材的民族交响乐《和平颂》（二〇一三年九月在国家大剧院由中央民族乐团、南京民族乐团等联袂演出）的总撰稿依旧还是冯先生。二〇一五年冬天，时年七十四岁的冯先生远赴大洋洲南端的奥克兰，看望在那儿读书的外孙女，行囊里却背着一大包书籍。他用了三个月的时间（正是此间最热的一段）与“思接千载，视通万里”的一百多位诗国先贤“对话”，绘制了一幅历史悠久的金陵诗歌地图，这便是二〇一六年九月由南京出版社出版的二十万字的《南京历代经典诗词》（冯亦同编著，系“品读南京”丛书之一，被评为“二〇一六年苏版好书”）。该书出版后，他又不辞辛劳受邀至南京图书馆、南京一中等多处，给读者和广大学生作辅导讲座，热忱推介他心目中的这座“东方文明的文学富矿”。

在冯亦同先生的个人创作中，描写和讴歌南京的作品更是占了相当的比重——长篇系列散文《印象总统府》《感悟栖霞山》《〈和平颂〉的诞生》《韵流金陵濯千秋——漫谈南京历史上的文学名篇》等发表或出版后，均在文坛产生过较大影响；为他摘得紫金山文学奖的诗歌集《紫金花》（大众文艺出版社，二〇〇七年九月版），几乎就是采自石头城的一束束“在生活矿藏中聚焦”的诗之火，其诗风晓畅，而诗魂潜沉。被选作书名的《紫金花》一诗切入的视角尤为奇特，仅仅十六行的短诗营造出这座曾经蒙受巨大灾难的城池“决不会沉沦”的坚强与美丽，诗中写道：“从‘二月兰’到‘紫金花’/紫金山麓的小草要告诉全世界/美丽的土地决不会沉沦/生长云锦和丝竹的江南呵/也能将黄钟大吕，敲响！”之后出版的散文集《金陵心记》（南京出版社，二〇一二年三月版），煌煌三十万言，荟萃了作者写南京历史文化、风景名胜、个人家史以及寓居南京半个多世纪中学习、工作、生活与社交的履历、见闻与感受，被作者称之为“献给我的第二故乡、心灵家园和永久居留地的一部情书”。

著名文学评论家陈辽先生生前曾对该书给予过这样的评价：此书表达了作者“心中最爱是南京”的浓厚情结，进而认为“写南京的文学作品名篇，到了二十一世纪，应该加上《金陵心记》这部著作了”。而在今年最新出版的冯亦同近十年诗作精选集《牵手树》（江苏凤凰文艺出版社，二〇一七年七月版）里，咏唱金陵的篇札依旧引人注目。除了那首获得第九届金陵文学奖特别荣誉奖的《和平宣言》，与此有着异曲同工之妙的《江东门的钟声》，也一样迸射着催人泪下的艺术感染力。他的诗不只关注这座城市日新月异的建设与发展，底层民众的生活及生存状态，同样牵动着诗人追寻的目光：他以七十五岁高龄深入梅山铁矿地下四百二十米采风，写出了《与铁矿石同行》的深切感悟；对以大学城、开发区和网格化管理著称的仙林街道，他几次走访后，难抑激动地献上了他的赞美之曲《百姓之光》……

冯亦同早在不满六岁时，随母亲来到南京外祖父家，在离家不远的承恩寺小学读一年级，他因此把南京称为“启蒙之地”，他对南京的爱是“刻骨铭心又生生不息的”。他在《金陵心记》的序文中，说“自己年深月久地‘楔入南京’，并从她的‘内外兼修’中不断汲取营养和力量”。他把对南京的感恩化作了为南京所作的每一部作品、每一篇诗文之中。已故老诗人高加索曾以《一把火》为题，给予亦同以“人之子，诗之子……熊熊正燃”的热赞，相信他的名字将与这座城市的历史文化同在。

二〇一七年十二月二十日

选家金实秋简记

“高邮金实秋承其家学，长于掌故，钩沉爬梳，用功甚勤。”这是著名作家汪曾祺先生一九八五年年底为金实秋所编选的《古今戏曲楹联集萃》一书所作序文的开首之句，这十六个字可谓十分准确地勾勒了金实秋先生的治学风采。这以后，汪老还给这位后生乡党书一副嵌有其名的对联“大道唯实　小园有秋”。我与实秋交往多年，知其学问著作，亦知其为人风范，故对汪老那双小说家的察人之眼及所留下的这幅笔墨尤为折服。

先后担任过南京博物院副院长、南京中国近代史遗址博物馆副馆长的金实秋先生，素以兴趣广泛、博学多才而著称，早年曾涉猎过文学评论、诗歌、戏剧等多种文体，发表过多篇识见不凡、在文坛引起争鸣的文章。自二十世纪八十年代以来，他的着力点有意识地渐渐收拢，开始较为自觉地辟出一方——于浩瀚的文史之海中潜水、发现、捕捞、再造的——治学天地。他沉迷于中国文化的博大精深，在“钩沉爬梳”中找出一些尚未开掘或比较冷门的选题，而后深深地扎进去，搜罗、比较、筛选，进而归纳、整理、提炼。据我所知，光楹联这一门类，他就编选并出版了十几部书，诸如中国名桥联、古今戏曲联、佛教名胜联、古今警联、现代华僧联、五百年传世书斋联……甚或细化到三国名胜联、东坡遗址联、关帝庙联，等等，简直就是一片蔚为壮观的汉文字精华的海洋。他在一九八八年编选出版的《秦观研究资料》，被称为填补了古典文学研究的一项空白。出版后受到词学家吴调公先生等专家学者的高度评价。一九九七年由宗教文化出版社出版的大部头《佛教名胜楹联》，由赵朴初、陈立夫题写书名，赵老对此书尤为钟爱，称其做了一件功德无量的大事，并拿它作为礼品惠赠佛教界名流。

作为选家的金实秋，其所策划的一些选题别致与独特，故常令出版社的编辑为之拍案叫绝。比如《文人品粥》（上海远东出版社，二〇〇八年版），把现当代一些作家写粥的文章想方设法收罗来，而后精挑细选，汇编成册；再有一篇后记，道出一些鲜为人知的编选内幕。与此书有着异曲同工之妙的还有《文人品豆腐》《百家美文话豆腐》等。这类书因其编选视角的别开生面，在图书市场上颇受读者欢迎。

“大道唯实”，汪曾祺先生的这一评价，在金实秋迄今为止出版的三十一部专著或编选的文集中得到了充分的印证。他治学研究、编撰著述的“唯实”，至少表现在三个方面：一是他的学术视野。所谓登高才能望远，对某一门类汗牛充栋的资料来源，具有去伪存真、去芜存精的眼力与胆识，不带偏见地把好东西挑出来，让所有的珍珠尽可能地都不遗漏；二是他的兼收并蓄，有一颗海纳百川的包容之心。学术上有争鸣甚至有分歧的观点与文字，都要让它们得以呈现。选家当做到一碗水端平，哪怕那首词、那副联在彼朝彼代被某些权威骂得一文不值，但只要还有一点可取之处，也不妨“立此存照”给它一席之地；三是他的科学严谨、一丝不苟。从浩如烟海的史籍与典藏之中捡拾闪光的贝壳，这个还原的过程，每一道环节都来不得半点的马虎与怠惰，一字一句，乃至一个标点都要顶真、坐实，否则便是误人子弟，祸害无穷。

因与汪曾祺先生较为密切的交往，实秋掌握了许多第一手的资料。在先生辞世后的这些年里，悲痛之余，为纪念和传承汪氏的文学品格及创造精神，金实秋做了一系列卓有成效的推广及研究工作，由他主编或撰写的专著便有七种之多，从多侧面丰富并拓展了汪曾祺的人文世界。尤以二〇一三年出版的《补说汪曾祺》一书更具不可替代的独家性。该书所收二十一篇文章涉及汪曾祺生命和写作的方方面面，不仅有两人交往中不为世人所知的趣闻逸事，更有汪学研究领域至今尚未涉及的诸多切面，比如汪曾祺与佛教之机缘探秘，汪曾祺与《汉武帝》之始末，汪曾祺画跋之阐释，汪曾祺在楹联上的成就，汪曾祺与高邮民歌，汪曾祺与故乡的水，汪曾祺的豆腐情结，汪曾祺的绝笔，等等。金实秋文章的最大特点是让史实说话，行文绝不空发议论，更无那种缺乏依据的东拉西扯、主观臆断，因而读来有血有肉，切实可信。

评论家王干在十八年前写过一篇题为《杂家金实秋》的文章，说到金的读书之“杂”，讲他“连《斯大林全集》也读过，西方美学著作他看得津津有味，麻衣神相也不放过，还有菜谱、医书、武术之类的‘旁门左道’他都懂一点”。我以为，正是他的这个读书之“杂”才构成了他作为一名选家的复合型的知识结构，也正因为这个读书之“杂”才有可能使得他编选的读本有更多可圈可点的过人之处。

其实，实秋读书岂止是“杂”，还更有几分“痴”哩。走到哪里，见到书他都忍不住要翻翻。一个笔记本随身带着已是他坚持多年的习惯了。看到什么有意思的，他便旁若无人地掏出笔，随手摘录下来。他不止一次地对我说过，好记性不如烂笔头。去外地开会、出差，日程再紧也要挤出时间逛一逛书店，买一点书。图书馆则是他百去不厌的地方，以前工作忙，星期天能去一去，他感到特惬意。后来退休了，也就更如鱼得水了。早上出去说看一个朋友，结果天都黑了，还不见他的人影，夫人急了，打他手机，他连说不好不好，要闭馆了，我这就往回赶。

痴痴迷迷、孜孜不倦地读书，而后饶有兴致、煞费苦心地沙里淘金，把给自己带来惊喜、带来震撼的文字或某一个艺术片段，集纳起来，再就是热切地希望通过一种出版的形式把它奉献给更多像他一样爱书的人，这便是选家金实秋三十年来的人生写照。而其间坐冷板凳、吃闭门羹、自掏腰包出书这一类的事也早已是司空见惯了。记得我曾很认真地问过金老，这般千辛万苦地图点什么呢？他望望我，孩子似的笑了：这苦里便有人生的乐趣在呀！

哦，这才理解了何谓“小园有秋”。原来他精神的园子里早已是秋果硕硕、景色宜人了。

二〇一三年十一月十日于南京

试说董宁文

说董宁文之前想先说一下蔡玉洗。玉洗先生长我五岁，虽与其没有过多深入交往，却有几年的同室之缘。一九九二年夏，我由江苏青年杂志社调任文艺出版社副社长，当时玉洗是总编辑。我去的时候他已到南大读博士了。办公室给他留着的，但他来的时间不多。于是我的办公桌被安排在了这间办公室里（估计考虑到他不常来），这样也就有了和他多次交流的机会。玉洗是苏北沭阳人，说话有较浓的乡音。对文学和出版他是行家，时闻其独开一路的见解。一九九九年年底我调离文艺社，去了新华报业，而他更早些已调译林社当社长了。不过之后我们仍有些交往。二〇〇六年的秋天，他在清凉山公园一处很温馨的雅座，接待我和北京大众文艺出版社的几位编辑。那晚，山上已有了几分寒意，而蔡总却一派热烈，谈笑风生，让人深感他的儒雅之气和待客之礼。还记得第一次看到《开卷》（应当是创刊之初的几期）便是玉洗拿给我的，瞧着那朴素淡雅的本色封面和内里几无修饰的几篇文章，薄薄一册在手，轻盈里透着学人的平易、亲切与纯粹，似乎是一见便喜欢上了。玉洗介绍说，设计请了速泰熙先生，主编由他挂名，而实际的操作者，即执行主编，是外请的，叫董宁文，一个脚踏实地且很有才华的小伙子(二〇〇〇年《开卷》创刊之时，宁文才三十四岁）。

这些年里还有好几位文友向我说起过宁文和他操持的《开卷》，都是异口同声的赞赏口气。印象最深的是诗人冯亦同先生，有两次碰到我，都夸宁文，说为他的一部书稿，宁文不厌其烦地帮助联系了好几家出版社，讲他有着怎样一副乐于帮人的古道热肠。

和宁文真正坐到一起面对面交谈，是在今年元旦以后老友徐廷华的一次邀聚，席间与宁文聊得十分投机。后来半年里，彼此竟有了多次密切的互动。蒙宁文君信赖，我甚至打破砂锅问了宁文的少年顽皮、青春往事，对其人生的诸多经历皆有所知晓。随着了解的深入，愈到后来愈觉得这个人的不凡和不俗。他为人处世、论人说事，真实自然，不做作，不伪饰，平平常常里似有一股成竹在胸的开阔与大气在。还觉得他特丰富，这个丰富不光指他的阅历，还包括他的内心，当然内心是看不到的，但内心却可以通过他的言谈举止折射出来。我和他在一起，有时候觉着仿佛在读一片海，一片丰盈的海。他的每一朵浪花里都盛装着属于他自己的独一无二的故事。这些年里，他为太多的人发过文章、出过书，而在我眼里，他自己就已经成了一本大书，一本精彩纷呈的书。

有文章称他是一个人的编辑部，一个人的出版社。此言不虚。《开卷》杂志他一口气没歇地出了两百多期；出刊五年、十年、十五年时，他又分别编出了煌煌巨制的精选本；每一期《开卷》都有他两三千字有关读书、书人、书事的“开卷闲话”，许多年汇总起来，实际成了这一时空里全国民间读书人、写书人精神脉动的纪实史，而他是一名不折不扣的书记员。再就是他发力催生了《开卷》作为一本刊物的裂变——让这个平台得以大幅度地拓展与延伸。由他一手打造的“开卷文丛”“开卷书坊”，在多家出版社的支持下，已成功推出了一百多种在读者中赢得甚佳口碑的以书海纵横为主要特色的名家文集。

如此这般的忙碌之余，他竟还腾出手来写字、画画。这其实是他早在少年时便练就的一番绝活，只是如今多了识见、学养和眼界，出手更加炉火纯青罢了。不久前他出了一本《宁文写意》，全彩精印，收录了自己不同时期的七十五幅代表作。这本书做得极有创意，有四十九位各界名流写来书评、画评，与他的画作穿插交替而排出，读来可谓妙趣横生，使人大饱眼福。通过这本书，你便知道宁文在当今学界、文坛有多“牛”。为其题写书名者，每一位的名字都如雷贯耳：韩羽、流沙河、高莽、屠岸、董桥、周退密、罗邦泰、俞律、忆明珠、徐为零。翻翻这部书，也就七不离八地了解了宁文包括书画艺术在内的各项成就。

而我今日来说宁文，想寻一两个关键词，说一点自己的直观感受。

其一为厚道。拙文开场说到蔡玉洗，是知蔡对他有知遇之恩。宁文几次与我谈起蔡，言必称蔡总，认为他走上这条道，蔡是引路人。蔡选他来办《开卷》，给他充分的信任与自由度，从没为任何事干涉过他办刊。反过来，这份信任则成了他对自己更高的要求、更强的责任感。出《宁文写意》时，有不少重量级的人物可请为序，但宁文不假思索地请了蔡总。这就叫饮水思源，不忘初始，表现出的正是中国文人最宝贵的品质：厚道。厚道的人不会媚上欺下，对人能做到一视同仁。给他刊物写稿的，有名教授名学者，也有名不见经传的乡间读书人，但只要文章自成一见，他绝不因人而否文。而且厚道的人做事也一定认真，想不到偷工减料、躲累偷懒，再大的苦总不声不响自个儿扛着。每一期《开卷》出刊，所有作者和赠阅者的信封，都是他一个人花几天时间一份一份亲笔写就，跑邮局寄刊也是他骑部电动车一件件亲手发走。我向他讨刊、订书，亲身体验过几回，好几个大信封已被我当作墨宝妥善收好。有一次我与他相约，去其乡间的书房请益，他特地提前坐了车来城里接我；为了我托其代购的一套书，他还不辞辛劳，专门去了作者家中求来题签。拿到书后，为了赶上我乘的那辆车，他几百米冲刺狂奔，一头大汗把一包书递放于我手中，此情此景，令我感动莫名。

其二为平常。这是说他做人、办刊，不以功利为目的，而常怀一颗澄澈如洗的平常之心。早在二十世纪九十年代，宁文出于对字纸的敬惜，对文化前辈的景仰，多次前往京津沪等地，采访过曹禺、季羡林、于光远、范用、黄宗江、丁聪、杨绛、金克木、黄裳、施蛰存、王辛笛等一大批文坛学界的名宿，写下对他们的访谈和相关读书笔记，并与这些心仪的文化老人结下文字之缘，有的则成了无话不谈、友情甚笃的忘年之交。自新世纪出任

《开卷》执行主编以来，他的接触面、交友圈就更广了，但他一直奉行以诚待人、用心做事的原则，对于再大的名头他也是君子之交，不卑不亢。所谓市场经济的生龙活虎，在他这儿寻不到半点滋生的土壤。无论外面的世界几多喧腾几多闹热，低调的宁文总是“躲进小楼成一统”，独享那份平常心专有的自在与寂寞。《开卷》近二十载的办刊风格，和它一贯倡导的文风，我以为正是宁文文人心志、精神品位的真实写照。“非淡泊无以明志，非宁静无以致远”，他以自己琐屑的日常和每月一本奉献于世的小刊，试图营造出一种茶室和书斋才有的简洁、素雅、温和、恬淡，让读书人在这里静下来、慢下来，解开平素那些不得已而披上的铠甲，让心灵放飞于自由而广远的星空。

其三为通透。前面说到过宁文的不凡与不俗，这并非我信口开河，滥用溢美之词。与其促膝长谈中获知，宁文少时便有与众不同的追求与境界。二十多岁至军中服役，因其才艺出众，有过几次被上级看中而欲调其北上的发展机会，都被他一一谢绝；复员回到地方，在企业工作，又有多次晋升的橄榄枝向他伸来，均被其笑置身后。更有甚者，自一九九六年起，应时任译林出版社社长蔡玉洗之邀，宁文为当时如日中天的《译林》文学期刊主编一本相配套的《译林书评》（此刊为双月刊，由著名学者季羡林题写刊名；风格类似于《开卷》，也是素色白皮，三十二开，每期一个印张）。如今刊物已出到了第一百二十九期，他这个执行主编也当了二十二年。想来译林出版社的大门对他也是敞开着的，但宁文似乎并不为这只体制内的“铁饭碗”所心动，他没有如常人般忙不迭地找一张日后会有保障的座椅，轻轻松松坐下去。天地万物间，得失相对应，有得必有失，宁文一定深谙其道。他的属相是马，不恋安逸、四海为家，怕正是其天性所在。他要的是自己把握自己的命运，哪怕这条路比别人走得艰难走得辛苦。看上去他比有些人或许少了些什么，诸如职称、权位、金钱，而骨子里他又比别人多了太多太多，他身后的那些书、那些刊、那一通通名宿大家的函札墨迹……他看重这些，所以这些便是他的无价之宝。“秀才人情纸半张”，那“纸半张”里有着金钱买不来的学问和情义在。在我的眼里，宁文是坐拥书城的精神富翁，他勤勉谦逊，又大智若愚，他把这个世界早已看得明明白白。基于此，我的第三个关键词便给他备好，谓之通透。不知诸君以为然否？

二〇一八年六月二十日于盱眙天泉湖畔

向晚的花香（三题）

忆明珠

一直就不知道忆明珠老师竟与我比邻而居——我住汇林绿洲一期，他住二期。去年五月间，冯亦同先生出了一本新著，托我带给忆老，这才让我在相隔多年后，得以重见这位在我年轻时便心生仰止的前辈。

二十世纪七十年代忆老在仪征生活。彼时我在扬州的一家纺织厂做工人，业余时间喜欢写点诗。记得当时市工人文化宫曾组织成立过一个工人诗歌创作组，钢铁厂的谈宝森、机械厂的黄彤岩、汽修厂的李葆华、苏北机米厂的孙海平等，好像都是这个组的成员。出面召集我们活动的是后来很出名的书法家卞雪松，他从部队转业回来分在文化宫工作，人憨笃，有点木讷，不爱讲话。比如我们几个正在屋里说着什么，突然进来个女同事，他会莫名地就脸红了。时不时地卞兄会给我们寄一份油印的通知，让我们某月某日去文化宫碰个头，或交流一下各自的诗作；或向我们布置一项任务：为“五一”或“十一”写点颂歌。有一张铅印的诗报当时较集中地发了我们那批人的很有些时代特征的诗。也就在那个时间段里，忆老和当时在扬州地区文化局任职的诗人王鸿，应江苏人民出版社之约，共同主编过一本全扬州地区诗人的合集。编这本诗集的过程中，我们几个工人诗作者，得以与忆老有过一两次的谋面，他谈吐风趣且别开生面，给你说的是诗，却让你想到了诗以外的很多东西。见过忆老后，我设法找了一些“文革”前的《雨花》杂志，寻出他的《跪石人辞》《狠张营歌》等作品读了。

后来忆老过五十岁生日，谈宝森特地在钢铁厂联系了一部卡车，拉上我，由扬州专赴仪征给忆老祝寿。我们有没有带什么东西去记不得了，但忆老很高兴地留我们在他家里住了一晚，其夫人蓝老师还为我们烧了不少菜，相关的场景脑子里还很清晰。那一年我二十二岁，谈宝森也就二十六七岁（可惜颇具才情的宝森兄后来英年早逝，离世已有十几年了）。

岁月匆匆流过，待我此番再见忆老时，他已八十有六，但看上去身手还算矫健。见我来，他很开心地领我入客厅就坐，一杯茶已早早地为我泡好。他靠在沙发上，微笑着，与我共忆往事故人，也说了各自这些年的情况。他似乎还像当年那般健谈，说话的口音和周身传递出的那种大智若愚的诗人气息，依旧没变。他把事先已题签好的两本近著：《抱叶居手函墨迹》和文画集《不肯红的花》送给我，还饶有兴致地拉我去他的书房，看他这些年画的一些画。他笑着说，人越来越老了，画越画越小了，大幅的已经弄不动了。而在我的眼里，那一幅幅各具神态的花鸟虫鱼、罗汉人物，却是忆老对这个世界和越活越明白的人生所写就的生动且深邃的感悟。

一直在一旁笔墨侍候的师母蓝桂华女士对我说，忆老现在基本上是足不出户，每天的时间大都泡在画室里。他的生活起居、穿衣吃饭均由这位小他十几岁的夫人来安排。多年前忆老曾给他相濡以沫的蓝老师写过一首诗，诗中写道："你淡泊如水 / 我便是水边那枝不肯红的花"。而如今这枝"不肯红的花"，就这样静静地傍着那泓淡泊的水，绽放着她老而弥坚的独有芳香。

王德安

王德安先生与我交往快有三十年了。一九八五年前后我在江都县文化局工作，彼时他在省妇联主办的《莫愁》杂志社当编辑。我给《莫愁》投稿而与他结缘，有了书信往来。他写得一手清隽的好字，每稿必复；只要发了文章，无论大小，他必亲写信封，奉寄样刊。一九八七年夏我调来南京，在团省委《风流一代》上班，与他的办公地点离得很近，常会去他那儿坐坐。有一回我们相约在清凉山公园，坐在草地上聊了好几个钟头。说人生经历，也聊家长里短。他当初在中华路上的家我也去过，见过他贤惠的夫人和当时还在读书的几个孩子。

德安早在二十世纪五六十年代便是金陵诗坛颇富盛名的工人诗人。他诗好人亦好，为人十分仗义厚道。约莫在二〇〇〇年他到龄退休，而后便一头扎在古陶瓷的探寻和研究上。他四处奔走，捡瓷片、写文章、开讲座。这些年里我收到过他寄来的好几部这方面的学术专著。

二〇一二年十一月的一天，已是七十二岁的王德安来到我的办公室，找我商议给会员们出书的事。身为江苏省古陶瓷研究会第一副会长的他，每一两年都会张罗一套有些价值的研究丛书。那一天我留他在报社食堂吃了午饭，像二十多年前那样，肩挨着肩，很畅快地长聊了一通。他较多的话题说了他的孩子们——早些年曾去深圳打拼的二女儿，已随夫君在上海安了家，而他们生下的女儿则交由德安夫妇来培养和照料。为了这个宝贝外孙女，德安和夫人早在四年多前便搬到了桥北由二女儿买下的一套新房里。这个名叫喻佳的小姑娘，聪慧美丽，天资过人，其画作曾多次在全国中小学生绘画书法大赛中夺得奖项。她在母亲和外公的指导下，为一百多条名人名言或警句格言配上了极富想象力的漫画，并已结集成书，名曰《佳画人生》。那天德安是那么郑重其事、得意非凡地把那本小画集放在了我的手上。他还说到了儿子景晨，这个当年够顽皮的大男孩，如今也早已娶妻生女，且学有专长，是南京一所旅游专科学校拥有副高职称的老师了。其与人合著出版的《金陵拿手菜》一书在市面上十分畅销，并为业界所称道。

德安在儿孙们的出息里感受到了一种人生的快慰，那份不加掩饰的笑意，留在了我们相逢聚谈的那个暖暖的下午，也留在了他所信任的一个老友的心里。

陆建华

陆建华是我的师长，他一九六三年夏毕业于扬州师院中文系，我晚了他十九年。他若留校，一定会是教我们课的老师。还在学校读书的时候，就听吴周文老师讲起过陆建华。陆比吴还高一届，他们都是在做学生时便开始在外面报刊发表作品了。还有一个叫李华岚的，也是他们的同学，是江苏写散文诗较早也较出色的一个，在校时便发了不少东西，可惜后来英年早逝了。吴老师与我感情甚笃，因为他多次说到陆建华，这让我在还没见到陆之前已有了不少先入为主的印象。一九九〇年年底，我和大学同学曹义田合著的一部报告文学集交由南京出版社出版，我们想到了陆建华（他于一九八四年秋便由高邮调至省委宣传部任职了），想请他为这本书写个序。恰逢曹义田从江都来，那天中午我们在省委对面的华东酒家，请师长陆建华吃了顿极简单的便饭，向他汇报了我们这部书的来龙去脉。面对两个扬师的小学弟，陆没有推辞。而后他很认真地看了那部十几万字的书稿，并在很短的时间里为这本书写了序文。不全是说的好话，也很尖锐地指出了作品中存在的不足。他的直率和对后学的提携之热诚，印证了我记忆中吴周文老师当初的评价。

再后来我调江苏文艺出版社工作，陆作为省委宣传部主管文艺的处长常去社里指导，每次见到我总是会笑眯眯地聊一会儿。他的方言极浓，听了很亲切，且说话素来幽默风趣，说个什么事能让你笑得半死。一九九七年他的《汪曾祺传》在江苏文艺社出版，那几年我在主编《东方明星》，该书的若干章节便先行在杂志上连载。记得有一期因校对的疏忽，文章发出时出了不少差错，陆倒没有责怪我们，但我的心里却一直很不自在。

在我的心目中，陆建华是一个有思想有见解，挺能折腾出一些事来的人。光是汪曾祺，他就弄出了一大堆的东西：主编了五大卷的《汪曾祺文集》；撰写了《汪曾祺传》《汪曾祺的春夏秋冬》《私信中的汪曾祺》等多部汪氏研究的权威性著作；自出任汪曾祺研究会会长后，主持张罗了好几次全国性的研究活动，把一批著名的作家、评论家从各地请到高邮来。汪老过世已十几年了，而汪氏作品在市场上一直热销，不能不说这与陆建华的推波助澜有一定关系。他当文艺处长那些年，对江苏文学的繁荣与发展也做了不少让人记住的事。比如由他牵头或参与策划和主编的“江苏县邑风物丛书”《江苏青年作家论》《江苏文学 50 年》《江苏散文双年鉴》等，都是一些牵涉面广、工作量大、费心费力的工程，不只需要眼光和识见，还要有召集和统筹的本事，甚至还得放下架子去求人。

退休以后的陆建华身体一直很好，创作也一直保持不衰的状态，近几年又出了好几本书。平时在家给夫人打打下手，培养孙辈也颇具成就。前不久他夫人贾老师在我们新华报业集团主办的《幸福老年》杂志上发了个头条，写她如何因势利导含饴弄孙的体会。文章发表后，陆建华骑辆单车大街小巷地寻购这本杂志，苦无零售而久觅不着，后打听到我可能会有点办法，遂给我打了电话，说想通过编辑部买二十本，贾老师要广送亲友。我向同事们搜罗了他想要的数字，他乘了地铁专程来取，还说了一通万分感谢的话。那天，七十二岁的陆建华坐在我办公室的沙发上，气色甚好，还是那般诙谐逗乐，妙语连珠。他跟我说到了生活与钱的关系，说儿女们都不错，要把钱给他。“那份孝心我领了，但钱我不要。”他说要那么多钱干什么？钱多了其实不好玩，够用就行。快乐不是钱铺出来的。快乐在你每一天醒来后的念想和劳动里。他走后我一直体悟他的这几句话，觉得这样的人生算得上洒脱，也算得上精彩。

二〇一三年三月二日完稿

秦兆基：耄耋之年的猎猎雄风

即将过去的二〇一七年，对八十五岁的秦兆基先生而言，是一个收成甚好的丰年——阳春三月刚读到他平生第一部以独创性实践阐发其诗学主张，以书写吴地历史人物透视江南文化神韵的散文诗集《揉碎江南烟水》（苏州大学出版社），金秋十月又获赠其探寻中国散文诗前行足迹，宏论与品赏兼修的理论著作《散文诗品》（河南人民出版社）。耄耋之年依旧这般雄风猎猎，先生的创作生命之丰沛，令人感佩之至。

秦先生一生的主业是教书育人，围绕教学相长，他参与或主编了一系列的教材、词典、文选，因而成为享有盛名的语文教育家。教书之余，他还广泛涉足文学评论，于小说、报告文学、散文、诗歌等门类皆有较深切入作品内核的评述之作。而于散文诗这一文学样式，他则更为倾心，长达三十年追踪探究，持续发力，写作并出版有多部专著，进而在业界形成口碑，产生影响，成为国内公认的散文诗评论家。于二〇一四年获颁“散文诗理论研究终身成就奖”。

秦兆基先生对散文诗理论建设的贡献，我以为突出之处在于以下三个方面。

一是他不辞劳苦所做的对散文诗发展具有垦荒意味的普及推广工作。二十世纪八十年代末，一度萧条的散文诗创作重又在中国大地上热闹起来，一些专门刊载散文诗的报刊也都应运而生。然而“批量产生的作品”，与“聊作点缀的理论文章”形成了“巨大的反差”，秦先生在第一时间关注到了这一现象，出于他自幼而来对散文诗所怀有的特别情愫，他自觉地进入了这方阵地。凭借长期从事中学语文教学的独特优势，他选择从基础性项目入手，于一九九一年应江苏教育出版社之约，编写了一部对后来的散文诗创作不无积极影响的《中国现当代抒情散文诗选讲》，其后又于次年应四川文艺出版社之约，编写了较前者更为深入也更具示范意义的《散文诗写作》，连同一九九九年由陕西教育出版社出版的《中外散文诗经典作品评赏》（与张吉武共同主编），这三部书在彼时（也包括今天）的读者中均产生了较为广泛的影响，不仅仅为青少年陶冶情操、启迪心智提供了丰富的养分，也为散文诗走向更广阔的世界被更多的人群所接受起到了重要的助推作用。理论的建树除了必不可少的高堂讲章，探幽发微、条分缕析的普及性文字，往往也构成后来者登堂入室不可或缺的一把钥匙。秦先生在新时期散文诗复兴之初所做的类似于打地基的工作，功不可没，值得我们记取。

二是对散文诗的研究充分表现出他作为一名学者大开大合、勇于精进的探索精神，和注重广度与深度的美学追求。包括新近出版的这部《散文诗品》，集中其散文诗评论的专著已有三部（另两部分别为《永久的询探》和《诗的言说》）。对中国散文诗诞生以来的发展历程，他早在二十世纪九十年代初便写出了独具识见的万字论文，深入探寻了散文诗的形态特征、美学本质及其形成的轨迹，归纳并总结了可资借鉴的传统，进而提出了坚持散文诗的文体本位和创作个性多元化等一些富有建设性的意见。同时，对散文诗的整体营建的原则及价值取向等，他亦有专文进行了系统性的阐述。

尤令散文诗研究同行深为折服的是，他不惜花大力气，对深受读者欢迎的《散文诗世界》杂志长达十八年（一九九二年至二〇〇〇年）的办刊道路及其特色、结合翔实的文本个案，做了全面而不失公允的扫描与评判；一些国内活跃的散文诗群落和区域性（包括台港澳地区）的散文诗发展流变，他也都以大工作量的投入，细致阅读文本，给出了扎实考察基础上的令人信服的品鉴。

除了具有宏观特征的面上的聚焦，他还特别注重点面结合，对散文诗坛的重要作家和特色写手予以关注，并写出相关的作家论和对作品的精准剖析，进入其视野被他评说过的散文诗家可拉出一长串名单——耿林莽、李耕、许淇、刘虔、王幅明、蔡旭、罗长江、海梦、韩嘉川、王志清、刘允嘉、柳袁照、周庆荣、宓月、箫风、夏寒、文榕、姚园、天涯、吴克坚、虞锦贵、向天笑……这些个性鲜明、风格殊异的“点”，恰恰汇合并构成当代散文诗坛的精锐之师，一定程度地勾勒出了这一文体表现的整体概貌和所达到的艺术水准。从这个意义上讲，秦先生对散文诗创作队伍的整体推进，也起到了不容忽视的作用。

三是对被誉为“现代散文诗的里程碑”“不可逾越的高峰”——鲁迅先生的《野草》，进行了长达数年的多侧面、多视角的体悟与探究。从《野草》生成的背景、鲁迅在庄子哲学面前的两难处境、《野草》与波德莱尔《巴黎的忧郁》之间的关系、《野草》与佛教文化的因缘、《野草》与儒家文化的因缘等多个命题下，运用文化学、比较文学、原型批评等研究手段，对这部经典之作予以重新审视和融入个我评价体系的阐释。

记得秦先生在多个场合谈到过他对《野草》的认识，认为其“难以跨越”，正是由于作品所显现的强有力的哲学根底。他研究《野草》，深层次全方位地发掘《野草》的内蕴，意在唤起更多从事创作的散文诗人努力从经典著作中获得更多的哲学光照。尽管国内外研究《野草》的专著已有多部问世，但收在《散文诗品》中的《野草儿论》，道“别人未曾道”“其格局与分量，足可视为一部学术专著”，远在河南的散文诗评论家王幅明在为秦先生这本书所作的序言中，给出了这样的评价。

秦先生颇动感情地谈道，散文诗对他的影响可追溯到孩童时代——读“新共和”国文教科书上沈尹默的《三弦》，当念到“旁边有一段低低土墙，挡住了个弹三弦的人，却不能隔断那三弦鼓荡的声浪”，童年的他“似乎也听到乐音，凄婉幽怨，感到莫名的惆怅”。一颗其时并不知其为散文诗的奇妙的种子，便这样悄无声息地播入了他年幼的心田。谁能想到八十年后，他还在为传播这样的种子不知疲倦地耕耘和劳作！原来，艺术之美，真是可让人一辈子为之陶醉、为之痴迷的啊！

二〇一七年十二月五日凌晨

哭别吕锦华

锦华走了。我是在八月五日傍晚获悉这个噩耗的。直到二十四小时后的此刻，我坐在桌前写这篇文字，依然无法相信她已真的离开了这个世界。今年三月的一天她从加拿大女儿的家中给我来过电话，说话的声音一如病前的轻快和流畅。她说那儿的空气好，又能同两个外孙在一道，虽然做不了什么，心情却挺放松的。我在电话里除了表示对她身体状态的高兴，还与她相约，金秋十月等她回到吴江后，我再去看她。

锦华是在二〇〇九年十月因持续一个多月的高烧而被查出患有淋巴肿瘤，也就是说她同这个凶险之疾拼搏了将近五年。在这个阶段里我曾几次去医院和她家中看望过她。她向我讲述过病中以及化疗中的痛楚，一个原本柔弱的江南女子，在与病痛日复一日的较量与对峙里，我看到了她超乎常人的坚韧和顽强，也看到了她对生命深深的眷恋和渴望。听说有一年的春节，前后一个多月，她独自一人躺在苏州一家医院全封闭的病房里接受化疗（丈夫老丁每天早至晚归，奔走于苏州与吴江之间，为她弄一点吃的来），听着屋外万家团圆此起彼伏的鞭炮声，可以想象她的内心承受着怎样一种孤独与煎熬。

锦华是一个多么热爱生活又多么离不开写作的作家呀！若从一九八〇年她在《中国青年报》发表引起热烈反响的散文《悠远的纤道》（此文后被收入《中国新文艺大系》）算起，她的写作持续了三十个年头。前后出版散文集和纪实文学集共计二十部。第二十部书的书名为《在北美读东方禅语》，出版时间为二〇〇九年六月（我曾应约为这本书写序）。她的散文在中国当代散文史上当有一席之地。其散文集《何时入梦》获江苏省首届紫金山文学奖；《空谷佛音》获全国首届冰心散文奖。艾煊、袁鹰、王干、吴周文、黄毓璜、潘震宙、红孩、马铃薯兄弟等国内知名作家和评论家，分别在不同时期对她的散文创作给予过肯定和褒奖。

锦华还不仅是一个只顾自己埋头写作的作家。她怀有一颗优雅而美丽的博爱之心，在苏州文联副主席这个岗位上她工作了二十多年，受到她关心、帮助和提携的文学新人不知有过多少。她帮他们修改作品，并找报刊发表；帮他们选编书稿，联系出版，甚至四处托人寻求出版资助。给我印象最深的有这样几例：吴江一个十二岁的女孩，有很突出的诗歌天赋，她发现后不止一次地给我写信打电话，极力推荐这个女孩的诗作，后来在我们的共同努力下帮这个孩子出版了她人生的第一部诗集。吴中区乡间一位身世坎坷的渔民作者，先后出版了几部书稿，也都是她一篇篇不厌其烦地帮助润色，且为之热情作序，力荐后获得出版。也是吴江的一个很优秀的女孩，大学毕业没几年便在浙江一家省级集团干出了不凡业绩，却在花一般的二十五岁时惨遭车祸不幸而亡，锦华从其父母处听到这个女孩的一些故事，感动之余邀约另两位女性作家，三人分头采访，在很短的时间内完成了一部催人泪下的人物传记：《远行的燕子》。在整个写作和出版的过程中，锦华向世人展现的正是她一以贯之的古道热肠。

锦华与我较多的交往在二十世纪九十年代，彼时我在南京主持一本综合性人物杂志《东方明星》。这个刊物办了六年半的时间，她自始至终向我伸出无私的援手，不仅为杂志写了大量优质稿件，还积极地为我组稿，参与了不少活动的策划和具体实施。最令我难忘的是一九九五年九月，在苏州市委宣传部的大力支持下，刊物推出了一期“苏州专号”。而这本专号的如期推出，锦华是当时最大的功臣。她不仅牵头组织了苏州的一批实力写手，还亲自操刀，为采访苏州籍知名人士几赴京城。专号上光她采写的人物就有当时已八十五岁高龄的全国人大常委会副委员长费孝通先生、时年九旬的国际大法官倪征日奥先生，以及时任《人民日报》总编辑的范敬宜先生和著名作家陆文夫先生。这些采访和写作都是在很紧迫的时间状态下完成的，锦华身上那股拼命三郎的精神令我深为折服。

……锦华走了。她答应我要回来的却这么匆匆走了。记得二十年前她出过一本散文集，叫《边走边唱》，对她称赞有加的老作家袁鹰在更早时候便称锦华是“以诚挚的爱心，总想为家乡父老唱支歌”的“深情歌手”。袁鹰为锦华的一本书所作序文中如此写道：“大地山河在等待她，春风秋雨在等待她，父老兄弟姐妹都在等待她呢。”哦，锦华，我亲密而诚挚的老友，愿你纯粹而炽热的歌声，从此在天堂唱响。

急就于二〇一四年八月七日凌晨一点五十九分

（吕锦华，一九五二年生于江苏吴江，二〇一四年八月三日病逝于加拿大，享年六十二岁。生前曾任吴江市政协副主席，苏州市人大委员会常务委员，苏州市文联副主席等职。系中国作家协会会员，著名散文作家。）

玩家亦然

和亦然是玩了三十年的哥们儿，这个三十年不是虚词。一九八七年夏天，我由江都调来南京，做一杂志的编辑。没多久，出差去苏州，采访和组稿的需要见了一些人，亦然是其中的一个。后来，一年年地去，因了各种各样的事，前后打过交道的想来不是小数目。然岁月更替，当初的小年轻变成了小老头，曾经一起玩的朋友也大都玩着玩着没影了。而亦然是玩得最久的，是那种不在一块会想，想起来心里便有暖融融感觉的莫逆之交。

我们所谓的玩，其实并不打牌，也少喝酒（亦然基本不喝酒，每次我来了，硬逼着他咪两口），而是凑一堆儿说说话，天上地下，单位屋里，内容似乎无所不包。二十世纪八十年代，有个青岛的气功师在苏州办班，亦然跟他后面学，理论实践啥的都有了一番通透的感受。那一回我住在南宁饭店，亦然晚上跑过来一直聊到半夜十二点多。我也听得入迷，让他把这个人物写出来，结果弄了有万把字，我把这篇稿子在当时操持的那份刊物上给登了。

亦然的工作单位是苏州文联，平素接触的都是作家艺术家，我也跟着沾了不少光。经他介绍认识了像陶文瑜、车前子这样有意思的作家，还到过大画家蒋风白的府上看老先生信手几笔画兰花，活到百岁的书家瓦翁先生的风采也随亦然一道领略过几次。这都是亦然的能耐，否则我哪能开到这样的眼？

亦然对我的帮助从来都切实而无任何功利目的。一九九三年我去了文艺社，创办《东方明星》，亦然为我写过不少期卷首语，栏目也因他所在地域而取名“弹词开篇”；还帮我开了两年专栏，名字唤作“红尘独语”，后改为“两可斋随笔”，系每月一篇，独家专稿。亦然的文字人见人爱，不只才情丰沛，更具风趣幽默，深受各方欢迎（有当时的若干读者来信为证）。和他同时受邀开专栏的还有叶兆言和北京的洪烛与蒋力（一个是诗人，一个是音乐评论家）。他们几个一度成为月发行量达十五万份的《东方明星》杂志广受各界好评的“文坛四剑客”。

我把亦然叫作玩家，没有半点调侃之意。里面含有两层意思：一是说他爱生活，有情调，好多别人不关注或不愿意花时间弄明白的事儿和人物，他却乐意犯傻往里去，经他之手七捣鼓八折腾的，一定从里面给你搞出点不同凡响的名堂来。二是说他做什么，又都像玩似的，并不一本正经、煞有介事。你若问他，那方面进行得怎样了？他总轻描淡写地憨憨一笑，“玩玩的，没啥”。放在别人身上早就夸夸其谈，唯恐别人不知了，可亦然不，做什么他都低调，低到尘埃里，低到最好你别记起。而实际情形是，只要他进入了，当回事“玩”了，那就早晚会搞出个什么“家”来，而且是像模像样的一个“家”。吉林人民出版社一九九〇年给他出了本报告文学集《国宝》，有十几万字，写的是苏州一位极富传奇色彩的古钱币收藏家。为写这本书，光采访就花了他六年时间。里面要搞懂说清楚的那些玩意儿，他查找、阅读了大量资料，一般人早就没那份耐心了，但亦然能沉住气，再苦的活儿到他这儿，也能“玩”出滋味、“玩”出情趣来。后来还出了一本《大师》，书里面写了好些界别的奇人，有作曲家、书法家、核雕艺术家，还有缂丝工艺大师（缂丝是中国传统丝绸艺术品中的精华，宋元以来一直为皇家御用）和一大批当时叱咤风云的围棋国手（说到这儿，我想起那几年他为我主编的《东方明星》写过聂卫平、马晓春、俞斌、常昊等围棋界的腕儿，都是专程跑北京、上海，一对一地把这些名人“逮”住，死缠烂打，硬是给“挖”出许多鲜为人知的黑白故事来），等等。

亦然和我同庚，也属马，可他这匹马比我要活劲一百倍。脑子好使，人聪明，什么新鲜的事儿，他都是最先尝鲜的先头部队。计算机写作他是第一批，上网开博也是最早的，拍视频玩微信早我至少一两年。琢磨纹枰对弈也有年头了，老听他说和谁谁谁又手谈了一局。早该有段位了吧？惜我不通此道，净说外行话了。玩车当有十好几年了，刚会开那阵和我电话里合计，打算搞本《新手上路一百问》什么的。前不久读他一篇《我的破桑》，差点笑翻，对爱驾的一片深情，叫他写得波澜起伏又妙趣横生。那一年，亦然携夫人孙老师去美国加州看儿子，事先把攻略做瓷实，父子俩联手拿大活，车辙印满美利坚。两个月返回后，写了本纪实散文《玩儿美国一把》。书是请国内最优秀的美术装帧周晨先生设计的，尽显一个大玩家十足的可爱与潇洒。

还说亦然在苏州，很多人都爱叫他“薛老”。薛是他的姓，称老而非指老（他从来生得少壮，看上去比我小十岁。岁月欺我不欺他），是表示服气他的学问，佩服他的文章。他是在家乡读完师范后才来的苏州，算是半道上轧进来的。但对苏州，讲到哪儿，很少有他不知道的。这块宝地上积淀的东西委实太多了，亦然不甘为门外汉，但也没想一口就吃出个胖子来。学问他从一点一滴做起，年深日久的，水便把石头滴穿了。低调的他说，我也就拾掇了那么几个小角角，“呒啥花头的”。让我们来瞧瞧，他都“玩”出了些什么？好家伙，狠狠地吓你一跳：《姑苏行》《苏州小巷》《苏州水墨》《茶话会》《茶里茶外》，都是书，专著，厚厚的，热卖的那种。苏州的方方面面、前世今生，好像都被他一网打尽了哎。“玩”到这个份儿上，我想别人也没啥好说的了，就一个字：服！

亦然原本是盐城东台的儿子，一不小心踏入花丛，做了苏州的女婿（二十六岁那年跟随心爱的孙同学来到此处，也就不离不弃，在此安营扎寨了）。对东台可能构成不小的人才流失，而于苏州，分明白捡了一个大宝贝。但亦然的根终究还在东台，东台是他生命开始的地方，那里有他许许多多无法忘却的青春往事。其最新散文集《姑苏行》的最后压轴部分，写的都是他二十岁前后的事——二十世纪七十年代，他在东台一个镇上的供销社干活，受命去老虎灶上冲糨糊，而后夹一卷红纸，沿街刷、贴、写标语；经常性地庆祝、欢呼大游行，他是队伍中最显眼的那个擂打一面大鼓的人；那会儿，食糖还是计划供应呢，春节临近，都来找供销社主任批条子，磨了半天，才批个半斤。有售货员也是被人盯得不行，发现有个小伙子的签名居然与主任的字颇为神似，便怂恿他“作案”，他并不认为“有多大事”，也就在他们事先备好的纸条上大笔一挥“二斤”，让他们拿去做了人情。这个透着机灵的小伙子，正是日后红遍半个苏州城的作家薛亦然也。忍俊不禁的，你是否觉着这几幅场景里，已多少现出了点“玩家”的端倪？

尽管出息的儿子如今已远在万里之外的加州硅谷（系全球著名的苹果公司的高工），但作为生身之地的东台，亦然还是每年要回来几趟的。他抱着孙儿孙女来拜望他们的曾祖父、曾祖母。亦然真的有福，父母双亲全是近百岁的长寿之星。不久前，他做了微信影集发我，但见二老满面红光，尽享儿孙绕膝之乐。真真羡煞人哉！

二〇一八年六月二十二日于盱眙天泉湖畔

致樊发稼老师

敬爱的发稼老师，您好！真的是很内疚也很失礼，我们竟有二十多年没联系了。上一次的通信好像还是在一九九〇年前后。这当中我经历了两次工作调动，又搬了好几回家，当初您给我的书信似乎也丢失了一些。这令我时生悔意，无法原谅自己。

然虽久疏问候，但您的名字和生动的笑容却一直珍藏于我心底，始终未曾忘却。今年八月二十二日那天，当我辗转问到您的电话，并在话筒里听到您依旧那般爽朗和亲切的声音时，我真的是如孩童般的欣喜和激动万分。在二十世纪八十年代的那段岁月里，我得到过您许多切实的提携和帮助。您是给过我恩泽而不求任何回报的人。

一九八六年的初夏，我利用出差的机会去北京看望过您，那是我们的第一次见面。记得彼时您住在百万庄一处面积不大的居所里。您对待我的热情、率真和坦诚，让我这个远道而来的后生一下子便没了拘谨和不安。我们在一起谈了很多，我觉得您就是一位宽厚、仁义、有着博大胸怀的兄长。那个午后我毫不掩饰地向您说了自己的人生经历，也说了我在文学创作这条路上一路走来的一些情况。我现在回忆起来，您对文学的那股执着，其实给了我此后的生命以极其重要的启示和影响。我也是在我们初晤的那天才比较翔实地了解到您的相关身世：出生于上海崇明的您，一九五七年从上海外国语学院毕业后，即来到北京，一直在国家工业部门从事技术研究工作，其间还担任过建材工业部政策研究室的副处长。到了一九八〇年，当时您已经四十三岁了，而您却被心中的那份热爱所召唤，毅然放弃了可以一步步再往上升的锦绣仕途，去追寻早在您十八岁时便已启程的文学理想——中国社会科学院在这一年经国务院批准，面向全国招贤，您报考了文学研究所，并被录取，自此走上了一条终身以儿童文学创作及其研究为乐的人生之路。清楚地记得见到您的那一年是您进入文研所的第六个年头，而当时您在这一领域已然是硕果累累、业绩不凡了，短短几年里您已出版了八部获奖或作为全国红领巾读书活动推荐书目的儿童文学作品，和一部引起文学理论界充分关注的儿童文学研究专著。您生命中的这次华丽转身及随后所创造的成就，均给了我心灵以极大的震动，我不只是在返乡后的第一时间里极富感慨地写出一篇关于您的专访（发表于一九八六年五月二十九日上海《文学报》），更在与您相见一年后的夏天，实施了我人生中最具转折意义的一次“跳槽”（舍弃了江都县文化局局长一职，而选择调往南京，从事自己所热爱的新闻出版工作）。

二十七年后的今天，当我回忆并怀念我们之间的首次相逢，除了心生一泓久违的温暖，更多的还是一种难以言表的感恩。当初您对文学所表现出的信仰和为它所做出的某种牺牲，带给我的是极为深刻的感染和触动，一定程度地影响和促使我改写了自己三十二岁以后的历史。为了这个改变，发稼老师，我心谢您！

我时常铭记于心的还不止这些。记得一九八七年江西少儿出版社为我出版了《和中学生谈散文与诗的欣赏》一书，此前是您认真阅读了我寄去的书稿并欣然为之作序，序文对我的习作给予了充分的肯定和鼓励；次年又是您主动关心我，介绍我加入了中国作家协会，为我后来在写作上的努力，无形之中构筑了一个推动的平台。当然像这样的事情，我不说起您可能已经忘却。您在文学界不知帮助了多少如我这样的后生。就在我给您写这封信的时候，读到了刚刚出版的《文学报》（二〇一三年九月十九日）上青年作家孙卫卫的一篇文章《樊发稼：让无名者有名》，文中列举了您提携新人的若干动人事例。是的，您就是这样的人，他们称您为火把，“燃烧了自己，照亮着儿童文学”。在我的眼里，您还是梯子，把一茬茬的后来者推送到了文学的山峰之上，让他们登高望远，有了更开阔的视野和胸襟。

很惭愧，这些年由于疏于联系，对您后来的创作及理论研究方面的成果关注得不够。那天与您通话以后，上了百度，输入您的名字，一下子跳出了一大堆关于您的成就的介绍。我注意到，在中国儿童文学领域，您可能是一位绝无仅有的“双峰并立”式的人物——创作上有四十多部不同类型的作品（其中多部获得全国性大奖），理论上光专著就有十多部，由您主编或选编的论文集、作品集、文学丛书等多达三十多种。难以想象，您那样一个瘦弱的身躯竟释放出如此强大的能量。唯一可以解释的大约就是一个字：爱！您爱文学、爱孩子，您才乐此不疲、源源不断地为孩子们建造一座又一座美丽且充满正义和仁爱的文学宝库。

您生于一九三七年，今年七十七虚岁了。电话里听您的声音却还是那么洪亮，言谈还是那么乐观开朗，妙趣横生，前不久在《文学报》上读到您的《一九五六年，在上海……》一文，看得出您的记忆力也是出奇得好，那些半个多世纪以前的事，您居然能精确到某月某日，活动参与者的名字您能列出一长串来，且音容神态被您描摹得栩栩如生。我为老师有这样的身体和写作状态感到高兴。您的健康与长寿，是中国儿童文学之幸。

最后说说我自己吧，这二十多年里主要的精力放在了工作上，编刊、出书、办报，为单位或他人做“嫁衣”。而在写作上几无建树，多种体裁的东西似乎都弄了一些，但都没弄出什么名堂。这也是我羞于与老师联系的一个主要原因吧。

好在内心深处对文学的这份挚爱尚未消失，我想我还会努力的。

二〇一三年九月二十五日夜于南京

老友刘放

认识刘放有二十六七年了。不久前的一天与他电话中聊，说到我们的第一次相见，他居然把时间、地点说得一清二楚。除了佩服他超好的记忆力，我更感动于他对友情的珍重。那时候他从西北的玉门关刚调来苏州不久，在那边是做电台记者，到苏州的第一站先干了企业报，之后没多久便去了《姑苏晚报》。

二十多年了，他把自己出色的才情和一生里最好的精气神，毫无保留地给了这张报纸。他称报社为“衣食父母”，其情深义笃足见一斑。在这张办得风生水起的报纸里面，他所出的力气和显现的智慧也是随处可见的。专、副刊上他主持过好几个叫得响的品牌栏目，早几年是“口述人生”，这些年是“晚报会客厅”。当然总策划出思路啥的是他们领导，可每个星期天出场的人物那是刘放要考虑的事，早早地要把选题拿出来，讨论确定后赶紧去落实。能让读者买账的栏目和一篇篇出笼的文章，一定须有一种经营百年老店的诚惶诚恐，出手的也一定须是“干货”。掺水的若弄几次，牌子也就砸了。据我所知，五十岁刚出头的刘放老弟，这两年添了不少白发，估计八成也是让这爿“晚报会客厅”给愁的。我在异地，平素看不到这张报纸，有时会上网瞧瞧电子版，发现他一次次推的这些人物，个顶个地一级棒。二〇一三年间，上海文汇出版社为他这几年在这个版面上所采写的访谈录，精选出九十篇，出了一套上、下册，字数达五十万之多。这两本书我讨了几回，后来寄给了我。拿到手一翻，心下直喊“不得了”。书里的每一位名人都是第一手的新鲜资料，面对面聊的，最鲜活的东西让他给抓住了，因此写来便生动、传神、出彩。当然，这活干得绝不轻松——访某人之前须通过多种渠道尽可能丰富地占有他（她）的真材实料，消化吃透后，方能提取、设计出一些独到的问题，同他（她）来直面交流。于是，这就需要事先把功课做足，拿出来聊的问题才不致过浅；而面对面的访谈中，则讲究短兵相接，三下五除二地把最精彩的那一块给掏出来。名人一般都很忙，来苏州开会或讲座什么的，时间的安排上会很紧，这无疑给刘放提出了一次次的挑战，逼着他须像小年轻一样，迅速地在某一领域某一方面紧急“充电”；而一旦谈完了又得马上动手，版面要求你是个“倚马可待”的文字快手。前面说到刘放的才气，二十岁时他就是个文青，小说、散文、诗歌样样能来，二十世纪九十年代就出过好几本书了，要不是这些年如此玩命地给报纸写稿，也一定有了不少的文学新作问世。的确，办好一张报纸，需要一批思想与才气俱佳的奉献者、牺牲者，刘放绝对可以算一个。

再往深一步看，他主持的这张版面还有个再鲜明不过的特色，那就是较为突出地呈现了一种本土性。苏州所辖县市区各个界别的名人、明星，几乎被他一网打尽。这样做的意义显而易见：晚报是办给方方面面各色人等看的，各路高手的成就之路与性情展示，自然吸引了诸行百业万千读者的关注。而对于刘放而言，做好这一切的前提是，首先让自己努力成为一名杂家，敲锣卖糖，写哪行你就得吆喝哪行。平心而论，卖力的刘放真的是把事业做到了一种极致。

较多的笔墨谈了他的工作，而刘放能让我记住的，是他身上还有一些颇为金贵的人品特质。一是他为人的坦诚和谦恭。一定不仅仅是对我，好些熟悉他的朋友均有同感。二十多年里我们的见面大约没有超过五次，基本上是书信往来，属于神交，但他所做的每一件事都令你感到熨帖和那般周到，就连每一次寄样报写来的信封，也都是工工整整、一丝不苟的。

二是他的严于律己、自省自策。一些属于内心深处很隐秘的东西，他敢于拿出来公之于众，且毫不留情地予以深刻解剖。早几年在《江苏作家》上读到过他的一篇随笔，写的是南大教授莫砺峰来苏州演讲的事。文中却谈到了“文革”后期发生在自己身上的一件事——当时他还只是个十四岁的初中生，他的“右派”父亲在台上被批斗，而他不声不响地坐在台下，有同学指指戳戳地议论他，他却装作没有听见。评述的参照系是莫砺峰先生，说莫先生少年时也遇到了同样的场景，有人当众逼其上台与父亲划清界限，而他却做出了让众人目瞪口呆的举动：把父亲脖子上的牌子挂到了自己的颈上。刘放在文中以不无悔恨的沉重之心，狠狠批判了自己当年的懦弱。此文令我至今难忘，这样的反省精神常人难以做到。

三是他的节俭。在微信里见过他发的一张图片，是一碗吃剩的饭，下面还配了段文字：“一饭二吃。中午没吃完，不倒掉，下午四点开水一泡，饱肚活力，滋味蛮好。”我看了扑哧一笑，真乃节俭可爱之人。同样也是在他微信里看到的，说他那在海南读大一的儿子，也是小小年纪便懂得勤俭孝敬：下午课毕赶去海事局辅导合唱，人家给的酬劳，自己舍不得花，返校时已过了饭点，路边买几只烤山芋权做晚餐。省下的钱给几位亲人和老师、同学买了礼物，假期回来时一一分送。正所谓有其父必有其子，这样的家风在当今社会怕已是凤毛麟角。而一个人正是以这样的点点滴滴在朋友那儿赢得了信誉。

二〇一五年四月十一日于上晓起村

诗人金倜和与他相关的几本书

一

应当是二〇〇〇年的秋天，金倜来南京找我，他想为《兴化日报》坚持了二十年的《楚水》副刊出一本作品选。金倜是一个不太言语而注重行动的人，我知道他对自己主持的副刊有着怎样一种感情，我还知道他对副刊的作者是怎样一副古道热肠。对二十年走过的脚印重新回望和梳理，并以另一种方式为它定格，给未来留一个历史的见证。他的这一想法让我钦佩和感动。接下来的日子里，我只是在技术层面上给他提供了一些应有的帮助。这本书的出笼，金倜付出了极大的心血。首先，按照文体的类别（诗和散文诗、散文和杂谈、微型小说）

从二十年间在《楚水》副刊上发表的大量作品中，精选出近七十位作者的两百多篇（首）佳作，向我提供了报纸的复印件或书面文稿；其次，待制作者排出校样后，他又起早带晚地进行了至少两个校次的细致校对，并邀约当地名人许国曾先生撰写了涉古论今、情理并茂的序文《话说楚水》。这部三十万字的多人集，书名即冠为《楚水》，不只是契合了兴化的地名和报纸的副刊名，在外人的眼里，更有一种饱含历史底蕴的厚重和大气。

这部书列入了我当时正在策划组织的“南方文丛”，二〇〇一年一月由沈阳出版社正式出版。责任编辑是后来出任沈阳音像出版社社长的潘晓翊先生，封面设计请的是《江苏工人报》的资深美编孙小强。

这部书无疑是二十世纪八十年代以来兴化本土文学创作阵容的一次较为集中的展示。一些后来在更广泛的背景上为人所熟知的作家，如庞余亮、刘仁前、刘春龙等，都有他们显示实力的作品在；而一些我先前曾有过交往的新老朋友，如张学诗、李岳峰、房干森以及王浩老先生等，均见着了他们生动而活跃的身影。读这部《楚水》，使我对一些朋友获得了更多的了解和贴近。比如，我因此知道了青年才俊庞余亮出生的那个地方叫黄邳——他是那么深情地咏唱那给了他生命的如槐树一般坚韧的母亲和如苦楝一般耐劳与沉默的父亲；他是那么率真地描写并刻画茫茫水中那座浸透了苦难和不屈，与他的童年无法割裂的土墩子。再比如，我还知道了金倜在六岁时随教书的父亲在那儿生活了七个年头的乡风淳朴的乌金村，以及他少年时所经历的一些生活故事，甚至“那个秋天的阳光”里他和“黄毛丫头”充满温情的初恋……诸如此类真实地刻录了作家们青年时代思想和情感印记的作品，相信随着时间的推移，其文献价值会愈益显现。

二

这以后，到了二〇〇三年，也是秋天。金桂飘香的某一个黄昏，金倜又一次来到南京，和我商量出书的事。那一年他正好四十岁——金子一般沉甸甸的人生最丰沛的年纪哦。他从二十岁（或更早些）便开始写诗，写了整整二十年，才想到给自己出一本诗集（这是一个从来就低调和内敛的人）。彼时，远在内蒙古呼和浩特的远方出版社正委托我组稿编一套“金草帽文丛”，于是金倜的《倾诉》（诗与散文诗合集）便加入了进来。我请了双双毕业于南京艺术学院设计专业的周庆和殷灏夫妇联袂设计这本书的封面，他们俩很投入，几易其稿，最后的定稿样突出了浓郁的民俗风情，较好地传达了与作品相吻合的艺术诉求。这套书由时任远方出版社副社长的赵志忠先生担任责编。记得在出书过程中金倜还来过一次南京，并抽空去看了他最要好的高中同学毕飞宇。那天中午，毕飞宇在省作协当时办公的颐和路上的一家饭店，请了金倜和我，几个人在一道喝了酒，说了不少挺开怀的话。

金倜的这本《倾诉》是他“按照诗歌的方式生存”近二十年思想飞瀑的集萃，这里面的东西我以为不会轻易地被时间吹走。此处我不展开谈论其作品，只想说两点在脑海里搁了十几年而仍未被磨灭的印象。一是这本书的两篇序。写序者分别为孙昕晨和庞余亮，是被金倜称为兄弟的两位成就斐然的诗坛骁将。他们彼此赤诚相处，肝胆互照，序文里透着“火盆一样”暖和的情义，和对生命、对故乡美好得让人心疼的那份真切。孙昕晨说，天这么冷，他（指金倜）的这些带着体温的诗，他在漫漫长夜里吐出来的诗，还是可以焐焐手的啊。庞余亮说，金倜给予人的温暖是一直不变的，他的给予和他当初关于文学的第一行诗歌一样，纯真、洁净、耐酸、耐碱，耐最容易腐蚀人的——“世故”的腐蚀（庞余亮独辟蹊径地给金倜归纳了五种属性——在对这五种属性的阐释里刻画了一个血肉丰满的性情中人——他是“隐匿在时光灰尘中的向日葵”，他是“洪水中的渔灯”，他更像一位大哥……）。这样的评价完全出自岁月所赋予的友谊和对诗歌至真至纯的敬仰，它们在我内心引发的共鸣，因此也是可以想象的。

再一个特别深的印象，就是这部书里的一组总题为《怀念》的散文诗。这是一篇充满传奇色彩的作品，诗人怀念一位猝然离世的挚友，连绵不绝的哀伤持续了六年，从一九九七年至二〇〇二年，每年的清明前后，他都会以饱蘸泪水的诗笔续上一章，因此约莫三千字的篇幅他用了六载才完成。我在二〇一四年春应约撰写《江苏散文诗的昨天和今天》一文时专门提及了《怀念》。我甚至认为，在中国散文诗近百年的艺术长河里，《怀念》的形成背景和作品自身所散发的情感力量，均足以引起广大读者和诗歌理论界的珍视。而在现实生活中，诗人的这份纯洁而挚诚的怀念并未终结，《怀念》所祭悼的故人谈宝森先生的女儿谈海蓉大约在三年前联系上了金倜，随后以很出色的文字成为《楚水》周刊的作者。今年五月中旬，金倜给我发来一条微信，描述了当时的情景：“三年前初春的一个深夜，十一点多，我坐在床上看书，突然感觉到手机有动静，看到微信上有访客，居然是海蓉问我是不是金倜，就这样跟海蓉联系上了。那一夜我一直在流泪，不因为悲伤也不因为高兴，人生在世，究竟有多少悲喜真说不清。唯一开心的是，海蓉很好，活脱脱谈兄在世。交往三年非常高兴，有机会我们一起去看看这孩子（金倜知道我当年与宝森也是很好的朋友）！”字里行间那份对故友的怀念依旧那般强烈，而深切的怀念之外却让人看到了希望的崛起。正如他在诗中写的那样：“你已经回归大地了，这大地的生命就是你的生命，这万物的吟唱就是你的吟唱……”

三

转眼到了二〇一二年的夏季，七月的一个很热的天，金倜陪他的另一位高中同学、兴化地税局办公室主任成世杰来《新华日报》落实关于先进人物报道的事，中午我们在一道吃了饭。临分手时，他拿出一本事先题签好的新出版的诗集《慢慢弯曲》送给我。这本由著名的扬子鳄书坊策划、桂林诗人刘春主编，黄河出版传媒集团宁夏人民出版社出版的诗集，从封面装帧、内文设计到书的用纸、印刷都很考究，我一拿到手就喜欢上了，翻了又翻。作品前面的序仍由和他青年时代一道走来的患难之交庞余亮君亲自操刀。而在题为《一个人的世界》的后记里，金倜写了他一贯的诗歌主张，他和诗的那种此生已然无法割舍又“无奈无悔”的“劫数”。面对读者，他坦露心迹，不遮不挡，有一种裸体般的透明和无邪。他甚至在这篇文字里还提到了我，提到了之前我对他的帮助，这让我有几分汗颜，有一点无功受禄的感觉。他从来就诚实而率真，他是对我说过《倾诉》之后还想再编一本诗集的想法，但做这件事对他并无半点功利的驱使。因为写诗于他，只是生命的一种存在形态，他热爱并善于运用这种情感流泻的表达方式。诗，令他内心孤独和煎熬，也让他变得安静和凄美。有些诗人是为了发表、为了成名而写诗，他不是，他不想写诗以外的事。外面的世界很喧闹，那个叫做诗坛的圈子也是光怪陆离啥事都有。而金倜对这些不感兴趣，他不在意、不追求那种诗作发表后的热评。他就像一个农人，只专注于田垄里的耕作，他把自己辛辛苦苦种出来的诗歌的麦子和水稻，放在自家门前的谷坪上晾晒——他选择发表的园地就是他躬耕其间的《楚水》。他看重这块有许多朋友在这里出没，在这里绽放他们灵魂芳香的宝地。

约莫十五万字收入一百零五首（组）诗作的《慢慢弯曲》，谦恭的金倜只是对自己的作品做了初选，最后的选定稿，包括诗集命名的工作则全权委托给了庞余亮。这固然表现出他对挚友的高度信任和倚重，但也看出其自我要求的严谨与苛刻，有一种逼视自身的批判与修行在里面。获其赠书后，我用了近一个月的时间细细研读了这部八年磨一剑（前后两部诗集的出版，中间隔了八年）的力作，努力地从每一首诗里去体悟诗人丰富、开阔而又精致、唯美的精神世界。我后来的读评抓住他后记里提及的“秋天”和“黑夜”这两个关键词，做了一些可能并不着边际的诗艺探寻。

与金倜相交快三十年了，读他的诗，感受他的为人，深觉其心地的澄澈，和亲人间才有的那份厚重与温暖。从他笔下流出的那些美丽而不无忧伤的诗行里，你会觉着一个不染世俗风尘的翩翩君子向你走来，他的举手投足，浅唱低吟，无不透出一种古代雅士的彬彬有礼和倜傥风流。

二〇一六年六月三十日凌晨

散记诗人刘希涛

今年春上，诗人刘希涛在上海过了他的七十岁生日。生日前夕，国内的一批诗人和画家朋友纷纷给他赠诗作画，表达对他生日的祝福。季振邦的贺词是：“古稀不算老，诗情仍如涛”；北京诗家樊发稼在给他的和诗中如此赞道：“休言韶光不我待，涛声依旧向天嘶”。

称希涛为诗人，再贴切不过，他可谓写了一辈子的诗。其对缪斯女神的挚爱、迷恋和执着，非一般人可比。通常意义上，每个人在年轻时代或多或少会有那么一段情爱澎湃，非得用诗来一吐为快的心路历程。而随着年龄的增长，诗情会渐渐淡去，即便要表达情感，可能会选择其他的表现形式了。而希涛不，他从十三岁读中学时给《解放日报》副刊投寄诗稿，一直写到他七十华诞，几乎就没有间断过。看看他在今年四月率团去台湾时写下的诗行吧——“这是迎接故人的雨吗 / 从桃园机场到台北 / 一刻不停地下着 / 可是游子回家的心跳？”“如果台北无雨 / 我们就会怀疑 / 苍天真的老了 / 所以雨活着 / 飘在游人的 / 兴奋与欢叫中……”（《台北遇雨》）这样的诗句足以证明他激情犹在，诗心不老。

与诗相伴，几近一生，诗行里留下他青春的步履，更雕刻出他平凡却不乏光芒的生命之年轮。他十七岁去福建边防当炮兵（因不到当兵年龄，竟咬破手指写下血书），四年里，几百首“枪杆诗”在军内外报刊上四处开花，为他赢得了“枪杆诗人”的美誉。转业后，他被分到沪上一家电影院负责宣传工作。拿着好好的干部编制的工资，他却觉得生活源泉的枯竭，时常为写不出诗来而心生烦恼。一个偶然的场合他见到了上钢二厂的领导，竟萌生了“跳槽”之意，几次三番地向其提出要当一名钢铁工人。所有的待遇他都可以不要，他被那沸腾的钢水和火热的钢厂生活深深吸引，他要为这批了不起的劳动者当一名歌手，讴歌他们的体魄和魂灵。那位领导最终被他感化，而他则心甘情愿地在钢厂待了整整十年。其间他的确写下了不少激荡人心的跳跃着时代音响的诗作。 因此，人们对二十世纪七八十年代上海诗坛的记忆里，刘希涛是一位身份尤为鲜明的“钢铁诗人”。

到了一九八五年他从钢厂出来参加筹办《中国城市导报》的时候，希涛已经四十一岁了。一边办报还一边到复旦大学去读新闻专业，可以想象他比常人的付出多出了多少。也可能是诗给了他酒一般的兴奋与激情，那些年里，他的足迹踏遍祖国大地，为新创办的报纸采写了大量的报道和人物报告文学。但无论怎样繁忙，那把自小便弹起的诗的七弦琴，他始终摆放在心中重要的位置。奔驰颠簸的列车上，或出差途中宾馆的台灯下，都能看到他笔走龙蛇、飞泻而出的美丽诗行。他陆续出版的《生活的笑容》《神州风景线》《爱情恰恰》《涛声回旋》《开花的季节》《康定老街》等多部诗歌集，勾勒出他生命中一次次情感的潮汐和心灵的悸动。六十岁退休后，他受聘组建上海“新东宫文艺创作中心”，创办《上海诗人》，主编《上海诗报》，为播撒诗的种子，培养和提携诗歌新人而忙得不亦乐乎；六十五岁那样，他又创立了以自己名字命名的工作室，为文汇出版社主编“出海口”诗文库，短短四年里，已推出了十套共一百本颇受各界关注的作品集。他对诗歌及其文学事业的热爱可谓做到了极致。这样的诗人在当今诗坛当属凤毛麟角了。

我之所以欣赏并推崇希涛，还不只是因为他诗的丰沛，更多的是为他诗以外的那份多情。对故乡、对朋友，他的身上常常可以看到那份可贵的真诚。我初识希涛于一九八六年，彼时我还在江都工作，他以《中国城市导报》记者的身份来江都采访。当时的县委书记委派我全程陪同，和他走了不少的乡镇与单位，看现场，听汇报，后来弄了一篇挺有气势的全景式报道。对江都，希涛有着一种特别的亲切感，因为那里是他的出生之地。十二岁以前他一直跟着祖母，在这方水土上生活。也就在那次共同采访的路上，希涛对我说起，他生在长江边的嘶马镇（江都辖地），出生之时正值桃花汛期，江上涛声大作，故而祖父为他取名“希涛”。真不愧是诗人，名字的来历也让他说得充满了诗意。后来的若干年里，听说希涛曾多次受邀返乡，为家乡的建设成就、美好风光写诗作文。希涛重情，他有一个同乡且同宗兄弟，当时在我身边工作，记得他几次信中一再嘱托我多加关照。我调往南京工作后，希涛利用出差机会也曾专门来看我，有一次还拎了盒沪产大蛋糕，二十世纪八十年代末期，这算得上一件稀罕物了。一路上七八个小时的火车，摇摇晃晃的，难为他就这么用手捧着，怕被挤坏了。这份沉甸甸的友情我此生难忘。

据我所知，希涛还关心和帮助过不少为事业而打拼的年轻人。苏北的建湖有一家夏氏四兄弟，做灯具起家，最后把生意做到了深圳、香港。在这个过程中，希涛为他们几次出马，相帮解决了一系列棘手的难题；并一直追踪几兄弟的成长与发展，为他们写出了一部红极一时的长篇报告文学《从徒工到富豪》（由江苏文艺出版社出版）。他因此也与这四兄弟成为忘年之交。今年初，兄弟中的老四不幸英年早逝，希涛闻信后不顾当时自己正在生病，驱车数百里赴建湖吊唁，并连夜为其撰写悼词，此举令夏氏族人为之垂泪。

还有一幅我亲见的画面——那是在去年，他为家乡的几位作家主编出版了一套丛书，为此，江都区政府特地搞了一个隆重的首发式，我和希涛都应邀参加了。主办者安排希涛讲了话，他站在麦克风前，说起对故乡的那片感情，几次哽咽得说不出话来。我发现，那一刻台上台下有很多人在偷偷地抹泪。

诗乃情感之物，而写诗之人却未必个个多情。希涛兄，我想对你说，故乡和朋友会记着你的点点滴滴。

二〇一三年八月二十八日

“魁龙珠”与徐颖宏

“魁龙珠”是一种茶。这茶别处没有，只有富春有。富春是扬州的一张老名片，由清光绪十一年（一八八五）设立的富春花局，到今天的饮服集团，整整一百三十年的历史。名闻遐迩的“魁龙珠”茶，便诞生于这家充满诗意和扬州风情的茶社里，至少让四五代人享过口福了。它实际上是一种特殊配方的复合茶。茶名里的三个字分别代表：安徽的魁针、浙江的龙井和富春花局自产的珠兰。这三者的合窨而制，使得它既有龙井之清、魁针之厚，又有珠兰之香。较之其他茶种，其最大的特点是，口味浓郁，经泡耐喝。一大早上富春吃早茶，什么肴肉、蒸饺千层糕的，味道都好，各样都想尝一点。没事，只要喝着富春独创的“魁龙珠”，就不会有油腻之感，你尽管放开肚子吃吧。

由“魁龙珠”我很自然地想到一个人。谁？富春集团老总徐颖宏，人称大徐。他的人生经历很有点“魁龙珠”所体现的综合糅杂的味道。他才四十七岁，正当年富力强。和他接触过几次，觉得这是个很有故事的人。光他干过的行当，听来便觉得不凡。他出道早，十九岁高中一毕业，便去了扬州一家挺有名气的“红园”（是当时全国最大的花木盆景出口基地），学技术、搞生产、跑供销，还担任团支书。二十二岁被选拔到上级主管单位——饮服公司当团委书记，风风火火地干了两年多，其间，还受到时任团中央书记的李克强的接见。这以后大约用了九年的时间走了两家老字号：中国照相馆和亨得利钟表店。从经营感光照相器材到主抓钟表销售维修和各类眼镜、黄金首饰的配售及专卖……这些繁杂而又全面的实战经验，锻打出他作为一名企业领导的练达与成熟（这期间他还不断“充电”，完成了大专和本科的学习）。三十三岁那年，恰逢富春老店改制，他出任党支部书记；三年过后，他领命开赴扬州西区筹建来鹤台富春酒楼，担任总经理。两年后，被提拔为集团公司副总，二〇一一年则有了现在这顶头衔。

我无意于罗列大徐颇具传奇色彩的人生履历。我只是作为一名旁观者，从他目前所担当的这个角色中，看到了饱经风雨的经历（甚或完全风马牛不相及的职业之操练）对一个人成长和成才的重要。他的工作头绪甚多，近几年还分身有术，扬州、南京两头跑（二〇一二年九月十九日他们在南京的月牙湖畔也原汁原味地开设了一家富春大酒楼，总经理一职仍由他担任）。一支管理及厨师队伍是从扬州带来的，涉及在异地的衣食住行，每个细节可能都通到他这儿。这支队伍稳定了，淮扬特色能正常发挥，也就不担心食客不来。他还要忙于两地的生产经营、企划、服务、人事管理等。富春又不同于一般的饭店，慕名而来的各路要人与名家一年里会有若干，有些是有关方面打了招呼的，有些是不声不响自个儿寻来的，他要做的不只是让这些客人吃好喝好。自打踏入富春大门的那天起，他就自觉做起了一个文化推广的有心人——不仅以美味佳肴、一片热忱待客，还力争与这些客人交上朋友，同他们进行较为深入的交流与互动。这不单单是一种为商之道，更深的意义还在于，通过这样日复一日的坚持，建立并弘扬了属于名店老店所特有的企业魅力——各界知名人士与富春结缘，口口相传，其辐射效应是难以估量的。徐颖宏自小家学深厚，十六岁开始发表作品。有了富春这扇窗口，他更是如鱼得水，挚诚结交八方贤士，且每有所得便忙里偷闲挥洒成文，经年累积，一本记叙与诸多名士交往的文化札记《名人富春》已经问世。而这些努力又反作用于一个著名品牌的更好的推广。

“魁龙珠”萃取三省名茶之要而大放异彩，有着多年跨行摔打之积淀的名企负责人，无疑会让这块沉甸甸的金字招牌传承得更为久远和开阔。

二〇一五年五月二十六日晚

吾友廷华

吾友廷华，姓徐，一九四六年生人。精神矍铄，筋骨少壮，和一帮年少者一道外出采风，吃饭，玩，没人猜出他的实际年龄。可廷华却非养尊处优之人，劳碌，是他此生贯穿始终的主旋律。

他生于浙江宁波乡下，六岁时随母迁居南京，寻在此处做工的父亲。兄妹三人中他是老大。可惜书只读到了初中毕业，十五岁那年，家中的顶梁柱——父亲没了，他这副小肩膀也只能顶上来了。含泪辍了学，顶替父职进厂做了徒工。

廷华人聪明，学东西快，干活又不惜力，颇得师傅们欢心，都肯把技术传授与他。从一线工人做起，而后仓库保管员、计划员、宣传干事，好些个岗位全都干过。

他虽没能再上学，但却酷爱读书。厂子里每月发的工资如数给了母亲，用来养家；另有些夜餐费啥的，他一点点攒着，全丢给了新华书店。不光买书、读书，后来还迷上了写作。从“豆腐块”开始，三五百字、七八百字，给报纸杂志投稿。投不中，不气馁，他坚信书上看来的话：心诚，石头也会开花。一九七八年某一天的《新华日报》副刊上，他投去的文艺随笔《读民歌有感》，经编辑老师润色后发表了，这是他的处女作。那一年他三十二岁了。

这以后写作的热情愈发高了，发表的各类文章也慢慢多起来。二十世纪八十年代初，他参与编写了几本全省性的作品集，出版社的编辑见他做事利索，人憨厚，悟性也好，便积极向领导推荐，建议把他从工厂调出来。社领导找他谈了话，也印象不错，还真就派人去了厂里商调。碰上当时的厂长特别爱才，说这样的人才我们企业也需要，赶明儿一定把他用起来，让他发光发热。

廷华人老实，当然就听了组织的话，安下心来好好干了。他所在的是一家国企老字号，规模不算小，员工曾多达四五千人。厂长说话也算数，没多久让他干了企业报的主编。正儿八经铅印的，每期要印几千份。大凡思想教育、生产任务、计划生育、深化改革的方方面面、职工们的业余生活等，都是他这个主编要关注、要报道的范畴。每一期发点什么重头稿，编辑部先开会讨论，拿出方案后向厂长汇报。就这样寒来暑往，厂长换了好几任，他却没再挪过窝，一口气干了二十年，直至退休。办了手续后，领导硬是不舍得，又返聘他干足七个年头。

从十五岁进厂干学徒，到六十七岁彻底退下来，一个人的一辈子几乎全都给了这家企业，但几经改制的企业，又能拿什么来犒劳这副已然透支过度、为共和国大工业倾其一生的忠诚之躯？！顶多也就是解决了一个起码的温饱，物质上更多的积累根本无从谈起。不久前，我去看望了这位老人，老两口居住在一处四十多平方米的旧公寓里。可让我为之惊叹的，是他所表现出的一副十分知足的精神状态。他快乐而充实，每天都有忙不完的事。小他几岁的妻子正用手机微信和工友们聊养花的事，说几个老姐妹常凑在一块打打牌，一年里会有一两次约聚出游，当然在路线和价格上，会反复做些比较。爱静的廷华则大都一个人猫在不大的书房里，每天用电脑敲上一两千字。快有五十年了，写作一直也没丢，这是他最大的乐趣，也是精神最好的寄托。早些年他就正式出版过好几本散文集，这几年则每年都有上百篇的文章，在大大小小的报刊发表。他一生都在企业效力，没有任何发稿关系，硬碰硬靠文章质量和锲而不舍的投稿态度。远在北京的《光明日报》副刊编辑，从他来稿中读出其文章的独开一路，特邀他开了一整年的个人专栏，请其用散文笔法写了二十四个节气；他发在该报的谈毛泽东诗词里的春、夏、秋、冬四篇文艺随笔，赢得了包括一些大家在内的广泛关注与赞赏。廷华的笔触涉猎甚广，有对民国时代一大批学者、文人情感生活的专题性探讨，有运用史料评述一些当代思想领域的热点问题，还有对日新月异变革中的城市生活诸多侧面的扫描和褒赞……一个人的心不肯衰老，那他不断涌动的创造力就无法阻挡。他目前已积累了三部书稿，在等待着有可能出版的那一天。

我还知道，廷华待人尤为厚道实诚，重情重义。他曾不计回报地为多位朋友写过专访与书评，也帮好多单位和个人义务地编过书稿、写过材料。二十世纪七十年代活跃于诗坛的一批南京工人诗人，他最近有一篇长文写他们的过往与今日，文字充满深情，其实他也曾是这支队伍中活跃的一员。四十年前帮他发表了第一篇作品的《新华日报》资深编辑赵力田先生，他一直念念不忘提携之恩，两人之间的联系保持了四十多年。赵老的几个子女先后出国定居，年迈的赵老和老伴只好住进了省老年公寓，廷华几乎每星期都会从家中倒两部车去看望二老，帮他们及时解决生活中遇到的一些问题。前年夏天赵老辞世，他第一时间赶去，亲人般地协助料理后事，陪同师母度过最悲伤的时刻。赵老生命的最后两年里，廷华自告奋勇，为其一篇篇录入总计二十三万字的散乱文稿，并帮助整理后联系了出版社，终使这位九十四岁的老人在临终前，见到了自己留给这世界的唯一一部著作。

文章开头说到廷华的少壮，我想这大约得益于他内心的平和与宁静，于钱财等身外之物无甚欲求，每日里所思所想，皆投付于他珍爱的文字之中，而文字回馈于他的则是一份安然与欢欣。

二〇一八年八月一日夜于盱眙天泉湖畔

与郁钧剑的一面之缘

在由倪萍主持的一档公益性寻亲节目《等着我》里，时见歌唱家郁钧剑的身影。他作为这个节目的特邀嘉宾，常常会现场即兴发表一些感慨，其神情一如他在舞台上的歌唱，诚挚且充满感染力。

很自然地想起了同他的一面之缘。那是一九九三年五月的一天，我为筹备其时江苏文艺出版社即将出版的《东方明星》杂志创刊号赴京组稿，在《北京青年报》记者张维国的引荐下，去了郁钧剑彼时在北京的寓所，拜访了时年三十七岁却已在歌坛很火的他。郁的祖籍乃江苏海门，知我们来自江苏，他显得十分高兴，领我们看了他的书房和正在泼墨的书法作品；并兴致勃勃地向我们介绍其住所“三乐居”雅号的由来，说其一向信奉“读好书、交好友、喝好酒”，将此视为人生三乐，故而得之。说话间从一旁拿出一本他刚刚出版的诗集《哪里飞来一粒籽》，很认真地题签后赠送于我。我随手翻开诗集的目录，还真有一首就叫《喝酒》，那诗里的确也见出几分酒后才有的真性情。他写道：“打发自己的时候喝酒 / 勃发起一种叛逆的快感 / 在属于你的领地里横行 // 半醉的思想很美 / 奔放出与生俱来的真 / 照亮了短暂的为所欲为 // 半醉的姿态也美 / 忘乎所以地舞蹈出赤裸 / 返璞归真才天然趣成 // 最美的是喝酒不看时辰 / 谈笑间度日如秒。”以对醉酒之态的描摹和领会，让世人得以窥见活跃于舞台上的青年歌唱家生活中的另一面。同年七月正式出刊的《东方明星》创刊号上，我从他的这本诗集里挑了《喝酒》和另两首一并推出。那两首中的《雨夜随笔》我甚至认为是其整本诗集里写得最见情致的。诗不长，一道来看看：“春天一到雨季就来了 / 雨季一来滋味就浓了 / 撑一把伞走过孤灯的小巷 / 数自己的脚步也成一曲歌谣 // 雨夜里故人来特别开心 / 迎他进屋就迎来一团滚烫的友情 / 凑着炭火再喝杯家乡的烧酒 / 杯中物如烟云杯外事也如烟云 // 雨季一到春天就来了 / 春天一来联想就稠了 / 再稠的联想也穿不透今夜这风雨 / 居家过日子关上门窗只需要宁静。”

与郁钧剑只是匆匆一晤，之后也没有机会同他交流读诗的感受。总觉着一位四处奔走、终日被聚光灯和鲜花簇拥的歌手，能在春天的雨夜让自己沉潜下来，想一想故乡，并以自己颇具心智的方式予以表现，是一件很不容易做到的事儿。我为此对他生了几分刮目相看。

说的已是二十多年前的事了，也不知郁君后来是不是还在写诗?

二〇一六年五月六日于安徽绩溪宾馆

忆起一本旧著

近得新结识的知名媒体人南京老克寄赠的一本新书《南唐的天空》，系用大散文的笔法探访千年江南文化，寻觅此间文人一脉，作品切近今人之思，颇具耐读之境。再看书的装帧设计，作者请了业内大家速泰熙先生，封面做得古朴淡雅，空灵高远，传达出与文本极其吻合的水墨意趣。得此书而心生百般欢喜。

由眼前的这部友人赠书，忽地忆起二十多年前速泰熙先生为我设计的一部书来，那是一九九三年由南京大学出版社出版的我的文艺论集《步入散文和诗的天国》。这部二十一万字的论集收入了我在二十世纪八十年代所写的关于散文、诗歌、散文诗等门类的评论共六十余篇，涉及现当代一些较有影响的作家和诗人，如郭沫若、闻一多、何其芳、陆蠡、唐弢、流沙河、高洪波、耿林莽等。书中有对某位作家作品的综论，也有对某一部新著的评介或某一篇名作的赏析。记得放在此书首篇的是我一九八二年年初大学毕业时的毕业论文，题为《试论冯雪峰早期的诗作》，对这位新文学运动的主将早年所进行的新诗探索做了较为全面的剖析，文章有一万多字，先在《四川南充师院学报》上发表，后由《中国人民大学报刊复印资料》给予转载，受到了当时文学评论界的一些关注。

我是在一九九二年七月由《风流一代》杂志社调至江苏文艺出版社的，因此与速泰熙先生有幸成为同事。他听说我要出这本书时，很爽快地答应了我设计封面的约请。一段时间后，他拿来了设计样稿，书名巧置于封面的下部，背景是隐约可见的水墨泼染；书的上部是想象中文学天国的场景：星星点点如宝石般闪烁七色之光。注重留白似乎是速先生一以贯之的美学主张，在我这本书的设计上也得到了见证。速先生如今已年过七旬，而在装帧设计上依旧宝刀不老，时有惊人之举。对他当年给予我的这份友情纪念，我始终心存感激。

关于这本书还有一位让我铭记在心的人，是今已九十一岁高龄的文学前辈丁芒先生。早些年他一直关心我的创作，曾为我撰写过多篇作品评论，得知这部书的出版，他非常高兴地为我写了序，给我以诚挚的勉励和鞭策。

二〇一六年七月十五日晨

感受散文之乡

一

不日前，去上海嘉定看望了四十年前为我出版平生第一本书的责任编辑赵元真老师。返程在吴江境内停留了两日。先是按照事先约定，与在莘塔某大型电梯集团工作的张建林先生见了一面。今年四月初，很偶然地从一个公众号上，读到他写父亲和树的文章，感动之余，特意在平台留言，对他干净儒雅的文字表达了赞赏之意。之后不久互加了微信，文稿互传，有较多切磋。建林对此次的谋面十分重视，特地把见面地点安排在芦墟古镇，为的是方便请他敬重的文史专家张舫澜先生一道陪我。张先生已近八旬高龄，鹤发童颜，一派仙风道骨。午餐时，黄酒连饮几盅，一直谈笑风生，思维敏捷。餐后还兴致勃勃地陪我远眺分湖，话说当年吴越战事；又访古镇老街，一路走走停停，给我细掰一处处老宅的前世今生。张建林君才五十岁出头，性格温和低调，言语不多。他生于莘塔一户渔民人家，年轻时当过兵，转业后干过多种营生。在这家企业担任策划宣传已有十好几年。之前读建林的散文，似觉有孙犁先生文字的况味。闲聊时得到证实，现当代作家中，知堂（周作人）和孙犁的作品深得其爱，多有研读，而终见泽润之迹。此外对文史（尤其是地方文化史）和古典诗词也痴迷得非同一般，写过多篇研究、阐发芦墟山歌起源及其精髓的美文；新近手头正在弄一部《莘塔渔业村漫录》，已成稿万余字。这是他得天独厚的题材领域，别人来弄可能比不了他。他挑了一篇打印给我，粗粗一读，果然笔法细腻且老到，远逝的江南风情古镇人物，活色生香，立于眼前。

介绍说，芦墟、莘塔、黎里，几年前区划调整时已三镇合一，总名统称黎里。当下正举三镇之力打造这方旅游重镇，欲与同里、周庄试比高。建林与几位朋友颇具商业头脑，在黎里九南街上租下一幢天主教堂的楼房，打算搞一个以读书、品茶、恳谈为特色的民宿，取名“九南居”。且已雷厉风行地先行开发了“九南居”微信公众号，拟将散落于此间的文字高手集结起来，为厚重美丽的故乡书写歌赞，并开掘深藏于此的历史与人文底蕴。

那日中午建林邀来共餐的一位女子，是他做公众号的助手，听说写得一手曼妙诗词，笔名唤作絮飞儿。说她是贵州苗族人，已在这里建了小家。见她写黎川美食的文字，如数家珍一般，俨然半个“吴江通”了。

饶有意趣的是，逛芦墟老街，遇一修鞋匠，姓蒋，说是和阿庆当年一道练的哥们儿，闲暇也写点散文、小小说什么的。午后的阳光映着他红红的脸膛，一边涂着一双鞋跟上的胶水，一边朝我笑笑说，阿庆志向高，去了吴江城里；我哪儿也没去，喜欢这里不慌不忙的慢生活。我听了，对一旁的建林说，文章真是无处不在啊！

二

当晚，由芦墟驱车赶赴吴江，与阿庆和他邀约的一批文友会面。喝酒以外，谈得最多的似乎还是关于写作的话题。席间，阿庆送了每位朋友一本刚刚出刊的《人民文学》（二〇一八年五月号），这一期刊物上有一组总题为“盛泽行”的专文展示，集中发表了乔叶、孟繁华、叶弥、戴来等八位作家写盛泽的散文新作。阿庆的名字也赫然在列。文章能登上《人民文学》这样重量级的大刊，对阿庆，甚至对挂有“中国散文之乡”牌匾的吴江来说，都是件意义非同寻常、值得庆贺的事。

我认真阅读了阿庆这篇题为《抚摸盛泽》的新作，并将它与作者在十七年前写下的另一篇也是歌咏盛泽的散文（发表于《苏州日报》，曾获二〇〇一年度江苏省报纸副刊好作品二等奖），两相做了比较，发现作者对描写对象所倾注的情感依旧还是那么炽热。他调动了诗人才有的奇特想象力，和对地方史以及最新背景资料在充分占有基础上的恰到好处的运用，向读者提供了一个全新视角下全屏展开的以丝绸经济为主导特征的江南重镇——盛泽的外在形象和内在气质，令人读后久久玩味，留下深刻的印象。

不只是散文写作上一直以来的身体力行，独树一帜，阿庆作为自一九九五年《吴江日报》复刊后一直坚守在副刊阵地上的一名主将，对于促进和推动这一区域文学（尤其是散文）的发展与繁荣，毫无疑问是功不可没的。二十多年潮起潮落，即便在相当长的时间里，阿庆虽然能者多劳地担任了为报社创下可观效益的广告部主任，但他不为名利之花所惑，始终没有放弃自己最初对副刊的选择，真正做到了初心不改、激情永在。他的这份坚持与用心，不仅为地方党报办出了高质量的副刊（每年全省报纸副刊的评比，《吴江日报》总是名列前茅），更重要的意义在于，一支优秀的本土作者的队伍得到了强化和提高。阿庆悉心打造的这方文学天地，吸引了多种风格的写作者在此竞技演练，一展身手。据悉，有不少本土作者就是从“垂虹”副刊开始起步，在这里经阿庆帮助发表了处女作，而自此与文字结缘，有的后来甚至成了很出名的作家。

那天晚上，阿庆邀来和我一聚的友人，有俞前、陈志强、丁福勤、李阿华、沈文荣、胡兵想、任星火、王根成、蒋亚芬等。这些人中有的是打过多次交道的老朋友，有的是第一次谋面，但他们的共同点是，都有着或长或短的文学创作的经历，都写出过一定范围内较有影响的作品。比如沈文荣先生二十世纪八十年代初就在《新华日报》的一次征文大赛中获过奖；陈志强先生所出关于吴江地方文化的著述多到可以办一个小型图书馆了；李阿华写对芦墟山歌体悟的散文上了《人民日报》“大地”副刊；胡兵想发在《苏州杂志》上的几篇散文，抚古思今，情丝飘逸，表现出了不凡的艺术功力……

年轻的“八〇后”女作家蒋亚芬（我们已是第二次见面了）是吴江桃源镇人，现在松陵镇一所重点小学做六年级毕业班的语文老师。她颇动感情地对我说，我早年的第一篇散文就是阿庆老师帮我在《吴江日报》上发表出来的，我从此成了阿庆老师的粉丝和追随者——其实这便是文学的力量所在。著名作家叶兆言不久前出了一本谈文学的书，书名叫《无用的美好》，很让人咂味。从世俗实用的角度看文学，文学似乎真的是百无一用，但文学对于人在精神层面上的影响与作用，可能还不仅仅只是带来一种赏心悦目式的美好，或许有时还会有更多丰富的内容。读一首诗、一篇散文、一部小说，甚或改变一个人的命运和人生走向，这样的例子好像并不鲜见。

三

此前与这位小蒋老师刚刚有过一面之晤。那是在南京。她作为吴江桃源镇文学社的骨干成员，在社长陈培荣先生的带领下，来南京采风。培荣因早些年和陈志强一道主编《桃源》一书，并为出版之事与我有过联络，不久前他又把印制得十分考究的《桃源》杂志（系桃源镇文体站和文学社共同主办的社刊，已出版了总第四十九期。一年出四期的话，已坚持了十几个年头，殊为不易）寄与我学习，还热情向我约稿。此番他率队来宁，下榻于江宁某酒店，发来微信邀我一叙，遂有了和桃源文学社一帮朋友的短暂交流。据培荣社长介绍，三镇（桃源、铜锣、青云）合一后的桃源镇，集中发力的经济重拳打出了更大一片天地，对区域精神文明的建设也更具规划、更能有些大动作了。而对文学艺术这一块的重视，是几届党委政府一直延续下来的好传统。桃源文学社成立于二〇〇五年，骨干成员有三十多人，分布于全镇多个岗位。有公安干警、学校老师、医院的医生、酒业公司的老总，等等，为了一个共同的爱好而走到一起。文学社搭建起的这个平台，加强了同好之间的切磋与互动，促成了一批优秀作品的问世。《桃源》杂志的主编由桃源中心小学校长严卫强兼任，这个生于一九八三年的青年才俊，肩头有一副不轻的担子，但他笔下照样流淌出山泉般清澈的文字。过后我在名为“吴江教育”的公众号上，读到严卫强的一篇《长大后我就成了你》，写他对一位小学班主任的记忆与想念，文章率真质朴，情感丰沛，无半点夸饰之气。据闻他已在各类报刊发表了数百篇散文，用自己的写作实践带动并影响着身边那些热爱写作的孩子们，其示范的意义已远不是一个普通作家的概念。

对一个事物的观照，需要有若干点的真实点睛和互为点通。笼统地给出一个大而无当的评价，通常不太容易让人信服。我从桃源文学社一批活力四射的中青年作者的身上，分明感到了植根于“散文之乡”的一株株青葱之树所包蕴的无穷潜力。

四

在阿庆邀聚的那日晚宴上，见到了多年不见的老友俞前。二十世纪九十年代中期，他还在做人事局副局长时，我们就相识了。吴江的多位朋友都是通过吕锦华介绍认识的，俞前也是。记得二〇〇一年锦华牵头组织了一套吴江作家的散文集，总名冠以“笠泽文丛”，俞前的一本《思鲈石》好像也在其中。这套书当时选的是沈阳出版社，相关编辑工作锦华请我帮助操持，所以对包括俞前在内的这批作家的作品，我大都存有印象。

和俞前并不太多的接触中，觉着他是个厚道且厚重的人。因了小时候跟随父亲在平望待过，他就一定要写一部关于平望的书来感恩这片土地。他在吕锦华过世后写下的一篇悼文，充满了无比真切的哀恸之情。他写了好多事例，认为锦华是他走上文学之路的最重要的引路人。他在文章里说道，二〇〇九年《人民文学》杂志社和吴江同里联合举办“人文同里”的征文活动，在受到锦华一番话语的启发后他写出的《章家浜的故事》获得了此次征文的二等奖，字里行间吐露出内心满满的感激。他还讲到自二〇〇五年担任吴江文联主席后，他所策划和组织的一系列活动，都得到了吕锦华的切实指导和无私帮助——二〇〇六年组织范小青、吕锦华、赵践、徐卓人等“女作家回娘家”活动；二〇〇九年举办“全国散文名家看太阳湖”笔会；二〇一一年全面推开“中国散文之乡”的创建；二〇一二年编辑出版《吴江当代散文作品选》（一九八四—二〇一二）……正是在俞前对锦华一片真情的追思里，我们看到了一个谦逊、诚实而又勤勉的文学艺术组织者忙碌的身影。俞前干了七年的文联主席，“中国散文之乡”称号的获得，“中国散文学会创作基地”的建立，这两件大事无疑是他任期内留下的最辉煌的一笔。

有评论指出，民国时代，陈去病、柳亚子等创建的南社，把吴江的散文创作定格在了一个划时代的水平。而至当代，吴江亦已产生了一批在全国范围内被认可的散文家，如冯英子、范小青（当然范的主要成就还在小说）、荆歌、吕锦华、赵践、徐卓人等。但作为散文之乡，除了有一批叫得响的领军人物，更重要的恐怕还得有一支体现点面结合特点的基础性部队。而俞前和他称之为老师的吕锦华，正是这样一位前赴后继悉心培植一茬茬散文新人的奉献者和有心人。就在我写作此文的过程中，文友李阿华给我寄来了二〇一四年九月由吴江文联和作协编选的纪念吕锦华诗文集《总想为你唱支歌》，该集中四十多篇文章的作者都不同程度地受到过吕锦华作品和人品的影响，他们含泪的文字，不约而同地诉说着一个曾经相遇的美好。吕锦华近四十年的创作生涯里，矢志不渝地耕耘在散文园地之中，散文是她此生唯一的选择，她结集出版的散文集有二十种之多。她是吴江的女儿，更是散文之乡引以为豪的代表性人物。

对于吴江，我其实仍然知之甚少。所谓感受散文之乡，也只是浮光掠影地走过一些场景，捕捉到几朵浪花，个中美妙与蒸腾的气息，不知我这点笨拙的文字是否传递了一二？

二〇一八年六月八日夜于南京

辑二

读金实秋著《汪曾祺酒事广记》

今年八月中旬的一天，天气已稍稍凉了，金实秋先生兴致勃勃地约了一批老友小酌——以喝酒的方式庆贺他这部全面展示汪曾祺饮酒风采的专著出版问世。

我知道金先生自己并不擅酒，但他对一生爱酒的汪老却充满非同一般的感情。汪老过世二十年，金先生从方方面面探寻研究汪老精神世界的专著已有了五六部之多。这部十八万字的《汪曾祺酒事广记》，写了汪老一生与酒的因缘瓜葛，可谓故事多多，趣味盎然。难得金先生这份可贵的专注和用心，把与汪老有过接触并留下关于汪老酒事的文字，点点滴滴，一概搜罗在册。他所引述的资料来自各地报纸杂志、相关书籍，甚至一些作家的个人博客；但凡涉及汪老与酒的趣闻逸事，无论在何处发现，从哪里听到，他都宝贝似的一一记录下来。前后花了好几年工夫，终成这部忠于史实且形神毕肖的酒仙活动志。书中的许多材料，无疑有着他人所不敌的独家性和可靠性。其得天独厚处在于：汪老生前与著者就有较密切的交往；汪老的几个子女也都一直与其保持有联系；再就是同为乡党的关系，乡亲中当年与汪老举杯欢宴，或老人家乘兴泼墨的场景及种种细节，也都近水楼台地叫金先生用心寻来，成了他的第一手独家素材。

这部书以章回体的笔法构建框架并次第展开，全书设十四个章节，大致以时间为经线，以各个不同时期汪氏的酒事活动为纬线，饶具匠心地编织出了一幅神韵饱满的酒仙之立体绣像。通过此书我们获知，汪老之爱酒嗜酒，非一般人可比。酒是他生活或曰生命中无法或缺的心爱之物。白酒、红酒、黄酒、米酒、啤酒以及各种洋酒，他一概全能接受；最不济的情况下，做菜的料酒他也照喝不误。当然最感兴趣的还是白酒，不过度数低的却不得劲，要喝就喝高度的、烈性的，那才叫一个滋味儿。论其喝酒的历史，也绝对当得上“悠久”二字。金实秋有根有据地“挖”出了汪老平生第一次醉酒是在他十五岁初中毕业之时，这一发现，打破了先前不少读者所知晓的系在西南联大读书期间与同学共饮而烂醉于街头的“初醉”纪录，把他的饮酒史至少向前推了五年。

有关汪老饮酒的故事，金实秋借助多人文字记载或口述，罗列出的总在几百则上下。不妨拣几则印象深的说说。说他在昆明求学及后来教书那一段（十九岁至二十五岁），“有过一次失恋，睡在房里两天两夜不起床”，后来同学朱德熙来了，“卖了自己的一本物理书，换了钱，把曾祺请到一家小饭馆吃饭，还要了酒。曾祺喝了酒，浇了愁，没事了”。还说有一回他闹牙疼，腮帮子肿得老高，挨了些时日，最终决心拔掉它。彼时昆明有一个修女牙医，技术好，收费又低，于是便“攒借了点钱，去找这位修女”，结果到了那里，发现门紧闭，门上贴了纸条：因事外出，休诊半月。汪在后来的追忆文章中说，“我当时这个高兴呀！王子猷雪夜访戴，乘兴而去，兴尽而归，何必见戴！拿了这笔钱，到了小西门马家牛肉馆，要了一盘冷拼、四两酒，美美地吃了一顿”。什么牙痛、拔牙的事全被他抛脑后了。再就是讲在“文革”中，从外面“挨了斗回来”，也还照样喝酒，“喝足了酒，吃饱了饭”，而后“舒舒服服往床上一躺，做‘大’字状，感慨着：‘哎呀，又是一天。’有时眯着眼睛，晃着脑袋，在袒露的肚皮上拍打着锣鼓点，嘴巴里‘的格隆格咚’地过了门，有板有眼地唱道：我本是——卧龙岗，散淡的人……”

所谓喝酒见性情，上述几例，一个活色生香煞是可爱的性情中人已然立于纸上。丁帆教授在为金实秋这本书所写序言中，评述汪曾祺的饮酒，说他真的是那种“但得酒中趣，勿为醒者传”的趣味文人，“花间一壶酒，独酌无相亲”才是他饮酒的人生态度。我的理解是，称其酒仙倒不一定指其酒量，而是指他喝酒时所进入的那种无我之境。记得书中有太多这样的镜头：每每朋友来访，汪老总是特别高兴，会亲自下厨，弄出几样美味，而酒则一定要喝到相互尽兴方肯罢手。碰到“千杯少”的同好，他会一脸酡红地傻笑。最后的几年，查出他肝有毛病，医生下了禁酒令，夫人在家中严加看管，但汪老有时禁不住诱惑，背地里还不时偷着喝。最有意思的是，有一次陆建华（著名的汪曾祺研究专家）去京看望汪老，汪老做了菜，而后把酒杯斟满，说建华你自个儿喝，医生让我少喝酒，我不陪了。而当夫人转身去房间时，他把放在陆建华面前的那只杯子迅速端起，啜了一大口。这个小动作活现了汪老孩童般的顽皮与风趣。

老舍先生写有一首《村居》，其中一句“文章为命酒为魂”，将文章与酒的关系阐释得十分淋漓，与汪曾祺过从甚密的林斤澜、刘心武、张守仁等都认为，酒对汪老而言是灵感的催化剂，“每次喝酒之后，汪老逸兴迸飞，诗文溢彩，书画传神”，刘心武说，汪老的那些小说，都是写在酒后。说他“没喝酒时，像一片打蔫的秋叶，两眼昏花，跟大家坐在一起，心不在焉。你向他喊话，或是答非所问，或是置若罔闻，可只要喝完一场好酒，一腔精神就提了起来，思路清晰，反应敏捷，寥寥数语，即可满席生风，其知识之渊博之偏门之琐细，其话语之机智之放诞之怪趣，真正令人绝倒……”

酒，无疑给了汪老一种特别的快乐，而他又把那份快乐化成有形的文字、书法和绘画，传播给了这个世界更多的朋友。自一九八一年汪老的《受戒》《异秉》《大淖记事》等小说发表后，他声名鹊起，及至去世前的一九九七年，十六年里，汪老受邀讲学或参加多项文学活动，足迹遍布神州大地甚至海外。与其他作家不同的是，汪老每到一处总会留下许多墨宝。酒过三巡的汪老，往往神采飞扬，笔走龙蛇，不取分文地为友人（有时是接待方慕名而来的不甚熟悉的各色人等）写字作画，经常挥毫至夜半更深。金先生的这部书里可谓详尽展示了汪老在各地酒后泼墨的忙碌而又慈蔼的身影。汪老有一首《书画自娱》，其中“人间送小温”一句恰是这副身影最好的诠释。

汪老去世后的这二十年里，他生前留下的那些作品被编成各种版本，一印再印；凡与他或深或浅交往过的作家和其他各类朋友，都通过各种途径，表达了对这位可敬可爱的老人发自内心的赞赏与怀念。人们不只是想到了他许许多多的美文，还记起了与他一道开怀畅饮的种种趣事。金实秋先生的这部新著正是起到了这样一个悉心搜集并加以阐发的作用，为大家了解这位充满情趣同时又极具个性的作家，提供了一部鲜活的个人生活影像。对于更深层次地研讨汪老的作品和他所经历的时代，想来也不无裨益。

许是孤陋寡闻，在我印象中，对现当代作家的创作生涯及其美学思想进行研究的诸多文本中，把饮酒之于某一位作家作为专题予以考察，金实秋可能是一位开先河者。其独辟蹊径的意义相信会被更多的人所认识。

二〇一七年十月三十日夜

读施亮《吃的风度》

高温酷暑中，得施亮兄由京城快递来的新著《吃的风度》，心下一喜，遂躲进空调房数日，将此新著逐篇读完。像是跟随他殷勤而周到的导引，切实体验了一场时空跨度达几千年的中国美食文化的游历式穿越——忽而见到了孔圣人，听他有关“食不厌精，脍不厌细”等美食观的侃侃而谈；忽而又得以拜识留下《闲情偶寄》《随园食单》等传世之作的清代诗人李渔和袁枚，听两位先生一菜一食娓娓道来；忽而相携步入南宋临安城里的一座座酒楼，一睹其“向晚灯烛荧煌”的繁华胜景；忽而接踵又至民国北平城中天桥及什刹海一带的饭摊之中，体味彼时餐饮的闹猛和一个个店家的绝活……施亮兄集十数年对中国饮食文化之悉心关注与研究，博览群书，叩访百家，进而择其精要，提炼出这与民生息息相关的文化源流的来龙去脉及其演变过程，以散文之样式，多角度、多侧面展示并发掘中华美食文化博大精深，而又丰富多彩的美学意义及其精神内核。

全书十五万字，收文四十一篇，大致布局均匀地分作四块。第一部分侧重于美食史的推进与演绎。不只探讨了“民以食为天”的渊源流长，更以“古典小说中的酒”“食蟹之美”“蔬食第一”“野蔬食趣”等为切入口，分门别类地领你进入中国美食的庞大体系，让你在此间领略美妙，流连忘返。第二部分再现了老北京历史沧桑中的饮食旧影，讲述百年老店的起始、辉煌及个中之逸事趣闻；文中不乏一些知名历史人物的出场，透过食文化这扇窗口可一窥时政风云之兴衰。第三部分将审美视野扩大到涵盖华夏的诸多菜系，以较为准确的笔法对鲁菜、徽菜、川菜、湘菜、杭帮菜、淮扬菜等做了颇具专业水准的精当描述。甚或普通百姓日常所食面条、馄饨、小笼汤包，作者也饶有兴致地邀你一一进入，使你知其然，亦明了其所以然，因而平添一份美味之外的知识摄入。第四部分似更别具一格，是通常擅长表现美食的作家们较少涉及的内容。作者写到了鸡尾酒、黄酒与红酒的各自来历及其妙处，写到了咖啡与品茗的种种雅趣，还写到京城的传统糕点和旧时消夏的冰碗冰盘，甚至饼干、零食、包子、春卷、汤团，都有了其独具视角的体验性考察。作为一部探寻美食文化内蕴的散文集，作者可谓用心良苦，笔触涉猎到了尽可能开阔的方方面面。这部书的出品方湖南文艺出版社，在精心制作的书腰上打出了“首席饮食国学读本”的字样，可谓名副其实。

我的理解，称其为“国学读本”，当是指该著所具备的一定的学术价值，和作品所传递的科学知识的相对可靠。施亮兄是我熟识近三十年的老友，他做学问写文章一如其为人，实诚而厚道，不虚头滑脑花拳绣腿，肯下笨功夫花死力气。凡引经据典皆有出处，所发议论或提出观点也都以史实或亲身体验为基础。我以为，可能还有更重要的一条，那就是作为一名已有三百多万字的各类著作问世的优秀作家，施亮更懂得所谓国学读本，尤需注意切莫染上一股“掉书袋”的学究气。他明白，那样的文字或会让人读得枯燥无味而昏昏欲睡。写美食的文章似更应充满情趣，让所写之物摇曳生姿、活色生香。因此你可以发现，这本书里的每篇作品，大都有作者作为一个活生生的人在字里行间跃动。他的所见所闻，他的亲身经历，他与此景此物的因缘巧合……这就使得他笔下的这些美食有了鲜明的个性烙印，具备了与他人迥然有别的观照图像和审美发现。比如《鱼，我所嗜也》一篇，从《史记》中关于鱼的记载谈起，洋洋洒洒好几千字，但落脚点却在“我”和鱼的相知相交上。写的一些事例也都是属于个我的，让人读后容易记住。文中有一段写他少年时（二十世纪六十年代末）随父母去湖北咸宁向阳湖（文化部五七干校）下放劳动，生活条件异常艰苦，而“干校的纪律不允许向当地农民购买农产品”，后来，“连里领导睁一只眼闭一只眼默许了”他们自己开伙，有着一手好厨艺的母亲悄悄向农人买来黑鱼，给全家人做“黑鱼两吃”，熘鱼片的滑嫩和炖鱼汤的鲜美令作者此生难忘。还写到母亲最为推崇的江阴老家盛产的鲥鱼，在北京被视为罕物，一个偶然的机会在菜场发现了冰冻鲥鱼，母亲立即买下一批，把家中刚有的冰箱下层全部腾空，用来存放鲥鱼。那段时间“母亲除了大宴宾客”，还将这宝物“分赠江浙籍友人”。细节之丰满且具独家特点，令文章生辉，于学说之外增添了可读性。还有一篇写旧京著名鲁菜饭庄东兴楼，除了介绍其创办的由来，和如今仍然宝刀不老、盛况依旧，尤让人留下深刻印象的是，作者写到受作家刘恒夫妇之邀，来这处多年未至的老店小聚，品尝佳肴之余更多地体会到老友的情谊，由此生出一份感慨也显得非常自然，“我俩如今都已渐入老境，这样的聚会颇值得珍惜”。在对各类美食从容不迫的描述之中，恰到好处地糅进一些属于自己的故事，使得文章浑然生出一份折射历史的厚重之感。这是施亮这部新著不可忽略的重要特色。

接下来还想分享一下作者所论的“吃的风度”。选做书名的这篇文章安排在了本书的首篇，不只是因为该文前些年发表后被多家报刊与网站转载，文中精彩的片段被收入高考语文通关宝典；在我看来，施亮兄探讨美食的所有文字中，其实都流露出他对“吃”所持的种种人生态度。所谓“吃的风度”，这里面含有食者的基本素质及美德的养成，食者的姿态与身段，“吃”所透出的人之风骨与处世之道，甚至是文化之于美食的影响及推广意义等。

施亮自幼浸淫于一个正直而传统的知识分子家庭的良好教育之中，其父施咸荣先生早年就读于清华、北大，是我国享有盛名的翻译家、编辑家和英美文学研究专家。其母乃一江南闺秀，蕙质兰心，成婚后一直相夫教子，与夫君共肩风雨，同尝磨难。生活中，她是一位当之无愧的巧妇，烧得一手众人艳羡的好菜。这样的一种家庭“标配”，使得施亮在成长过程中，得以一次次领略诸多名家在他家中餐桌上品享母亲厨艺的情景。因母亲姓杜，父亲的友人称母亲所做菜肴为“杜家菜”。由此书的相关篇札中我们获知，在施家那张颇有些来头的红木圆桌上，曾经是怎样地欢声笑语、高朋满座——朱海观，杨仲德，钱锺书、杨绛夫妇，李文俊、张佩芬夫妇，董衡巽，董乐山，梅绍武、屠珍夫妇等一批名望甚高的翻译家、学者，他们的音容笑貌乃至道德文章，都成为了施亮记忆中的一道风景、一笔财富。在记述这些名家来家中做客的文字中，我们看到的是谦谦君子的彬彬有礼、谈吐的风趣和举止的洒脱，而绝无胡吃海喝或醉酒后的丑态百出。《先生的餐桌》一文中，作者较为详尽地描述了一九八五年的中秋节，钱锺书、杨绛夫妇（二位都是施亮父亲的老师）来家中做客的场景。节前一周，钱先生给父亲打来电话，“父亲喜盈盈地将此消息告诉了母亲，母亲足足花了一周时间买菜与选料。特意从一位高干家里借来了特供证，从特供商店买来了鸡鸭、活鱼等、等，烹制了一桌苏锡风味的丰盛菜肴”。席间“钱先生吃得颇为惬意，大快朵颐”，吃到最后，一边“打着饱嗝”，还忍不住伸出筷子去夹一块冰糖肘子肉，“杨绛先生在一旁用她的筷子轻轻一拨，警告说，锺书啊，不能再吃了，晚上又闹胃疼啦。钱先生嘿嘿憨笑一声，筷子略缩了一下，却仍然夹了一块瘦点的往嘴里去”。

一代学者在餐桌上毫不掩饰的憨态可掬跃然纸上。此文中还说到了梅绍武先生（梅兰芳大师的公子）在他家中用餐时的一个细节：筷子只夹自己面前的那盘菜，而周边的菜却不举臂去夹。父母发现这一情况后，便不时旋转桌面，让他尽可能多吃几种菜肴。母亲遂对桌上的我们说："看到没有？这是世家的规矩呀。"作者进而感叹道："以前大家庭吃饭就是这样，幼辈的筷子不可以随便伸到长辈眼前的盘子里去。足见礼教传统在中国旧式家庭中的影响。"正是这样一些生动逼真的场景再现，不仅交代了作者对美食文化持久关注的历史由来，同时也勾画出作者心目中的"吃的风度"。

施亮在书中所阐释并倡导的"吃的风度"，自然还包括他对"吃"文化之形态旗帜鲜明的褒贬与取舍。他厌恶那种山珍海味、觥筹交错、极尽奢华之能事的摆阔气讲排场，欣赏并推崇民国时便流行开的三两好友"吃小馆"，推心置腹，酒酣耳热，尽兴而归。他举例说，鲁迅当年和一学生同路归家，在一饭摊上吃荞麦条子而觉着十分美味，他称之为此乃一种优雅，并不失文豪之风度；还讲到汪曾祺去西双版纳采风，在一处傣族排档吃宵夜，就着一瓶啤酒品尝"烤小鸡"，笑得跟孩子似的。还模仿同行者的杭州话，翘着大拇指说："哉！真哉！"

施亮对此幅画面给出的评价是，“先生的童趣在这里表现得淋漓尽致”。

在对中华美食文化勤勉扎实的深耕细作之中，始终不忘传递其一以贯之的平实、节俭和充满文人雅趣的饮食观，大约是施亮这部新著先声夺人的又一亮点。特为此点上一赞。

二〇一七年八月十五日于南京

王峰《旧时光里的小团圆》读札

一

二〇一五年，三十七岁的王峰凭借他的一本情感故事（《天意眷顾，我们终有一天会各得其所》，百花洲文艺出版社，二〇一五年三月 ）就已经在文坛狠狠火了一把——书评界称此书是继张嘉佳之后，呈现南京爱情的又一畅销读本。“将后青春时脸上的通红粉刺变成一篇篇有切肤之痛的情感故事”（荐书人之一沈浩波语），二十二篇不同的视角勾勒出二十二种跌宕人生。根据书中故事拍摄的微电视剧和改编的微爱情话剧以及多家电台特别制作的读书专题，受到广大青年朋友极热烈的追捧。

二〇一六年，江苏文艺出版社不失时机地推出了王峰集多年力作的散文随笔集《旧时光里的小团圆》。出品方特邀屡获世界最美图书奖的装帧艺术家朱赢椿设计封面，名家叶兆言为该书作序，更有苏童、池莉、鲁敏等一批实力派作家联袂推荐。作为南京市重点文艺创作资助项目，二〇一七年二月下旬由南京报业传媒集团和南京市作家协会共同主办了该书的作品讨论会，著名作家和评论家范小青、汪政、储福金、陆建华、何平、何同彬等对这本散文集给予了较高评价。

二

关于书名，作者在开场白里便给出了饶具意味的阐释："那些路过的人，经过的事，它们都是过往，都是经历，也是生命中积累的财富。时光可以不再，人事可以渐渐变老，但生命的意义原来却可以在回望中重新定义。在旧日的时光里，我们与他们，与另一个自己重新相遇，是谓小团圆。"在没拿到这本书之前，我对王峰这样年轻的作家竟然也有了"旧时光"颇有些大惑不解。等到把全书逐篇读完，我不仅明白了他的意思，还觉得他把"旧时光"这个词翻出了新意——所有过去的不再复归的东西，都已经成了历史。每个年龄段其实都是一座翻过了就无法回头的山峰。王峰独特的家庭背景、性格特质和人生经历构成了他较同龄人更为丰富，也更为曲折和深刻的对于生命的领悟。从这本书的若干篇札里，我拼接出了作者一路走来的成长轨迹：十六岁那年，一向沉默寡言、憧憬着外面世界的王峰，离开了他出生的故土，考上了一所千里之外的中等专科学校，在那里读了四年的书。这让他比一般的孩子更早地体会了孤独和乡愁，而另一方面则使他得天独厚地提前获取了涉世的种种经验，有了对生活世界实质性的探究及其思考。毕业后也才二十岁的瘦弱少年，倒是专业对口地被分到一家大型国有石化企业，做了一名操纵仪表的技术工人。在这处每天有小火车轰隆隆进出的叫作大厂的地方，他和一批差不多年纪的少男少女，过了不到四年的或许单调却也其乐无穷的单身汉生活。三班倒的日子久了，他期盼能到企业报去当个小记者，但这个愿望没能实现，后来他通过自考，反倒上了一所名牌大学。于是又一轮四年寒窗。读书之余他开始了写作，所有之前的积累这一刻似乎找到了喷发的突破口，二十五岁他就写出了足以彰显其才情的小说和散文，当时的《莽原》《萌芽》《青春》等文学期刊都给了他充足的版面。毕业后他如愿考入省会所在地的一家晚报，成了一名文化记者。随后十多年的岁月他在喧嚣的都市烟火中浮沉，深更半夜坐车去异地采访一个个明星，写出了一批让报纸赢得大众眼球的文化娱乐新闻；还做过专职摄影，扛着相机在各种场合出没；再后来转入后台，负责报纸每天好几个阅读版面的编辑工作。而在这个不算短的时间段里，他同常人绝无两样地经历了为稻粱谋的出力流汗、奋斗打拼，按揭买房，娶妻生子，一样不少地让自己活得像个男人。叫作人生的这部电梯，有些程序是事先就为你设计好的，你不可以随随便便想停就停。

之所以花些笔墨来还原一下年轻作家匆匆而行的青春时光，是为了更贴近地切入他的写作现场，反过来也能对他笔下的那些“旧时光”，和在这样的背景里所发生的种种“小团圆”有或许更深一层的体悟和感同身受。一个珍爱生命的人总是在走走停停里若有所思，他一次次回去，回到过往的场景与人事里，展示那时的风土人情，叹息和忧伤，他在这种充满深情的怀旧里其实表现出一种更为自觉的警策与自省，还有就是对生活底蕴更接近初始形态的最真实的发掘。在书的篇首，作者引用一个他称之为大作家讲的话，说大半的人在二十岁或三十岁上就死了，一过这个年龄，他们只变成自己的影子；以后的生命不过是用来模仿自己，一天天地重复自己，而且重复的方式越来越机械，越来越脱腔走板。这样的感触出自一个也才三十多岁的作家的脑海，你真的无法不为之惊叹并生出一份敬意。他用这样的思想告诉你，他将会以怎样的文本呈现来进行生命意义的叩问和探寻。

“何以对抗那匆匆流逝的岁月？又怎样充盈我们日渐荒芜的心灵？答案似乎只有一个，我们只有重返人生最初的出发点，去看看在最开始的时候，在那旧日的时光里，我们曾经的模样，我们的奋斗，还有那时我们怀揣的梦想。”——且让我们吟诵这样的文字，步入一条独开生面的“七〇后”作家敏感而丰赡的心路画廊。

三

有评论家把当下的散文写作粗分为三种类型，一曰回忆型，写童年往事、个人成长或家族兴衰；二曰摹写型，由亲历或目睹引发思考，见出一定的思想、意趣和精神品位；三曰先知型，写纯粹的心灵反应、精神波动，以及对生命的神性延伸和对世界的反观。王峰的作品似乎跨越了通常意义上的简单分类，他娓娓道来的忆旧里时有细腻且具动态的描摹，而在虚实相间的叙事中又不时见有富于灵性的精神飞鸿突然而至。读他的作品你是需要具备一点时空载入感的，他常常会把历史、现实和对世界的反观糅杂在一道，端出一个特别味道的东西来让你品尝。举个例子吧，《寄到小镇来的一本书》写作者当年在小镇中学读初二，“春天的时候”“空气里全是软软的花香”“每到周日下午，我都会乖乖地趴到书桌前”，摊开的课本是为了对付在屋外劳作的母亲，而一颗向往未知的少年心却正游走在收音机里的那个频率，“一个字一个字地消化和想象着”声音里铺展的世界。这档叫作《十二种颜色的彩虹》的节目主持人是上海作家陈丹燕，后来便与这个少年有了命中的交集。他给她写了信，她则寄了一本自己的书给他。多年以后，长大了的少年按照那只牛皮纸信封上的地址，找到了这位知名女作家。王峰写这段亲历，并无多少情绪的渲染，不到两千字的篇幅里一直都是波澜不惊的调子，但作品的可供玩味在于他将时空不断地予以置换，叙述的平静里分明裹挟着厚重而透着感伤的历史烟尘。“多年后，我漫步上海外滩，寻到门牌上的指示，那老洋楼正在做翻修，在一片飞扬的沙尘中，我愣愣地站了有一会儿。时光再次回到一九九三年的那个黄昏”，文章不仅交代了寄书这件事的来龙去脉，而且写了与该书作者的几次因缘际会，甚至还看似很随意地穿插了他与当时一个小自己两岁的女笔友，以及后来求学中结识的“也曾在每个周日下午守着那个节目”的浙江女同学的交往与交流。与生命中一些偶遇之人的心灵互通而又擦肩而过，这里面有怅然若失也有思之若甘，更有上升到精神层面的探寻与领悟。而此篇的结语给读者的可能已不仅仅是一种内心的震动了——“对于很多重要的人，我们尽量选择回避，不是没有道理的。不是我们背叛，不是我们虚妄，只是因为我们都要赶路，从这个场景赶至下一个生命场景。人生相识一场，不如彼此惦念，彼此相忘。”

还有一篇《练习曲》，也是读了让人心里发紧的，觉着有较深的内核埋在其中。写的是一幅很普通的生活场景：夏日的黄昏，作者同一个“身后各有过往和故事”的哥们儿约在一间小酒馆小酌。一天的忙碌人已疲惫，“脸是昏晦的”“更多时候彼此沉默着”，此刻一个跑堂的少年出现了，“十八九岁的好年纪”“他的年轻和勤快”令他们为讨生活而变得“隐忍和麻木”的神经突然兴奋起来，于是感慨之余，想到了他们自己在这个年纪上的一些往事。而后画面又很快切换到台湾一部叫《练习曲》的电影里，该影片中也是十八九岁的主人公说话，

“有些事你现在不做，就永远不会有机会做了”。跨越时空的各不相同的十八九岁的身影，互为交织在一个夏夜“杯酒微醺”的背景上，“莫明其妙的惆怅”“欲说还休欲言又止”的心理具象，使作品蒙上了一层挥之不去的浓郁的生活底色。最后一节，初读颇觉突兀——“你回到家，靠坐在地板上，把孩子抱过来，紧紧地，动作幅度很大地，非常夸张地，把自己的头埋在那尚有乳香的小身体里。那个小生命在咯吱咯吱笑着。”复读则发觉此乃神来之笔。它出人意料，颇似一盏灯，把先前闪烁在文中的一些忽明忽暗的意象统统照亮。

当然还有其他的篇札，诸如《遇见一座桥》和《舒婷在南京，我回到了小镇》等，都能较强地体会到这种不同时空下的历史穿越，作者所努力追求的精神向度和心灵宽度在作品中得以较完美地呈现。

四

青春，永远是一段美好得让人心痛的记忆。如何去写它，再现它发丝般微妙的流动瞬间，是要一些笔头功夫的；甚至还远不止这些，要看你观照这段历史时的一个站位，你所能赋予它的一种怎样的体温。进入王峰笔下的那些青春片段，有许多是很让人生出一种怜爱之心的。他写得真实而不躲闪，细致而不矫情，彼时彼地特定情境下的心灵悸动叫他传达得惟妙惟肖。有一篇《小镇理发店》就很具代表性。他写自己“在外面张望了很多次，才鼓起勇气进去”“店里面有个沉静的女孩子，一看就是像邻家姐姐一样的人，大几岁就显得很成熟的样子。她总是安安静静地给人洗头、修发，脸上挂着浅浅的笑意”。接着写店里墙上的招贴画，和音乐里的歌声，外面的汽车和雨的声音，里面好闻的香波味，而躺在理发椅上的小小少年，“恍惚觉得，一下子长大了不少……就在那一会儿，渴望着飞出小镇，在一个别人不认识自己的地方，有自己的爱情和安静的生活”。朦朦胧胧的少年之爱像雨后林中的蘑菇一下子萌发了，而这个沉静也好看的“邻家姐姐一样的”理发姑娘当是直接的诱因。及至后来一个“斯文而不失野气”的小伙子进来，和理发姑娘的眉目传情，以及“他把手里的钱递给她”。而作为旁观者的少年，内心深处的猜测和若有所失的怅然，一步步地延展开来。文章在作者“走出铁皮屋的那一会儿”收手，而把一幅情窦初开又突受惊扰故而平添惆怅的乡村少年的满面愁容，留在了读者的心底，令人难以抹去。

散文是一种最藏不住人的写作，好的散文一定是真实坦诚、勇于敞开自己心扉的那种，某种程度上这是一块试金石，我说的是真实，还原历史本来面貌的真实，这就像自己给自己实施手术，真刀真枪，剖心解肺，做不到这一点，哪怕满纸豪情万丈，也只能使文字变为一种虚弱的舞蹈。你的袒露真实与否，程度怎样，明眼人一看便知。我钦佩王峰在若干作品里所呈现的自己，那是需要一种胆识和气度的（当然还包括智慧和能力）。而一旦有了真实这根主干，作品就能站立起来，所谓的高度、品位也就成了自然而然的事。这本书中有一组记叙二十世纪九十年代末在大厂单身生活的，几乎每个细节都透着不假虚饰、令人信服的气息——上夜班，懒得做饭，床上起来直接要个小炒；睡了午觉浑身是劲，招呼牌局或泡个澡；小年轻凑一道跳舞，慢三慢四那种；夜班熬到天亮，无数次爬上塔楼，在上面尖叫……这当中写到了同一个车间的小燕子，把他当小弟弟一般照顾，结果惹得喜欢她的男同事大生醋意。有一次“在青年之家，我拥着小燕子在场上翩翩起舞，昏暗的灯光，让我一时情难自禁，我想把脸凑下去，小燕子用手狠狠地抵住了我”。读到这段文字时，我相信读者都会莞尔一笑，一个青春期少年有几分冲动而又不失可爱的形象顷刻便跃然纸上。这里我们看到了作者纯真的袒露，真实的力量真的是让一切都黯然失色。

更让人为之击节的是那篇《取样室的光亮》，多家报刊和微信公众号在推荐王峰这本新书时不约而同地都选了此文。作者毫不隐讳地直面一段常人一般不会也不敢触碰或抖露的人生经历——为检查和验证是否存在不育之疾而至男科医院所遭遇到的种种，不遮不掩，坦荡写来，无人敢碰的“禁区”照样写得风生水起，谐趣无穷。更由生育问题直指与之相关的社会评价体系，对婚姻和家庭的建立、延续等提出了不无睿见的批判理念。而要完成这样一种命题，缺少自我审视和袒露的勇气，是难以想象的一件事。

五

还想说一说王峰在丰富散文文体的建设上所做的具有探索意义的贡献。书中有一篇《全家福》，那是在他二十五岁读大学时发表的作品，生动记述了他富有传奇色彩的祖辈。文中的爷爷奶奶皆写得动感十足，人物在俯仰之间凸现丰满的血肉；故事的架构大开大合，风云雷电里辉映着时代的折光。我曾私下向作者聊过此作，他坦陈这里面有他祖辈鲜活的影子，但不乏注入了一些虚构的成分。有读者将其视为小说似乎也未尝不可。这其实扯到了散文定义上的一个话题，即作为一种自由度最为宽泛的文体，散文可不可以引入一些其他体裁优秀的元素和手段？当我们强调散文的非虚构性时，或许我们真正看中的是那种更具肌理质感和精神光照度的佳构，它是从生活的大浪淘沙里炼出的真金，有体温，有呼吸的起伏感，甚至有叩击灵魂的金属音响，它应当离人心最近。我以为王峰正在向这样的境界努力，他不抱残守缺，不循规蹈矩，他记事后所处的时代正是我们国家变革最为剧烈的时代，市场经济的全面放开和互联网技术的高歌猛进，所带来的国人行为方式和文化心理的大幅度变异，是作为一个青年作家必须应对且当共融共生、有所作为的历史的要求。

不只是与《全家福》有异曲同工之妙的《继远与凝慧》《我们村的那些光棍》等篇札，甚至如放在书的最后作为压卷之作的《@王遇她爹》，那种颇具意识流特征的生活场景的捕捉与定格，都看得出作者在试图赋予作品以散文表现的无限可能，这情景好似猛虎嗅蔷薇，不动声色里正进行着一场关于文体的革命。成功与否似乎都不重要，对于年仅三十九岁的王峰来说，前面还有“大把大把的将来”（引自其《小镇理发店》）。

王峰是属于现在和未来的。时代的大趋势大氛围，资讯传播分享的新方式，日常经验和个人体验的新媒体化，所有这些都会参与塑造着一个写作者的审美趣味、思考力，以及表述习惯、话语方式，等等。王峰的诸多作品光从篇名上就可以看出这个时代给予他的潜移默化。《涮羊肉的单挑跟群殴》《鸭血粉丝汤也是可以续杯的》《包子的正室范儿》，都是写美食的，而且还是“旧时光里的老味道”，却用这样的句子做标题，如我这样的老辈是万万想不出的。时代现实和历史境遇，塑造着王峰和比他更年轻的写作者，自然也渗透在他（他们）看待和表达世界的目光与语调里。

所有的历史纪录，永远会被那些准备好了的年轻人所刷新。

二〇一六年三月二十七日至三十日

书边拾味

一

老友张昌华去年在商务印书馆出了本很有影响的书：《我为他们照过相》，写的是他所熟悉而且进入他相机镜头的一百零二位中国现当代赫赫有名的文化老人。他在题为《雪泥鸿爪》的自序中，这样评价自己这部书："或多或少能窥见那个时代文化人的生存状态及某些社会信息的雪泥鸿爪，也可谛听到时代前进的足音。"照应全书，此言实在中肯不过。

这是一部饶有意趣的厚重之作，我此处仅择一例试品。书中有一篇写王映霞（作者曾于一九九六年作为责任编辑，为当时已八十八岁的王映霞出版了自传），写了与她之间的一些交往，读者由此文可悉：这个当年有着“杭州第一美女”之称，一生充满了传奇色彩的女子，在其九旬高龄时的生活情态。彼时她住在杭州女儿家，陋室虽拥挤不堪，但却被孝敬的女儿拾掇得不失情调。老人床边伸出去的阳台上放着五六盆花草，鸟笼里还养了一对鹦鹉。细心的昌华观察到病榻之上的老人盖着怎样的被子，穿着怎样的毛衣；还捕捉到她“伸在被外”的“纤纤十指”“虽布满皱纹，仍显得秀气雅洁”“特别是一头银丝，给人一种难言的沧桑感”。文章以较多笔墨写了王映霞母女间的相处，写那样年纪的母亲在女儿面前表现出的孩子似的任性与自我。女儿的一番直白让读者忍俊不禁：“别人家的女儿穿旧的衣服，妈妈捡过来穿；我们家是妈妈穿腻了，指着我说：我不要了，你穿吧！”

昌华的文字简洁而传神，行云流水般描摹他亲见之场景。尤以文章的结尾令我为之击节。作者写道：“二〇〇〇年二月五日，霞落西湖。”寥寥几个字，交代了一代名女王映霞去世的时间与地点。似一支舒缓的小夜曲，流淌中戛然而止，而余韵却久久未去。这个霞一般美艳的女子，其生命的绽放始于西子湖畔，她和郁达夫的婚恋及至十二载后的离异都曾轰动民国，其一生与两任夫君育有七个子女，人世间的各种风光与晦暗，欢乐与痛苦，她以九十二岁的生命一一尝历。“霞落西湖”，四个字里透着太多言说不尽的人世沧桑。

二

马车夫（刘舰平）早两年送过我一部他的散文集《花生日》（江苏凤凰文艺出版社，二〇一五年十二月版）。拿到书时并不解书名，以为同花生有什么关系。读了方知是说花的生日——百花娘娘生日，是农历二月十二这一天。原来花和人一样，也有生日，这是马车夫的好友老车（诗人车前子）告诉他的。这一天，老车正住在马车夫生活的苏中名城靖江的一处宾馆里。一早起来便若有所思，说要画画，磨墨濡毫，点染开去，纸上很快现出几枝花来。枝干瘦而遒劲，绿叶也只寥寥几片，并不抢镜。成稿后老车点了支烟，朝画望了半天，这才给画取名《花生日》。马车夫立在一旁稍有不解，说既然是生日，理当热热闹闹、姹紫嫣红才对呀。老车不语，想了想说，花跟人一样，“亲生之子，怀之十月，身为重病；临生之日，母危父怖，哪来热闹”（引自书中《花生日》文）。

想来此番场景马车夫一定是记忆深刻，故而才有了他的专文记之，且拿来用作此本文集的书名。据我所知，他们两位早在二十世纪八十年代末，曾一道于南京大学作家班深造，过从甚密而结金兰。马车夫的这部集子里，写车前子的文章就有六篇之多。有说其几个笔名的由来和一些不为人知的逸事；有对旧书摊上淘到的有着购书者不少题识与批注的《偏看见》（车前子著，北岳文艺二〇〇二年版）一书所引发的议论与感受；还有对老车专为靖江《孤山》杂志所写的一篇美文《一幅画》的进一步深究与考证，其间则追溯到当年饶有意趣的同窗往事。

读这几篇文字，能感受到马车夫对车前子文学品位及其审美倾向的认同、赞赏甚至倾慕，文章以朴实的笔触写出颇具感染力的同学之情和属于两人之间的文墨之交、书画之谊。

而同样也写文人雅事，苏州作家陶文瑜笔下的车前子则是另一道风景，似乎更有些意思的那种。陶与车的交往比马车夫要早得多。陶知道车很多年前曾在苏州一家靠近拙政园的花木工艺店里当过营业员，说车能叫出店里各种花木的名字，还能从一大堆花木中很快地找出具体的某种花来。陶在这篇题目就叫《老车》的文章里（文见陶获紫金山文学奖的散文集《茶来茶去》，浙江摄影出版社，二〇一五年一月版），还说到他和车曾在一所职工学校同事过，在一个办公室里对面而坐。同事的那个阶段自然发生过不少有趣的事。其中一段说到老车学过日语，“有两三回我看到他捧着日语书，念念叨叨的，我问他在干什么。他说在读日本俳句，紧接着又说，看原著的感觉和看译作的感觉真是完全不一样的啊。这使我肃然起敬并在心底里产生了一些自卑。”“之后的一个早上，一位刚从日本回来的同事来我们办公室，送一盒点心请我们尝尝。我们打开包装以后，点心上面还有一小包，车前子拿着看了一下说：日本人周到的，还准备了袋泡茶。”“小包里是黑漆漆的末子，冲了水以后，浮在茶杯里，却没有茶叶的气息传出来。车前子尝了一口，说是一点味道也没有呀。”“我从纸篓里捡起包装袋子，去到另一个办公室，找到教日语的老师。日语老师用手点点袋上的文字说：干燥剂，上面写得清清楚楚是干燥剂嘛。”

文瑜的文字我真的是从头到脚地喜欢，他实在是一个太有趣的人了。他写文章，不搭架子，不捏嗓子，特别平易近人，笔调又从来都是一本正经的样子。所有的诙谐、幽默、情趣、智慧全被他糅杂在了有着鲜明陶氏风味的一本正经里。像是一个说故事的，把一屋子听故事的都说得哈哈大笑了，而他非但不笑，还一脸无辜、不解风情地望着那群笑的人，脸上的表情仿佛在问：你们笑什么？

君若不信，请把他这篇《老车》接着往下读：“苏州人有句俗语叫，一粒米笃粥——米气也没有。车前子最大的能耐是一粒米笃粥，并让你酒足饭饱。前一阵子看他的《西来花集》，这是一部关于西方绘画方面的文字，我敢说他在这方面仅仅是初初涉猎，走马观花，但他就是能说得头头是道，蜻蜓点水，点出一片汪洋来，连专家看了，也觉得是遇到另一位专家了。”

此文的最后一句是：“因此，我这篇文字的主题是：除了外语，车前子是我心目中的天才。”

看似像“损”，但却写出了老车的可爱与迷人之处。

同样都是文人写文人，但笔墨里却有千种风情在。读这样的文字，还真是不亦乐乎。

三

印象中，第一次见孙昕晨是在省公安厅招待所一间很小的斗室里，那应当是一九八八年的冬天或一九八九年乍暖还寒的初春，总之天气很冷。他来南京领一个诗歌的什么奖。之后我曾有一篇小文记录了我们的那次相见（文字好像发在一九八九年四月某一天的《扬子晚报》上）。

至今我还一直保留着昕晨于一九九一年三月和一九九二年一月分别题签赠送我的《雪地上的音乐》和《男朋友》两本诗集。

近三十年间，我们的见面也就只有很少的几次。更多是一种神交。我欣赏他的才情和充满诗意的哲思，还有那种银碗盛雪般的人文品格。

听说他新近出版了平生的第一部散文集，我为他由衷地感到高兴，并期待着早日读到。

以上这段文字是我二〇一七年四月十日发在微信朋友圈的。当时看到《无锡博报》一则关于孙昕晨新著《也亲切也孤单》（上海人民出版社，二〇一七年二月版）即将出版的书讯，当即便予以转发，还备感喜悦地将我与昕晨相识相知的经过做了简单回顾。

记得那则书讯的推介语里，说这本书尤其适合那些安静于世间的某个角落，并有内心生活的“见”与“识”的读者。“陌上花开，可缓缓归矣”，宜乎用这样的姿态来读孙昕晨的这部散文集。沪上著名女作家潘向黎是孙昕晨多年的好友与知音，她对孙昕晨的解读，可视作进入这部书的一把钥匙。她说：“孙昕晨这个人似乎不住在‘现在’，他更像一个‘现在’的旅行者——他来自过去某个年代，那个年代与今天大相径庭甚至格格不入，因此他显得有一些若隐若现、心不在焉。不过，这个时空旅行者随身携带着他最重要的行李：清气和静气。这足够保护他，也足够成全他。清气，使他不被搅扰；静气，使他不被扭曲。他的眼光、他的角度、他的行文、他的气息，都是他自己的，都是好的。而他，这么多年，羞怯或者逍遥地躲在喧嚣之外，安静地保有、提纯着这一切，同时像个隐者，几乎销声匿迹。”

二十世纪八十年代末，孙昕晨便在国内诗坛声名鹊起，出版有多部诗集。而此部散文集却是他的处女作，是其几十年散文精品的结集。有评论认为，其散文写作秉承了诗歌写作的品质，内敛而风盈，有独特的个人面目和美学气质，几乎每篇都有金句闪烁，读来余韵悠长。

我此处借用佛家用语，“弱水三千只取一瓢”，挑他书中的一段文字，说点感受。书中有一篇《他是益虫他写诗》，写了二十世纪八十年代和他一道写诗的陈傻子——先是在盐城孙昕晨当时的家里，每个周六的晚上，三个大男人（另一个是姜桦）凑在一起写诗、谈诗，直至夜深；而后挤在一张床上抵足而眠。“傻子身坯大，单独睡一头。我和姜桦睡另一头。他常埋怨我们的两双脚——臭！姜桦和我偷着乐：你单独睡一头就是特权，有特权你就享受吧。”

“后来傻子调到无锡，我们曾连续五年正月初二到他家，住个三四天。他把老婆孩子赶到娘家，又邀约新结识的金山、达黄、王学芯一起谈诗。春节放假，心里放松，大家一谈就是通宵……那时傻子家没有卫生间，茶喝多了，大家就一起吆喝着出门小解。夜深人静，江南古城被大雪覆盖着，我们六杆枪在顾桥港的小河浜上一字排开，那夜色中的雪景，那哗哗的尿声……清贫的、干净的、热乎乎的青春啊！”

这真是一幅久违了的透着那个特定时代精神气象的文艺青年的全息挂图。孙昕晨以其数十年未曾染尘的诗人之心，描摹发生在他们身上的那些真实而独特的故事。这般至纯至美的场景，真的就像一支“雪地上的音乐”，让人经受心灵的强震之后，转而又置身“喧嚣之外”，“安静地保有并提纯着这一切”。

二〇一八年四月二十一日傍晚

读于二辉两部新著随想

不日前，老友二辉从长春一下子给我寄来了他的两部新著。书的装帧考究，用纸也很精良，更让人称道的似乎还是书名，一为《书读完了》，一为《做书比做人更安全》，颇有些让人咂味的东西在里面。其中一书的序言和封底上几位名人的评书语录中，有对这两个书名的解读，似都各具灼见。而以我对这位相知多年老友的了解，书名折射出的是其一以贯之的为人处世之秉性。这里不仅有一种诗人的气质在，且也见其诙谐幽默的人生态度。

二辉兄二十世纪八十年代初毕业于东北师大中文系，其后便一直在吉林人民出版社从事为他人做嫁衣的编辑工作（现为该社总编辑助理、编审）。经他之手编发的书稿想来当以千计，各个层面上的获奖作品据我所知也有若干。三十多年里，出版社的运营、发展可谓波浪起伏，而他矢志不渝地始终坚守在这条船上。能够不为功名利禄所左右，剖析其内在的始动力，恐怕就在这两个字上：爱书。此君把书籍视作了生命中最最重要的内容，他在一段笔记中曾这样写道：如果我们热爱金钱，通过努力可能会赚取到不少钱财；但事实上我们更想要的是一部记录了自己思想的印刷好的书稿，而非其他，它带给我们的那种快乐常常不是金钱能做到的。他把自己每天的工作称之为“做书”，这个“做”字其实传达的正是一种眼下所热议的工匠精神。一本书从作者交稿到最后抵达万千读者手中，其间有着不少的工序和内在的品质要求。内容与形式的尽可能完美呈现，而所有环节皆需作为编辑的全程参与。难以想象没有那份执着的情怀，而能在这方阵地上付出自己大半辈子的大好年华。

这两部新近出版又在短期内再度加印的著作，也都是因其“做书”而来。其中《书读完了》有十余万字，较大篇幅是他为多部作品所写序文和评述，这当中又不乏他任责编的著作。这样的序文或评述自然一矢中的，更具权威性和针对性，让人心悦诚服。还有一些论及做书的相关要素，以及做书与做人之间关系的文字，我以为亦可供出版同人借鉴，或能引发你的深长思之。

另一部《做书比做人更安全》，谋篇布局上尤见奇特，是一部别开生面的“与友人书”。在二辉三十多年的编辑生涯中，结交了天南海北多位作家（作者）朋友，他与这些朋友或长或短或深或浅的友谊与交往，令其笔下催生了若干的人物印象记。他从中选出四十篇放在了这本书里，饶有意趣的是按照所写人物之姓氏笔画进行排序，人物不分大小轻重，文章也不另设篇名，人名便是标题。所写人物中有曾经的国家领导人，也有名闻遐迩的专家、学者，然二辉绝不趋炎附势，拉大旗做虎皮，在他心中，友人无高低贵贱之分。所写之人或侧重于评文释著，或泼墨于彼此情分。文风质朴而不事粉饰，素以真实面貌示人。比如写到东北的一位老作家，讲他在极为简陋的生存条件下，玩命似的写作，有过多部文史著作问世。文中的这位老人为人厚道善良，特别好说话，自己辛辛苦苦写出的作品，当朋友中有人因评职称或将获提拔，请求在书上挂名时，他也都一一应允，以至中国作协在讨论其入会问题时，几次均因所报作品多人署名而未获通过。文中有多处催人泪下的描述：讲老人多年前遭遇车祸，“整个脑袋都摔进脖腔里了”“医生抢救时在其头顶钻六个孔用钢筋把脑袋硬拽出来”。大难不死的他，痊愈后写作的状态表现得更为亢奋。还说到若干年后二辉因手术住院时，这位也在病中的老友竟拄着拐棍，颤巍巍地摸到病房前来探视。患难之情足见一斑。

二辉待朋友赤诚坦荡，性格中有一股浓郁的侠客之气。好些作者在出书过程中遇到困难，他总是不厌其烦地上下斡旋，倾全力帮助解决。有些选题他看准后，敢于力排众议，承担风险，图书得以出版后在市场上大获成功。从他这部记叙与诸友交往的情感实录中，我们不只看到了某几部书出版前后的艰难曲折，更看到了一个对出版事业和对写书作者捧着一颗心来的可敬可爱的出版人。

除此而外，这部书还有更为引人注目的一大亮点，那就是作者在这里向我们展示了共计一百六十五位作家朋友给他的亲笔签赠的书影，其中不乏一些全国知名的大家。二辉在这本书的自序中说，他所珍藏的这些由作者签名盖章的题赠本，有的年代已较久远，“而我把它们当作宝贝一样留存着，每每捧读，这些作者的音容笑貌就会在眼前浮现，令我回忆起和他们相识、交往的那些再也追不回来的美好时光”。这篇自序的标题为《手迹无语胜千言》，当能从中读出他对友情的那份珍惜。

作为一名资深的图书编审，收到一些作者题签的赠书，是件再平常不过的事儿。一般情况，随便翻翻也就可能丢在了一旁。而二辉却不，他不但把这些赠书“放在家中书柜最显著的位置，让书和友谊永远矗立在那里”（东北师范大学人文学院教授王曦昌语），而且还特别郑重地把这些富有纪念意义的书封和留有各位作者体温的笔迹，归拢汇集，公开出版，使其具有了永久保存的史料价值。我特别注意了一下，在这一百六十五位赠书作家的名录中，已有九位的名字加上了黑框，二辉以此凭吊故友，令此著平添一分凝重之色。

将友人之作视为自己平生最看重的财富，二辉在与我的信件交往中多次表达过这样的意思。二辉的身上真的让我看到了那种时下已很稀缺的赤子般的淳朴。关于他的侠者之义，这两部书的若干篇札中能找到太多的实例。最令我难忘的是书中有一篇补跋，作者是吉林人民出版社业已退休十九年的王炳顺老先生。老人以十分动情的笔触，讲述二辉如何对他不离不弃——每年会有多次登门拜访，出谋划策为他出书，挑灯撰文为其荐书，甚至帮他拟了十年写作计划，给他的晚年注入了无尽的创造活力。

留一点笔墨，还想探讨一下《书读完了》这个书名。

光从字面上看，好像是读了太多的书，已然无啥书好读了。而其实是对岁月和光阴的概叹，是对生命中最重要的东西表现出的不舍与留恋。书封上有两段字号很小的文字，一定程度地诠释了这个书名。其中一句：普希金在弥留之际，医生问他，是否希望看到哪一位朋友？普希金望望书架，说："永别了朋友们！"另一句是：读书不是向外的利器，而是回家的路，一个人对文字有了亲近感，心灵就踏上了返乡之途。为出版奋斗了三十多年的这位老友，大约还有一两年便会退出岗位，想来这里面多少有一点依依惜别的感伤之叹，而这，恰恰是一个爱书的做书人，对于书籍眷侣般的一往情深啊！

二〇一七年九月十二日

序王正宇著《文艺批评鉴赏漫步》

很荣幸和正宇成为同窗。我虚长他两岁，早其半年入学。正如他在本书后记中依旧那般激动地所描述的那样，我们的青春虽稍有磋砣，但终究还是赶上了那个永远值得追忆的年代。十年停滞后重新启动的高考列车，捎上了我们这批幸运者。一九七八年至一九八二年，历史让我们得以在那段时光的长廊里相遇。我们甚至遇到了生命中最美的一片风景——那些无私而高尚的老师，那些纯真而坦诚的同学，一个个都还那么清晰如初地在眼前闪动……

直到今天正宇还那么潇洒俊朗，四十年前的满目清纯你当可以想见。在我们共同的母校——扬州师院中文系读书的那四年里，正宇的勤奋用功和才华过人，是众所公认的。他自己介绍说，那四年几乎通读了中外经典的文论著作；通读了中外名著和知名作家发表的所有重要作品；通读了新中国成立以来的文艺期刊、文艺理论期刊从创刊号至最新出刊的几乎所有文章……其阅读量是令人叹为观止的。更重要或曰更了不起的是，从大三开始，他小试牛刀后便大胆扑入文艺批评的海洋劈波斩浪了。他不只是像模像样地纵论起当时也才“小荷初露”的贾平凹、祀小青等文坛新锐的作品，还把审视和鉴赏的目光投向朱自清、沈从文、杨朔等前辈作家，甚至别开生面地提出了“抒情小说”的类型概念，列出一批现当代作家的作品以佐证其理论主张。他于一九八一年十月一日在上海《文学报》发表的谈贾平凹散文创作的文章，成为国内最早研究贾平凹作品的发轫之作。其时正宇才二十五岁，还是个大三的学生，这事在当时的校园引起很大轰动，一时间传为美谈。此后他一发不可收拾，相继在国内一些重要文学刊物和理论刊物上发表了多篇诸如《关于文艺批评的标准问题》《马克思恩格斯文艺批评观学习札记》等颇具学术分量的专业论文，一度为学界所瞩目。收在此书第二辑中的几篇万字长评，也大都出自这一阶段，足见其彼时理论功底的扎实和驾驭此类文本的精当与老到。

有趣的是，大学毕业后的王正宇却走了一条基本与文艺批评不搭界的从政之路。二十六岁大学毕业，至不久前从江苏省国资委副主任的领导岗位上退休，三十四年里，他凭借自己不断丰富和成熟的学识与才干，在多个岗位上历练、摔打，进而成为见证了这个伟大时代风云的某一领域或某一区域的领航者与掌舵人。记得十二年前，他在江苏高邮担任市委书记之时，我曾受命对他做过专访，并写下关于他的访谈：《大手笔再造千年古城的辉煌》。该文写了他在高邮工作的七年多里，如何为这片土地的崛起殚精竭虑，如何带领当地干部群众为经济振兴一次次出击又一次次完胜的峥嵘岁月。访谈中我写到的一段文字，至今还记忆犹新："站在我面前的这个市委书记，其实同我们一样，也是一个活生生的有血有肉的人，生活中他很累，每天的付出都比我们常人要多，他所选择的这条人生之路，注定了奉献将成为他生命的主旋律，注定了他在叱咤风云的同时要饱尝艰辛。"这是我当时身临其境而生出的真切感受。想来正宇在此前和此后的从政生涯里，都是这么一路风雨又一路坚持着走过来的。

是的，是有同学这么认为，按照大学毕业时正宇在文艺批评上所显现的那样一种势头，若假以时日，其建树当不可估量。而我却以为，先前所有的努力，其实都沉积成了一方方托举其向上的基石。正宇并未辜负那一部部名著所给予他的种种养分，他在生命之舟所经过的每一段航道上，其实也都留下了有着他独特印记、闪烁其探索光芒的航标——他在担任扬州市外经贸委副主任期间，领衔主编过《金融市场学概论》；担任高邮市市长、市委书记期间，撰写过《壮大县域经济论稿》；担任南通市委常委、市纪律检查委员会书记期间，著有《反腐倡廉建设论稿》，主编《纪检监察机关办案规程》；担任江苏省国资委副主任期间，著有《国企改革发展纵横谈》，主编《国企改革十大难题》等著作。三十多年里在国家级相关学术刊物上发表的各类论文达百万字之多。他在此书的后记中，对自己如此评述："是当初文艺批评的历练，使我获得了登堂入室的密钥，使得自己后来在不同的工作岗位上都能够得心应手，驾轻就熟，游刃有余。"我以为，正是大学四年的海量阅读和在文艺批评上的初露锋芒，给他后来一步步前行，并在各个领域创建专业理论，注入了足够的自信和基础的学养。我称正宇"不负韶华"，说的就是这个意思。

更让我为之欣喜的是，卸任不久的正宇新近完成了他的第七部书稿的编撰与修订。这部定名为《文艺批评鉴赏漫步》的专著，被其称之为“心中的最爱”。新近有一个热词，叫“不忘初心”，正宇此刻所做的正是一次具有精神洗礼意义的“重走来时路”。他捧出自己三十多年所积累的一批重要的文学批评之作，以这样的方式回眸过往，致敬青春。对其个人而言，这部书是他文学批评史的结晶，是他献给这个世界最初的爱和日渐丰沛的思想之花。而对于更广泛的人群而言，我以为正宇自出发之初便是一个属于时代的歌手，从他当年对贾平凹散文风格具有超前意识的关注，到近年对来自高邮的报告文学作家姚正安、散文女作家厉平和南通著名辞赋家袁瑞良等人作品饶具深意的评述，无不证明其一直就在生活最本真最火热的现场。这里面不只有对这片承载着历史沧桑的大地（有的甚至是他再熟悉不过的、挥洒过汗水与心血的热土）的满腔挚爱，更有其对当下社会全方位的投入及其把控。而他的介入和阐释，则完全有一套自己独辟的路径，他的观照与评判，一方面回应着时代最前沿的脉跳，一方面则体现出他一以贯之的广角镜般的大开大合，其文章所显现的理论上的广度与深度，让人能追溯到它最初的源头。从这个意义上说，这部书放在当今文学批评更具开放性的背景墙上，它依旧是风姿绰约，不容小觑的。

早几天的傍晚，正宇给我打来电话，嘱我为他这部具有特别意义的著作写篇序，我甚感忐忑，觉得自己远不够格。但他一再坚持，我也只好恭敬不如从命，且将这份信任当作一种鼓励，借此重温这段长达近四十年的同窗之情。

二〇一七年十一月八日凌晨两点

王继林诗书画浅识

写写王继林，这念头在我脑子里盘旋好久了。几次同他说起，他总是淡淡一笑：我有啥好写的？后一琢磨，这不正是继林的风格吗——不喜欢别人说他的好，也不爱给人添麻烦；而当别人有啥事，只要帮得上，他总使了劲地去帮，完了也总不听他提起，有人问到了，他仍是那么云淡风轻地一笑：噢，那算啥。

终于让我给逮着了，那天，在他那间略显局促的办公室。所谓的采访基本是我问他答，不做一句生发。放在其他人身上，或许有一箩筐的话要说，而他没有。再怎么“勾”他，也就个把小时，便匆匆收场。

与他熟识有二十年了，他做《华人时刊》（江苏省侨务办公室主办的一本面向海内外发行的综合性半月刊杂志）总编辑也已十六个年头了，其间我们打过不少的交道，发现他为人处世一直就是那样低调。他充满热情而又不失持重，勇于担当却更具温良谦逊。这样的评述不只针对其工作和办刊，还包括他在对待自己所热爱的书画艺术上。由于职业的关系，他曾领衔主持过若干全国性的大型书画活动，为许许多多的前辈和同道出过画册、书论，也写过相当数量的纵横捭阖的艺评，照道理，他有充分的理由和太多的机会让自己也出出风头，更何况他的字和画都是能拿得出手的，什么书展呀、画展呀、宣传呀，这些对他还不都是手到擒拿的事儿。他当然知道，在这个圈子里，一定意义上名气也就是金钱，可他硬是能做到波澜不惊，不为世风所动，对自己可谓严苛得要死。印象中直到去年，才见他印了个六十四开的小折页，薄薄的没有几张。张爱玲说低到尘埃里，这话放在继林身上倒是十二分地贴切。

可真正肯把腰弯下来的谷穗，一定是分量最重的。王继林的内涵，毫无疑问，绝不只在那六十四开的几页纸里。而认识他，当然需要时间。只有当你对他所经历的人生有了大致的了解，或许才能慢慢读懂这个丰富而深刻、勤勉却尤为内敛的人。

继林的出生地是安徽省六安市，十六岁以前一直跟随当小学老师的母亲在大别山北麓的那座古城生活。母亲领着他们姐弟三个，而父亲则只身在外，先是读的空军军官学校，成为新中国最早的一批空军学员，但后来却遭遇政治风暴，一腔青春热血换来一顶“右派”帽子；几年后抖落蒙尘从头再来，考上了南京林业学院，毕业后被分至南京市委林业局工作，由于表现突出，专业精进，二十世纪八十年代初当上了林业局长，直至二十世纪九十年代末退休。父亲对儿子的影响是潜移默化的，王继林学书法最初是始于家教，跟在父亲后头他临摹了不少古人的帖。如今已八十二岁高龄的父亲仍然喜爱泼墨，其性格里有一种宁折不弯、穿过石板也要顶出片竹笋来的坚韧与执着。这样的秉性在儿子身上无疑得到了较好的传承。

王继林的人生之路似乎也不全是鲜花铺叠。十六岁随母来宁，读完高中，紧接着进入南京一家无线电厂做工人。这个时间跨度是五年，这五年是他成长史上一个重要的阶段：由皖西小城而入六朝古都，由一名学生一跃而为自食其力的劳动者，幅度很大的时空转换，给其内心所带来的冲击波是很难准确揣摩的，而彼时又正是在一个年轻人身心发育、世界观逐步形成的过程中。二十一岁那年他考入电大，重返课堂，学的是汉语言文学专业。随后的几年里他读书非常用功，且由童子功而来的书法造诣也大有长进，大二时参加全国大学生书画大赛，轻松获奖。毕业后被金陵科技学院录用，干了一年多的教学管理。估计还是一种对艺术的不懈追慕令他策马扬鞭再登书山，次年考入南京艺术学院研修班，脱产两年潜心深造。书、画分别师从徐利明和张友宪，二位都是很有学问的先生，又肯把真货授予后生，这让王继林获益匪浅。之前有过的种种操练，加上这两年纯专业理论的打造，一只富于灵性的艺术之鹰，自此有了更为开阔的天空和他理想中的高度。

王继林后来在艺术上所显现的才能是多方面的，具有复合型的特点。诗、书、画、印，他基本全了；不只都有涉及，还都有不差的水准。而评说此道，非我所长。充其量也只是班门弄斧，说几点浅陋之见。先说他的诗，虽见得不多，但却颇有咂头。挑一首五绝来看，至少可一窥其对古典精华的吸纳与再现。诗题为《雪夜思故人》，我所见到的是他二十多年后留在卷轴上的行书（此书作于二〇〇六年，获江苏省省级机关职工书画展一等奖），诗本身便有寥旷高远的唐人气象：“雪静苍山远，风轻孤月寒。隔窗闻犬吠，疑是故人还。”加之他清朗俊逸又墨随心动的书法呈现，令诗意更添了一层浩瀚而灵动的唯美情致。诗的前两句以凝练的笔触勾画出一幅静中有动的水墨意境，后两句则由景而入情，景随情移，情随景来，画面感极强。设想一下这样的场景：幽静的雪夜，反衬出远山的苍茫；孤坐于寒月之下的诗人，凝听屋外轻风扑扉，隔窗有犬吠之声隐隐传来，莫非是日思夜念的故人踏雪归来？诗的重音在这个“疑”字上，表明故人并未真正归来，于是这番思念因雪夜而被拉长，诗所表现的因期盼而带来的惆怅，在这惜字如金的描述里获得了极为强烈的艺术效果。令我尤为惊叹的是，这首诗的创作时间是一九八四年元月，此时王继林还不到二十岁。我前面提到过要关注他这一段青春期的思想嬗变，这首诗的存在不仅证明了他彼时辞意和表达的老到，还证明了他与中国文化经典大大早于同龄人的一种美好结缘。

接下来说说继林的画。山水、人物、花鸟，甚至静物，他都分门别类地认真研究过各自的门道和技法，且有过不在少数的悉心实践。在其诸多画作中，我似更欣赏他的一些水墨小品，善将山水和人物融于一炉，个中传递出不少文人画特有的情怀及韵味。据知，他与已故老画家田原先生是一对很谈得来的忘年交，他时常将画稿捧到田老那儿，听由先生点拨。先生在欣赏之余，又常常会为他的画作即兴题款。有一幅《野趣图》画春日里柳树婆娑，水塘边的茅庐赫然在目，趣味横生的水草错落有致地在暖风中摇曳。全篇布局浑然天成，着墨生动且富有层次，表现了世外桃源的一派闲情野趣。田原先生想来是一眼便被画中的茅庐所吸引，他挥毫题写的诗句正是诸葛亮在刘备三顾茅庐时写下的那首名句："大梦谁先觉，平生我自知。草堂春睡足，窗外日迟迟。"先生的寓意可能借此寄望于后生（作者）像诸葛孔明那样淡泊明志、宁静致远，而臻成大智大贤之人。另有一幅《暮归图》，写夜色将至，风雨骤起，浪涛拍打那远山礁丛；风雨之中，持篙的渔翁头戴竹笠、身披簑衣，划一叶小舟破浪前行。这幅在某次书画大展中获得金奖的作品，被名画家宋玉麟、范扬等誉为"有禅意有意境的新时代水墨画"，而在我看来，此作更像是作者的一幅精神烛照。生命中遭遇风暴概率甚高，或在风浪中逆水行舟，杀出一条生路；或是缴械投降，为风浪所吞没，二者必居其一，你将无法回避地做出选择。这里的所谓禅意，当是指作品给人的一种领悟，一株开发你生命潜能的精神菩提。而在艺术手法的运用上，这幅画无疑又是匠心独具的，其墨色的铺染，大开大合又远近有别，江天相接处的乌浪浊云，与小船周边包抄而来的白色波涛，形成了一种视觉上的较大反差，而这一反差所构成的冲击力，恰恰表现了人与大自然以及自身命运的一种不甘示弱的抗争，这使得画的主题意义有了更深远的发掘与拓展。

还想说一说继林的书画论。这可能是他较之一般书画家突出的一面。有实践而无理论，在这个行列中恐怕并非少数。继林既有汉语言文学的底子，又有艺术科班啃过不少大部头的经历，因此能在二者之间如鱼得水、游刃有余。省内一些出类拔萃的大家他基本都有直接接触和研学他们艺品的机缘，每有所得便发而为文，一是做到了旁人所不及的贴近，二是以其真知灼见的探寻丰满了尚显薄弱的书画论坛。多年来他所论及的书画前辈可列出一张较长的名单：林散之、李剑晨、陈大羽、田原、陈逸飞、傅小石、傅二石、萧平、萧和、张友宪，等等。他曾同时兼任《东方艺林》杂志的总编辑达六年之久，由其操刀的人物专访或评述在该刊发表后，很自然引起美术界同人广泛的关注。他的书画论有不少写得独出机杼、锐气十足，我印象最深的是他评述旅美画家李山先生的论文，该文中有关艺术作品三个层次的提法，足见其不俗的艺术品位和人文追求。他认为写出社会动荡、展示民族风骨、凸现历史变迁的作品，当属第一层次；而反映个人精神向度、勾勒心灵波澜的作品，属第二层次；直面山川风貌、自然景观的描摹之作，似应归于第三层次。倘对东西方的美术简史略作考察，你会发现这一观点的提出有它足够的思辨依据。据悉，这篇始发于河南《东方艺术》杂志的文章，已被选入中国美院的研究生教材，这一定程度地证明了文章的理论价值。

最后再说继林的书法。其实在他所有呈现的艺术品类中，书法是最具实力的大头，是他日常操练最多也最见风采的“常规性武器”。楷、篆、隶、草、行，书法诸体他均有尝试且各有建树，而又以行、草更为得心应手。他的字潇洒而不失法度，简括而意韵深沉。无论盈尺小品还是丈二巨制，都笔墨酣畅，转捩自如，间架布阵沉稳简静，结字移墨起落有致。清遒里显出硬朗，醇古中轻溢典雅。其书作不仅为艺坛同道所赞赏，更为普通百姓所喜爱。每到一处他总被人拖到一旁留下墨宝，讨他字的人有时是排着队来的。令人钦敬的是，继林从不摆书画家的架子，凡有求，他必应。有一回我与他去常熟采访，被几个朋友圈牢，硬是从下午一直写到晚上，晚饭也是胡乱扒了几口，我在一旁为他心疼得不行。

与继林兄相交日久，知其做人行事一贯低调，我写此文亦无意于为其张扬什么。《周易》曰：“天行健，君子以自强不息；地势坤，君子以厚德载物。”继林兄顺应天意，胸怀大志，择诗书画艺术为其奋斗之路径，每一步脚印里都留着他进取的艰辛，每一步脚印里也都开满他昂然向上的思想的花蕾，那些可为岁月做证的有着其鲜明个人印记的各类作品，想必会给我们以更多关于生命价值及其内涵的昭示。

二〇一六年八月十九日夜于苏州阳澄湖畔

王劲松书艺谈片

一

今秋十月去东台，得赠《王劲松书法》一册（言恭达先生亲题书名，华夏文艺出版社出版），如获至宝，爱不释手。新著设计为近正方形十六开本，装帧简洁而大气，精选书家近年所书篆、隶、草、行、楷等多种书体代表作二十余幅，其间穿插安排了五篇耐人寻味的说艺之文，是一部不可多得的书家精品。

我一页页地翻读、端详、体悟，恍如置身于早晨云烟尚未散去的林木之中，那里面的幽静、深奥、清新、健朗，令我流连忘返，深陷其中。于书画我愧无亲身体验，从专业角度谈不出什么，但我认为无论何种艺术门类，都有一个共同（或曰共通）点，那就是“情”。在那横竖撇捺、起承转合的笔墨流注里，无疑融入了书写者或喜或忧或怒或悲的万千情愫。劲松的书法作品告诉我们，这是一个激情充沛，对生活始终抱以热忱，在困难和挫折面前有愈战愈勇之态的血性男儿。所谓“字如其人”，劲松的字里透着一股宁折不弯、昂然向上的精气神，透着一股性情中人特有的豪放、包容和通达，还透着他三十年冬来暑往的坚守中那份寒梅俏立般的孤寂与炽热。劲松在他的一篇题为《手感》的文章中这样写道：“键盘敲出的文字，字迹工整之至，只是没有神采；排列有如侍卫，只是活气尽消。而手写的文字犹如清人包世臣所云‘如老翁携幼孙行，长短参差，而情意真挚，痛痒相关’。手工的字容易印证曾经的喜怒哀乐，更能细腻地表达生命中曾经有过的一些痕迹（见二〇一二年第三期《海韵》卷首）。”书家的这番论述再好不过地道明了书写与情感、与神采、与生命之间的种种关联。

二

劲松给自己的书斋取名松竹堂，松与竹皆是高远、静雅之物，可见主人的心志所在。读劲松的书法，我还从中读出了一个“静”字。心之宁，神之静，用他自己的话说“竟可做到高楼视若无睹，噪声充耳不闻，正是心远地自偏”（见《王劲松书法·行间心情》）。如今我们大都身处红尘滚滚的闹世之中，每个人心中的欲望都像“野火烧不尽，春风吹又生”的绿草，长了一片还想一片。而劲松却能在每天的工作忙碌之后，“临窗独坐，以书为伴以笔为友”，甚或去“住宅附近的树下走动，有时适逢雨后，水珠从枝叶滴落，打湿衣裳”。进而感叹道：“衣沾不足惜，但使愿无违。”他的这番求静而入境，颇令我心生感动。劲松身负要职，主管一方新闻媒介，不说日理万机，每天所需面对的一摊子大事小情就委实够他受的了。难能可贵的是他身上的那么一股定力，却能让一颗心从繁忙的工作状态迅速地安静下来，继而进入他情有独钟的水墨意境里去。

唯有心静方能入境，所有伟大的作品都不可能是心浮气躁、心猿意马的产物。

三

王劲松谈书论道的文章，我读到的不多，也就是收入书中的几篇。但书家闪现其间的才情与学养已令我深为折服。毫无疑问，他书读得多，知识的储备十分丰厚，古今中外，大家名篇，他在行文中信手拈来，且安放得恰到好处，许多古人的观点和诗句已活化成他丰富的美学思想。他论苏东坡和王摩诘，说“王是诗中的散文，苏是散文中的诗。‘行到水穷处，坐看云起时’（王摩诘）是一种淡定的行走；‘及至归来无一事，庐山烟雨浙江潮’（苏东坡）是一种行走中的淡定”。倘对苏、王之作没有很深的进入，如此精当的比较之发现，是难以想象的。他读今人施蛰存先生的《云间语小录》，生发出的感悟是：“先生这样的修行，自是秋夜庭园里袭人的晚香，淡淡的笔调透着古意。可惜书本纸张太白太厚，远不如旧旧黄黄的仿古纸能衬得起他温润的书风和文采。”虽是寥寥数语，但施先生文章的气象已活色生香，跃然纸上了。后一句更显他对先生书风的理解有几多贴近。

劲松的这类文字妙就妙在，他从不就书论书，而是思路很开阔地跳将开去，有一点信马由缰、纵横驰骋、大开大合的味道。诗词书法绘画，小说散文电影，多门类的艺术探寻在这儿交集，历史与现实在这儿碰撞、聚合。论及的不只是艺术的十八般武艺，更有对生活对人生对茫茫天地的领悟与阐释。

这些小品穿插在波起云涌的水墨之间，万不可把它看作可有可无的闲文，它其实给了你一条通道，带你去结识一个满腹经纶的书林高手。

二〇一二年十一月二十四日

说杨建仁及其诗集

读一篇写兰州风情的文章，突然就想到了千里之外的故友杨建仁君。二十世纪九十年代初他在共青团兰州市委工作，以二十七岁的青春年华出任《兰州青年报》总编辑。我那时在江苏青年杂志社任职，彼此有过较长一段的书信往来。他喜欢写诗，给我的信也都充满了一种诗人的激情。应当是一九九〇年或一九九一年的冬天，我们在北京有过一次晤面。那是《中国青年》等联络全国二十多家青年报刊搞了一个主题性的摄影大赛，召集联办单位负责人在京碰头。就在那次会上我见到了建仁君——一个清秀而倜傥的小伙子，不太爱说话，说话时会有点脸红，依稀可辨的西北口音里透出一种少年才有的清纯。

光阴荏苒，再一次见到建仁已是二〇一四年的夏天。他来南京参加文化部召开的一个戏曲工作会议，此时五十一岁的他已是甘肃省文化厅副厅长了。会议之余，他辗转觅得我的电话。电话那头，他为终于找到老友而表现出的那份激动深深感染了我。二十多年了，谢谢他还记着当年的这段既是同行又是诗友的情谊。我们自然是迫不及待地相聚了，说了各自这些年里所走过的风雨人生。他一九九二年由《兰州青年报》调省委宣传部就职，一干便是二十二个年头。其间有七年干的是文艺处处长，为推进甘肃的文学艺术发展做了不少切实的工作。著名的“甘肃诗歌八骏”便是他当时策划并打造出的一个叫响全国的艺术品牌。

他依旧还是那么热爱诗歌，回去后不久给我寄来了他早些年出的一本诗集：《爱的不死鸟》（兰州大学出版社版，二〇〇〇年六月版）。这本由前辈诗人贺敬之题写书名、时任《诗刊》主编叶延滨为之作序的诗集，是他十几年里公开发表的诗作的精选本，凝聚着作者最美好的青年时代异常饱满、丰沛的才思与情怀。虽是写于多年前的旧作，但如今读来，仍能强烈地感受到“一颗美好心灵的坦露”（叶延滨语）。一首为共青团创建七十周年而作的朗诵诗《祖国，我们擎起》，字里行间跳荡的是足以让人热血贲张的赤诚与豪迈。而《祝福六月》和《六月，生命的季节》二首，似乎是为他新生的儿子所作，那里面流淌的是一个年轻父亲难以掩饰的欣喜和骄傲，以及由此而生发的神圣与责任。他称六月“是一匹神速的骏马 / 驮季节之河 / 在我生命的隧道 / 灌满飘香的荷花”，六月，是诗人生命中的一次令其雀跃的“涨潮”，他迎来了属于自己的“一枚火红的赤体”，而那原本只是自然节令的六月却“因你而辉煌”。对季节的吟唱实质是对所有蓬勃向上的新生命的礼赞。

建仁早在十七岁时便在上海的《少年文艺》发表了处女作，做一名诗人的愿望也就从那一刻起埋进了他的心里。他读诗、写诗、研究并收藏诗集，自称“书架上摆放的诗集有千本之多”，无论工作有多繁忙，对诗的关注和酷爱“从来没有泯灭过”，且“随着年龄的增长，日益浓烈”（引言见其诗集《后记》）。他用他的诗来昭示这种“浓烈”，且看一首《亲近腊月》——“没有任何一个月份 / 能让我如此亲近 / 尽管头顶逆风 / 脚踩冰雪 / 但归心似箭的客船里 / 已是阳光普照春意融融 // 所有的音乐 / 听起来都是一曲 / 肯尼·基的《回家》/……而凌空的鞭炮声 / 更是母亲 / 期待的呼喊。”短短几句，也就六七十个字吧，却把一种人所共有的思乡之愁、归乡之情泼洒得淋漓尽致。诗人的手中像是执了一柄小铁锤，每一记都敲在了最让人有所感应的心房之上。而诗的成功正是源自爱的力量。是诗让我们觉着生活里终究有一些令你迷恋和不舍的东西。有时候我们说一个诗人有多伟大，其实也就是他最先发现了那些生命场景里最有质感的细节。

建仁把自己的诗集取名为《爱的不死鸟》，我以为这是对诗歌精神的一种诠释，即爱是不死的，爱又是灵动的，如一只飞翔之鸟。遥祝吾友建仁君在西部广袤的天空之下，永远有一副不倦腾飞的翅膀。

二〇一六年一月五日凌晨于浙江绍兴

序姜宏《杂话生书》

姜宏先生虽只与我有过两次时间不长的谋面，但屈指算来彼此间的交往已有了六七个年头。约莫在二〇〇六年年底，经一位苏州友人的介绍，他把自己的第一部文集（《谈笑往来》）颇信任地交与我安排出版事宜；之后于二〇〇九年，在我主编的新华文丛里又收入了他的另一部散文集《穿越记忆》。在那两部书的编辑、出版过程中，我们时有信函往来，但真正较为全面地领略姜先生的诸多风采，则是在十分认真地读完了这部新著之后。

兀立于我面前的姜宏先生，是一个身形算不上伟岸，但精神世界却缤纷多彩，在生命的有限时空里完美释放出无限能量的人。你甚至很难界定他准确的身份或曰角色。是的，他首先是位有着深厚底蕴的吴门名医——毕业于上海中医药大学，现为医学博士、教授、主任医师。早在二〇〇二年，彼时四十四岁的他便成为国家重点临床专科——苏州市中医医院骨伤科的第四代掌门人。他是全国“五一”劳动奖章获得者、江苏省有突出贡献的中青年专家、江苏省中医学会骨伤科专业委员会副主任委员……他在医学上的成就可谓如日中天，写尽辉煌，因此我们可以想象他在大学毕业后三十年的行医生涯中，该是怎样的一种辛劳与付出。单凭这一项主业，我以为他便足以傲立群峰，令人艳羡不已了。而接下来所有叠加在他身上的其他类别的符号或曰形态，大约便是造物主对他的一份偏心了。所谓人中豪杰，说的是芸芸众生里必有一些出类拔萃之人。而这样的人，姜宏先生当算一个。

不妨来说说他主业之外的那些副业吧。第一，他是个摄影家。十几岁在中学读书时便玩过几种相机，懂得用光圈和速度为同学拍挑灯夜读的场景。其实那便是一种创作了，照片里已传递出拍摄者试图表达的某种思想。了不起的是这种爱好他坚持了几十年。走南闯北，足迹遍及神州大地、欧亚诸国，外出时他总是虽苦犹乐地背着他的“长枪短炮”，寻寻觅觅，四处出击。山水景观，花鸟草木，中外建筑，甚或古迹史痕、现代兵器……都在他的镜头里定格并绽放出艺术的光泽。早两年他专门出了一本印制考究的摄影集，名为《纵横光影》，收了四百多幅不同时期的得意之作，其拍摄技艺据说大多达到了可供玩味的专业水准。他对摄影的酷爱和专注，似乎已不只是有了一定时间和量的积累，而是上升到了对摄影艺术及其内蕴足可评头论足的高度。收入本书的《走过经光纬影》一文，是他对自己学习摄影的回顾与总结，字里行间有他对这一艺术门类体验感悟的若干真知灼见。

第二，他是个顶级音乐发烧友。他对音乐的爱好也是可以追溯到青少年时代。二十世纪七十年代，姑苏城里一个背着小提琴走街串巷去和琴友切磋琴艺的少年的背影，虽已与岁月的河流一道远去，而那颗对音乐之美怀有无尽遐想的种子却在这少年的心里生根发芽，且随年轮而蔚然成林。他对小提琴、钢琴、铜管乐这些来自西方的乐器及演奏艺术，不止于一般性地了解和欣赏，而是很具职业特点的那种迷恋，是深入其中、深知其味的那份陶醉。更重要的是他还时常发而为文，一吐其对音乐独到而深刻的领悟。他谈贝多芬、肖邦、舒伯特，谈交响乐、小夜曲、钢琴独奏曲，一篇篇文章都说得那么头头是道，如数家珍。甚至对一首世界名曲，东西方演奏家不同的演奏风格和表现中各自的细微差别，他都能庖丁解牛般地一一给你说到服帖。他虽非音乐界的专业人士，但当地报纸的一些艺术专栏却常请他撰写专业性很强的音乐鉴赏文章，由此可见其非同一般的音乐造诣。

第三，他还是个热爱运动的体育迷。二○○○年的悉尼奥运会，二○○八年的北京奥运会，他都曾挥汗如雨地亲历现场，他称自己是一个“重在参与”的奥运迷。运动场上，他是一个十分卖力的啦啦队员，更是一个善抢镜头的抓拍高手；更为可贵的是，他还写下了数十篇角度不一的奥运随笔。为了观看北京奥运开幕式，他名副其实地做了一回“拼命三郎”——连续十二个小时不吃不喝，以至被热浪滚滚的人流裹挟着走出场时，身体“有一种快要被蒸干的虚脱感”。难以想象一个对体育运动不感兴趣的人会去经受这样一番折磨。对足球，他也是个颇入门道的性情中人。欧洲杯、世界杯的一些重要赛事，他似乎也都当仁不让。书中所收《巴特洛利，真神》一文，以澎湃四溢的激情歌赞了二○一二年六月二十九日华沙之夜摘得欧洲杯冠军之冕的意大利队的功勋人物巴特洛利；行文中他又魔术师般地闪回到三十年前的一九八二年七月，栩栩如生地再现了第十二届世界杯上意大利队的那场神奇的夺冠之战。文中写道，“三十年，我与杯赛一起走过”，向读者交代了这是一个矢志不渝的铁杆球迷。而通过此文还可看出他对足球的技战术也是了如指掌，所谓“外行看热闹，内行看门道”，其文字娓娓道来，很有几分足球评论员的味道。

不只是摩拳擦掌地场外观战，也注重持之以恒的身体力行。他无疑深知强魄健身对于一个常年在手术台上劳作的骨科医生有多重要，因此他抓住一切外出的机会对自己施以“野蛮其体魄”（毛泽东语）的训练与磨砺——登黄山泰山，行徽杭古道，晃晃悠悠走红军走过的泸定铁索桥，曲曲折折攀少人问津的京郊箭扣长城……

还可以列举出他的一些较为突出的秉赋和特质。比如他对草木世界的知悉与研究，对中国古典诗词的通晓与创新，对苏联一些著名影片的情有独钟和条分缕析，甚或对四年一度的美国总统大选这样一类世界性的大事所投注的那份超乎寻常的关切……凡此种种，延伸开去，其实都在用不同的笔墨书写着一个人有形与无形之生命的充沛、丰茂和博大。

上述的一切恰恰也就构成了姜宏笔下的作品独具一格的庞杂与丰富。他在本书的编排上也正是依据其不同的兴趣点做了相应的分门别类。这样的好处是，你可以在他的这个布局里较为集中，也较为翔实地了解到作者在某一方面的积累及其功力。而就整部作品而言，它所留给我的最深刻的印象，则是若干篇札所流露出的一些属于作者独有的识见。

不妨举几个例子吧。文集中有一篇忆及二〇〇八年参加北京奥运开幕式的文章，题目便直截了当：《就想喝口水》，写了“在鸟巢里的六个多小时，没有空调没有风，座位间距小，人与人几乎挤在了一起”，“原本身上带着的几瓶矿泉水早已在安检口被如数没收了”，“此时此刻，真想喝口水。但问题是，能去哪里买水喝”？对所处场景及自身感受的真实描述，实际从人本的角度给奥运场馆的设计者和组织者们提了一个非常尖锐和中肯的意见。一个好的作家应该是在常人司空见惯的世界里，始终亮着一双善于“发现”的眼睛。

姜宏有不少作品不乏上述这样的特色。他远赴西南边关的腾冲，参观了由连战先生题写馆名的“滇缅抗战博物馆”。文章在对馆内的陈列物做选择性介绍的同时，不时地糅进自己对历史不无沉重的思辨，而且巧妙引用伟人的语录（“好在历史是人民写的”“忘记历史，就意味着背叛”）来强化这种唯物史观的不容颠覆。作者站在那面“布满了艳丽鲜花的滇缅抗战壮士墙”前，“泪水几近模糊了视线”，他掷地有声地发出了这样的感慨：“那凹凸起伏的墙面，仿佛既记录着当年战事的极端惨烈，也揭示着重新评价这段历史的波峰曲折。”给读者留下了太多思索和想象的空间。另一篇也是游历腾冲所得的《在艾思奇纪念馆》，其思想的感召力与前文有异曲同工之妙。对出生于边陲小镇腾冲却是最早将马克思主义的精髓介绍到中国，二十六岁便出版了后来风行全国的《大众哲学》一书的艾思奇，作者以饱蘸深情的笔触，细致勾画了纪念馆内外的环境与设施，其间还穿插了毛泽东、蒋介石等著名历史人物对艾思奇的评价，以及艾思奇的哲学著作在自己世界观形成中所产生的影响。文章时空交错，写得徐疾有致，情与景交相融和，史实与理趣互为辉映。更令我为之击节的是他在结尾部分的那一段表述：“……马克思主义并非终极真理，它只不过为我们探索真理开辟了一条正确的道路，指明了一个方向。无数事实证明，如果不与时俱进，对马克思主义教条化甚至神化，其本身就背离了马克思主义。我以为，马克思主义哲学也是要迎接新时代科技革命所带来的一系列挑战。”毫无疑问，关于马克思主义对改革开放中的现代中国，如何获得发展和更有效的运用，可能不仅仅是哲学理论界所要面对和研究的课题，还是更广泛的人群在不断创新和实践的基础上需要共同来完成的一份答卷。姜宏先生的可贵在于，他在艾思奇的纪念馆里想到了这些，并就马克思主义在新的历史时期如何向前推进，给出了一个更接近马克思主义本质的观点与主张。这种对科学真理始终保持一种探究精神的勇气令人钦佩。

还想说说那篇《黄埔军魂在》。此文写他携子参观广州的黄埔军校，文字详略得当，有介绍、有阐发、有思考，对一批包括林彪在内的曾经叱咤风云的黄埔人物谈出了自己的再认识。他在行文结束前有一段这样的文字颇让我注目：“我在思索，要是当年没有同室操戈，没有校友内斗，留得黄埔师生齐心协力，为国父之《建国方略》保驾护航，中国不是可以少走不少弯路吗？想必中国的现在会更欣欣向荣，繁荣昌盛。”美好的想法虽不无书生意气，但身为华夏子孙的一片赤诚却殷殷可鉴。

读姜宏的这部新著，我还得以领略了他许多可敬可爱的真性情——为两对新人喜结连理所作的《证婚词》，可一窥他成人之美的慈善之心；献给恩师施杞先生的一组诗词，则让我们看到了一个秉承中国传统美德、知恩图报的忠厚之人。还有他同儿子的那种亲密却不失良好家风的父子关系的呈现，也是折射其情操修养的精彩一笔。包括本书在内的三部书稿，其子均受邀作跋。以我之见，为父者看重儿子的评价，或许是他此举的一个用意，而实际所产生的效果很可能是，儿子有一种被父亲承认和尊重的感觉，通过这样的形式，想必父子间的感情会大为增进，精神层面上的互动也更为贴近。其子在本书的跋文中饶有情趣地写道，他正在吃饭或看书时，会突然收到父亲发来的一条短信。原来是在外开会的老爸又忙里偷闲地发起诗兴来，一首打油诗发来让儿子帮忙推敲。于是儿子会放下手中的活儿为老子字斟句酌地改起诗来。常常就这样你来我往地以手机互发多遍，直到彼此皆满意为止。多么让人羡慕的一幅父子学习交流图啊。这个叫作姜程帆的少年，我尚无缘得见，但我注意了一下，二〇〇七年二月，他为《谈笑往来》一书写跋之时，还是苏州中学高一（16）班的学生；而到了父亲出第三本书时，他已是南京中医药大学的高才生了。多么好的子承父业，恭喜吴门名医后继有人了！

不止是这些，我甚或还读到了他那颗柔软且美丽的悲悯之心。他在《怎样做一个好医生（二）》里记叙了这样一件事情：“十五年前的那个夏天，一位年仅十岁的男孩躺在了我的手术台上。他为了追一只被踢飞的足球，从学校操场冲到了校外的马路上，而不幸被正好路过的一辆大卡车无情地碾断了整个右下肢。为了保全其性命，我万不得已为其做了截肢手术。做这台手术时我的心情异常沉重，小小的手术刀捏在手里竟觉有千斤之重。手术后，面色苍白的小男孩在麻醉苏醒睁开眼时，还依然那般天真地朝着我微笑，还往我身上撒了一泡尿。而当时，我的心都快碎了……”十五年前的一台手术竟让一个身经百战的骨科主任耿耿于怀，看到这段文字的时候，我的确深深为之动容。

对世间万物持一颗怜悯疼惜之心，这放在悬壶济世的良医身上是美德，而做一个作家，这一点也是最最不可或缺的。我因此对姜宏未来的作品抱以更大的期待。

二〇一三年元月三日夜写就于南京

序张天弓《回首烟云》

我与家在海门的张天弓是校友，入学早他两届。但在校时并不熟识，直到二十世纪九十年代末因其出书事交我来办，方才有了交集。后来的这十几年，见面的次数也并非太多，主要还是文字上的你来我往。从二〇〇二年以来天弓隔年便会有一本书出版，很荣幸的是，他把这份信任给了我——每一部书稿都请我来帮他初审，做文字的修订工作。这就令我有机会读了他不下两百万字的作品，很自然地也就对他日常生活中的所思所想、所忧所虑，甚至心灵层面上的那些希冀和追求，有了比别人更多一点的了解和体悟。

天弓热爱写作，有很扎实的文史功底，较为擅长写富有思想性的生活随笔，所涉题材几乎无所不包——大至国际国内所发生的重大社会事件，股市、房市、金融等关系到千家万户的经济变革动向；小至马路上的保洁、餐桌上的龙虾、除夕之夜的鞭炮……其作品的最大特点是，敢说真话，不藏不掖。不少较敏感的话题，他不选择回避，而是以最真诚的直率，勇士般地单刀直入。他对那种隔靴搔痒式的文风从来都嗤之以鼻，通常意义上的风花雪月、闲情逸致似乎也与他无缘，他更喜欢对一些可能一下子不会给出答案的问题刨根问底、穷追不舍。他不忌讳锋芒，他的文字中有一种男儿的血性在。据我所知，作家中他最为崇拜鲁迅，鲁迅的文集他一遍遍翻读，他谦称自己只是从中捡拾到一些皮毛，但却愿意把那种文人的骨头旗帜般地竖在自己哪怕还很浅陋的文章里。他写得很投入、很用心，新浪网上开了博客，已坚持了近八个年头。他知道自己的那点声音，在这个浮躁和喧嚣占了上风的世界里简直就是微不足道，但他仍然像个堂·吉诃德似的，不甘停下他为理想驱驰的“战车”。对待他笔下所评判的这个时代，他时常不由自主地表现出一种苛求完美的理想主义色彩，而这，或许是他创作的始动力，却也一定程度地构成了他内心的痛楚和无力回天的困窘与尴尬。

张天弓把自己的这第十部书命名为《回首烟云》，

颇有些站在山顶与过往告别的意思。他也曾私下里对我说过，这种类型的作品不打算继续往下写了，“这个世界终究太大，一个人在上面任你怎么蹦跶，也只是个小不点”。我一方面认同了他的观点，一方面又给了他一点小小的建议。他有着常人不都具备的庞杂且丰富的人生经历，类似于书中那些“草野人物小传”的东西，倘能以更文学的手法做一些直抵人性深处的发掘，或许是其未来写作的一个途径。

风暴已留在了山的那边，进入耳顺之年的天弓，接下来会给这依旧活跃无比的时代留下一些什么呢？且让我们拭目以待。

二〇一五年十二月二十七日于南京

读丁志方《暮色炊烟》

岁暮年初，老同学曹义田兄从江都用快件给我寄来丁志方最新出版的散文集《暮色炊烟》（南方出版社二〇一七年十二月版），并希望我抽空读一读，写一篇读后感。

像是一位久违的朋友突然造访，记忆让我回到三十多年前那方映照着我们青春脸庞的天空之下。那时候的丁志方大约也就三十岁吧，我们同住在县委招待所一栋两边对开门的平房宿舍里。我还是单身汉，他好像已有了一个两三岁的女儿。记忆中没有太多深入的交流，见到面会说几句话，大多是问候一些工作上的情况。当时他从海军部队转业刚回来不久，在宣传部工作；我才大学毕业，被安排在团县委干活。比较深的印象是他长得帅气，人堆里一站，哪怕不穿海魂衫，也透着一股水兵的英武。那时彼此都年轻，忙工作也都没日没夜的，坐一块吃吃吹吹的事还真是没有。一九八七年我调到南京了，这以后好像再没有过什么交集。谢谢他隔了这许多年，还能记着我当年这个邻居。他题签赠我的新书上，那么客气地称我为老师，这可是万万不敢当的。

而这一点恰恰是我读了他这部新著后感触最深，也是我这篇小文想说的话题，那就是志方的念旧。在他这部收有一百多篇近作、将近二十八万字的作品集里，我翻了翻，总有一半以上的篇幅写那些无法忘怀的旧日风情——儿时戏水捕鱼的“大印汪”，邻居家借来一用的通人性的老黄牛，黄昏时分村庄里四处可见的缕缕炊烟，麦收时节田垄晒场男女老少齐上阵的火热忙碌……掏鸟窝、钓河虾、捉知了；隔壁大妈家的两个儿，西边有点智障的大爹爹……一幕幕，一幅幅，电影镜头、水墨画似的逶迤而出，生动而又逼真地矗立于读者眼前。不只有乡里乡亲淳朴憨笃的身影，也不只有充满童稚的眼里言说不尽的无穷乐趣，念旧的背后，其实是一份忧伤而美丽的情致，一种挥之不去浓得化不开的乡愁乡情。

跟随志方左开右合以念旧为主调的笔触，我们得见裹着小脚的奶奶背着她心头肉的长孙，跑出外乡“躲摆子”；在供销社饮服部门当经理的父亲，坚决不同意他管辖的旅社服务员给儿子单独的房间住；还看到暴雨中被淋成落汤鸡的母亲，与临时找来的村人一起抢修那突然坍塌的屋墙；在听得见寒风呼啸的陋室里，妻子把幼女一双冻得冰凉的脚一次次抵在自己的怀中……这些发生在至亲（祖孙、父子、母子、妻儿）之间的历历往事，因了描述者真情实感的注入，虽被岁月染成了黄页，但这种亘古不变的亲情，因其细节的饱满与强大，而令外人读来也一样无法不为之动容。

丁志方的念旧，还有几篇作品我也读后难忘。一是他的《两件藏品》，写他一直收藏着当兵时的帽徽、领章以及在检察院工作时的检徽和“两证”（工作证、执行公务证）。珍藏的是自己无法重返的那些岁月，更有一份对自己曾经投身的事业的热爱、留恋和“无问西东”的无怨无悔。再一篇《海之痛》，写四十年前一次出海途中一位不慎落水葬身大海的战友。以从容的叙事方式，再现了悲剧发生时的场景，写其怎样落水和“十几条舰艇耕田一样”的全力搜救，包括出事后全舰官兵阴云笼罩的面孔。如泣如诉的忆旧里，字里行间分明流淌着对已故战友的扼腕、哀叹与追思。而由《海之痛》再读另一篇《情满西湖》，对作者四十年后赴杭参加战友聚会因激动而五次挥泪的描述，则有了更深刻的理解，也由此觅得一线贯穿的情感渊源。看重故人，难忘旧情，实乃重情重义之标志。生活中如志方这样特征的人，无疑可处可交，尽可卸却遮拦，以心相见。另有一篇《老部长》，写二十世纪八十年代便已退休的县委宣传部简老部长，笔墨中也是处处见情。不仅写了老部长当年对年轻干部的着力培养和放手任用，还写了他一以贯之的清正廉洁和待人接物的长者风度，以及退休后雅趣充溢的晚年生活。我在江都工作过，对老部长的口碑亦知一二，读到志方这篇文字，除了尤觉亲切，伤其离世之外，还体悟到为文者弥漫其间的感恩之情。

我的一位远在云南昆明、对文章之道探寻颇深的文友，提出过这样一个观点：语言和细节之外，最能见写作者性情的，在于隐藏在文字背后的爱意。爱意并非无端的抒情，也不是华丽辞藻的堆砌，它在你不弄噱头的平实描述中自然而然地流露出来，有时甚至就在那若隐若现不经意的话语之间。丁志方的不少念旧之作里，我以为能捕捉到他内心深处泄出的那份暖暖爱意。

由于年龄的关系，我们似乎都到了盘点人生、回首过往的这个阶段。鲁迅先生的好多精彩篇札大都也是在他过了五十岁后的“朝花夕拾”。世俗的名利场在我们眼里已黯然失色，而沉潜于心的往往是人世间最珍贵也最柔软的那点情义。于散文而言，最核心的元素其实就在一个情字。丁志方兄一定深谙此道，他在娓娓道来的怀旧念旧里，捡拾生命沙滩上那些曾经最亮的贝壳，以不无庄重的姿态呈现于人前。从这里面，我们惊喜地发现了写作者对于这个世界已然消逝的人情世态，充满慨叹的不绝情愫。

当然志方兄的这部新著，可圈可点之处绝不仅限于上述这些。我只不过拣了一点印象最深的说了。

二〇一八年一月二十五日

序蒋坤元《绿叶对根的怀念》

蒋坤元是苏州这块地界上有点传奇性的人物。他生在渭塘乡下，具体地说是骑河村，那时候（一九六三）还不叫这个名字，是后来两个大队合并了才叫的。他出生时父亲在那个大队当书记，照理说这日子应当比一般农民家庭要好些，可其父绝对的两袖清风，不揩集体一点点油。他们家生有三个男丁，连年都是透支户，寅吃卯粮，因此十八岁以前的小蒋什么样的苦都吃过，放过牛，种过地，爬到树上摘过桑果充饥。好不容易读完高中，高考前夕突遭横祸，头被砸破，缝了十几针，因而错过考期，没能读上大学。后去当兵，也很艰苦。五年后回转，在乡里干过文书，村企干过会计，再后来去大舅子的厂里跑供销。直到三十九岁才跳出来自己办厂，也是难以言尽的一路风雨，方将企业慢慢做大。说他有传奇色彩，除了上述这些经历，还指其在如此波折动荡的生活背景之下竟然迷上了文学创作。置各种风言风语于不顾，坚持十数年寂寞相伴的精神行旅，笔触涉猎小说、散文、诗歌等多种文体，正式出版的个人作品集已有二十三部之多。纵观其整个创作，作为喝着阳澄湖水长大的这位农人作家，其审视的目光始终追随着江南这片土地，他关注并歌颂同他一样勤勉朴实的父老乡亲，写他们的喜怒哀乐、七情六欲，从一个个人物阴晴圆缺的命运故事里，勾画出这一地理区域独特的人文风情以及这些身影里所跃动的历史烟尘。

本文试从蒋坤元最新出版的一部新著来考察其一贯坚守的写作态度及所呈现的写作特质。这部近十五万字的《绿叶对根的怀念》（南京出版社，二〇一六年九月版）是他为自己三年多前辞世的父亲所写的一部人物传记。结构布局上，以一百二十个真实且栩栩如生的小故事，各自独立又互为关联地构筑起父亲七十六年的全部人生。父亲是一个一生中承受了众多苦难，只会奉献而从来不知索取为何物的乡村基层干部，十六岁入团，十九岁入党，二十三岁担任大队副书记，三十三岁做书记，一直到七十一岁高龄时还在为村里的一些事务奔走操劳。他只是幼时读过两年私塾，二十一岁时被作为培养对象送到县里师范学校学习过一年多，后来便没有机会获得更多的课本知识；他的各种素质和能力，全是在长达半个世纪日复一日的劳作、实践与磨砺中百炼成钢的。蒋坤元笔下的父亲，诚实、正直、善良、敦厚，凡事总想着别人，脑子里只有集体和组织，为工作甚或为集体的财产、村民的安危可以把自己的命舍掉（这样的故事书中写到过多例）。他的身上有着那个年代的农村干部对党组织不掺任何杂质的忠诚与信仰，还有从祖辈那儿传承下来的基本道德文化的胎记，做每一件事，首先想到自己是干部，“打铁尤须自身硬”，身先士卒、以身作则这些词从不挂在嘴上，而是近乎本能地深植于骨髓之中。在他看来，有些东西对一个党员干部而言原本就是天经地义的，没有半点折扣可打。书中写到这样一些事例：一九五七年的一天，狂风突至，他为抢救队里的风车，从十米高的半空摔落而折了腰骨；一九六二年夏遭遇冰雹，他披着破棉絮冲到几百米外的牛棚营救耕牛，被冰雹砸得满脸是血；面对气灯爆炸，他脱衣扑救村人；大炼钢铁，他把家中唯一的铁床献了出去……而一旦关涉个人利益，哪怕一丁点儿的便宜他也无意染指——二十世纪七十年代农村挖沼气池，生产队长要给他家挖一口，可父亲说别的社员家还没全有，这个指标他不加考虑地给了别人；那时家中穷，兄弟几个常常饿得发慌，时见其他大队干部从队里的养鸡场捉一两只回家杀馋，而父亲连一根鸡毛也没拿回家过；为了给家里多挣点工分，哥哥十四岁就辍学种田了，母亲想让他学个瓦木匠，希望父亲去大队要个名额，父亲说，我怎么向社员交代；说有一天晚上，父亲在大队部播音室宣讲县委文件，突然有人敲门要求广播寻人，系村中一农妇临产，望丈夫速速回家。父亲打破常规当即播发此信，当事人为表谢意丢下一包香烟。父亲忙完后意欲归还此烟，行至村口见沟渠里躺一醉汉，他找人相帮将醉汉拽出沟渠，忙乱中弄湿了裤袋里的香烟，第二天去供销社重新买了一包送还人家。

——这样的事情如今听来颇似天方夜谭，但却是一桩桩一件件真真实实地发生在那个叫作蒋荣根（蒋坤元之父）的共产党员的身上，捡起这些故事，在当下这个特定的时代，无疑有着不可低估的现实意义。本书的作者并非为了迎合某种宣传的需要，而他克服种种困难在对父亲生前活动的诸多关联者悉心寻访后所整理出的点点滴滴，恰恰无心插柳地给现时的党员干部送上了一片鲜活的精神绿荫。

不只是深切缅怀养育并影响了自己一生的父亲，这本书的价值还在于它以不加虚构的笔法保存了那段行将远去的历史，江南水乡一个曾经贫穷落后却不失纯真美善的村落连同那些呼之欲出的生命，被我们重新凝视并引发思考。作者所忠实记录和解读的传主不是孤立存在的，他所置身的是一个丰富而庞杂的农村社会，各色人等的生活场景和精神轨迹，在这里次第展现；笔墨追溯的时间跨度有大半个世纪，穿梭在一百二十则故事里的人物，不仅是一批中国最基层的农村干部，更多的是平凡而普通的张家婆婆李家媳妇、一声令下奔向河堤挖土方的精壮民工、有能耐搞来种子的五保户老人、最早进入阳澄湖发展渔业的那批船只……人与人之间的交集、矛盾和互动，几代人对物质与精神所表现出的渴求与追逐，构成了江南农村那个过往时代的缩影，让人读之难忘的是那一幅幅活色生香的水乡民俗图与风情画。

坤元是一个农民的儿子，对家乡和土地有着特别的情感，他写父亲其实就是写他眼里的故乡和他所熟悉的芸芸众生，为父亲立传就是为生养他的故乡立传，他投入的是一腔真情，而真情的力量是足以叩击人心的。他写那位把他抚养到七岁的阿子惠好婆，写为他们蒋家劳碌而英年早逝的嫂子，写父亲送他当兵的那天在公社礼堂外走来走去彻夜未眠，写父亲临终前想吃一碗豆腐花他开着车满大街地找……这些片段均令我在阅读中几近落泪。他称父亲“是一棵默默无闻的老树根”，进而联想到新疆的胡杨树，说父亲这棵老树根，有三百年的顽强，“活着不死一百年，死了不倒一百年，倒下不朽一百年”。父亲到死未给子孙留下任何财产（病重时他担心让儿子承受太多的费用而不肯治疗），却把精神和情操的伟岸栽植在了子孙的心中，令他们在这“喧嚣的尘世里不敢伪善，不敢懈怠，更不敢穷奢极欲”（作者语）。

谢谢坤元在这稻谷飘香的秋日给我们带来的这部好书，领我们走入阳澄湖那段渐行渐远的岁月。

二〇一六年九月二十三日于如皋丽泽华庭酒店

序《唐洁画集》

大约在我四五岁时，当小学老师的母亲下放在六合县瓜埠果园劳动，我常常会跟着母亲去那儿玩耍。在葡萄园里我能一待待好久，看长长的藤蔓和那一串串晶莹欲坠的果实。往果园去的路上，母亲牵着我的手，从我眼前掠过的是成片成片的绿树，和缓缓流淌的碧清的小河，这些大约便是留在我记忆中关于童年最美好的影像了。

可能不只是唐洁会有这样唯美且深情的描述，对一个画家而言，幼时出现在他（她）视野里的山川湖泊、鸟鸣花影，或许能影响并伴随他（她）的一生。

唐洁是一个性格安静的女孩，十几岁时她迷上了剪纸，放了学躲在房间里不声不响地一坐就是几个小时。不只是照着别人的样子剪，她还根据自己心里的构图，创造出了一批形神毕肖的山水花鸟。待自己觉得有了几分把握，她把她的剪纸作品投给了《南京日报》等几家报纸，还真的就被美术编辑看中了，把它们发表了出来。

高中毕业后她先去爸爸的单位工作了几年，那一阶段她已开始对花鸟画有了兴趣，下了班或休息日她总是往教画的老师那儿跑。一直到了一九九四年，二十五岁的她才放下工作，考入南京师范大学美术系深造。她比那些读书没耽搁的同学要用功得多，三年里她扎扎实实地学到了不少的东西。赵佶、陈老莲、任伯年、居廉，及至齐白石、赵少昂、高剑父，这些跨度达几百年的大家们的山水、花鸟她都逐一花了功夫去揣摩、去体悟。像一棵树苗一样，她先得找到一块肥沃的厚土，把自己的根深深扎下去，而后才谈得到自身的生长发育，把树干拉出来，把枝丫亮出来，把所有的积累转换成一道令人注目的风景。

大学毕业后她并没有机会去搞专业，而是又回到了原来的单位。干什么并不重要，重要的是她脑子里一直有那呼之欲出的各色各样的花和那扑扇着翅翼的各种形态的鸟。一有了点空闲，她便会铺纸泼墨，让它们在她的画幅上跳将出来。她一直就心无旁骛，二十多年里专攻花鸟。她拿了好几个全国性的大奖。二〇〇三年出版了她的第一本花卉画集。当时给她的画集作序的是著名画家罗邦泰和我所敬重的文学前辈俞律先生，他们两位都给予了充满期待的评价。

十年磨一剑。整整十年过去了，唐洁于今春编就了她的第二本画集。较之十年前的那一本，不仅在技艺上有了质的飞跃，着色和用笔更显一种从容与老到，更重要的是画面上所体现出的思想的凝练与深沉。对社会与人生的体察、领悟巧妙自然地融进了她笔下的线条和墨色里。比过往的作品或许少了几分明媚和鲜丽，但却多了稳笃、沉着和练达。有一幅《赏雪图》，残荷败叶上歇着一只神情专注的麻雀，枝叶上残留着几点若隐若现的白雪，色调濡染得十分暗沉和凝重，冬的肃杀之气被传递得淋漓尽致。再看一幅《清荷弄晚凉》，一片片花瓣舒展得那般雍容华贵，这是画家不吝笔墨咏唱的荷花——画集中不乏荷之婀娜且灵动的身影。在我与唐洁的对话中，她不止一次地流露出对荷花出污泥而不染的内在品格的认同与赞赏。她向我介绍说，她把这幅画放在微博上时，还特地配了一段这样的文字："凌波之上有仙境。期盼有一方洁净的天地，不只是在画上，也不只是在心里，而是在我们生活的地方。”心中那份美好的期冀，她几近抑制不住地要呼喊出来。在当今这个被物质与金钱搅得近乎浑浊的世界里，真正的艺术家可能会比常人多一分清醒，多一份内心的宁静，他把那点想象中的美好尽可能地去放大，并用以感染和感化他周围的人群。

世俗与忙碌，总是在牵扯着我们。而艺术家有时会跳出生活的重重包围，在他的那片精神天地里，寻觅和捕捉依旧唱着欢歌的山涧溪流，鸟语花香。面对这本意趣四溢的《唐洁画集》，你有理由这么相信。

二〇一三年三月三十一日于南京

序曹欣《微信影集》

曹欣是我熟识近三十年的朋友了。初识之时我俩都才三十岁出头，正是人生往上走的那一段，干起工作来常常不要命似的，十分投入。那时候他已经是上海铁路局南京分局的一名宣传干部了，负责与媒体对接这一块。而我彼时正好在省里搞一本共青团的杂志，也需要有这条线上团员、青年实时动态的反映，因而很自然地有了联系和交往。那几年里，他为我们的刊物写过不少稿件，也给我的工作提供过许多帮助。比如，出差买不到车票，总找他，他想了天法也让我们成行。记得有两次夜车去北京，他特地从家里赶来，交代列车长一路上多加照应，那情景弄得我们一行几个人都感动得不行。

一九九二年我调离团刊去了出版社，这以后的联系也就渐渐少了，但我仍从别的朋友那里间断地了解到曹欣后来的发展和进步。他一直没离开铁路系统，也一直从事着党务和宣传工作，先后在南京西站和南京站担任过党委、纪委和工会的领导。印象中他是那种稳健、踏实，为人处世都很厚道和坦诚的人；写文章也总是情理兼备，让事实说话，不搞花拳绣腿、虚张声势那一套。

也就在大约一年多以前，有一个我俩共同的朋友组织了一次小型聚会，使我们得以久别重逢，再续当年的友情。及至今年春上，曹欣告诉我，他打算把近两年在微信上所发布的一些摄影作品编一本书，给自己业已退休的人生作一个纪念，也给关注和关心他的各界友人送去一份美的分享。我很赞成他的这个想法，并高兴地接受了为这部美图集写篇小文的邀约。

全书由三部分组成，比重最大的是第一部分："云游四方。"从拍摄的时间上可以看出作者马不停蹄的身影。这些作品几乎集中在他退休后的这一年里，东西南北，山川河流，他毕生为之服务的铁路，为他此番自由出行、遍览祖国壮丽景色，提供了极大的便利。上青藏高原，赴大秦古都，阅南疆风情，游江浙水乡……他如一名不知疲倦的行者，用手中的相机（手机）一路记录下神州大地七彩斑斓的生命具象。镜头下的万物虽是无声的，但透过那光与影的交汇与融合，我们能听到作者欢欣、激越的脉跳，还能听到神奇的大自然所释放的各种充满生机的歌咏。影集的可贵还在于，它并非一些山光水色的堆砌，每一组照片都配有一段与之相关联的文字。我仔细看了，这些文字还都不是随随便便信手写来，不仅讲究词汇和画意，还注重史实与掌故的穿插、运用。以我对曹欣的了解，他一定是事先很认真地做了功课。虽是“云游”，但绝非跟风似的看看热闹，每到一处，想来他对人文地理、风土人情或多或少都做了些探寻和琢磨。这样不无创作意味的图文结合，在微信朋友圈里适时推出，则不只给人以鲜活灵动的美感，更给人以关乎历史和人文精神的一些思考。

而对于生于斯长于斯的这块故土，作者所投注的情感则愈发显得深沉。特别引人注目的是他镜头下的浦口和下关。这两处金陵之地所呈现的影像，涂抹着作者浓烈的情愫。浦口是他的出生之地，那里有他儿时放飞梦想的田野，和青春期就读的学堂，他拍摄了这里风吹草动的荒凉，和不再有列车驶过的曾经辉煌的浦口站的站房，以及那一眼望不到尽头的滚滚长江，画面所透出的怀旧之慨和怅然之意，强烈击打着那些身处异乡因而格外思念故乡的游子之心。面对下关，他同样百感交集，这里有他个体生命中太多的记忆，他以一个铁路人特有的捕捉方式，拍下那已近萧条的南京西站的站牌，和杂草依傍归于沉寂的铁轨专用线；而在另一组关于下关的画面中，我们则清晰地看到了作者思想所站立的“制高点”。他在这段配文里如此写道：“中国近代史的起始与终端都和下关密不可分。中国第一个不平等条约是在下关签署的，就此拉开近代史的帷幕；解放军百万雄狮胜利渡江，标志着近代史的结束。”而被他摄入镜头的则是竖着历史记载石碑的天妃宫和凝重大气的“渡江胜利纪念馆”。目睹这样的时光定格，读者脑海里所掀起的是苦难华夏百年近代史的巨澜狂涛。

还想说一说此本影集的第三部分内容，这是较深地切入自我生活领域的一些作品。手机微信上，我们经常可以看到各种自我陶醉式的“自拍”，本书作者则很自觉地摒弃了这种令人生厌的孤芳自赏。他的镜头里虽然也有“我”——“我”的视角、“我”的感悟、“我”的情之所系，但却“我”中见出更阔大的世界。比如，他不加掩饰地表露自己对足球的喜爱，对足坛劲旅阿根廷队的追随——从马拉多纳直至梅西，这份挚爱坚持了三十二年之久。他所选择的图片是一幅魅力四射的梅西的头像。从这样的图片及相关文字里，我看到了一个充满血性的男人那永不衰老的生命机能。再如，对友人石延平的一次追踪拍摄，真实记录了一个从铁路上走来的文学青年，如何经过自身的努力，一步步成为知名画家的成才之路，展现在读者面前的只是几幅简洁的画面：主人公伏案挥毫的背影、书房里错落有致的书架、几本摊开的在画界引起轰动的美术论著，尤具情调的是画室里几盆绿意盎然的兰花，恰到好处地表现出人物高洁的雅趣和心志。和“我”靠得最近的可能是那组关于爱女的系列照片。作者饶有兴趣地给我们讲述了一个巾帼不让须眉的励志故事：女儿北漂十年，在影视界顽强打拼，由演员而导演——她的生活，她的衣食住行、喜怒哀乐，她拍摄的剧作，她和一些著名影星在拍摄现场的合影，等等，一幅幅画面生动逼真，拍摄的角度细腻传神。读者在欣赏之余，自然感受到身为父亲的拍摄者那溢于言表的舐犊之心和难以掩藏的得意之态。

刚刚从工作岗位上退下来的曹欣老友，在不到两年的时间里走了那么多的地方，拍摄了那么多可供玩味的自然风光和人物形态，他对摄影艺术的执着追求令我心生敬意，故而不揣浅陋地乱说了一气，让大伙见笑了。赶紧打住。

二〇一五年五月一日夜于南京

一组迟到的读书笔记

去年七月上旬，老同学曹义田的孙女过十岁生日，我去江都致贺，喝喜酒，住了一晚。次日晨，蒙一批老友盛情，约聚冶春江都店早茶。席间，除品尝点心菜肴之美味，更喜得一批文友馈赠之新著，不胜欢欣。

一摞书被我拎回南京，逐一翻读中，生出欲为它们写点什么的念头。后因不断遭有杂事干扰，而令此想法迟迟未能实现，心下便有了负债之感。及至过年这一段，稍得闲空，遂将这批友人赠书又重新翻看，并形成几点散思杂感。然终究浮光掠影，怕是挠不到痒处，谨奉诸友，以博一笑耳。

评说顺序且按那日得书先后，无排名之意。

第一本：《老扬州传说》（广陵书社，二〇一七年四月版），褚德军著。此书装帧设计颇雅致，版式也具书卷气。收入德军近年创作的民间故事三十四篇，约十二万字。我与德军相熟已久，当初他搞企业红红火火，名声很响，我操持一本团刊，专门去他那儿采访，写过他的业绩与经验。没想到若干年后他会对文字产生兴趣，还真就锣鼓家伙、刀枪剑戟地操练起来，且非小打小闹搞点豆腐块儿，愣是一大篇一大篇地整本书给你瞧瞧。德军介入文学的选项也别出心裁，独树一帜，这和他自幼的生活环境与文化熏陶有关。这批出自他笔下的民间故事，素材来源是其少时在一个特殊的场景下（其父为当地农民治疗血吸虫病的临时病房里）听到的若干民间传说，凭着他的博闻强记和故事天分，把这些极有可能失传的民间瑰宝，在注重品位与情趣的前提下，有选择地发掘并整理出来。对地方优秀文化在新时代背景下的传播与弘扬，德军义不容辞地显出一以贯之的责任感，这与他当年做企业时的精益求精、全身心投入，似也如出一辙，有异曲同工的味道。据为此书作序的杜海先生文中透露，德军还是位正儿八经编写过大型戏曲剧本的戏剧迷。德军生长与生活的宜陵古镇，一直以来是扬剧等地方剧种较为活跃且广泛传布的区域，这些文化因子的渗透与影响，对其所擅长的民间文学创作，无疑有着不可忽略的积极意义。戏剧所追求的一波未平一波又起，和注重人物间的矛盾冲突，以及结构设计的环环相扣，这些鲜明的特质，全被巧妙地活化在了其民间故事的艺术构思与层层剥茧似的表现之中。这是他的得天独厚，也是他在这一文学选项里，有可能走得更远的一个强有力的支撑。

第二本：《乡野夜话》（文汇出版社，二〇一六年二月版），王裕林著。最早与裕林有交集是三十多年前了。当时他做乡镇团委书记，我在团县委工作，都还是小伙子，如今都已入了花甲。他的这部散文集，也都成稿于退休后的这几年。区作协主席李景文在为此书所作序中，对其作品流露出的真情实感给予了很高评价，认为他“是以一种对历史和生命的敬畏，将先辈的生老病死、喜怒哀乐诉诸笔端，化为一种绵绵不绝的亲情和思念”。由书名便可得知，裕林退出工作岗位后，回望漫漫人生路，最看重的还是身后那片给了他生命，也给了他丰富人生的乡野，书中绝大部分篇札，都围绕乡情、亲情和世情展开追怀和倾诉。这一点，与我不久前论及的丁志方散文的落脚点基本一致。数十年工作辛劳奔走，岁月总在匆匆复匆匆中一去不返，而当最终停歇下来，发现那沉积于心的，竟是些当初并不起眼亦无半点喧闹之声的平平淡淡的亲情、友情，甚或就如乡野一般朴实无华的邻里之情、乡党之情。辛弃疾词曰“舞榭歌台，风流总被雨打风吹去”，都曾是江湖中人，归隐山林后，不约而同地选择以文寄情。个中的缘由，想来又回到了元好问那句千古不朽的词里：“问世间情为何物，直教人生死相许。”

第三本：《悦读·心赏》，徐多庆著。多庆是一位高产作家。早几年由江苏文艺出版社出的一套十一本“江都作家丛书”里，有他的《夜空流萤》，惜我未曾读到。由此书后勒口上获悉，他还另有《二月诗情》《三月清风》《聚焦人物》《见证》等不同体裁的作品结集。在与多庆的交谈中，听他说起过，最早见到我是在樊川。当年我曾领着柯蓝等一批作家不止一次去过樊川，和当时已小有名气的红杏文学社成员见面交流。出面接待和负责安排相关活动的，是我一直未曾忘怀的诗人、时任樊川文化站站长的田诗楼。多庆说，那是在一九八五年前后，其时他已写了不少诗，是红杏文学社的骨干。可惜时间久远，细节部分不太记得清了。从他那日给我的自印本《悦读·心赏》，约略可窥其生活兴趣的广泛和对新鲜事物超乎常人的敏感表现力。他激情充沛，如一汪山泉汩汩而出，有点挣脱开来、捺也捺不住的意思。古诗名篇，经典老歌，他皆能触景生情，引发联想，大胆阐发身为今人的所思所感所虑。但稍觉遗憾的是，作品可能大多为急就而成，故时见新闻之印记，若论厚重隽永，或别开生面之深刻，似乎还缺了些。不知所言当否？仅供参考。

第四本：《石姓曹氏史话》（南京大学出版社，二〇一七年一月版），石义为（恩名曹义为）编著。这是一部探寻家族来龙去脉，史料丰富、考证扎实，足以体现著者严苛的治学精神和丰厚学养的学术性研究专著。据悉作者退休前是一位学者型的部门领导，主持过多项地方重点课题研究项目，主编过多部区域性具有文献特点的论著。这部凝聚着作者多年心血、与列祖列宗进行精神对话的求证之作，在其认祖归宗的执着探求里，使人强烈感受到作者心中那份炽热浓郁的乡愁情结。家族文化是中国传统文化中的重要一支，厘清其源头所在，找到其历史与当下的交接处，进而获得赖以传承的文明之香火，作为学者的义为，在这番长达数年的艰辛劳作中，无疑收获了一份巨大的慰藉和乐与他人分享的欣喜。

第五本：《川上屑谈》（江苏文艺出版社，二〇一〇年四月版，系前述“江都作家丛书”之一），栾碧军著。

与碧军初识于二〇一六年十月间的上海。他和陆华军共同出席江都籍诗人刘希涛一本重要诗集的首发式，我作为在江都工作过的代表也受邀与会。对曾在军营服役多年的华军，我印象颇佳，他的诗与歌词皆写得灵气十足，富古典韵味，我曾主动为其写过诗评。活动中碧军与华军比肩而坐，发现他俩共同的特点是言语不多（而非那种夸夸其谈、所有本事全写在脸上的类型），与人交流，显得坦诚而谦恭。对这样的后生我不只喜欢，还有几分由衷的敬重。

碧军的文字，搁你面前，有一股不可慢待的凛然之气。他谈书论书，书里书外走出走进，能听得见他所带来的茫茫星空、浩浩历史里的风声雨声。他称得上一位饱读之士，读书之广博，可谓横跨中西古今，而对诸多名人名著乃至名篇的研读之深，更令我叹为观止，先哲的若干思想观点、言论主张，总见其信手拈来，为我所用，于读书上所花心力，足见一斑。

文章这件事似乎人人会做，功夫与厚度却是装不来的。书一翻开，几篇文章一读，有几多拳脚，基本也就不言而喻了。我说碧军的文章里面有股子夫子气，这个夫子气不是掉书袋，不是食古不化，更非故弄玄虚，而是字里行间透着一种似由远古而来的文人气脉，历朝历代士大夫所特有的精神气象在其间升腾氤氲。这不容易，不是每个读了书的为文者都能做到。有的人书也读了不少，但在里面七绕八绕地找不到出来的路了，迂在里面了，碧军无疑是训练有素的跋涉者，他入文山书海，一副进出自如的潇洒之态，走了一遭出来，他知道自己要干什么，要和朋友们分享一点怎样的思想见解。某本书可能原本很冷，不为人所瞩目，他却能从里面把值得关注的热点搜寻出来，提炼出来，进而形成自己独到的发现。其实这便是读书的要义所在。这个意义上，《川上屑谈》可视作一位饱读诗书而又特接地气的思想文化的导游，它带我们入古意蓊郁之林，行欧风美雨之旅。

回转来还想说说书名。川上，寓龙川之意？好！行不更名，坐不改姓，给人一种归属感和溢于言表的乡土荣誉感。自然还可释读为河流、水边，让人想到读书人的老祖宗孔夫子，想到响彻千年而不衰的名句：“子在川上曰，逝者如斯夫。”因此油生空廓悲壮之感。屑谈，谦词，读罢全书，你会识得这个“屑”里藏着多少玄思妙想。我在百度上输入“屑谈”二字，跳出的便是这部《川上屑谈》的介绍，如此情景下的不期而遇，令我有几分兴奋莫名。

一次普通而又随意的早餐相聚，竟让我得了这么一摞还都能掰开来说一说的好书。著书立说，在一个地方蔚然成风，确是一件令人振奋的大好事。别的方面我不太知晓，而文学创作，江都在全省大约算得上一个重镇。庄晓明的诗歌、李景文的小说、梁明院的散文……几个门类似都有了自己的领军人物，以点带面地辐射开去，自然便形成一种良好的氛围。而这样的氛围，想来会影响并带出一班人来，甚或对于整个地区文化的繁盛，文明程度的提高，也都能起到不可低估的推动作用哩。

二〇一八年二月二十八日

以书结缘的吴江诸友

一

与锦华算得上是老朋友了，一直就想写点什么，记录下我们之间的往来和友谊。恰逢她的新著《在北美读东方禅语》出版，而且这还是她的第二十部作品，这样的机会实在是再好不过了。

二十，是一个很有意义的数字。倘是一个孩子，在家里长到二十岁，做父母的是要为他的生日好好办一办的。这个办有两层意思，一是庆贺，为孩子长大成人，为他抖擞羽毛即将飞赴开阔的天穹；二是感念、感慨，为父母者历经二十载春秋寒暑，育子不易，其间甘苦唯心知。那么作家呢？写了二十部书的作家呢？生活中并无谁来要求她这样，并无谁给她设定如此一个目标，全是听从了心的召唤，而这么一篇篇一篇篇地一路写下来了。于作家而言，写到后来，大约也就成了生命中不可或缺的一部分了。我突然就想到了坚持这个词，世间有太多的奇迹就是在坚持里发生的。不声不响的锦华，微笑着带我们走进一间屋子，而后变魔术般地在一张桌子上摊出了二十本封面各异的漂亮的著作来，这是一幅怎样的场景呵！我想我们每个人都会为之动容的。

这段文字是二〇〇九年五月三日（劳动节放假期间）我在浙江西塘的一个小旅馆里，为好友吕锦华当时即将出版的散文集《在北美读东方禅语》所写序言的开头部分。

十年不到，已恍如隔世。就在这一年的十月，锦华因连续一个多月的高烧而被查出患有淋巴肿瘤。我得到消息后，第一时间赶赴苏州一院探视。锦华与此病魔搏斗了将近五年，我每年都抽出时间去往吴江她的家中，送去一份老友的问候。

二〇一四年八月三日，吴江女儿吕锦华病逝于加拿大。八月五日晚，苏州文联薛亦然兄发来短信，告知这一噩耗，我伤恸不已。次日应《姑苏晚报》之约写下《她的歌会在天堂唱响——哭别吕锦华》一文，表达我的哀痛之意。文中还简略回顾了锦华对丰富中国散文创作所做之贡献，和对苏州尤其是吴江文学事业之繁荣所付出的殷殷心血。

二〇一五年的清明，我试着拨通了锦华吴江家中的电话，获知她已魂归故土，骨灰安放在苏州灵岩山上。

斯人已去，由我写序并为之出版的《在北美读东方禅语》，成了她留在这世上的最后一部绝唱。今又清明，再次翻读她深情而唯美的文字，不由潸然泪下。

二

我跟阿庆可谓一见如故。阿庆的率真与坦诚，在我们第一次（一九九六）相遇时，我便有所领略。那个冬日的晚上，阿庆用产自山东的泰山特曲款待我和几位朋友。酒是用小坛子装的，一人面前搁了一坛。阿庆虽生于美丽的汾湖之滨，但其性格之豪放、身形之魁梧，却更像一条北方汉子。从那以后我们便有了书信来往，阿庆有得意的作品出手，总忘不了给我寄一些来分享。记得由我任主编的《东方明星》杂志曾集中推过由阿庆领衔的一组吴江作者的作品。

……三十七岁以前的阿庆，所有关于他的故事，都发生在那个叫作芦墟的地方。那是吴江境内一个古老而繁华的集镇，芦花飘飞的湖面是他童年嬉戏的乐园。他在那里读书上学，务农做工；在那里吃饭睡觉，娶妻生子；在那里写出他的第一首献给恋人的诗，第一篇被当地广播站采用的新闻稿（他回忆说，第一次在那个匣子里听到播诵自己的文章，那只搭在门框上的手竟因激动而发抖）；在那里组织了一批志同道合的文学爱好者，成立了以出生地命名的文学社，并创办了一本坚持达十年之久的油印文学刊物……那里有一方——他放飞青春和激情的永远令他回味无穷的美妙的天空。

——三十七岁是阿庆生命中的一个拐点。命运之神把面孔朝向他的时候，露出了那么一点点倘不经意便很难发现的笑意，有备而来的阿庆抓住了这次难得的机遇——《吴江报》复刊，面向社会招聘编辑记者，要一名副刊编辑。在一批应聘者中他被有幸选中。一九九五年一月十六日，《吴江报》（后改名为《吴江日报》）复刊号第一期“垂虹”副刊新鲜出炉，在芦墟乡间办了十年油印刊物的阿庆便是这桌美味的烹饪师。这以后的十几年里，报纸几轮变革，专、副刊不断扩容，阿庆却矢志不渝，始终坚守在这块不无寂寞却充满温情的园地之中。经他之手编发了数以万计的各类稿件，发现和培养了若干具有创作潜力的基层作者，在每年一届的全省报纸副刊好作品评比中，《吴江日报》作为县级党报，其获奖作品总是名列前茅。他的兢兢业业和独具慧眼，为他所热爱并投身的《吴江日报》多次赢得了光荣。

阿庆的大名唤作沈荣庆，可报社上下都喜欢叫他阿庆，仿佛他始终就是一个邻家的阿哥，不会变老，永远都那么和蔼可亲。

上述文字摘自二〇〇六年十二月十六日我为阿庆散文集《记着，真好》所写的序言。这一年，新华报业集团组建成立了图书编辑出版中心，并与北京大众文艺出版社合作出版“新华文丛”。阿庆的这部集二十二年心血之结晶的作品集，入选此套文丛。他约请我为此书作序，我因此认真阅读了他精致而灵动，且不无历史厚重感的全部作品。序文中写了我们的交往，还写了他生命中一些闪光的片段，更多的笔墨落在对其作品广度及深度的探讨上。

这一晃，十多年过去了，我眼中年轻壮实的阿庆居然也到了退休的年龄。但从微信上获悉，生性活泼的阿庆又紧锣密鼓地开始了他人生的第二春——阿庆作文班已在吴江顺利开班。他要把自己几十年积累的本事传授给那些可爱的少年，他的拳脚功夫将在这片他成长的土地上传播开来。我由衷地为阿庆点赞。

三

甲午之年，由吴江区委政府组织当地数位文化贤达精心编撰并出版的“吴江历史文化丛书”（共九本），是对吴江这片文化厚土的又一回全方位的精耕细作，也可称作是又一次分门别类更具鲜明特点的区域性璀璨文明史的全新展示。

我很欣喜地了解到，我的好友陈志强先生受邀承担了这套丛书中《吴江风物》和《吴江古镇》两本书的编选工作，并担纲大部分篇札的撰稿。我与志强熟悉有些年头了，十几年里，我印象中他一直就在不停地写书，而且写的大都是关于吴江的书——吴江的水，吴江的桥，吴江的古镇古街、古宅古园，还有吴江的谜话、楹联、诗词，吴江的民俗风情、历史人物，涉猎面异常开阔，且在进入的深度和书写的细致与准确上下足了功夫，凸现其治学的严谨与扎实。十几年里他向养育他的故乡奉献了二十余种颇具文史价值和美学内蕴的地方文化普及读物。这些著作不仅在省、市、区获得多类不同的奖项，更成为江南多处旅游景点上的常销书，为海内外前来观光的旅行者所津津乐道。

志强先生可称为“吴江通”，是吴江文化历史的一本活字典。十几年里，在出书上我们有过较多的合作，谢谢他对我的信任，总把一些很重要的著述交与我来安排出版事宜。他的文字老到而干净，学问做得严谨扎实，滴水不漏，其文风和治学精神令我钦敬。由他编著的《吴江风物》一书于二〇一四年由江苏凤凰文艺出版社出版，蒙其不弃，邀我为序。我以《成功之花只向耕耘者开放》为题，写了对这部大著赏读的感受。《苏州日报》稍后发表了此文。

顺便还说一说，由桃源陈培荣君与陈志强合著的《桃源》一书，早在二〇〇九年作为“新华文丛”第七辑的一部重点书，出版后受到多方欢迎，不少友人讨去作为研究、探寻吴江和桃源历史文化的入门向导。二〇一七年该书修订后又加印若干，为推动桃源镇经济和各项社会事业的发展，发挥出了不可低估的作用。

四

谢谢锦华，让我有幸结识了这样一位充满才情的女孩。阅读这部收有一百余首诗作的《梦里梦外》，我竟也有了一种置身于梦境之中，或幻或真的感觉，似乎很难把这些创意独特、情思飘逸，甚至连遣词造句都显得十分精确且老练的诗行，同一个年仅十二岁的少女联系在一起。印象中这样年纪的孩子，大多还处于人生的懵懂状态，世界观尚未形成，即便有了些关于世事人情的认知和意识，一般也是肤浅而模糊的，很难有什么真知灼见。毫无疑问，张吴越用她完全属于自己的声音，唱出了大大超越同龄人认识水准的，对这个复杂多变的大千世界的咏叹和叩问。从她那些很见思想锋芒的诗行里，你能发现在她小小的脑瓜里有着太多的问号，她向这个熟悉而又陌生的世界投去一束束打探的目光，更把求索和寻觅的触角伸到了自然和社会的多处角落……

上述文字写于二〇〇九年十一月二十三日凌晨，是为当时只有十二岁的吴江女孩张吴越的一本诗集《梦里梦外》所写序言中的一段。这又要说到吕锦华，她生前关心和帮助过太多家乡的作者，只要是朋友相托，她总会倾心尽力，施与援手。张吴越的诗就是锦华推荐给我的，嘱我设法给予出版。诗集出版后，锦华邀我来吴江与小诗人和她的父母见了一面，我们在一道吃了顿饭。女孩的父母都是吴江市人民医院的医生，记得不错的话两人都是陕西人，大学毕业后同来吴江生活并发展。小诗人话不多，见了我只是笑笑，我问了她学习上的一些情况。这以后便没有什么联系了，想来这孩子也快大学毕业了，不知还写诗吗？这些年里倒也偶或想起这个富有才情的女孩。

五

和吴江的朋友因书而结缘的，还真能开出一批名单来，诸如吴江机关事务管理局的老局长俞荣华，人事局副局长后做过吴江市文联主席的俞前，市文化馆从事地方音乐研究的秦怡东老师，当时在人武部任职的沈泾潜和在保险公司工作的李阿华，在黎里南社纪念馆供职的周春华，等等。一方水土养一方人，吴江在我的心里，始终是一种温文尔雅、谦和美好的形象。前面说到的这些朋友，同我的接触或深或浅，相互间的了解也或多或少，但同属于一方水土的特质在每个人的身上又都是相似或相近的，他们友好、善良、真诚、淳朴，为人处世不事张扬，又特别善解人意，这其实正是一块土地、一个城市最吸引人的地方。我因此喜欢吴江，愿意同吴江人交朋友。

记于二〇一八年清明

辑三

品读马车夫的诗歌近作

很高兴又读到了马车夫的诗（刚刚过去的二〇一五年他在《诗刊》和《星星》《绿风》诗刊上均有不负岁月的力作呈现）。早在一九九〇年，二十七岁的诗人刘舰平便以马车夫的笔名在当时的安徽文艺出版社出版了他的第一本诗集《马车夫之歌》。一个憨直、踏实而纯朴的歌者的形象因此留在了诗坛。我大约是这本诗集最早的获赠者之一。记得那一年的夏天，我在南京一处租住的公寓里，打着赤膊流着汗，读他那里面的七十二首诗，并应一家晚报之约写了篇读后的短文。

时间过去了二十多年，而真正的好诗并无半点褪色。比如这首当年便令我击节赞叹的《怀念岁月之弧光》——“我倚在床上 / 眼睛能看到墙上 / 墙上有一个旧镜框 / 里面贴着旧照片 / 好多面孔已经模糊 / 像大家坐在一起吃饭 / 或者商量播种和收获 / 我认识他们中的几位 / 他们已经走了 / 山那边有几块空地 / 他们不愿意荒了 / 就走了 / 肩上扛着锄头 / 嘴里唱着歌儿 / 他们很忙 / 从此没有回来 / 据说生活得很好 / 只留镜框里的图像 / 给大家逢年过节 / 怀念。”写这首诗的时候，诗人才二十多岁，但作品里却看不到一丁点儿那个年代的痕迹，没有“假大空”的虚火，也不玩花里胡哨的技巧，通篇走的是接地气的素描式路线，行文平静、坚实，如叙家常般地娓娓道来，而生命之树的生生不息，其庄严，其凛冽，尽在这不无沉郁的基调里得以充分的宣泄。

漫长的时光自然给了诗人足够的浸淫，但有一种个性所赋予的诗的内在特质，却如影随形，在其当初步入诗坛时便已打下了烙印。二十多年前，马车夫对自己便有这样的评价：“我是一个孤寂的人，唱着孤寂的歌谣。”读他的近作，发现在他行云流水般的诗行里，依旧泛着属于诗人所独有的那种孤寂之光。他写那昆明湖上的“红嘴鸥”——“有一天，我会像一只红嘴鸥 / 到春城过冬，或者在滇池的湖面上翻飞 / 我的姿势一定很美/我的歌喉一定很美/有一天，我落寞了/我会像一只红嘴鸥/站在海埂公园的草地/看一对对幸福恋人嬉戏/而他们全然不觉/以为我从未有过青春”（《红嘴鸥》，载《诗刊》二〇一五年八月号上半月刊）。画面的铺展可谓不紧不慢，从容有致；语言一如早年的平白晓畅，且富饱满的韵律感；诗所构筑的空间结构，显得异常开阔和灵动；而意境的发掘几乎是在读者不经意间完成的，不见半点雕琢之迹，却现浑然天成之圆。“落寞了”的红嘴鸥，站在草地看恋人嬉戏，突然间的视角反转，让“幸福”中的恋人来审视眼前不再“翻飞”的精灵。“而他们全然不觉/以为我从未有过青春”，太多排山倒海的故事在这里被诗人欲说还休地戛然而止。这种艺术上的隐而不发，却给人以无穷尽的遐想。照应全篇诗意上的推进与收束，你可曾体悟到深藏于诗中的那份“念天地之悠悠，独怆然而涕下”的高远与孤寂？！

再看一首写春天的《望春路》。一条与春有关的路名触发诗人雨花般飘扬的思绪，令他在阴冷的季节遥想那春的暖意。整首诗也就十六行，笔墨的铺陈很是节制，但绵延起伏的诗的节律和一点点“显影开来”的诗的立意却把控得恰到好处，读之有置身于海滩，见一波波海浪向你扑来的那种感受。且随我进入马车夫这首别具情韵的咏春之作——“其实，春天还很远/而我正孤单地站在望春路上/把宁波的前世今生琢磨/我多像油灯下唱着摇篮曲的饥馑母亲/泪眼张望着大海/涛声说，‘春天，我会从海上归来’//阴冷的海风把天地搅得一片腥湿/但我听到了一种蛰音/先在浅处/细微地显影出来/像是把陈年的什么东西翻动了//所以，我说，我看见春天来了//我看见春天/如此清晰地看见春天/并不是我的先觉/而是与望春路有关的话题”（载《绿风》诗刊二〇一五年第六期）。写春天的诗读过不少，这一首无疑是标新立异的。色调上没有五彩斑斓、花团锦簇，甚至看不到些许美艳之色，但海浪布阵般涌动的春意却分明从诗人凝重而沉郁的歌唱里，一阵紧似一阵地感应到了。所谓“于无声处听惊雷”，说的便是这种沉郁所蕴集和可能释放的能量。

相对于惊涛拍岸一泻千里的长篇放歌，我更偏爱这类讲究布局诗意浓缩的启思之作。与《望春路》同时见诸于《绿风》诗刊的《薰衣草》和《宽窄巷子》，也能一窥马车夫捕捉生活的玲珑慧眼和四两拨千斤的艺术表现才能。前者写对伊犁河畔薰衣草的眷顾和迷恋，“我们远远地站着”“生怕杂乱的脚步声会把它打扰”，精细地描画出人在大美面前的那种怯怯之意、敬畏之心。后者以寥寥几笔勾勒出老城成都的烟火气息——春熙路、老爷车、美女、宽窄巷子、喝茶、川剧、变脸绝活……属于这座城市最经典的闲适，被他似乎很随意地勾连在了一块，组成了一幅浓烈的民俗风情画。而在这两首收放迅捷的凝练短制里，我也一样体会到了诗人那挥之不去的孤寂之美。甚至于，当他为生于斯长于斯的故乡纵情而歌时，你还能依稀觉出他的那种沉着才有的收敛。他唱“轻盈的飞燕回到村庄”，唱“洄游的鱼溯流而上”“把一江春水搅出爱的模样”；唱“田野上空的劳动号子”，唱“工业园区轰鸣的机器”“把这一片土地镀亮”(《我在靖江的江上》，载《诗刊》二〇一五年五月号下半月刊）。这首诗的开头，诗人以告白的句式直截了当地挑明了与咏唱主体的关系——“我在靖江的江上 / 归来或者出发”，设立这样的叙述基调，首先让你生出一种特别温馨的导入感；及至诗的末尾，这一句式复沓式地再度出现，则除了有一唱三叹的艺术效果，更多的可能是体现一种昭示：这一次的“归来”意味着下一次的“出发”，诗人传递出的情绪，分明是昂扬里更具一种力拔山兮的沉郁。

回归诗坛的马车夫，虽无太多发表的数字，却以优质而赢得诗爱者的关注。作为他的老友，我为其绝不流俗的诗之风采而由衷地赞叹。

二〇一六年一月十七日

张学诗近作读后

与张学诗熟识近三十年了。在我心里他是这样一个人：善良、真诚、敦厚、持重，还有坚韧——无论生活中遇到了什么，哪怕是病痛、磨难，他都不泄气、不消极，能在苦难的背后看到温暖如春的火苗。

他是一个内心始终充满爱的人。因为爱，所以对生活、对周遭的世界，他才会有那份绵绵不绝的热情，和试图表现并阐释它的那份持之不衰的兴趣。

他是农民的儿子。他外出读书，而后义无反顾地重回生养他的那片土地；早先他也曾种过庄稼，当过生产队长，后来就一直在校园里，与那些如他一样瘦弱也一样朴实的乡村少年在一起，做老师，做教导主任，直至校长；大约过了五十岁，他才来到县城，不过还是没离开校园，他选择在一所当地很著名的学校做了图书馆馆长。可以说，土地和讲台构成了他退休之前的全部人生。

而写作，则是他生命里的另一个切面。他在繁忙的工作之余和人生所赋予的种种角色之外，不急不忙、从容有致地体悟着（或曰享受着）写作给他带来的那番不可言喻的欢欣。当然这过程里，也有煎熬也有沮丧，但翻过那座山去，一定是快乐的溪流在心床流淌。

他的写作一直很低调，近乎默默无闻。他压根儿也没想过人为地去制造出一些声浪，他似乎也不需要向谁去证明什么炫耀什么。如同农人耕作一样，他就这么几十年如一日地坚守着、坚持着，用恒心和毅力说话。一篇篇写的时候或许并不觉得，若干年后回头一望，哟，身后还真有了那么一片如故乡油菜花一般惹眼的胜利果实了嘛。我替他算了算，自一九九〇年以来，他已先后出版了五部像模像样的散文集，总字数竟有了百万字之巨。

他的了不起并非因为他写了这么多字数的作品，而在于他从来没有改变地一直就是一个忠诚于土地和乡村的歌手。发行量居全国晚报之首的《扬子晚报》，其《繁星》副刊的编辑慧眼识妙文，从数以万计的来稿中发现并在近年内较为密集地推出学诗的作品，我以为恰恰就证明了这一点：即那些浸染着浓郁的地域风情和个人独特情感印记的东西最容易为人所注目，也最容易拨动万千读者的心弦。

他写三十年前故乡的雪——在“放着火炉的温暖的茅屋里”“就着咸菜冻小鱼儿，或麻辣豆子，呷着一口一口的大麦烧”“看那洁白晶莹的小精灵，在天地间轻盈地飘逸着，飞舞着……”继而镜头一转，推出了另一幅画面——早晨六点前的码头上，“我一辈子都忘不了掏出一角钱从那戴着狗皮帽子的小贩手上接过来的一碗像这飞扬着的小雪花一般洁白的豆腐花那滚烫的香辣味……（原载二〇一二年十二月二十八日《扬子晚报》“繁星”副刊），远去了的这些充盈着生命汁水的活生生的场景，在学诗质朴而诗意缠绕的笔下，得以还原如初，气息可闻，给三十年后物质不再贫乏而精神却难得富足的今人，无异于送来了一罐助你醒脑的“红牛”饮料。那些久违了的粗糙的生活方式，和贫困中人们的相互依偎，甚或大自然里原本绝不稀奇的雨雪阳光，都令你深深怀念，且引发对现实及自我内心的一种审视或批判。

他还写少时读过的那一篇篇老课文：《瑞华的梦》

《红鼻子弟弟和蓝鼻子哥哥的故事》《向日葵笑了》《我跟父亲当红军》……莫非他还留着那些四五十年前学过的语文书？我读着他充满深情娓娓道来的那些课文里的内容，不只是钦佩他过人的记忆力，更有一种抑制不住想流泪的感觉。我惊叹于他那份乡间少年的纯真竟能保持得如此完美无缺。他以这样的文字为这篇作品作结：“‘羊羔羔吃奶望着妈，小米饭养活我长大。’这是贺敬之《回延安》里的诗句吧，而我们成长的每一步，不也同样离不开少小时候读过的这一篇篇老课文的滋养和哺育吗？（原载于二○一三年一月二十三日《扬子晚报》“繁星”副刊）”把那种对老课文的感恩之情表达得淋漓尽致。原本，沉淀在记忆深处的东西也不全是美好的，但由于有了爱，有了感恩，还有那份极为难得的孩童般的纯真，于是从记忆长河里捕捞而出的就一定是美的，可以荡涤和抚慰人心灵的东西。

记得二十五年前的那个夏天，学诗出第一部书的时候，我给他写过一篇序文，题目叫作《里下河的忠贞之子》（此文发表于一九九○年十月前后的《中国新闻出版报》上）。“忠贞”这个词给学诗，他当之无愧。几十年了，面对这条河流和两岸生生不息的各种生命，他一直没有停歇地用心在歌唱。他让别人艳慕不已的是，他拥有那么丰厚的生活的窖藏，因此我们有足够的理由期待他酿出更为芬芳的好酒。

二〇一四年二月

简说格锐杨的诗歌近作

格锐杨是杨涌近几年在微博上发表诗作用的笔名。他曾在二〇〇七年和二〇〇九年分别由北京大众文艺出版社出版过随笔集《有缘同行》和诗歌集《有一点痛》。承蒙其信任，二〇〇七年出的那本书让我为他作序，记得那篇序文的标题是《与孝子为伍》，说了我与杨涌的一些交往，较多笔墨谈到了他对父母的孝顺之举。

杨涌于二十世纪九十年代末毕业于南京大学政治学系，毕业后一直从事党报党刊的新闻采编工作。热爱文学并对写作产生兴趣最早始于他的中学时代。近几年则较为专注和深入地研读中外诗歌，并潜心付诸实践。前不久他从自己两年多来创作的几百首诗里挑出了一百一十三首长短不一的作品，精编成一部题为《一只钟在脉搏里》的诗集，发来电子文本嘱我为他“挑刺”。我花了一周多的时间逐篇阅读，得以较完整地看到了这位优秀的青年诗人在诗艺探索上所付出的艰辛努力，和他已然达到的不同凡响的诗学高度。诗人格锐杨在网络上有很响的诗名，拥有众多持续关注并喜爱其诗作的粉丝。因此具体探讨一下他的作品，或许对其本人和他的诗爱者都会有一些意义。

我最想说的一点是，诗人挥之不去的乡愁情结，这样的作品在诗集中占有较大的比重。那依旧劳作在乡间的父母，令他百般牵挂思绪绵绵；那儿时奔逐的田野，小河两岸倒映于水中的杨柳，河面上戏水的野鸭和鱼儿……这些昔日乡村生活的场景，则令他不无惆怅地时常忆及。一首《妈妈从乡下来》，浅近的文字里泻出的却是撞击人心的母子情深：“妈妈从乡下来 / 拎着大包小包 / 装满她自己种的菠菜、香菜、萝卜、橘子 / 还有大舅家的稻米 / 邻家的土鸡蛋 / 分给我们兄弟 // 妈妈从乡下带来的 / 都是好东西。就像我们兄弟 / 也是妈妈带来的 // 现在我的门牙松动，牙龈发炎 / 像一颗胶囊飘浮于记忆的 / 地中海荒岛上 / 妈妈呼唤我 / 乳名 / 一声又一声。”“门牙松动”，在诗的行进中似显突兀，而细作品嚼，能发现这里所注入的是一种疼痛感。日渐年长的母亲从乡下来看儿子，恨不得把所有的东西都背来，那是一种只知道付出而无需任何回报的爱。这样的爱，儿子曾在过往的岁月里千百次地领受，而今天突然就有了一种受之有愧的百感交集。他甚至想到了自己的出生，想到母亲一声声呼唤他乳名的情形，而这一切似乎又那么遥远，远在“地中海的荒岛之上”。诗在这样的一种画面的切换中，出人意表地产生出奇特的艺术效应。“牙龈发炎”所带来的疼痛传递到了每一个享受过母爱的儿女的心上。

另一首写母亲的诗，亦有异曲同工之妙。诗仅八行，更像一幅随意勾出的速写——“四月，即将结束 / 天色暗淡。妈妈在田埂上 / 小心翼翼挖出刚刚栽下的 / 秧苗，往外挪动一拳头的距离 / ‘架子搭在里面，秧子放在外边 / 方便浇水。’妈妈的腰 / 弯成一张弓。黄瓜秧搬了一次家 / 五月在土里哀伤。默默生长。”写他所目睹的母亲的一次田间作业，有劳动的过程和作为行家里手的母亲对此番劳动所做的诠释。诗人投之以关切的是母亲那业已“弯成了一张弓”的腰，浮雕般地刻画出一个与土地共存的农妇所经历的诸多不易。“五月在土里哀伤”，言简意赅地写尽了生活所赋予母亲的种种艰辛。

不只是格锐杨，其实有更多的诗人都在写乡思、乡恋和乡愁，都在怀念旧时光里的老味道。当下这个时代，怀旧的生理年龄已大大提前，“朝花夕拾”已不单单只是老人的专属。我在探究这样的一种绝不仅限于文学范畴的精神现象，这里面除了对时间无情的流逝而生出的怅然与遗恨，更多的恐怕来自现实环境对生命终极价值的叩问。以诗人格锐杨为例，他进入大学读书以后便置身于繁华而喧闹的都市，每天所面对的是车水马龙、高楼林立以及行色匆匆的人群，那种曾经给他提供心灵庇护的暖暖的村庄和炊烟已离他而去，成为一种梦境。经济大潮冲涤下的社会，人与人之间的种种猜忌、隔膜与设防，使得原本单纯而敏感的那颗诗人之心，在安静却藏着躁动的漫漫长夜里，犹如蚕儿吐丝般地被郁闷和无法排遣的孤独所缠绕。他因此才会想象那中秋之夜的月亮“其实是一棵忧伤 / 孤独的树”，进而发出这样的感叹：“快乐总让人瞬间倾向忧伤 / 快乐总是太快 / 而忧伤太过悠远 / 像枫叶沉入湖底。”早年丰富的乡村生活经历和亲切的家园记忆，注定了在格锐杨的内心深处永远有一种情感的倚靠和精神的皈依，而城市于他终究是心灵的异乡。在他的作品中，对乡土的亲近和对城市的疏离，对自然的景仰和对俗世的抵抗，构成了一种安顿自我灵魂的栖居方式。他有一首《火焰》，写在城市长大的一对堂兄妹玩烟火的情景："火柴一根接着一根 / 点燃 / 兄妹俩仍然不过瘾 / 他们集合了几盒火柴 / 噗的一声 / 火焰瞬间升腾 / 他们满足地 / 大笑着。"紧接着画面迅速切换到另一幅与烟火有关的场景："三十年前 / 正月初一凌晨 / 弟弟燃放的烟花 / 点着了南墙的草堆 / 熊熊燃烧的大火 / 勾勒出爸妈匆忙的背影 / 我第一次尝到人生的恐惧。"城市与乡村在两幅描摹生动的画面里呈现，供人玩味的东西不只是火焰的升腾，两代人的童年生活形态，折射出时代的变迁。诗以"而现在 / 孩子们的笑声 / 已然成为这个冬天最灿烂的 / 城市焰火"作结，给读者以希望的亮色，而隐藏在"孩子们笑声"里的却是一种"所有的过往都将成为记忆"的深深的失落。

二〇一五年九月二十七日中秋之夜于高淳格林豪泰酒店

读诗札记（二题）

青春，因何“在深夜想起”

请想象一下 /——开满梅花的山岭 / 岁月的灰烬 / 在记忆的炉膛里 / 再一次燃烧 / 我已经不能回忆起 / 那些花朵从什么时候开始盛开 / 还有那一地葱茏的如意草 / 迎风摆动

那时候我们总是不停地奔跑 / 那时候我们没有觉得劳累 / 五月是多么神奇 / 在我们的嘴里 / 在我们的怀中 / 也在我们懵懂的心里 / 那位不苟言笑的女生 / 在某一个瞬间回眸一笑 / 注定成为我们成长史上最动人的定格

你说初恋与一朵云有什么区别 / 那飘浮不定的孤独 / 那说滴下来就滴下来的泪水 / 那没有方向的迟

缓和愚钝 / 但是这样的一朵云彩 / 总是含在我们的唇角 / 像一树梅花 / 开放在并不寒冷的季节

梅岭于我而言 / 就是我唯一的青春 / 我爱那座古老的城市 / 爱那座城市上空东奔西突的云朵 / 爱她清瘦的湖水 / 爱她修长的绿杨 / 如果我在深夜想起 / 那么你一定能够听到 / 我对青葱岁月充满不舍和悔恨的 / 悲悯

这首诗的标题叫《梅岭》。作者：金倜。我第一次读到它是三年前的九月。那一年的七八月间金倜君公干来宁，我们有过匆匆的一见。就在那天分手前，他从车上拿出一本事先题签的刚出版不久的新诗集《慢慢弯曲》（宁夏人民出版社，二〇一二年三月版）送与我。后来这本诗集被我带到了多地阅读，并在出差的途中完成了一篇关于它的书评。而诗集中有一些精彩的篇札，比如此篇，我以为更适合拿出来做单篇赏析，所以那篇评文里也就没有专门提及。

此刻，让我们进入这首优美而不无悲壮意味的诗境之中。“开满梅花的山岭”——于诗人而言，此处绝非一种简单的意象表达，在其生命的记忆里，它乃举足轻重之地，是心中无法取代的“唯一”。因为，这里是诗人青春、爱情和诗歌最初出发的地方，围绕这一区域所发生的一切，某种意义构筑起这位特定的诗人最美好也最柔软的精神原乡。那是一段从此不会忘却的“青葱岁月”，生长中的躯体“总是不停地奔跑”却“没有觉得劳累”；世界在这个二十岁少年的眼里近乎美轮美奂，不只有“清瘦的湖水”和“修长的绿杨”，更有“不苟言笑的女生”在某一瞬间的“回眸一笑”。诗篇以从容而简洁的笔墨向读者展开一幅幅令人怦然心动而又诗意浸淫的画面。尤以对初恋状态的描摹，不仅生动逼真且精准到位；“那飘浮不定的孤独”“那没有方向的迟缓和愚钝”，将那种刻骨铭心的感觉别开生面地传递了出来，恰似一位靶场高手，每一粒子弹皆击中了你我他都曾经升起过的“靶心”。这样的一朵“总是含在我们唇角”的“云彩”，唤醒了多少早已沉寂的关于青涩时光的种种回忆。

读《梅岭》，我们能感触到诗中少年热血沸腾的声音，能体悟到梅花般绽放的恋情里所包含的纯洁与无邪。青春，因其短暂，甚至因其懵懂，因其莽撞，而愈益让人怜惜无比；尽管有悔恨，但更多的还是不舍。读到这首诗的最后：“如果我在深夜想起。”这“深夜”二字令诗骤现急转直下之势，给人多少有点悲从中来的伤感。青春本是花开烂漫的早晨，它不属于太阳落山以后的黑夜。但青春对每个人又总是那么吝啬，不经意间便从你身上流逝。而当你猛然想起时，已然早生华发，脚步已在一天里的晌午或黄昏，甚至已是夜色笼罩的时辰。于是你站在高山之巅，回望那初登山岩时的雄心勃勃，是不是觉着有一股苍凉的风在耳畔吹过？青春不再的悲壮由此而生出一番凄美、顿悟的绝妙意境。好诗大约就是这样，不只给你美好的回忆和身心的愉悦，还把一种怅然若失、挥之不去的忧伤也一并带给了你。

对社会现实深切的关注和犀利的批判

老七活到今年，七十有八 / 灵前三儿两女 / 穿戴一个比一个风光 / 倒底，这一窝子 / 都在外面闯荡 / 村上老邻居说，老七有福 / 只是没享尽。往年逢年过节 / 小院子热闹呢 / 一顿团圆饭，摆上两大桌

9 月 28 日，老七赶早集备菜 / 菜担的绳子 / 被一辆疯了的卡车挂住 / 拖出去十几丈远 / 筐子里的西红柿、黄瓜 / 满地打滚儿 / 草鱼、龙虾在青石板上直蹦 / 老七趴着，一动不动 / 有人看见他断气前 / 睁开一会儿眼睛 / 上气不接下气，念叨着“菜”

老辈人说：没人比老七 / 善解人意，死辰 / 都挑在儿孙的空档 / 这不，赶上国庆长假 / 搁在平时，城里忙着呢 / 上班，上学，哪个都耽搁不得

万老七万万没想到 / 他的死，引发了两场战争 / 第一场唇枪舌战，以肇事者 / 赔付二十万元结束 / 第二场内战，愈加凶悍 / 赔偿金分割完毕 / 相貌堂堂的儿孙们 / 一个个鼻青脸肿

后村瞎子刁老三 / 笃悠悠，拄着根棍子来凑热闹 / 掐着老万的生辰八字 / 扯开破哑的唱腔——/ 都说“8”是“发” / 谁知道“8”是睁眼瞎 / 都说“8”字“好” / 不晓得“8”是连环套

守灵夜，没有哭声 / 院子里新点亮两只 /100 瓦灯泡 / 儿孙们一惊一乍 / 聚在八仙桌上搓麻将 / 老万的老伴，是儿女的后娘 / 像一捆湿透的柴火 / 蹲在灶口，想着明年的 / 三亩荒地

出殡的那天晌午 / 仪仗队的锣鼓，敲得震山响 / 录音机放出的哀乐 / 凄凄切切，唢呐声 / 一阵紧似一阵 / 人人听了觉着委屈。

这首诗的标题叫《万老七》。作者：厚清。他一直生活在南京，二十世纪八十年代便在诗坛崭露头角。早

些年曾出版过两部诗集：《醒在梦里的花》和《厚清短诗选》，得到过叶橹、冯亦同、子川等诗评家很高的评价。同诗人金倜一样，厚清对自己的写作总是极其严谨和挑剔，一首诗写出后会不断地修改，不轻易拿出去发表。大约三年前，他就编成了一部题为《时光三部曲》的新诗集，但却不急于出版，稍有点时间便琢磨着怎样把诗改得更好、更有深意。最近，在我一再要求下，他发来了基本定稿的电子版，使我有机会先睹为快。这部诗集分成三个板块，第一部《黑夜白雪》，收诗五十七首；第二部《时光芯片》，收诗五十六首；第三部《美好即景》，收诗二十九首。

较之十年前出版的前两部诗集，这部新作最突出的成就表现在他对社会现实投入了更多也更深切的关注，清醒地自省和批判意识自觉地融入到更为广泛的生活世界里。选自《美好即景》的这首《万老七》可视为具备这类题材特征的代表作。这首诗远不只是文字的干净和流畅，描述得收放得当，开合自如，也不仅是注重细节的真实和语言的准确与贴切，最耐人寻味的还是事件的本身以及它所揭示的悲剧背后的复杂的社会成因。诗以灵动、犀利甚而带点俏皮的笔触，一波三折地展开故事，将一出人间悲剧触目惊心地推至你的面前。他写了这个满怀儿女心的“七十有八”的万老七如何有“福”，透出的却是让人心酸的悲哀——他所企望的这种大家庭的团圆，完全是以他单方面的付出为先决条件的，他死于无情的车祸，也死于他对“三儿两女”死心塌地的实诚的给予。许是因为老七后来的续弦，在几个子女面前他有一种负罪感，有一种无原则的迁就和巴结；相形之下，这“穿戴一个比一个风光”“相貌堂堂的儿孙们”岂止是“凶悍”，简直就是可恶至极。父亲为了国庆节的团聚买菜而不幸离世，他们非但没有受到良心的谴责而表现出哀恸，他们所干的事情，是为了赔偿金的分割而闹得“一个个鼻青脸肿”；老父出殡前夜则“聚在八仙桌上搓麻将”，那“一惊一乍”四个字，把这批不孝子孙的嘴脸刻画得淋漓尽致、入木三分。而出现在诗中的“后村瞎子刁老三”绝非可有可无的多余人物，他“破哑的唱腔”唱出的几句亦非故弄玄虚的冗文闲笔：说万老七“睁眼瞎”是哀其不幸，怒其不争；说“连环套”是旁敲侧击，讲的“善有善报，恶有恶报”的报应说。看似有点迷信色彩，但却是代表了来自民间对这种有悖天伦的丑恶行径的严厉抨击。

厚清是一位读书多有厚实文化积淀的学者型诗人，生活中的他为人厚道热情、率真坦荡，面对这大千世界里日日发生着的人情变故、世态炎凉，他有自己毫不掩饰的观点与立场。这首带有叙事特点的社会写实性作品，较好地表明了他对美丑善恶绝不含糊的不二识见。难能可贵的是，哪怕那样的愤慨已到了如鲠在喉、不吐不快的情状，诗人仍能以一种不动声色的超冷静的笔法，并非通过空洞的说教，而是借助于富有动感的画图，来烘托、渲染出更为炽烈的艺术效果。他写万老七之死以及儿女们的种种表现，却没忘了用一幅素描淡淡几笔交代他们的“后娘”，说她“像一捆湿透的柴火 / 蹲在灶口 / 想着明年的三亩荒地”，其落魄悲凉之态跃然纸上，诗人的怜悯之心亦由此可见一斑。

二〇一五年十一月五日夜于高淳县大山村

品读阿庆散文新作《抚摸盛泽》

在写作者的眼里，由中国作协主管的《人民文学》杂志，是文学刊物里的宝塔尖，多少有点高不可攀的意思。作品能被这本杂志刊用，起码是一定程度地反映了一个高度。在刚刚过去的这个五月里，阿庆的一篇写盛泽的散文，在《人民文学》上得以发表，这是作为有着“中国散文之乡”美誉的吴江的光荣，是吴江近年散文创作中一个可喜可贺的重要收获。

阿庆的这篇总字数在两千两百字左右，题为《抚摸盛泽》的散文，看得出作者在谋篇布局、选择表现角度和立意的层层递进上动足了脑筋，也下足了功夫，对自己所积累和掌握的各种人文历史资料，严加筛选，又精当择用，恰到好处地赋予他笔下所咏赞的对象以鲜活灵动的生命体温。品读这篇饱蕴深沉情感和凸现地方风韵的美文，我以为其艺术特色主要在以下三个方面。

一是抓住盛泽闻名天下的丝绸作为文章的切入口，通篇围绕着丝绸这一特定的物象，次第展开对盛泽这片热土上经济的形成、商业的兴起、历史人物的涌现等多侧面景观的描摹、刻画与阐释，使得“用丝线织成的”有着水一般“柔美丰腴肌肤”的因丝绸而名动四方的重镇——盛泽，有了“让人生出抚摸冲动”的切实的立体感和厚重感。文章所拟篇名，其实已确立了整个行文的基调。“抚摸”，当是一种充满深情的感悟与体察，因此叙述所持的节奏便呈现出不疾不徐、从容不迫的某种风度。说到留下传世之作《盛泽》一诗的明代崇祯进士、里人周灿，不只引录了他的诗句，还特意写了他“闻京师失守归里隐居”，交代了人物的“吾俚”情结，随后又宕开一笔，饶有意趣地给出了作者俏皮的评说：“脱了官袍，家乡毕竟还有上好的绸缎呢。”处处扣住主旨而生发，使得文章不见半点闲言赘墨。

二是注重文章立意的层层深入、步步推进，体现出为文者的大格局、高境界。文中有些史实作者系一笔带过，而有些则不吝篇幅，施与浓墨重彩。比如写明末吴越名妓柳如是，写她生死存亡之时，“宜取义全大节”

的凛然骨气，写大学者陈寅恪对她有着怎样极高的赞词，临了还没忘了把她同盛泽巧妙地挂起钩来，称她“着实为‘吾俚盛泽人’大大地撑了一回台面”。紧接着由对历史人物的再现而转入现当代相关界别一批盛泽籍知名人士的罗列，水到渠成地推出此文所力图探寻的更深层次的思想内核来——“盛泽，毕竟是块钟灵毓秀之地，能出响当当的丝绸，必定能出响当当的人物！”

再比如写盛泽旧时的“七十二条半弄”，写“一阵阵如细雨般的沙沙织作声”和一个个小织女“忙碌的身影”，继而切换至“风送万机声”的当代国内最大的东方丝绸市场和最新开业的东方纺织城两大“姐妹市场”的场景描述，也就寥寥几笔，便让历史与当下成功实现了“无缝对接”。若干画面的铺叠所组成的弄堂故事，正是为了全力烘托热浪般扑腾而来的新时代背景下的东方绸都——新盛泽。

三是艺术表现上的别出心裁，巧妙运用一唱三叹的复沓式手法，体现出颇具九曲回环之势的语言张力。细心的读者可以发现，有一句相同的文字，在文章里出现了三次，即“这样的盛泽，怎不让人生出几许抚摸的冲动”！很显然，它不是词汇贫乏的简单重复，三次出现，恰恰是文章表情达意必不可少的三级台阶——开笔由丝绸入题，像国画里的濡墨，先把水色铺开，调动各种感官，写丝绸引发的种种妙思曼想，挑起读者进入特定意境的兴奋点。而运用那样的句式，恰当不过地表达了作者按捺不住的礼赞之心。此为第一台阶。随后作者引领我们步入他所勾勒的盛泽的过往，在丝绸漫卷的历史长廊里穿行或驻足，投下关注的目光，更发出深长的慨叹。由丝绸的柔滑、绵软而上升到形而上的精神气质，表现它坚韧与刚烈的一面。至此，文章所构筑的第二台阶已然呼之欲出。再往下，也还是一番轻舟点水，说了丝绸的漂洋过海和如方言俚语般的贴近平头百姓，在亲切的唤其乳名中，笔锋陡转，导入全篇压轴戏的宏大舞台。结尾处第三次出现的自问自答，更像一阵飞瀑扑面而来，其间因往复回环所生成的艺术感染力，令你久久玩味。

阿庆从事文学副刊编辑多年，且勤于创作实践，自二十世纪九十年代以来，已有至少三部以上的散文集行世。此番他所奉献的这篇力作，其写作手法和切入角度等，均有不少可供品赏之处。倘用来作为当地高中作文教学的示范之作，我以为当是不错的选择。

二〇一八年六月十七日父亲节写于盱眙天泉湖畔

写给青年诗人陆华军

一

你和我几乎差了一代人的年龄，说不出因为什么，对你有一种特别的亲近。你出生的地方，若干年前我因公干曾经去过。那个叫作“周西”的乡镇似乎很小，主要的地盘都让水给占了。许多年后读到你的诗，方知你与这方水土特殊的情缘——“几十里水路”颠簸，童年的你在船舱里看老祖父摇橹，那“蜿蜒的水声”一次次穿透你的“骨骼和心脏”。你九岁时的视野里最高的建筑物是“周西粮管所”，“从粮垛这边 绕到那边／常可以碰上丢铜板和抽陀螺的我们”；调皮，快乐，无拘无束，同水流一样追逐自由的烂漫童趣，编织着属于你的少时岁月——“天空无端地落下一些好看的鸟／从我的弹弓飞出去的弹丸／有时候击中了自己的右手”；你眼里的水乡风情是那般扑朔迷人：“粜粮的船／挤满了河道／吆喝声、号子不绝于耳／来了，又走了／而水／流得总比夏天还快”——我正是从这些拍打出水声的诗句里见识了儿时的你。“天空淹没了秋天和高高的粮垛”，你用这些极富想象力的诗行告诉世人，你是里下河的浪花泡大的孩子。

二

十九岁那年，想必是读完了高中的你，别了故乡的水岸，去了上海当兵。在部队你干了十三个年头，一天天地进步了，出息了；长高的不只是身体，还有那日益丰满起来的思想之树。你对诗的操练是在“风吹绿色军衣”的兵营之中，还是更早的学生时代？这一点我不得而知。我注意到一位叫野松的评论者在十年前写过一篇关于你的诗论，那时候你还在军中，他由你的军旅诗谈及你的水乡情怀，以十分欣赏的口吻评价你的诗风里有一种江南才子的典雅。这个提法我也赞同。江南地域和江南文化是一个很大的范畴，人们通常说起江南，最鲜明最突出的印象就是水——丝绸一般抖开又叠起的水系里所蕴藏的那份柔软和温情。而我以为所谓典雅，只是你的诗所表现出的一种气质，一种外在的审美形态；深层次的内涵还是那浓得化不开的乡思乡愁。两地相隔，虽非关山万重，但头顶的天已非故乡的天，脚踩的地亦非儿时的地。时空的切换让怀念得以疯长，记忆深处的情愫一点点地发酵乃至蔓延。你无法抑制地想念家乡的码头、水草，想念“天空渐渐明净”的“九月”，想念被“风野野地吹”的“一间间老屋”；想念“林子里的蘑菇”，甚至想象母亲出嫁前的那副俏模样——“父亲真年轻呵／去渠里舀鱼的母亲／还没有把她比喻成哪一种／好看的花／就被媒婆说定了”。而当你的诗笔触及故乡，那水，自然是无法绕开的一个精神载体，在你的笔下，水有了精灵似的千姿百态、柔情万种——“水声弯过古朴的小镇　阡陌纵横／举起野花倔强的杯盏／葵花在鱼鹰的背后扭过了脖子//蜻蜓别在堂妹绣花的时节／阳光茂盛　红鲤推开碧水／虚掩的门//……喂乳的女人在菱花深处／清香着／里下河　洁白铺下涟漪清唱的韵脚（《水乡六月》）。”“树不转水转　水／转遍了水乡的每一个角落／水，蕴藏了一切／又包容了一切（《水乡之夜》）。”“水的确是一件衣服／因为故乡的温度／

让走得再远的水乡人 / 无法忘记的一件衣服（《水声蜿蜒》）。”有道是“少年不识愁滋味”，离乡经年，那“愁滋味”随岁月结晶成诗的盐粒、歌的琥珀。或许是与生俱来的敏感与多情，注定了你生命中这段长达十三载的异乡之旅，会催生出一蓬蓬让人品味再三的艺术之花。

三

我与你其实并没有太多的接触，所以对你生出这份毫无隔膜的亲切，一定的因素是从你身上我看到了自己过往的影子。你由部队转业后的落脚之处，正是二十多年前我的栖身所在。那时候的我也像你今日这般年轻和充满激情，繁忙的工作之余，抓住点点滴滴别人打牌或睡眠的时间，在诗的自由王国里遨游探秘。那座小城的夜空想来会摄下某扇窗口燃至天明的灯火。曾经的那扇窗户是朝北的，冬天的风从缝隙很大的窗框四周塞进来，我那只握笔的手常常被冻得五指发僵。人说“甘苦寸心知”，写作者在状态中的那种兴奋与激动，往往是难以言表的。由己而及人，料想你沉浸于遐思之中时也是这般快乐和忘情吧！

恨时光将我们分置于历史的两处，而美妙的缪斯之神又让两个不同时代的灵魂有了遥相呼应的撞击之声。我在你的诗里徜徉，和你一道去看周西的粮垛和二十四桥盛唐的明月，一道去听庭院落雪和茉莉花开的声音。

四

忍不住还想说说你的诗。著名的诗歌评论家叶橹先生对你的诗作有过较高的评定。他在为你早几年出版的诗集《水岸》所写的跋文中，说到你所创造的一种诗歌境界，他称之为“灵视”，即“从生活中许多平凡可见的事物中透视到它们潜藏的意义和价值”，以“诗人内心的敏感”昭示和启迪人们“日渐麻木的精神视觉”。他举了你《童年的雪》和《雨中千灯》等诗，精当阐发了这一论断。叶橹的评述独出机杼，颇具识见，我也有醍醐灌顶之感。静下心来琢磨你的诗，发现还真有不少可圈可点的生花妙笔。不妨也试着挑两首说说。先看《古宅春秋》，写的是中国最美的乡村——婺源的一处老宅子，其中有这么两节：“用于浇花的残酒 在野外／早生了根／一把古剑／一直割着书生多汁的心脏//婺源 古宅是你／沉郁的一块铜器／在灰尘和蛛网的记忆里／清晰如初。”诗的意象跳跃式却又惜字如金逶迤而出，确有那种叶橹先生所说的“灵视”的味道。矗立于读者面前的婺源古宅，像一部五味杂陈的史书，残酒、古剑、铜器，一件件给你摊开，让你无法不生怅惘、沉郁之思。再一首是多位评家提到的《水房子》，那里面有些诗句委实让人拍案叫绝：“烟花的幽香弹落九月江南／水房子　鱼群节节蓝透／猿啼亮起来　越客已跑进历史／成为一柄单刀的偏旁//酒歌下得马来　淹没江南人／……那只落花坠落的痕迹／袅娜成　月老的红线//烟雨笼过惆怅　对于孤寂／远过一场雪的絮语／伊人的心事　叮咚／吹动　盈盈的　水房子//水　不灭的火／燃烧在　江南的九月”——以灵魂和灵性的透视构筑起一座诗意之城，视觉、听觉、嗅觉，甚至幻觉全被你不动声色地调动了起来。这样的诗是要细细品味的，还不只是精心营造的气韵和意境，每一个词组的搭配也能看得出千军万马的阵势。一直以来你对唐诗宋词的潜心揣摩和化出新意，在这里得到了极充分的展示。

五

最后说一点诗以外的东西。我以为谈一个诗人，有时候还得跳出他的诗来看。诗，当然是言志的，一定程度诗也是折射诗人心迹的。但现实生活中，我们则碰到过不少“诗是诗，人是人”的人，写诗和做人在他那儿是互不相干的两张“皮”。而你却不，至少在我的印象里，你是个踏实、谦恭，知书达礼如古代寒士那样的人。你不卑躬屈膝，但也无丝毫傲慢，在发送我的几次电子邮件中能看出你文字的干净和一颗不求闻达的平和之心。尤让我心生感动的，是你与早年便离开江都赴沪发展的老诗人刘希涛先生的交往。早几年你曾配合他为一批江都籍作家出书，其间一些很琐碎的事务皆由你不辞辛劳一一操刀；希涛对故土情深意浓，每每有怀乡之作也都通过你手刊载于乡里报刊，慰其一片思乡之情；去岁夏日希涛提出欲来金陵与我一晤，你担心他七十岁高龄出行或有不便，特向领导请了假专程陪同。对长者的尊重和爱护足见一个人的品格，在相互利用的当今社会，无任何功利之心的付出可能已微乎其微。私下里希涛兄与我有过交流，这位半世纪前便已出道的诗人感慨万千地说了你不少的好话。人老了自然希望后生的那份热诚与不弃，而在你这儿我们欣喜地看到了中国士大夫一脉相承的重情仗义。

二〇一五年四月九日晚于婺源上晓起村

林康诗作小议

初识小林（林康）的时候，他才二十二岁，在南京的一家企业当工人。之前在高中读书时就悄悄写诗了，还大着胆子向报刊投过稿。有一位被摘了“右派”帽子的老诗人彼时在白下一所职工中专做老师，看着那么多二十岁出头的大孩子迷恋诗，便“好了伤疤忘了疼”，张罗起一个“诗歌培训班”，请来一些他的诗人朋友，利用晚上和休息日教室空着的时间，给这些爱诗的年轻人授课。我有幸在那时结识了小林，这一晃已二十八年了。

二十八年里，小林自然没闲着。除了结婚生子，谋生的工作也调过了几次，期刊编辑、广告公司策划、企业外联、宣传啥的都干过。其间不乏生活的起起伏伏、波波折折，但唯独这一样他始终没放弃，那就是与诗歌女神的耳鬓厮磨。作品在大陆和海外的不少报刊发了，稿费自然也拿过一些。但那点碎银子与改善生活扯不上半点关系。说穿了还是一种精神层面的需求。对这个世界有话要说，满肚子的爱恨情仇要一吐为快，而诗，便是他最好的发声通道。刚刚过去的这个三月，我较集中地读了他厚厚的一本诗（还只是近一两年的新作）。真是有几分震惊，他的才气和表现技巧绝不输给一些名头很响的专业诗人。诗作所涉题材甚广，叩问历史，剑指当下，上高原探雪光之幽，下洱海寻彩蝶之美……朝夕相伴的金陵古城更被他爱得死去活来，几乎每一处名胜古迹，都有他独具慧眼的发现和咏唱。

特别让人过目不忘的，是他那些写乡村田野、鸟叫虫鸣的诗篇——“春天的衣袖／轻轻地一掀／暖暖的小南风　便四处／撩拨着熏染着……那些花朵也经不住诱惑／一个个姹紫嫣红起来／东倒西歪　早已乱作一团／全都醉倒在三月的怀里”（《小南风》）“诗词里的细雨，以最隐密的方式／潜入夜的深处，蚯蚓们翻耕土壤／拱动惊蛰的余声／瓢虫苏醒，喜出望外／他们又要生儿育女了”（《春天书》）“那些野花一生也就开过一次／就这一次也许也从未被谁发现过／餐风饮露　天庐地床／

相伴的是一些杂草　乱石　虫鸣 / 这些花自在地开着一个自己的世界”（《山中的野花》）却原来小林的童年是在农村度过的。五岁时他随父母下放到了泗阳乡下，在那里生活了整整十个春秋。他和村里农民家的孩子一道打水漂、掏鸟窝、追蜻蜓，在秧田和草垛里滚一身身的泥巴与草屑。以至若干年后，当他走进“母亲小小的菜园”，看着那乖巧的豆娘、怡然自得的小蝴蝶，他激动得像是见到了“久违的朋友”。

童年是一个人生命的开始，那些最初的印记将陪伴并影响他的一生。物质的贫乏和粗糙，反倒给了诗人不可多得的精神磨砺。而乡野的单纯、质朴与旷达，让颗初始发育的心房懂得了爱当如何包容与阔大。小林是这般无邪地唱他魂牵梦绕的那个“季庄”——“哦，苏北平原上撒落的 / 一件贴身棉袄 / 天冷的时候 / 穿起了它 / 冻红的小手就暖和起来 / 童年就暖和起来……”那生长着无数意杨树的泗阳在他的歌声里是那样的美轮美奂和光芒四射：“她的六塘河水她的废黄河历史 / 她的桃雕深刻在我的内心 / 她绵甜的酒香　熏染着我 / 叫我想念的夜晚不知道如何醒来。”他称自己在泗阳的面前“像一个走失的孩子”，那“晃动的意杨树叶 / 始终在眼里闪亮”。

诗，是让人去爱的。二十八年后的小林在我眼里还那么年轻，莫非因了他一直就住在那所叫作诗歌的美丽小屋里？

二〇一五年四月七日于婺源上晓起

读《蔡旭散文诗五十年选》

一九六五年的春节前夕，复旦大学中文系二年级一个名叫蔡旭的年仅十九岁的学生，在当时《文汇报》的《笔会》副刊发表了他题为《春节短歌（三章）》的散文诗处女作，于是一个蓬勃的生命便因此而有了坚定的运行轨迹。这种叫作散文诗的精悍而美丽的文体，让这个来自广东电白的少年为之着迷，并在后来长达半个世纪的岁月里不间断地创作实践，探寻多种表现形式，为丰富中国散文诗日趋繁茂的艺术画廊做出了他卓有成就的贡献。他迄今已出版了散文诗集二十五部，这个数字估计也创下了当代散文诗人的出书之最。二〇〇七年十一月，在中国现代文学馆举办的中国散文诗诞生九十周年纪念与颁奖大会上，蔡旭被授予“中国当代优秀散文诗作家（十佳）”称号。这是新中国成立以来唯一一次为散文诗作家颁奖，荣获此奖足见其在这一领域的实绩与影响。

今年适逢复旦大学建校一百一十周年。作为复旦的学子，蔡旭饱含深情地从他五十年里创作的三千余章散文诗作品里精选出二百六十多章富有代表性的作品，编成《蔡旭散文诗五十年选》交由复旦大学出版社出版，以作为献给母校校庆的一份礼物，其拳拳之心，感人至深。

这部具有个人成长史特点的艺术选本，按内容分成十一辑，每一辑则按作品发表先后排序，框架简明，脉络清晰，可一窥诗人的创作全貌；对了解和掌握近几十年散文诗在国内的发生与发展，提供了一部鲜活可鉴的个案。因此，其出版的意义当引起散文诗界足够的重视。

蔡旭散文诗写作的最大特点，是他几十年如一日始终坚持把自己观察和切入的视角对准不断变化中的时代。现实社会宏大背景下的芸芸众生、人间烟火，一直是他笔底经久不衰的表现主题。他写大海边晒盐的女工，写在高楼上系着缆绳的刷墙工，写从深山老林走上模特大赛 T 形台的黎族小妹，写医院里给患者以精神抚慰的记账员……甚或婚礼上引人注目的残疾新郎、夜晚蜷卧在桥洞里的流浪者都一一进入蔡旭的视野。来自生活最底层的各类黎民百姓，他们的呼吸、他们的歌哭，是那么强烈地吸引着诗人把自己创作的根系，自觉地扎入这块永远不会枯竭的叫作生活的热土之中。蔡旭的了不起在于，他的这份自觉几乎贯穿了其散文诗创作的全部。五十年前发表的那首《给一群青年卫生工作者》，便以很平实的笔触写了“为捕捉一种少见的苍蝇，而跟踪了四天”的从事科研实验的青年“战斗队”，平凡的人和事里透溢出一种创造精神的美。对生活本身的关注并予以艺术手法的展示，这首处女作一定程度地显现出了端倪。而当我们读到他写于二〇〇八年的《那个送快餐的人》，可以很清楚地发现，这种“在场”意义的特质愈发地鲜明和突出了。他写一个“在别人的城市，无需使用自己姓名”的“用自行车沙哑的铃声”奔走在大街小巷的“送快餐的人”，与其所表现的题材相匹配的诗的内在节奏也显得快捷而短促，写送餐人“像一条鱼”“在雨水中游，在汗水中游”；写“他”“爬上未装电梯的楼宅”在门外“忍着不喘出声气”的情态，场景设计的多幅切换，勾勒出送餐人的忙碌与艰辛。生活中常人或许熟视无睹的一个身影，却让我们的诗人为之牵挂，引发他无尽的联想，并投之以悯恤之情、关爱之念。此章散文诗尤以结句“似乎忙碌的蜜蜂，真的没有悲哀的时间”更具叩击人心的力量。茫茫人海，滚滚红尘，有多少可见与不可见的苦难、辛酸，净被风吹浪打去。作品向世人所呈现的社会一角，正是这生活原生态近乎逼真的一种折光。

读蔡旭的作品，我们还欣喜地看到，他善于从普通民众日常的生活起居以及他们的喜怒哀乐里，找寻并探讨他们所持的人生理念及其生活态度，进而较深层次地发掘出那些有血有肉的生命里所蕴藏的本质内涵。比如他写一位“丈夫早逝”“女儿还读着小学”的年轻母亲，因付不起市场的摊位费，而不得不蹲在市场的角落卖鸡蛋，行文中不乏精彩的关于世事人情的描述与议论，而至结尾处，诗意的升华令人眼前一亮，巧喻她“如同一只不知辛劳的母鸡。/以下蹲的姿势，为她未成年的女儿，孵化希望”。与此篇有异曲同工之妙的《足下生辉的擦鞋妹》，也是在诗章的结笔抛出了出人意表的思想火花——由擦鞋妹的目光牵出一群“从行道砖的夹缝中走过”的蚂蚁，进而联想到“自己也是一只蚂蚁”，很自然地流淌出擦鞋女孩心底朴素的祈愿：“不过，只要这样擦下去，也能擦亮自己的生活。”不在逆境里退缩，不在磨难中沉沦，诗人不辱使命地向这个社会传递着一种积极向上的正能量——这的确也是我们行进中的时代之主流所在，即无论你身处何地，也无论你此刻遇到了怎样一道过不去的坎，在你的内心深处总有一盏希望的灯是亮着的，它会支撑着你走下去，活下去。唯其如此，生命才会彼消此长，生生不息。

蔡旭在他这本《蔡旭散文诗五十年选》的前言里，谈了他的散文诗观，他主张并践行“一读就懂，越想越深”的散文诗艺术表达理念，他“追求语言的朴实、简洁，有内在的音乐美”。的确，在他的作品里绝少那种故作高深的玄奥生涩，也没有那类动辄便是扑朔迷离、似是而非的情感瀑布。他更注重让形象自身说话，以平静而不夸饰的口语入诗，恰如散文诗评论家秦兆基先生所评述的，“见不到愤世嫉俗的慷慨陈词，见不到流连风景的雪月风花”。他丰沛的诗思与激情每每在涌出笔尖之前，似已做了一番艺术的冷处理。他有一篇作品写当年复旦大学教他写作课的老师，题目便浅白至极：《给李平打电话》。李平是这位老师的名字，他如叙家常般地娓娓道来：“叫这个名字的人太多了，我记住的只有这一个。”“五十年前是我的偶像，一个最会讲话的人。”平实如话，不弄半点噱头，接下来的叙述拉弓一般开始出现张力——先写老师当年讲课“舌粲莲花，满室生香”，继写眼前“我的电话过去，师母把话筒递到床上。/回应没有词句，只有‘哦’‘嗯’几个单音”。岁月的无情在这般看似平静的描述中产生了无以复加的效应。紧接着流泻而出的是一股浓得化不开的师生之情——“五十年间他说的许多话，一下子在我的耳旁响起……电话线两头，只留下/两颗心的呼吸。”这样的作品，真的是“一读就懂”，而留给你咀嚼和玩味的却有异常丰富的内容。所谓“越想越深”，在这里成功地实现了与读者之间心灵的互动。

蔡旭从十九岁便与散文诗结缘，半个世纪的热爱和坚守，令他在这块园地里有足够骄傲的收成。《蔡旭散文诗五十年选》是其整个创作历程的一次回顾展，透过这两百多章作品，我们看到的是已经逝去和正在到来的这个充满矛盾而又始终未停下步伐的伟大时代的投影，这里面有很多来自生活前沿的真实而真诚的声音，值得我们去体悟并记取。

二〇一五年十一月一日凌晨

试说苏扬的散文诗

苏扬是近年来散文诗坛较活跃的一员骁将。据其本人介绍，她是在三年前偶然从网上读到泰戈尔的《吉檀迦利》，突然就有了一种被“神秘的光芒”照彻灵魂的感觉。而此时的她正经历着生命中一场最严酷的磨难——刚从鬼门关里逃脱，人还睡在手术后的病榻之上。也就从那时她知道了一种“比散文更有味，比诗歌更自由的具有独特美的文学样式”——散文诗，于是开始了因热爱而无比投入的操练和探索。前后三年的时间，灵性和领悟力（当然还包括勤奋）令她在这一领域斩获颇丰——海内外诸多报刊发表了她的作品，有些还获了奖或被选入全国性的年度选本；她所在的城市将其第一部散文诗集《苏醒的波澜》作为市级文艺创作成果，推荐给江苏凤凰文艺出版社予以出版。

我是因为受箫风先生之邀，在二〇一四年春撰写关于江苏散文诗的综述，经友人介绍而接触到苏扬的一些选章，同年底获其赠书而得以较完整地阅读她的作品。看得出她对散文诗的专注几近一种物我两忘的境界。其诗集中有一首题为《抵达春天》的短章，仿若就是她当下生命与写作形态的真实写照："……而我的生命也逐渐有了色彩，我虔诚的脚步正在向一棵树靠近。/那棵树耸立在对岸的山巅，青翠茂盛，生机盎然。/我没有鸟的翅膀，只能泅渡过去，并以攀爬的姿态抵达它。/或许，抵达一棵树，我就能抵达春天。"这里我截取了她此首散文诗的后一个段落，就字面而言，这是一个散文诗艺术特征表现得较为充分的范例，从语言的摆布到画境的构筑都很美，且有耐人寻味的意趣与哲思。而我此处挑她这首作品来切我文章的题，看中的正是这里面的五个字：抵达一棵树。

我想把散文诗最核心或者说最内在的那部分东西，看作是"一棵树"。说到底，散文诗的外在形式仍然是次要的。你所有的铺陈、渲染，起起伏伏，如山涧般一路过来，到临了，你若弄不出一点峰回路转、异军突起，没有那个让人期待中的"临门一脚"，那你为此花费的所有工夫也就白搭了。这个道理可能谁都明白，谁也都期望那出人意表的思想之花在作品的关键处“春光乍现”。但它的得来非一日之功，更不会俯首称臣地服从于你的个人意志。所谓浑然天成，那里面一定有种种的机缘在。“泅渡”“攀爬”，这些是你抵达那棵树的方式或曰路径，目的地绝不只是“青翠茂盛”的枝枝叶叶，你需抵达的当是“树”的内核——也就是能真正昭示出“春天”的那些精神烛照。苏扬想来已深谙此理，她的作品已然较好地显现出了这种努力的痕迹。其近作《农民画》，阐释艺术与生活的关系，讲土壤之于绘画的重要。诗中有一组排比句，分三层意思，说农民把“汗水种在泥土里”把“希望也种在泥土里”，而让我为之一振的是这一句：“农民的喘息种在泥土里。”一定程度的这便是一种“抵达”，往“树”的内核上靠了。“汗水”也好，“希望”也好，感觉上还都有点轻飘飘的，而“喘息”就不一样了，似乎多了些深层次的内涵，多了些给人想象的空间。再看一首《炊烟》。一个老掉牙的题目，不知被多少人写过，特别出彩的好像寥寥。某种意义上，接触这样的题材是往自己身上施压，有很大的风险度。如同撑杆跳，你把那横杆搁太高了。那我们就来看看苏扬如何跳来——她先写炊烟的“亲切”，说“炊烟是母亲的乳汁，只要有炊烟，就有温饱”；继而写炊烟的“温暖”，说“炊烟是家的呼唤，当孩子们走向遥远，炊烟还在等候”；再写炊烟的“宽厚”，说“炊烟是故乡的图腾，永远沾着泥土的味道”。把炊烟比作“乳汁”“呼唤”“图腾”，似乎还不多见，这里面无疑有作者独到的发现，也就是说那横杆的高度因其大胆的跨越而获得了提升。回到“一棵树”的定义上来，这样的诗性表述，的确有了往纵深处去的意思。

在苏扬数以百计的散文诗作品中，我印象最深的是那篇由三个短章组成的《汶河，我祖先的保姆》。她写了一条早在一百年前已不复存在的故乡的河。对古城扬州不太熟悉的恐怕不会知道这条河，就连我这个在那里出生并长大的人，也十分羞愧地并不知晓它的来龙去脉。她在《汶河，那时你还没有名字》《汶河，我祖先的保姆》《汶河，我踩着你的脊梁》三个标题之下，从从容容而又简洁明了地给我们讲述了这条河的前世今生。当然她的娓娓道来并不停留于对历史的再现和若干细节的披露，她把满腹的情感和不无沉重的思索，揉进了对城市文明及其源头的探寻——“我翻遍了所有的资料，企图查清你的身世，没想到你竟与我一样，小时候没有名字/谁还与你血脉相连呢？老城墙在沉默，道路两边的树木在摇头……”“历史不知道你的真实年龄，最早对你的记载是从唐朝开始。因你的特殊贡献，官府叫你官河，百姓叫你市河。”“你没有名字，你坦然地让无数有名字的漕运船队在你的胸口日夜穿梭。”“直到明朝历经百年后，才有人叫你文河，后来改叫汶河。/ 可是，你是否想到有一天你会被垃圾瓦砾填埋，只剩下一个路牌呢？”或许是受艾青的名篇《大堰河——我的保姆》的启发，苏扬把这条历史上曾经辉煌而如今仅剩下一个路牌，早已长眠于地底的河流，称作是“我祖先的保姆”，这让她很成功地找到了属于自己的“一棵树”。有了这副“抓手”，思想的攀缘便得以顺利展开——那原本“比村里的梨花还美”的汶河，“胸脯已逐渐萎缩”“像一个快要被吸干乳汁的保姆”，却“依然忍辱负重”“挤出最后一滴乳汁喂养我的祖先”。外在形态上巨大的反差，足以构成强烈的悲剧效果。对被岁月所掩埋的过往，作者投之以炽热的情怀，在满含凄切的追溯与叩问中，表现出一种对人类具有深刻反思意味的疼痛。

一个有所为的作家（当然也包括散文诗人）一定是内心常常充满忧伤，甚或因焦虑而很难唱出欢歌的人。一座百年蚕种场的旧址毁于一场大火，这让诗人因此寝食难安，她痛心这样的“毁灭”，她无法平静地宣泻内心深处对这一事件的愤怒与哀恸：“一百年前的蚕，早被驱逐出境 / 千亩桑田怎能抵御挖掘机的摧毁 / 钢筋混凝土埋藏了蚕的梦想以及蚕种场的过去与未来，只剩下一座废弃的旧建筑还在回忆着桑园的春天 /……或许，你已感觉到这个时代已没有你的安身之地 / 于是，你在烈火中控诉人类的背叛，你以引火自焚惊醒一座古城。”从这样如泣如诉的诗行里，我们所感受到的恰恰是一种对故土、对沉积的历史文化所怀有的敬畏与大爱。

苏扬的散文诗在努力去“抵达一棵树”的艺术追求里，显现了她不同凡响的端倪，这种自觉意识的确立和精进，让我们有足够的理由期待她的明天。

二〇一五年六月十一日凌晨

序向翔散文诗集《时光煮雨》

向翔是我结识不久的一位新朋友。早两年有一个在苏州发展多年的宝应人（也是位散文诗的钟爱者），很起劲地搞过一段名为“江苏散文诗”的微信公众号，彼时与我联系较多，我也相帮做了些线下工作，给他出过一些主意，提过几条建议，还帮他拉了个近十人的顾问班子，开场弄得颇有点声势。可惜这桩好事没能坚持多久，个中原因我没多问，反正蛮有些遗憾。

而作为散文诗人的向翔似乎就在那一阶段进入我视野的——那个平台当时集中推过他的一些作品。之后由于知道了向翔的名字，再在其他散文诗或朗诵类的平台上发现有其新作时，便很自然地多了几分关注。在没有见到他人之前，读其作品所形成的印象是，作者有着较为开阔的生活背景和不为世俗所扰的精神向度，对散文诗这一艺术样式的操练也一定有些时日了；更重要的是，作品的字里行间透出他受古典文学长期熏陶的痕迹，说具体点，应当是对唐诗宋词以及形式上更为自由的宋元小令，估计在阅读和研悟上下过不少功夫。因为他的文字里不时传递出小令散曲所独有的那种韵律和腔调。从其对作品的谋篇布局，到词汇搭配的用心选择，再到层层递进而营造出的某种意境，不难看出历史上一些著名婉约派词人，如柳永、秦观、周邦彦、李清照等的诗词风格乃至精妙语汇对其所产生的深刻影响。向翔的散文诗，清楚不过地在追寻先贤的艺术追求和表现手法，他把温婉尔雅、柔情似水、圆润清丽这样一些属于婉约派的基本特征，较为自觉和娴熟地引入表现形态更为开放、当下性更为鲜明的新时代散文诗创作之中，这可能是他比较突出的个性所在，或许还可视作是他对丰富散文诗多元化格局的一种探索与贡献。

今年早些时候，故乡扬州的作家协会，把一批有志于推动散文诗拓展的实力诗人结集起来，专门成立了一个散文诗创作专业委员会。该委员会成立当日，我受邀赴扬参加了他们的活动。也就在那天我见到了向翔，这是一个待人显得特别谦和与坦诚的汉子。同他一番交谈后，还依稀觉出了他身上的那份沉潜与厚重。谢谢他对我的信任，此后不久，把如此重要的一件事交到了我的手上——他专程来了趟南京，为这部三十年间所发作品的结集（是他创作生涯中第一部正式出版的散文诗集）邀我为序。是我提出来要同他聊聊，窃以为论其诗最好能知其人，因为作品的背后站着的一定是人。当你了解了人，再来读其诗识其艺，想来便不致有太大的偏差。

向翔的出生地是扬州所辖的高邮，这令我和他亲近了许多。我有好几位高邮的老友，人都不约而同地厚道与实诚。可能这与此处的民风淳朴有关。说到高邮，人们耳熟能详的是“双黄蛋”和汪曾祺。自二十世纪八十年代汪曾祺的作品在全国日益走红，高邮的子弟们引以为豪之时，不少人也争相效仿着步入文学创作这方天地。向翔当初迷恋诗词，是否与汪老的辐射有关，我不得而知。但那方水土上独特的文化底蕴和民间风情，可能特别容易催生文学创造的因子，此种观点不知可否成立？在家乡读完了高中后的向翔因故而没能跨入大学校门，这或许还是上苍对他的某种成全，让他因此比同龄人更早地开读起社会这部大书。又许是得益于少小便显现的文字天分，使其避去了日晒雨淋的田间劳作之苦，乡镇文化站和其后的报道组成为他十八岁之后挥洒青春与才情的演练场。一九八六年，二十岁的向翔在广西《金城》杂志上发表了他平生第一首散文诗。这一事件，恐一定程度地构成了他后来生命里不断引爆思想火花，造就一篇篇诗章出笼的“导火索”。

二十八岁，是向翔人生中的一个拐点。他从原先生活的郭集镇来到了县城（此时高邮已撤县建市），进入市图书馆工作。这让他有机会接触到大量的文学书籍，工作之余他系统地阅读了唐宋以来的诗词、小令、散曲，并有感而发地写下了相当数量的读书笔记。他说在图书馆工作的这四年，可能不亚于读了一所大学。这为他后来被调到市科委，主编一张《科技信息报》，甚至给领导们写报告和各种材料，无疑是打下了较为坚实的文字基础。

二〇〇一年，三十五岁的向翔告别了故土，只身一人去往扬州，开始了他此生真正意义上的创业与打拼。他先是创办了一家广告公司，但业务并不好做，低谷的时候他咬紧牙关，通过不间断地写作给自己鼓劲加油。后来的几年由于接触到了全新的项目，企业的效益慢慢有了起色。在这摸爬滚打的十几年里，他还经历了许多常人难以想象的挫折、困厄，甚至是刻骨铭心的伤痛，但所有这些并没让一个生性倔强的汉子趴下。他每天坚持再忙再累也要在临睡前写一段创作手记，通常是一首白天便打好腹稿的散文诗。他以这种特殊的表达方式，一洗心头的郁结，并借此告诫自己，阳光就在不远的前头。读他的作品你很难找到幽怨、牢骚和叹息，他总是把世间最美的画面制作成一盏心灯，暖自己，也暖这世上或许还在迷惘中跋涉的人。

他给这部散文诗集命名为《时光煮雨》，令我想起古老的海水煮盐，一个“煮”字意味着浓缩后的精粹之结晶。诗人是要把自己的岁月之思提炼为纯而又纯的万象之美，以美的强大给人以生的力量，以美的生生不息、无处不在昭示假恶丑的终将消亡。

那天向翔把这部沉甸甸的书稿交到我手中，说这是他三十年心血的一次“打包”。听罢此言，我有心房被重物猛然一击的感觉。一个人，三十年，一本书。从翩翩少年到华发初生，自打爱上了，就不曾丢下。文学啊，诗歌啊，真有不可思议的魔力！让一个人永远为之心动，永远不辞辛劳又无怨无悔。哪怕被万千俗事搅得头昏眼花，但总有那么一方绿洲在朝向你，给你或已衰退的胸腔注入希望之亮色。

不妨试从此部书里挑出两首短章，与读友们一道体会一下诗人内在的情感风暴和他下笔如有神助的语言风采——

先看《星光的脚步》。“一些星光背井离乡，要等到雪花飘飘才能回到故乡；一些星光长跪不起，为的是找一条光明的河流；还有些星光被湮没于夜色苍茫，只为等一场云淡风轻，月夜如钩。”巧用拟人手法入诗，星光当指离乡之人。写他们的奔走、追寻和对故乡无法割舍的思念之情。“山川河流，沙砾与涟漪。一些花朵被带回了故乡……哪怕是疾风骤雨，哪怕是天高地远，星光的脚步总记得回家的路。再等些时日吧，漂泊的星光正在归来的途中。”为寻梦而被驱使着无法停下的脚步，以及因此而格外奔涌的离愁别绪，通过以上浅近平实却又紧锣密鼓的意象之展示与重叠，给人以身临其境而无法自拔的疼痛感，吟哦之间不由潸然泪下。

再看《雁字剪影》。全诗共有四个段落，此处仅示出后面两段：“山一程水一程，恰天地间的精灵，要回到童年的草原。/长调如水，幡旗轻摇，转经筒上的梵音。/穿透了草原的魂灵，唤醒一世的牧歌。/草黄草绿的长生天。风拉起不倒的狼图腾。/神性，无垠，苍凉，生命里的舞歌。//苍穹之上，远去的雁影，推开的白色云波，像草原上抖开的马鬃。/一支如弓的箭，一首颤动的弦歌。/比蓝天还蓝，比白云还白，比青草还青。/日夜兼程，约会故乡的春天。”这首被央视《电视诗歌散文》栏目选中拍摄了视频并由名家朗诵的散文诗新作，我以为至少体现了向翔作品所具有的这样几个基本特点：一是作者视野的开阔和想象力的不容置疑。二是在对这一特定场景的精细描述中，显现了他足够的知识储备，同时也表现出他对画面感运用的驾轻就熟，若干单个画面的逶迤而出，组合成一幅唯美而又更见苍凉的草原长卷，以此凸现作品探寻生命真谛的立意高度。三是长短句错替交织，行进中飘逸古意。“山一程水一程”“苍穹之上，远去的雁影”“草黄草绿长生天”，品味这样的字词搭配，是否有点千余年前宋词小令的韵味？当然这样的“活化”，绝非一日之功，首先你得老老实实地“进去”，有了经年之浸淫，方才有不经意间的信手拈来。这其实说的还是个笨道理：别人不好代替你去读书，谁都甭想轻轻松松地成功。

当然这样的诗例还可以继续举下去，厚厚一部诗集，入集者有一百八十五题之多呢。人家写作用了三十年，我又岂能在一篇小文里说尽它的种种美妙？！倒想反弹一下琵琶，给作品泼点冷水，不知向翔君能否受用？我想说的是，原本笔有千斤重，用墨尚需再节俭。有不少篇札，总觉得铺排过于繁复，有叠床架屋之感。似乎总担心词汇不够，没把意思说透，颇有点“油多不坏菜”的制作手法。散文诗前辈中，李耕、王尔碑、耿林莽、许淇等的作品都很讲究画意，有古风临照，但出笔却惜字如金，画面的呈现也大都点到为止。留白，实质是给人留想头。留出的空间愈大，愈说明你的本事。老诗人流沙河散文诗写得并不多，但就那一组害他打成“右派”的《草木篇》，半个多世纪过去了，今日拿来读，照样觉着那简洁无华里有着满满的隽永。

不过我知道属马的向翔，除了有不甘羁绊、逐鹿翔云的心志，更有敢与岁月叫板的持久韧性，一件事坚持了三十年，没有理由怀疑他不再往下走。作品中的那些短板（假如我的意见成立的话），相信他有法子去克服去完善。他特别爱学习，而且一点不骄傲，兼收并蓄，假以时日，我想他一定会写得更好。诚挚地祝愿他。

是为序。

二〇一八年七月三十日于盱眙天泉湖畔

文榕散文诗近著读札

一

两年多以前，我应箫风君之约写了《江苏散文诗的昨天和今天》。记得成稿后曾发给秦兆基先生提意见，他回邮件给我，说综述中还是漏了一些人，比如已在香港定居的文榕，她便是出生在无锡的江苏人。后来秦先生送我他的评著，里面就有对文榕散文诗的专论。这才知道自己的孤陋寡闻，把一个重要诗人弄丢了。

这以后就有了和文榕的联系，不仅读到她从香港寄来的好几期由她任主编的《橄榄叶》诗报（印装精美考究，所发作品阵容可观，中国大陆、中国港澳台及海外旅居华人中一些较有影响的诗人似已被她一网打尽），还读到她新出版的散文诗集《比春天更远的地方》的签名本。由此了解到，她不仅是一名对全国散文诗（也包括诗）的创作起到过积极推动作用的组织者，而且还是一位置身前沿阵地，以自身创作实力为这支队伍赢得光荣的骁勇战将。

文榕赴港定居已有二十多年，而较为专注地投入写作，并在有关报刊密集发表作品则是在新千年之始。她是诗和散文诗两把艺术之剑皆舞得风生水起的双栖作家。十余年里，有诗集和散文诗集各三部行世。女性作家的行列里，文榕的散文诗有其不易被遮蔽也不易被混淆的独具光芒，在她以华美语言所表露的炽热情感中，好像总有那么一种古典气韵的柔肠百结。她早先的一些作品，深得当时还健在的柯蓝先生的褒奖，而随着其臻于佳境，散文诗界的一些大咖，如耿林莽、秦兆基、崔国发、黄恩鹏、庄伟杰等，都纷纷投以青睐之目，给出了颇高的评价。

惜我识读文榕尚浅，也只能就其新著，说一点粗陋之见。

二

拆开信封时，我首先端详许久的是这本散文诗集的书名。比春天更远的地方，此为何处？真有这个地方吗？心下不由得问道。春天，乃四季之首，是时间概念相对宽泛的一个节令，包含着若干节气的气候和物候；而地方，则是一个地理区域的概念，两者压根儿不搭。但作为诗来说，要的恰恰就是这样一种看似不搭，却分明有着某种内在联系的艺术效果，它给人以咀嚼、以诱惑，进而产生进一步打探和深究的欲望。作者别具匠心地设计了一个引人遐想的时空情境，把常人能够切实感知的、具象的春天，涂上一种属于她所创造的奇思妙想。惯常的思维模式在这里被打破了，这个“地方”的参照物是“春天”，而又非确指的春天，你想象中所有关于春的场景，均可以在这里展现并获得强化，而你期望到达的地方则还在这美妙的所在之外，在你意念尚难确切勾画的宇宙之某个角落。诗人苦苦寻觅并发现了一处富矿，这座富矿的名字就叫——比春天更远的地方。你想采集这儿的矿藏吗？好，那就迈开你的脚步，请进吧。

我还翻开这本书的目录，大概数了数，全书分七辑，有一百多个标题，大都设置灵动，有便于诗意驰骋的切入口，而单单把这个篇名拿出来用作书名，我以为文榕是动了一番心思的。所谓诗有“诗眼”，一本书的书名也应是照亮全书的“书眼”，它需有撬动全书的“蛮荒之力”，窥一斑而知全豹；亮出书名，也就意味着诗人已经出场，其学养、才情和过人的想象力及审美表现力已向你巧妙地传递一二了。

三

耿林莽先生早在近十年前就对文榕的一篇《山那边》做过专门的艺术赏析，指出其文字“简洁，无一句冗赘之言”，有“一语胜千言的练达”，这样的评价我以为很准确，也很到位。用以佐证的例子可以举出很多，比如那章《听琴》。一个奏独弦琴的老人，被她以极凝练的笔墨勾勒而出：“枯树。老藤。悲雁。/缓缓的岁月从他的指尖流逝。”劈面而来的六个字，不由分说地推出三幅透着悲凉色彩的画面，作品试图表达的基调也就不言自明了。接下来的描述与咏叹中，老人独特的生命经历得以更为深切和传神地揭示——“他是一口深井，喊出一声回音，青春的光亮随远去的列车，驶入往昔的平原，呼啸不出野性的汽笛。”每一幅图像都是在动态中推进的，每一个释放的节拍又都是沉郁而刚劲的，未用半点写实的笔墨，但分明又虚中见实，有着特定身份的主人公其大致的命运图谱已然呼之欲出。文榕散文诗所凸现的简洁的特征，已不只是简单体现在语言上，更多的可以从她对意象的选择，和以恰当的表现节奏展示这些意象的艺术创造中，获得一种深层次的领略。想来好的散文诗一定是简洁而练达的，那种唯恐别人不解而一个劲地自说自话，毫无节制地挥泻情感，叠床架屋的意象铺陈，委实是让人生厌的。老一辈散文诗人中，李耕和王尔碑的作品大都写得精短，仅两三百字，但却短而有物，短而精悍，放开与收拢之间，短兵相接，刺刀见红，留下的是耐人寻味的隽永之意。看得出文榕在这方面有很自觉的意识、努力，且有出色的建树。

私下里猜度，文榕笔墨的简洁或许还得益于她古典文学（更多可能是唐诗宋词）的功底。旅居加拿大的诗人林楠在一篇对文榕诗风的简述中，援引了耿林莽在另一个场合提及文榕散文诗特色时说到的一点看法，认为，“文榕的语言有一点古典的忧郁色调”，这个印象显然不会凭空而来，一定建立在对其文本的细致阅读上。我这里试挑一篇作者描写故乡风物的短章，以表达对耿先生观点的认同。诗题为《蠡园小景》，无锡太湖之滨的蠡园是一处世人皆知的江南名胜，作为出生于此地，与此处山光水色早有耳鬓厮磨的诗人，自有不同于常人的种种发现与感慨，但她对这熟稔于心的景致，在表现手法上，则是走的别出心裁的古典路线——“园子的春花休憩去了，小道两岸弱柳扶风。”“恍惚间，谁的烦恼被梳洗？/小桥流水。霞光的流水不忍归去，难舍吴越清音？/浣纱湖到了。楼台烟雨外，美人对湖，独揽巨镜。/穿越春秋梦语，婉转江南妙韵。”读这样的句式，想你会有时光倒流之感，那一字一句，落笔生花，活脱一阕和着吴越音韵的宋人小令。自然，冰冻三尺非一日之寒，如这般透着忧郁气息的古意美词，在其潜心打造的背后，当是一盏手不释卷的清冷孤灯。

四

想专门探讨一下诗人的慈悲之心。当然这几个字包蕴的内容相当丰富，它可以是感恩——对养育她的生身父母，成长过程里的多位老师，引领她走上文学之路的诗坛前辈，等等；还可以是感动——对她生命中所涉过的每一条山川河流，甚至给过她愉悦、给过她芬芳的蓝天白云、树木花草；此外，它还可以是一种深情的关注——关注世间那些常常被人所忽略的生活在社会底层的小人物的喜怒哀乐，一颦一笑。而这样的关注并非每一个诗人都能做到。我很高兴地在文榕的这本新著里读到了这样的篇札。

那“手捧着一碟甜蜜”的餐厅女侍应，那“月亮很圆”的中秋之夜，家中有重病的老公，却依旧“推着一辆清洁车”忙碌在街头的清洁女工，那“拄着拐杖”“皱纹里”流淌“笑痕”的八旬邻人……出现在文榕笔下的这些寻常人物，于整个社会而言，他们或许无足轻重，但他们每一个都是生命的个体，一种独一无二的活生生的存在，正是千千万万这样的他们，组成了鲜活而生动的世界。诗人在与女侍应的萍水相逢中发现了她“悬浮在嘈杂背景中”的发自心底的微笑，还看到了她“没有哀愁”的“一抹眼神”和那份“无怨的周全”；而那位“发丝已被岁月镀成银色浪波”的拄拐老妪，她所拥有的乐观与豁达则令诗人原本的“抑郁悄悄消弭”，而心悦诚服地“将自己的未来尾随其后”。在对这些人物投之以关注之时，作者没有半点的居高临下，她自觉地将自己融入那个特定的环境之中，感同身受，方能体悟他们内心所演绎的风景。而面对在青海地震灾区舍身救人英勇牺牲的香港市民黄福荣，诗人第一时间挥泪献歌，以诚挚之情咏唱她心中的英雄。诗章以这样的款款深情起笔：“身着黄衣，你的笑容在北京的清空中弥漫开来，溅起了一朵璀璨的波浪之花……”继而列举他“足迹遍布祖国大地”的种种义举，结笔则以一唱三叹的复沓句式构成首尾呼应：“神色慈爱，你的笑容在天界的清空中弥漫开来，溅起了一朵永恒的心灵之花……”不只有艺术音效特征的绕梁三日，更可一窥诗人称得上美艳的悲悯情怀。

当下散文诗坛尤显活跃的军旅诗评家黄恩鹏认为文榕的散文诗里“含有佛性”“从她的许多作品中读到的是一种纯净”。另一位诗人兼评论家崔国发则评价其“深切地表现出对生命价值的终极意义的深情眷注与人文关怀”，我以为这些评说其实都通到了诗人所持有的那颗足以令人垂泪的慈悲之心。

美丽、清新、温暖、细腻，这些诗的特质，在文榕这里都还只是一种外壳，而内核却是慈悲。慈悲可以把世间最伟大的东西搭建起来。

草就于二〇一七年二月一日

陕西省散文诗创作一瞥

陕西是我国古代文明的发祥地之一，是“文字初祖”仓颉的诞生地。秦等十几个朝代先后在这里建都，而到了风起云涌的近现代，它又历史性地成为中国革命的摇篮。

就文学而言，二十世纪九十年代之前，陕西出过路遥、邹志安、杜鹏程等一批文学巨匠；九十年代初，高建群、贾平凹、陈忠实、京夫、程海“五虎将”几乎同时呼啸出山，成为中国文坛瞩目的“陕军东征”现象。小说的强大如日中天，其他文学类别的成长则一定程度地为世人所忽略。比如一直以来备受冷落的散文诗。但如同千年汉水不事喧哗地默默流淌，散文诗的艺术之花在并不热闹的背景之下照样悄然开放。出生于陕西扶风的军旅作家王宗仁在报告文学和散文之外，还创作了相当数量的散文诗，有《雪山壶中煮》等散文诗集问世。他以表现雪域高原的粗犷和当代军人的豪迈而在散文诗坛留有一席之地。二〇一三年二月辞世的著名诗人雷抒雁（陕西泾阳人）为新时期诗歌创作奉献了里程碑式的长诗《小草在歌唱》，他的主要成就在分行诗上，但也留下了不少让人回味的散文诗作品，被王幅明选入《中国散文诗90年》的《鹰的叹息》便是一首流传甚广的励志之作。诗人以充满深情的笔触如此写道："那高高的天上，还有另一个世界吗？风扇动我的羽翼，羽毛颤抖着，我感到周身舒坦，壮烈的生活啊！我长鸣，是因为激动；我叹息，是因为尚有更高的天空在我上边，我不能穿透它们。// 鹰长鸣着，又一次向高空飞去。"颇具高尔基《海燕》式的张力，表现了那代人崇尚高远的心志与理想。还有一位诗与散文诗皆操弄得风生水起的诗人：耿翔，亦当提起。他在一九九三年发表的《乡村情感》（组章）便凸现了其不凡的艺术表现才华。试举一例为证："……这样的日子，我坐在一孔窑洞里写诗。/ 一只荒原之狼，正自村口走过。雪一样的稿纸上，响起一阵孤独。/ 隔门，听见石头断裂的声音。/ 而纷纷之雪，依旧如一位白衣少女。或远或近，都舞在大地渐握渐暖的手心里（《冬天的感觉》）。”

历史总是后浪推着前浪，散文诗的写作在陕西这块厚土之上，也是一茬茬的新人不断涌现。此次巡展中亮相的十四位作者，大都出生于二十世纪六七十年代，“八〇后”“九〇后”占了三分之一，最年轻者仅二十二岁。足见是一支极具后劲的队伍。在全球化、现代化日益推进的当下，每个地域都渴望确立自己的文化谱系和地方经验。纵观陕西散文诗作家的作品，每个人都在书写着属于自己的地方志，从中能感受到他们确认自我独特空间的强烈自觉和不懈努力。他们的写作，既反映了陕西特有的文化共性，同时又张扬着不同的个性风格，融入了各自对生命的差异化体现。

受周庆荣、灵焚、亚楠等的一再鼓励而“按下散文诗门铃”的才女三色堇以其“心在远方而灵魂在高处”的诗艺追求，为陕西散文诗创作整体水平的推进起到了重要作用。她在伊犁“天马散文诗”颁奖典礼上的一番感言，充分表达了她对散文诗佛心般的虔诚，她称散文诗的魅力让其“目光脱胎换骨”，进而“学会了在它的意义里对月舞剑，解读万家灯火，解读一只鸟被时光修剪的命运，解读灵魂在文字里的寒冷与温暖”。她的作品证实了缪斯女神对她尤显特殊的那份垂爱，她以沛然而清澈的文字将其“体内的灯盏”成功地燃亮在了读者的眼前。“可以淡，可以忍，可以大慈大悲，可以根深而无须叶茂，可以素心而倦怠喧闹……感谢光的背面，让我们懂得转身，懂得自省（《背光而坐》）。”佛的忍让、宽厚与博大浸淫于她行云流水般的诗思之中，读她的诗有一种与雪山或草原共度良宵的幽寂之美。

获过多项诗歌奖的王琪，这次参展的新作颇似一把有了些年代的竖琴，弹拨的是他不绝如缕的思乡之愁。那有着“木槿花”和“土拨鼠”，有着一个个“去往天国”的亲人背影的罗敷河，是他心中无法愈合的一片痂。柔美中的平实，从容里的悲怆，构成了他散文诗不太容易与人混淆的色谱与基调。

受到耿林莽、黄恩鹏等多位散文诗家关注并给予热评的鲁绪刚，此番呈现的《落日及其他》，充分展示了作者驾驭散文诗艺术的过人技艺。他遣词造句出手不凡，谋篇布局注重画面的立体感；司空见惯的标题下时现个性鲜明突出的诗意具象——“风走过一座小桥，坐在河滩上。”“我的亲人，把疲惫的身体和节气放在乡村的土坑上，吐气如兰。”“一只老碗，端出懒洋洋的时间。”“几只雏鸡在庭院里捡拾汉字。”“一片叶子，像一只单独的翅膀，在山坡上缓缓移动，把秋天的头颅按得很低。”

太多让人折服的奇思妙想，那正是鲁绪刚为我们打造的透着陕东南安康乡村独特气韵的生命雕塑。

另一位为陕西散文诗创作赢得荣誉的女诗人南小燕，以其散文诗集《一滴水的修行》，让人从她的“清新”中看到“执着、坚实和柔韧的亮色”（亚楠语）。身在河南的王幅明先生为南小燕笔下的“故土情怀”“爱雨情丝”“禅理情韵”深深打动，喜不可抑地写下了《滴水片叶总关情》的推荐之文，表达了这位散文诗前辈对新人的充分首肯。从她发表在此处的作品来看，她选择散文诗作为她与这个世界的对话方式，某种意义上正是契合了她对生命的终极向往，即“在不断的修行中保持一滴水的纯净”。天空、大地、流水、落叶，这些大自然所赋予人类的美妙的神物，在诗人眼里一概都那么灵动和唯美，即便如落叶的飘零，也是“一场独一无二的妙曼”，而让一颗“向往自由的心”“如此沉醉”。一花一世界，一叶一菩提，诗人向我们传递出的那种内心的力量，会给人以清纯和美善的感召。

姜华和叶平是两位年龄相仿，想来都有较深阅历的诗人，后者好像还有一段从戎的履历。生活对男人而言，感触最深的，可能是生命里一场难以忘却的磨难，也可能是来自“世俗”和“烟火”里“家族与亲人的气味”；

还可能是对一段逝去的历史不无沉重的缅怀；甚至就是“在儿时席地而睡”的老屋里喝上一顿烂醉如泥的老酒。五十而知天命，五十岁当出掷地有声的厚重之作。姜、叶二位都在努力，也都在他们各自的诗作中有不错的表现。姜华领我们“过黄河”“上长城”，面对那“浩荡而来”的母亲河，诗人一吐内心深处的诸多“放不下”，在“江湖千里万里，人生却往往只有一步”的感叹声里，他甚至“想纵身一跃，让自己壮烈地毁灭”，比较真实地道出了现代人置身尘世之中的纠结与挣扎，更有精神追求里的困惑与不甘。叶平则“一碗碗喝着”“苞谷和红薯的汁液”，杯中忽就倒映出“许多熟悉的身影”，而这些曾经“血缘的一部分”已化作“山顶的一株株孤树，成为我们回家的路标”。诗意的延展在他如泣如诉的描述中得以实现。叶诗的结笔竟与前述姜诗不谋而合——在对故土万般不舍的怀想里，诗人竟生了“把酒洒遍全身，燃成火人，迎接另一次新生”的愿望，个中的寓意似更多了一层耐人寻味的东西。

周东坡出道较早，据其自己介绍“二十世纪八十年代末开始舞文弄墨”，诗歌、散文、小说，各路拳脚都练过。他的《桃花，桃花》有点长安城里阔公子风流倜傥、洒脱不羁的味道，不少段落和意境像从古诗词里幻化而来——“三月，一匹失魂落魄的疲马跑过秘密之地，马蹄声浑浊，践踏着成片倒下的荆棘。”“我这是到家了吗？是谁把我的青巾濯洗干净，晾在庭院里的竹竿上？”“我已微醺，眼前这一朵桃花会把我安顿下来吗？最好就坐在枝头，自灿烂，自凋零。”既是巡展，集一省之好手，理当现百花争艳之态，这位也叫东坡的诗人，算得上自成一路。

“他选择以散文诗的形式靠近家园，靠近自己，安妥自己的灵魂。二十五年来，与散文诗不离不弃。”这是一位论者对“七〇后”诗人陈平军的识见。他早在一九九五年便以散文诗集《边走边唱》证实了他在这方领域跋涉的英姿。他的作品注重意境的构建和恰到好处的哲理的阐发，语言清新流畅，透出一股慰藉人心的暖意。在诗的架构上似乎更着意于时空感的营造——“横亘的一横，就这样划过我几百年的梦境……羊皮筏子能不能载我驶入唐朝的心脏（《与沙坡头不期而遇》）？”“举起时光的惊堂木，敲响空无一人的大厅……若隐若现的声响，是不是你踩落的墙角的砖头砸响崔莺莺心田的震动（《路过普救寺》）？”现实、历史、梦境，在他的视野里发生了巧妙的碰撞，而一片遐想的天空便很自然地出现在阅读者的面前。

回族诗人束宝荣自幼生活在汉江之畔，他的作品里有更多汉水所独有的细腻与质朴。其行文如三月里的“风铃细语”，不疾不徐；他所追求的诗味被他藏在了娓娓道来的叙述之中——“青泥河上，见一位汲水女子，手提瓦罐，轻摆裙裾，一头秀发随意散开，竟醉了河的两岸。”（《背山的汉子》）有一位也叫张志民的诗论者称其诗作是“汉江边的一支诗笛”“悠扬而纯洁”，倒也显得贴切。此处展出的两章作品，似觉文字的锤炼还欠些功夫，有点过于散文化了。

“八〇后”的散文诗人，此次出列者共三人，分别为杨剑文、李东和左右。其中稍长者杨剑文，近年较活跃，作品频发，且多次荣登大赛领奖台。耿林莽先生对其专写家乡四季特色的一组《横山的春夏秋冬》有较高的评价，称其“节奏明快”“饶有音乐感”“得散文诗的精髓与神韵”。此次参展的三章延续了他浓郁的地域风情和密集如子弹连环的语言特色。“一棵树，用根须倾听。/……一场大雪焐出春的汗珠。/春天苏醒。/月亮是一只眼。/太阳，是另一只，依旧病着发着烧，烫手。红！/犁铧，割开皮肉，祖父说大地要来一场外科手术。”（《疼痛的大地》）用词及炼意，均快捷且大胆，可谓心到弹发，颇具快枪手的神勇。李东和左右系同龄人，也都才二十七岁。他的《地铁时光》写得别出心裁，折射出当今时代城市变革的侧影，把现代人的生活节奏和因物质荡涤而致扭曲的心理特征描摹得入木三分——“地铁时光，用缩短的时间将风景隐藏。匆忙之中，完成了陌生人盛大的团聚与分离，闪现着城市善变的脸庞。”尤以此后两句更见发掘之深入：“不见日月，是否多了神秘少了思愁／远离风雪，是否温暖了孤独的漂泊？”让人在风驰电掣的喧嚣后，落入更沉更暗的孤寂里。

另一个二十七岁唤作左右的诗人，读他的那些短章，还真要濯身、更衣、焚香，找一只蒲垫坐下，慢慢咂静静品。你会感到有一股凉凉的又温温的泉流，不声不响地进入你的心门。恍若读宋词或明人的小品，不显山不露水的，你就把那里面的欢愉呀隐痛呀甚至还有神秘什么的，一点点吸入你的肺腑之中。过后你会觉得，那是怎样一种难以言传的美呀——“雪拥蓝关，马儿不前，冬雁和驼铃相互取暖，抱成孤客。吹笛少年东望长安，他每吹一曲，叶子便从树上落满一路。寒露和那冷清的月光，织着一首无言的曲，一步一步和马匹合唱。”（《在那远去的丝路上》）好东西总会有人识得。同道中人黄恩鹏、桂兴华、玉上烟等都给了他的诗作以较高的评价。第广龙用很佩服的口吻说左右“还能出活，能出细活，也能出大活”。另一位实力诗人马东旭称其“读左右的散文诗短章，犹如一个人行走在广袤的大地，看到一朵白花在寂静中绽放，给你带来的震颤，不仅仅是它的清香，而是无垠的慈悲之光”。此等评述，吾亦同感。

最后说两位“九〇后”诗人的作品。倘若不看作者简介，我真的不敢相信，两个还在念大学的少年，思想已抵达了这样的远方。王飞的眼里“岩石的伤口正在愈合”“梦里怀抱秋天的花”，想象着“天堂”里的“雾霭和云层”“生活在那里的人大都是隐士，没人能找到他们的踪迹”，想表现一种什么呢？虚无、张望、挣脱，还是更深的一些东西？诗里的“我”感觉是个矛盾的复合体，一方面有对“春暖花开的大海”不可抑制的神往，一方面有对“行尸走肉”般的现实无以摆脱的迷惘与痛楚。大约这便是当下年轻诗人所面对的一种无所适从的世态炎凉。而程川的诗风则与王飞迥然有别，他的诗里有一种硬汉的果敢和凌厉，能感受到历史长河对其心床的冲击与洗礼——“流不走的便是骨头，舍利，灵魂……是水草环抱的肉体，誓言，星宿；是高祖立国为邦的天汉，朝堂，宗族和华夏；以及孔明六出祁山铮铮作响的军令……”他所拟诗题也霸气十足：《汉水之脉在风吹日晒中逐渐水落石出》《从汉江源顺流而下探寻摩崖石刻上的印迹》。李东的诗虽还需打磨，但童子功练得十分扎实。我看好这个二十二岁的诗坛后生。

谢诗人主编箫风兄派了我这份美差，让我做了回孟郊，很荣幸地“一日看尽长安花”。憾在时间仓促，十四位代表陕西出场的诗人皆携佳作而来，我却只能蜻蜓点水式地胡乱说点印象。一如陕甘高原天高地厚，悠悠长安绵绵汉水，注定了这里会有散文诗花果飘香。我为你们祝福！

二〇一五年端午节于南京

辑四

细节之魅

读朱自清的名篇《背影》，最不能忘怀的是写父亲在火车站为他买橘子——“肥胖的身子”“蹒跚地走到铁道边，慢慢探下身去，穿过铁道，爬上那边月台”“两手攀着上面，两脚再向上缩”；返回时“过铁道，先将橘子散放在地上，自己慢慢爬下，再抱起橘子走”。过程写得细针密线，甚至还包括父亲戴着怎样颜色的帽子，穿着什么布的马褂、棉袍。一组慢镜头的推近和定格，父亲之于儿子的那份直接而真实的爱，不光牵出了作者的眼泪——“这时我看见他的背影，我的泪很快流了下来”，更把天底下所有受到过父亲爱抚的儿子的泪腺都打通了。

这便是散文中可遇而不可求的来自生活现场的细节

所独具的魅力。《背影》写于一九二五年，快一百年了，几代人都在读它、体会它，并受益于它，倘若没有这段买橘子的细节，这具“背影”可能就立不起来，文章也早让人遗忘了。

联系起来想，这样的例子在今人的一些作品中也不鲜见。记得前两年，安徽的散文诗评论家崔国发兄给我寄来他探讨散文诗艺术的专著《诗苑徜徉录》，书序是其胞弟所作，有一段写到他们共同的母亲，其中有个细节特别感人，一直就镌刻在我脑子里。细节是说一九八三年的一场洪水，冲决了江堤，淹没了村庄，而当时母亲拼尽力气扛出来的是他哥哥（即崔国发）留在家里的一箱笨重的书（当时他十九岁的哥哥刚刚考取大学，出去读书了）。序作者充满深情地写道：“母亲滑倒后艰难爬起的那一幕，让我感到在她心里，孩子们的书比什么都重要！”母亲只是一个农民，自己并不读书，她从洪水中抢出书来，是知道儿子爱书。爱子所爱，落脚点其实还在爱子上。儿子后来成了教授、专家，母亲洪水中舍命为他抢书成就了一篇再好不过的活教材，所有的说教在母亲做出的这一举动面前都显得苍白无力了。从这个或不经意透露的细节里，评论家崔国发的母亲简直就如雕像般地矗立在了读者的心里。

还有，不久前在《新华日报》的《新潮》副刊上读到书评家雷雨先生记元宵节的一篇散文。写法上独辟蹊径，也是抓住特定场景下人物所表现的细节，把文章做足，因而获得了让人读之难忘的艺术效果。他写二十世纪八十年代，自己在镇上的一所借读学校备战中考，大年初三一早就去了学校苦读。元宵节那天，住在镇上的同学都回去吃好的了，“心中颇为艳羡，又不无怅然”“突然间，听到有自行车铃声响”“教室门被推开，我抬头一看，愣住了：弟弟怎么来了？”原来是弟弟受母亲之托，给哥哥送饺子来了（是母亲专为元宵节包的饺子）。作者以平实的笔触写他刚读小学三年级的弟弟，“瘦小单薄，自行车的横梁跨不上去”“掏腿骑车子，就这样撅着屁股，爬坡，过河，一路风尘，跑了近二十里的乡间土路”，送来妈妈包的饺子，“连一口水都没来得及喝”，又“满头大汗”地往回赶了。年仅十岁的孩子做了大人都感到吃力的事，文本所呈现的内容对读者已构成了一次不小的冲击波，接下来展开的第二幅画面，依旧是让细节说话：“到了二十世纪九十年代初，大学毕业的弟弟和我已经在南京相依为命了。身怀六甲的妻子也是一时兴起，说是元宵节要去夫子庙看灯展。弟弟听说了，一定要陪我们去。在人流如涌、摩肩接踵的茫茫人海中，弟弟自始至终在前面护着他的嫂子，顾后瞻前，终于到了大成殿，过了瞻园，到了中华路上，才算突出重围。弟弟蹲在路边上，一口气吸了两支烟。望着沉默的弟弟，我看到他的头发居然也开始星星点点地灰白了，突然想起十几年前元宵节他到镇上给我送饺子的情形，不知怎么， 眼睛有点湿润了。”同样都发生在元宵节的集中在弟弟身上的两幕场景，实现了跨越时空的相互勾连，爱哥哥，护嫂子，一句话没说的好兄弟，把一份感人至深的手足情诠释得淋漓尽致。

品读雷雨的这篇散文，耳边突然响起一首歌曲的旋律。那是藏族歌唱家降央卓玛演唱的《哥哥》。歌中唱道:“……我有你这哥哥在心里／我也为你遮风挡住雨／想说的话永远说不清／手足的情／兄弟的情……”伴随这歌声，浮现在眼前的画面，是一个撅着屁股骑车爬坡的少年，和人海中护着嫂子突围，已有了星星点点花白头发的人世间被称作兄弟的那个人。

鲜活而饱满的细节，从来就在我们所经历的生活里。记住它，并用恰当的方式表现它，你就成功了，因为你手里拿着的，就是一把击打心房的铁锤。

小威廉·斯特伦克在《文体的要素》中也有与此相类似的论述：“所有研究过写作艺术的人都会同意这一

点：要引起读者注意并让其保持注意，最有效的办法就是让写作细致、确切和具体。最伟大的作家的写作——之所以有效力，很大程度上是因为他们善用细节，很好地处理了那些重要的细节。”

二〇一八年四月十日凌晨

好诗人会讲故事

讲故事这几年是个热词。都在讨论如何从各方面讲好故事。会讲故事的人因此受到关注，甚至成为网红。

平时偶尔读点诗，我就在想：诗要不要讲故事呢？一般情况下诗好像不讲故事，讲故事通常是电影、电视剧、小说干的事。诗只要把那道叫作想象的彩虹桥建好，再找一些冷不丁的意象群，让它们彼此间发生关联（当然也可以混搭），一定要出奇制胜，打它个措手不及。诗人常常就是这么干的。按正常规矩出牌那不叫诗，手里捏着的那只“猴子”（也叫王）隐藏得越深越好，甩出来的时候得让举座震惊。好了，祝贺你，这首诗成了。

但这样的诗可能会奏一时之效，逶迤而出的意象的确颇让人目醉神迷，可等放了放，回过头来再想，似乎已大雪无痕，不记得那诗里都说了些啥。从这个意义寻思，我倒希望诗里面稍许有点故事，哪怕后来具体的诗句记不住了，但诗中所述之故事却雁过留声，在大脑的荧屏上留下了影像。

说几个具体的例子吧。诗人金倜今年二月份（或更早）像是去了一趟湘西。行走途中用手机给朋友圈发了一组诗，印象较深的有《谒沈从文先生墓》《朱砂》等。其中一首《苗寨的孩子》讲了一个很不错的故事。故事中那个羞涩的女孩，让我们看到了湘西的古朴与醇美。好性情的金倜把阅读者当作听故事的孩子，满脸慈蔼又特别认真地讲了他的一次路遇："去苗寨的路上 / 看到三五成群的孩子 / 站在道路拐角的地方 / 唱着他们的歌曲 / 每个孩子的手上都有手编的蝈蝈 / 当地的朋友提示我们 / 不要随便给他们钱 / 不能培养他们不劳而获的习惯 / 但可以花一元钱买他们编的蝈蝈 / 要让他们意识到尊严 / 我看到一个羞涩的女孩 / 个子很矮，没有唱歌 / 不安地搓揉着竹叶做成的蝈蝈 / 我悄悄地给她十元钱 / 她开心地把手中的蝈蝈都给了我 / 一路小跑离开了 / 我记得她碎玉一样的牙齿很白 / 笑起来活脱脱就是我女儿的样子 / 离开苗寨快一个月了 / 那些孩子的歌声还时常闪现在我的睡眠 / 像幽灵一样。"

一首诗全在这里了，诗人的故事讲完了。有过旅游经验的，恐怕都碰到过这样的场景。你不妨也设想一下，在这样的场景面前你会逗留吗？你会关注一个素不相识的女孩“碎玉一样洁白的牙齿”吗？你会把这样的路遇写成一首诗给你的朋友吗？我当然无从知道这些提问在一个相对的人数群里会是怎样的结果。但我知道的是我自己，得老实承认，我做不到。而我的好兄弟诗人金倜却做得到，他有一颗孩子般纯美的心，他被人世间所有的单纯与美善一次次打动又一次次呈奉他赤子的真情。写真情也就无需卖弄，无需炫技，他选择讲故事的方式舒缓而平实地娓娓道来。

那个“羞涩的女孩”是一幅白描，淡淡的，却又浓浓的（诗人描述中倾注的那份情感，谓之浓）——个子很矮，没有唱歌（有别于人群中其他的孩子），不安地搓揉手中的蝈蝈（此处的“不安”照应前述的“羞涩”），“悄悄给她十元钱（“悄悄”在这里保护了她的“羞涩”），“她开心地把手中的蝈蝈都给了我”（倾囊而出，表现了这个女孩的纯洁无瑕）。“笑起来活脱脱就是我女儿的样子”，此一句可视为全诗（这个故事）最光彩照人的一处亮点。诗人把笔下的人物一下子同我们每个人都拉近了，感觉她就是我们大家的女儿。心中的暖意在一瞬间蹈空袭来。

再来看格风的一首诗。格风是一位资历不浅的媒体人，早年做过剧团编剧，在诗坛也曾名噪一时。歇了些年头，近又卷土重来，且有点旋风四起的意思，写得很猛。不久前他有一首《纪念白球鞋》，是写少时的经历，讲了一则独特而充满谐趣的故事，听的人分明感到了他其实是想对岁月说点什么——“……上课铃声和我饥饿的胃 / 在轧花厂对面的蔬菜小学 / 我逃了两堂课 / 一口气跑到镇北老营 / 登上师部一座废弃了的瞭望塔 / 芦苇滩之外的旷野 / 水渠，田埂，稻草人 / 电线杆上歇着麻雀 /……我数了数地平线上的几棵烟囱 / 又数了数九龙河口的九条细流 / 朝塔吊下杂草丛生的干沟 / 撒了泡尿 / 然后下来 / 被二呆子告到老师那里 // 老师赵婕，笑靥如花，人见人怕 / 无锡来的女知青 / 她罚我背书 / 背完《孔乙己》天就黑了 / 她要我接着背 /《纪念白求恩》/ 白求恩是加拿大共产党员 / 我哭了 / 脑袋嗡嗡的 / 仿佛又回到呜呜作响的破铁架上 / 对岸砖瓦厂的船队 / 运送着夕阳 / 西南方向一条老街 / 密匝匝的屋顶升起白烟 / 我知道那里的西街大药房 / 幽暗的后堂 / 木结构楼梯的拐角处 / 庞举人头戴瓜皮帽的旧照片 / 那是我奶奶的父亲 / 我的注意力 / 很难集中到白求恩身上 // 学校已空无一人

/ 我看见一双白色的脚朝我走来 / 熟悉的花露水的味道 / 是赵娩 / 我脖子扭向窗外 / 眼睛斜向她脚上的鞋 / 她的鞋很白，窗外更黑了 / 她卷起课本 / 拍拍我的头说不用背啦 / 以后记住 / 一个是穿长衫的先生 / 还有一个不远万里来到中国 / 你回去吧 / 我完全听不懂 // 后来赵老师离开了蔬菜小学 / 从此音信全无 // 为了遇见穿长衫的先生 / 我在垃圾堆上 / 细数捡破烂的零钱 / 十岁生日那天 / 给自己买了一双白色球鞋……”

格风的这个故事比金倜说的故事，读起来是不是有点绕？好几根叙事的线交织在了一起，放电影似的，一会儿切入一会儿切出，此场景又跳到彼场景。捋一捋，其实也还脉络清楚。先说了逃课，爬到瞭望塔上看风景，撒了泡尿下来，被同学告发；继之说了被“笑靥如花”的赵老师罚背书，背了《孔乙己》再背《纪念白求恩》，脑子里开了跑马场，闪出“船队”“西街大药房”“奶奶的父亲的旧照片”等一些早已熟稔的画面；接下来又转回现场：花露水，白球鞋，“人见人怕”的美女老师放了“我”一马；故事最后扎口子还归到“白球鞋”上来。最为谐谑的是，课文里“不远万里来到中国”的白求恩，同一双“从此音信全无”的白球鞋发生了瓜葛。作者借助这个故事穿越到四十多年前的那方天空下面，寻找早已逝去的少年时代，把一种凭吊与感伤揉碎了，让同他一样回首往昔的人去体验，去钩沉，去发现，得以在岁月之河的源头找到那个最初的自己。

还想再说一个诗人——大友，与我曾有一面之缘。约略知道他的一些经历，当过多年的兵，转业后做了公安干警。当兵时狂读过一些外国文学，这些年口语诗成了他的强项，据说圈子里名气很大。口语诗的特点是短，但短并非浅的代名词，愈短愈要求诗意的浓缩和精悍。哪怕只有几句，也让你读出深藏的意蕴来。他有一首《宫女》，仅五句，不妨来体会一下："你哪里知道深宫中的寂寞 / 后宫总共 326 块砖石 / 我抚摸了无数遍 / 其中 31 块 / 有细细的裂纹。"并非实写某个宫女，亦无具体的故事情节，但浸淫着幽怨和怅惘的情景你尽可以去浮想联翩。这是一种把故事引而不发，留待读者去任意编排的写法，奇谲之处在于，诗人煞有介事地说了后宫砖石的两个数字，把百无聊赖、空虚寂寞的宫女之痛刻画得入木三分。

可见诗人讲故事，也都各有各的路数，或"显"或"隐"，或明或暗。但我以为，最重要的一点，即故事在他那个诗里一定是无法抽掉的筋骨。像是盖房子的梁、椽，诗因它而立起。当然，诗不同于小说，更不是专门意义上的故事，它无需一二三四交代来龙去脉，也不要求头尾俱全，善始善终，叙事成分的介入是为了让诗变得饱满，有精气神，也更接地气。这样的诗，就有可能被读者放进大脑里的收藏夹。不知上述愚见可否成立？

二〇一八年四月十四日

尺幅之间文采风流

微时代“微”字当道，微电影、微话剧、微小说、微摄影应运而生。镇江有本《金山》杂志，改刊后专登各类微型作品，据说还挺有市场。国内有几家出版社也试水出了些名家或非名家在微博、微信上适时推出的微文集，以迎合现代人对阅读与审美的某种新式诉求。其实我们每天在手机上刷屏，也都能读到一些令你眼前一亮、心有所动的精彩短章。

我友徐颖宏（人称大徐）便是这样一个时常给我带来阅读惊喜的微信写作高手。他的职业是餐饮界一大佬，每天忙得不可开交。但他深谙十个手指弹钢琴的秘诀，事业和生活都打理得游刃有余。他生性活泼，兴趣广泛，除深入研究与本职有关的烹饪美食而外，对书画艺术、文物、盆景皆有涉猎，且识见不凡；还钟情体育，对乒乓球、足球等能发精到的行家之论，曾有给几家报纸开专栏的经历；还爱好摄影，走南闯北也都留下了颇具专业水准的影像记录。而这些可圈可点的“旁门左道”又辅之以短小精悍的文字，在微信朋友圈大放异彩。恕我饶舌，信手摘几段试作品鉴。

——“午后的鸡鸣寺樱花大道游人如织，日本的樱花在南京开得如此清丽是我没想到的。日本人曾经给这座城市以巨大伤害。三十年前，日本人怀着忏悔之心和重结友好的心意，在南京种植了大批樱花，使得紫金山下、玄武湖畔在初春有了别样的云烟。”有情有景，更有对历史扼要的回顾和绝不轻松的沉思。文字简洁，行文洗练，却又不乏诗情画意。写实里分明流泻出促人遐想的余韵。

——“谢少承的书法风流曼妙，枯润相生，拙逸鼓荡，法意备足！”系对一位书家作品的微评，虽仅二十余字，却非门外之人可出之。毫无疑问，这里面一是浸淫，汲古人今人之艺术风华才气文章历久经年；二是心领神会，意有所悟，这才有非营此道而得其要义的登高望远之评墨。据知，大徐与萧平、尹石等一批书画名家均有交往，且时做切磋。他的手机个人相册中，此类关涉书画的精湛妙评，可谓俯拾皆是。

——“中午下班后徒步十分钟首次上了标营门城墙。南京城墙始建于一三六六年农历八月初一，距今六百五十年。沿城墙向北至中山门，城内的名胜高楼，城外的月牙湖、紫金山，尤其是南京富春的芳容也能远观。再细瞧，城墙的铭文无声记述着古都的历史。”与此段文字一并出现的是背景异常开阔的一段城墙摄录。用的是史家笔法，注重史料的来龙去脉，故而显得沉着、隽永，历史本身的厚重与记录者彼时的欢欣互为交织，让人清晰地体悟到此中所蕴关于文化传承的使命意识。

——“半寸厚的方干，横批二十余刀，竖切百十刀，根根分明，韧而不断，用开水反复烫制，在盘中高高耸立，宛若女神之云髻。再配以少许嫩姜丝、红椒丝、湖虾米、榨菜丁及秘制卤汁，用纯正富春麻油浇之，充分体现刀功和烫功，色雅端庄，鲜香扑鼻，爽口开胃，难以停箸。”这是说的百年老店扬州富春的一道脍炙人口的看家菜点：烫干丝。句句都是行话，且描述细致，富有层次，还巧妙引入逼真传神的喻体：女神之云髻，读来确有活色生香之感。尾随其后还有一句：“我曾陪著名学者钱文忠先生品之，他即兴题词‘明月扬州有二分，干丝扬州独一份’！”可谓画龙点睛，使这道菜点更添了一分属于文人雅士才有的品位。

微信是现今人们生活中普遍应用的交流形式，文化、学养对其的影响和渗透是不言而喻的。有道是螺蛳壳里做道场，短短微信天地不大，但尺幅之间却照样做到千姿百态、文采风流，读者诸君以为然否？

二〇一六年四月十一日于六合龙袍镇六八农庄

诗与画的邂逅

唐洁是我在新华报业工作时的同事。之前并不知晓她是一名画家，直到二〇一三年初春，她的第二本个人画集付梓前邀我作序，方知其庐山真面目，这才约略了解到她的一些艺术成就。平素寡言而内敛的她二十年前毕业于南京师范大学美术系，工作之余一直潜心于花鸟画的研究与创作，经年积淀，终成气候，如今广受业界的好评与关注。

我有几位诗友，介绍与唐洁认识后，也都不约而同地喜欢上她的作品，一致认为其画作清新脱俗，娴静幽雅里透出令人寻味的梵音禅意。所谓花开花落皆有声，鸟栖鸟飞总有意，在她或轻盈或凝重的水墨世界里分明有一个不无寂寥的灵魂在吟唱。

于是，在与唐洁今夏的一次相遇中，我提议约请一批诗人为她的画作配诗，看看会是怎样一番有趣的景象。深谙画艺之道的唐洁当即表现出期盼的欢悦和几分好奇，转而又善解人意地叮嘱我，切不可强求给友人添加麻烦，一切都顺其自然。

在我的理念里，诗与画是艺术之母诞下的一对兄妹，彼此的特质是相近且相通的。诗人无疑能从富有意境的画稿里读出画家的心思，也因此点燃自己对世间万物的识见与妙想。我为这份小小的创意而倍感兴奋，并且很快付诸了实施。

我让唐洁选出十余幅画作以微信发送十位诗友，并附上我的邀约短简。诗友们热烈响应的程度出乎我预料，不到一个月的时间，配画诗陆续发来，令我喜出望外。十位诗人中有五位来自南京，他们分别是青三、方政、孔繁勋、格锐杨和一林。外地的诗人有兴化的金倜、靖江的马车夫、扬州的苏扬、江都的陆华军和远在新疆的马东旭。

这批诗人在诗坛都有一定的盛名，几乎每位都有诗集存世，有些还是多项大奖的获得者。他们虽诗风迥异，但都各具形态，自成风采。因与诸君皆有不同程度的交往，故在此不揣浅陋，班门弄斧，说一点读赏这批诗作的感受。

金倜与青三英雄所见略同，所选画作同为《萧瑟秋风寒意浓》，但各自切入的审美路径和营造的情境现场却大相径庭，各见机杼——“也许有一千只候鸟已经南飞”“我多么忧伤，在刚刚过去的清晨”，这是我所熟悉的有着阔大悲悯之心的诗人金倜特有的抒情句式，他的诗一向真挚而热烈，犹如一把七弦琴，如泣如诉，萧瑟秋风在这里让他弹拨得满纸生凉；“唯一遗留的孤独”和“不会展开忠诚的羽翼”，将一只为爱而生的鸟刻画得栩栩如生。而以冷峻和犀利著称的青三，则让诗中的意象由眼前的画色拓展开去，目驰八极，与茫茫天地相接，领你以一双具有透视功能的宇宙眼去看“天地间万物”的“定位和时辰”。

老友马车夫还一如当年出道时所显现的沉着与笃实，用他风情独具的马蹄敲击“树木和山果”，让你在他谱写的画外音里，“一点一点地”从对“岁月的回望中”，使“独守寂冷”的心“温暖起来”。这是一位永远不会沉沦，始终带给你“过往美好”的坚强歌者。

孔繁勋和陆华军都曾有过不短的军旅生涯，但二位的诗此刻单单不唱大漠雄风、铁马冰河，万般柔情里娓娓道来的，是那揉人肝肠的“梨花愁”和“穿越了整个水乡”的六月里多情鸟儿的“回眸”。

方政兄是这批诗人里年纪稍长的一位，他曾是金陵文学诗歌奖的得主，此番所呈佳作，写荷花、莲蓬与蜻蜓的亲密无间，诗意的铺陈里熔铸进关于成长的曼妙哲思，对唐氏的画作无疑添了一层生发之意。

格锐杨近年时有出人意表之作，此篇《无声的花海》亦见匠心独运，由画而入，曳诗而出，饱满的情绪张力令读者随其诗行的递进，体悟到一种来自精神层面的战栗。

女诗人苏扬是目前国内散文诗坛尤为活跃且日显实力的一位以书写人文地理和历史沧桑见长的作者，她从唐洁画作所表现的残荷枯萎里发现其“超过绽放”的生命意义，称其“是血液的回流，是对水和泥土的感恩”。诗中那句“光阴总是把一个个朝代的记忆往缺口处驱赶和掩埋”读来震撼，这样的表述令全诗平添一股厚重的历史感，咏诵中不由得深长思之。

一林的诗虽只有六句，却也写得不凡不俗，生趣盎然。他作诗一贯不故弄玄虚，注重选择接地气的诗意载体和自在自如的倾吐方式。读他的诗不累，或时有所得，对诗人而言，算得上佳表现了。

马东旭是我至今尚未谋面、十位诗人中最年轻的一位。微信里见过他的照片，生得干净而纯朴，感觉还很谦逊。他是河南商丘宁陵县一个农民的后代，将幼子放在老家，只身远赴新疆和田地区种植大枣。他在异乡的天空下为生活劳碌奔波，而他独特的“富有神性般”精神取向的散文诗，令他这几年在散文诗界赢得了极高的声誉。若干的学者开始关注并研讨他“在灵性与神性之间”的散文诗写作特色。我的约稿他是在为种大枣而搭建的工棚里完成的，诗人对画作深度进入后的阐发：“相信春暖花开”以及“把身体里的芒”“和刹那生灭的悲喜一一拔去”让我久久玩味而视作一束“神赐的花朵”。

——我以为在赏读上述诗作的过程中，身为画家的唐洁一定是很快乐的，因为她收获了一批来自知音的最好的礼物。而作为一场不无探索意味的文字实验，它让我们看到了艺术本身所包含的无限展延的可能性。诗与画的邂逅与碰撞，使我们通常所说的美获得了更为丰富和多样化的呈现。作为这次活动的发起者，我想说，谢谢大家。

二〇一六年十一月四日于苏州阳澄湖花间晚照酒店

有多少疼痛在夜深时袭来

有些日子了，是一个夜间，格锐杨用微信发了他的一首诗来。并在诗后面附了两句，说是几天前的晚上写的，很有痛感，先在朋友圈发了，几个小时后又删了。我不知他为何要删掉，而又愿意单独发给我分享？诗是这样写的：“深夜 / 屋里的人都睡了 / 屋外还有很多 / 声音。一些我 / 听不到的声音 / 我想到 / 父亲想到 / 十多年来 / 和他通电话 / 要么是他身体病了 / 让我为他找医生 / 要么是我缺钱花了 / 请他给我打些款 / 最后我实在不知道 / 说什么 / 就抬头喊卡洛斯： / 来，跟爷爷说两句！”（卡洛斯是诗人格锐杨的长子）诗的标题叫《沉默是金》。

我私下里揣测，他把这首诗发给我，大约有这样几条理由：一是，我可能是他朋友中为数不多的知道他父亲并且一定程度懂得他父亲的人；二是，由于这样的原因我或能更贴近地理解他——作为一个儿子内心的声音，他对父亲那种复杂的很难用语言来准确表达的感情；三是，我较多地读过他的诗，对他诗的解读距原旨可能不会偏离得太远。

既然他把这份信任给了我，我也就试着说一点对这首诗的认识吧。

简单地说吧，格锐杨有一位非常了不起的父亲。他生活在乡间，如一头勤勉的耕牛，永远只知道躬身劳作。他用自己长满老茧的双手，一点点地去积聚财富、创造财富。他并不为自己活着，所有的享受都与他无缘。他人生的目标似乎也很单一，一切为了儿子、为了孙子，唯有儿孙的幸福才是其最大的幸福。在这“屋里的人都睡了”的“深夜”，诗人由“屋外”“一些我听不到的声音”想到了几百里外的父亲。而我以为，那些“听不到的声音”，在诗人的内心深处一定是听得到的，而且还非常清晰也非常真切——那是父亲青年时代拉动锯子或用刨子推出一卷卷木花的声音，是后来在其掌管的工厂里开启冲压床才有的哐当哐当震耳欲聋的敲击声，或许还有其他的什么，父亲经历了一场手术后，麻药退去，疼痛袭来，忍不住发出的几声低低的哼叫……接下来，诗人很节俭（也可以叫浓缩）地写到和父亲的通话——不善言辞的父亲与儿子并无多少精神层面的交流，彼此的通话因此变得简单而又具体。但恰恰是这样直截了当的画面，传递出了让人为之心痛的辐射——父亲已然老去，疾病频频找上了父亲；而万般无奈和凄楚的是，身为人子的自己并不能为父亲担待点什么。企望回报而又苦于现实中的力不从心，故而构成了一种无以复加的内疚和因此而带来的无尽遗恨。“抬头喊卡洛斯：/ 来，跟爷爷说两句！”这似乎是唯一能给予父亲宽慰的方式了，写完这两句，我可以想象诗人或已泪流满面兔子似的逃离现场的镜头。他给这首诗命题为《沉默是金》，其义不挑自明，生命中最大的疼痛即是无语。

以浅白晓畅的口语入诗，却试图表现思想河床的曲折波澜，对诗人而言是极具挑战性的一个活儿。著名诗人伊沙认为，真正纯度高的口语诗，是“谁都以为自己能写但却写不了的诗”。所谓愈是简单的便愈是深奥的，说的大约就是这样的诗。由格锐杨我突然想到了一位尚未谋面的诗友，他叫原音，真名王俊辉，“七〇后”，河南滑县人。有过八年的教书生涯，后来跑到苏州从事建筑业，做了个包工头。他十分推崇口语诗，且身体力行，写出了一批很耐人寻味的作品，顺便也介绍一首：题为《最成功的作品》："到目前为止 / 能拿得出手 / 展示的 / 是小时候 / 尿床之后 / 搭在院子里 / 阳光下暴晒的 / 铺地上的地图 / 母亲总会骄傲地对 / 邻居说 / 这是俺三儿 / 的作品"。诗里面无疑有一些可以让人说一说的东西（此处按下不表）。

格锐杨生于一九七六年，和这个笔名叫原音的是同时代人，找个机会我想介绍这两位诗人在一起碰撞一下。

二〇一七年九月十八日晨于安徽六安

心中有支不灭的火炬

一

早几个月，我在一篇说格锐杨诗的文字里提到过原音（其真名为王俊辉，与格锐杨同龄，皆系一九七六年生人）。手机上和他互加微信有半年多的时间，通过一些公众号读到他不少接地气且不无哲思光芒的短诗与散文诗。引起我更深触动的，是不久前发生在他身上的两件事：一是他回到出生之地，看望二十年前在写作上给过他帮助，而如今因疾病落魄得难以想象的一位诗画家。探访的当日他拍下了老人胡子拉碴、家徒四壁的照片，并含泪疾书在某文学网站予以发布，继而引发了众多爱心网友一次自发的募捐接济活动。再就是他与不久前突然陨落的一颗诗坛新星——江西籍年仅二十三岁的才华横溢的诗人左秦的交往，在其生前与死后他所做的一切——他抱着酒后失声痛哭的左秦，给其以兄长般的安抚与开导；闻其离世之噩耗，他星夜携妻不远千里赶赴其坟前哀恸不已，并将左秦生前无缘得见的一本刚刚印行的诗集，借助朋友圈进行义卖，所获款项又悉数给了这个极为贫困的农村家庭。

诗人原音的古道热肠和对文学、诗歌的崇敬之心深深打动了我，我为此专程去了一趟苏州，与这位侠骨柔情的中原汉子得以一晤。行前我已大概了解了他的一些简历，知其出生于河南最北边的滑县（此处为河南第一产粮大县，历史上出过名噪大秦的丞相吕不韦），而来苏州从事建筑业方面的工作是这十年间的事。

由于两人在微信上已有过不少的交流，所以相见后谈得十分畅快。谢谢他给我以充分的信任，向我一吐其颇具传奇的人生经历。

二

这个身高约莫一米八五，脸形和身板都透出黄河才有的那种浑厚气息的四十岁的男人，当我听完他粗线条简要勾画的人生故事，我觉着人世间的苦难，还真是一样无法言说的奇妙之物。它把好多人因此击倒、打垮，而对另一些人，它则又成了某种催化剂，以残酷的烈焰冶炼其刚强，令其在厄运中成才。比如眼前这个叫王俊辉的人，他完完全全可以像他的祖辈一样，在那片黄土地上无声无息地劳作直至消亡。而他却没有，他和苦难一次次交手、过招，眼看要倒下了，他又挣扎着站起来。诗和远方，在他这儿好像真不是一句画饼充饥的空话，他就笃信无疑地揣着这份似有若无的信念，一步步突破苦难的重围，进而写出其人生充满励志色彩的诗篇。

他的父亲是一个在庄稼地里苦了一辈子的农民。生了三个儿子，他是老三。家里没什么吃的，童年时他一直病病歪歪。他说自己生的是哮喘病，好几次差点死了。当时唯一可以向村里小伙伴炫耀的是，学过几天赤脚医生的父亲在家中给他打青霉素，他从没吭过一声，更没哭过鼻子。读完了初中，他还想接着读，可家里硬是拿不出每学期要缴的八百元学杂费。他跪在自家院子里哭求父亲，但被贫穷压弯了腰的父亲，终究未能满足他读高中的这点奢望。

没法子，他得学会自己养活自己。他找到了一所小学校，给比他小的娃儿们教了半年多的书。再后来让他寻到了一个心生欢喜的行当（这行当也一定程度地影响并改变了他日后的命运）——他和初中时隔壁班上的一位女同学（几年后成了他的妻子）合伙开了家书店。这令他意外发现了一条课堂以外求知的通道。他形容自己像一个饿了好多天的乞丐，突然见到了一只巨大无比涂满奶油的面包，他怎能不扑上去狠狠地吃它个够！卖书的那几年，他见缝插针近乎疯狂地读了不少的书，偷偷写诗也是从那时候开始的。

及至一九九九年，二十二岁的他又干了一桩旁人看来简直不可思议的事儿——他注意到老家好几个连在一块的村子没有学校，好多适龄的孩子都跑到很远的地方去上学。他和合伙开书店的女同学一商量，两人一拍即合，随即给县教育局递了报告，批复同意他们在五个自然村范围内办一所从幼儿园到初三的民办学校。一个没正经读过高中的小伙子，就这样当起了民校的校长。几年开书店攒下的一点钱，加上一部分贷款，他们先把教室盖了起来；而后通过各种渠道，从别的民办学校“挖”来了一些老师。由于学校办到了家门口，所以生源就不用愁了。一些困难家庭，他主动上门去请，孩子的学杂费全免了。自己当年所遭遇的他不想在孩子们身上重演。

他说最火的时候，在校读书的学生有一千多人。他在村子里走，那些长辈们都亲切地叫他校长。这种被人承认的感觉是他先前所没有的，他为自己找到了生命的价值而脚底生风。直到二○○五年，因次年全国开始实行免费九年制义务教育，他办了六年多的学校宣告结束。此后他又去了邻县教书，一度还办过服装厂，小夫妻俩带着个五六岁的孩子，四处漂泊。

二○○七年，他们彻底转行，先是在河南新乡承包建筑工程，之后又辗转来到千里之外的苏州。餐风饮露，起早摸黑，凭着好学肯钻和超乎常人的吃苦精神，总算在这个行业慢慢立足。客户不断扩展，承接的土建工程逐步覆盖到了苏州以外的全国多个城市。这十年的岁月是怎样过来的，生性倔强的俊辉并没同我多讲。但在他平时发的朋友圈里，我多次看到过他头戴安全帽出没于工地的镜头。如今，似乎一切都已苦尽甘来，他们在苏州近郊买了房，开上了自己的车；十七岁的儿子在苏州一所名校读高中，很快就要考大学了；十岁的女儿聪明伶俐，人见人爱，不只学业优秀，而且全面发展，音乐舞蹈、书法绘画都在全国相关赛事中拿到大奖。这成功的背后，可以想象出这夫唱妇随的两口子，该有多少不为人知的艰辛付出。

三

花了这么多的笔墨铺陈一个人的经历，用意在于接下来我们应当较为容易地进入他的诗歌版图，进入他丰茂却不失单纯的精神世界。据俊辉自己介绍，热爱文学的种子他是自小便埋下了——因为多病，而变得敏感，他比别的孩子更渴望关爱，渴望有些许阳光暖其孤寂之心。过早地踏入社会，历风雨，经炎凉，诗歌成了他感知这个世界的一种特殊表达，更多的时候属于释放内心难与人言的声音。他十七岁时以一首诗参加河南省豫苑文学协会举办的文学大赛，得到一个优秀奖，这以后他在谋生的劳作中不间断地磨砺着诗笔。二十三岁那年他一边很辛苦地做着农村中学的校长，一边还参加了鲁迅文学院函授班一年制的学业，并获得了结业证书。在诗歌面前，他就是一个不折不扣的情种，痴迷，执着，没有任何的附加条件。他并不企图通过写诗得到什么。要说得到，那该是灵魂的一种洗礼，他讲，写诗的过程中，时觉有一泓清泉自天而降，涤去蒙尘与污浊，使内心归于沉寂，归于畅亮。他虽身处车水马龙的都市，而万千愁绪仍在他熟稔的那座村庄、那片高粱地里飘荡。他给自己即将出版的诗集命名为《我的乡村我的城》，他为自己所取别名原音，似都在告知世人，他来自中原，无法更改的胸腔里始终蓄满黄土地的声音。

他在那首我以为可视作其代表作的《我的乡村我的城》里，如泣如诉地弹拨他不绝如缕的乡思乡愁：“晚上到处找家 / 请还给我 / 熏得发黑的墙壁 / 烧得火旺的炉子 / 或将我埋进冬夜漫长的梦里 / 慈蔼的母亲、辛劳的父亲 / 责骂或者训斥 / 我会发芽开花 / 春天里变成飞蛾 / 变成父亲坟前哭泣的土坷垃 / 变成母亲白发上最后的一点黑。”时空的跨隔，乡村的记忆，构成了原音疼痛与悲悯的诗歌气质。“我出发的时候 / 春天没有来 / 村庄没有醒 / 狗在沉睡 / 门扉轻轻掩上 / 我止住泪 / 害怕一滴惊醒 / 枝头苞蕾。”都说游子离家是为了归家，家在心底是一处永远无法愈合的痂。犹记余光中先生离去的那个夜晚，大海这边的万千颗心都在低吟他的《乡愁》。而原音给出的诗行里，也同样有着这般痛彻心扉的情愫——“村庄荒芜 / 纸张荒芜 / 灶台荒芜 / 如果河流之上 / 春色不会挂柳 / 我就站起来 / 做不朽的枯木。”诗为何物？是把你那处痂一次次残忍挑开的寒光四射的刀呀。因“痛”而生“悯”，复又生“慈悲”，生“包容”，生“博爱”。诗，就是在做这样一种近乎魔术的“手术”。“今夜我将你的名字 / 装修成家的风格 / 一半是温暖 / 一半

是欲言又止的期盼 / 在这里苍老一生之后 / 取出舍利，取出猜疑的灰烬 / 我握紧舍利 / 用灰烬覆盖 / 所有的佛和菩萨。”在这样的诗句面前，相信任何的聒噪都会变得安静，任何叩拜的蒲垫也都显得多余，忧伤与悲悯已然在你我的灵魂之上建起了一座圣洁的佛堂。

四

其实最早关注原音，是在伊沙主持的《新世纪诗典》上读到他的口语诗。他操练这一短兵器似已多年，已见到不赖的功力。记得我在谈格锐杨的口语诗时说过，这是个对诗人很有挑战性的活儿。它要求高度凝聚，是沙里淘金，海里提盐，呈现的当是最结晶的那个部分。冗词赘句统统删去，更要在这短短几行里，有哲思的火花迸射而出，让人拍案叫绝，拈须而叹。比如“卑鄙是卑鄙者的通行证 / 高尚是高尚者的墓志铭（北岛）”“黑夜给了我黑色的眼睛 / 我却用它来寻找光明（顾城）”。当然这样的绝品，对每一个有志向的诗人，都是可遇不可求的。

发了一通议论，转回来还说原音。他的口语诗好像已写了几百首，结了个集子叫《原音原音》，据知也会在不久后问世。书稿的电子版我要来大致浏览了一遍，特别精彩的似还不多。但看得出他的努力，冲刺的速度在不断被刷新。挑几首出来欣赏——《第一份工资》：“此生/第一份工资/我买了一辆自行车/一台录音机/其余的/给了母亲//妻的第一份工资/给我买了一个MP3/还被我借给/别人/弄丢了”。看似一份家庭的流水账，但满满的歉疚却溢于言表。告诉我们夸妻子也可以这样夸。《错觉》：“站在地槽边/如果右手扬起/深吸一口烟/我会大声对/正在绑钢筋的/工人说/同学们好。”假如你不了解作者的人生经历，读这首诗会觉得莫名其妙，而有了前面的交代，再来读，你会发现自己的眼里突然就噙了泪。作者的生命中有过近十年和孩子们耳鬓厮磨的岁月，他这种本能的反应里凝聚着太多挥之不去的思念之情。《一下子冒出很多人》：“好久没来尹山湖了/今晚和妻子来散步/妻子说/怎么一下子冒出这么多人//我说估计没几个知道/当年这里曾是苏州/五七干校所在地/那时也是/一下子冒出很多人。”口语的特点再明显不过了，但就在这看似漫不经心的叙述中，却把那一段早已尘封的历史挑出了一个豁口，给人以极大的遐想空间。《兼职》：“赤脚医生老李当了几年和尚/还俗了/工地上机器坏了/找他修/昨天打电

话给他 / 他说：没空 / 我正在诊所修理人呢。”以诙谐之笔讲了个近乎荒诞的小故事，但却很冷峻地折射出世间百态。题目也饶有咂头，诗读毕再转而审题，觉着发噱，继而又陷入某种沉思，很自然联想到一些社会问题。《追杀》：“死在我怀里的 / 是被追杀的 / 自己 / 活着醒过来的 / 是我吗。”五行，二十二个字，分明能感受到是对个我灵魂的叩问甚至鞭挞，闪电般出击的诗行中饱含着一种强烈的批判、自省意识。

丰富而坎坷的人生履历，注定了这个来自中原的诗人，写不出躲在象牙塔里的无病呻吟，也注定了他诗的每一个触点一定是来自现实社会的底层。他在茫茫人海中奔走，为了生活，也为了心中那支不灭的火炬。他有理由写出更好也更深刻反映劳动者精神图像的作品。诗人伊沙说，老百姓不是不关心诗，他们关心的是沉淀下来的部分。诗歌，真的太需要沉淀了，把那些看似煽情其实只是花花绿绿浮沫的东西，狠狠地撇掉，只留下沉淀，生活的、思想的（当然苦难或就是无法抹去的底色）沉淀，唯有这些可能才是叩击人心的诗歌的力量。

二〇一八年一月五日夜

有感于编辑寄报

时代真的是发展得太快了，许多东西用不了几年便成了文物。一些过去所崇尚的工作方式和习惯几乎就成了难得一见的稀有和珍贵。

经常写点文章发点稿子的，恐怕都有这样的体会：早些年只要你的小文见报或见刊了，总会收到编辑部寄来的样报或样刊（有集报雅兴的，甚至会认认真真把自己那点“敝帚”，小心翼翼地剪好贴好保存好）。可如今好像真得很少了。负责任的编辑，给你发个有你大作的电子版来，那是大面子了。至于报纸，他也知道你不好意思向他要，便也懒得寄了。文章嘛，发就发了，干吗非要那份报纸、那本杂志？都电子时代了，这些玩意儿留着啥用？再加之现在各家报社都在压缩开支，给作者寄样报也是笔不小的费用呀，自然属于压缩之列。

于是，有了些年岁的人便会怀念过往，比如鄙人。记得二十世纪八九十年代，我几乎每天都会收到一堆寄自全国各地的报刊。还不只是年轻的编辑，一些老资格或身居要位的主编、总编辑也都会亲写信封，寄发样报，甚或在报纸里夹一短笺，写几句问候一类的话语。印象中，当时《人民日报》的石英，《文艺报》的高洪波、孙武臣，《新闻出版报》的李建华，《中国旅游报》的王槐一、马力，《杂文报》的储瑞耕，等等，都是非常敬业待作者如亲友的好编辑。二十世纪八十年代初，那时我还在江都，省妇联《莫愁》杂志的编辑王德安老师给我寄杂志，还一定会把杂志上我的文章剪下，一并寄来；再忙都会有一封字迹很工整的信，讲讲他的情况，也问问你近来怎样。《昆明日报》有位叫张稼文的，二十世纪八十年代末主持该报“万家灯火”栏目，几乎三五天用我一篇稿；每用一篇他都会寄来两份报纸，且在报纸的空白处留几句言。若干年后才知道，那时候他才二十多岁，大学毕业刚去报社。而这样一些细致且热心的编辑，是会让作者记一辈子的。

当然，也不都是过去就好，现在也有好的。《姑苏晚报》的刘放，《无锡日报》的孙昕晨，《东台日报》

的余玲等，都是现在还在岗位上，仍保持着那种老派风格的注重每一个细枝末节的优秀报人。特别想为之一赞的是《兴化日报》的副刊编辑，从金倜、房干森到小郭，算起来是三代了，但好传统他们一直没有丢，发了你的文章，不光给你提供电子版、微信版，纸质的报纸也一定不会忘了给你寄来。对作者而言，这真的似寒冬里的一只暖炉，酷热中的一杯冷饮，有一种很微妙的激励作用。作者与报纸的情感，正是在这样点点滴滴的渗透中，得以牢固地建立。不知其他作者朋友以为然否？

二〇一七年七月二十日

地方文化的特殊名片

工作的关系，去过几次东台，但大都行色匆匆，未及深入探访。印象中一般人说到东台，有可能最先想到的是那味鲜无比的鱼汤面。这倒也无伤大雅，民以食为天嘛，其实挺实际，也最民俗。当然还会有人说到董永和七仙女，这个传说在民间的影响毕竟太大了。再深一点下去，或再文化一点，读过一些书的人会知道名震新闻、翻译界的“二戈”——戈公振、戈宝权；近些年吴为山的名字也慢慢响开，都晓得他的雕塑做到美国去了。

风物、名人、胜迹，可别小看了这些，正是它们（他们）构成了一座城市或一个地方独有的文化名片。而且它还是一种标志，可以鲜明地将此处与他处区别开来。但它的建立则绝非一朝一夕便告完成，也不是人为的意志可以随便强加上去的，它需要一种自然而然的人心的认可，是水滴石穿、细流成河的那种。因此需要时间，需要积淀。为什么有百年老店的说法？那都是用日子、用岁月，更用其一以贯之的货真价实，一点点一点点地堆出来的。

从这个意义上说，我得感谢我的这个忘年交——东台日报社主持文化副刊的小余主任，是她向我打开了一扇亮丽的窗户——热情推荐了东台国贸，告诉了我它在当地有着怎样如日中天的影响；同时，介绍了这次报纸所组织的长达四个月的征文活动的有关情况，还给我发来了多达五万字（共四十二篇）的征文稿件。这些充满真情实感的文字我均一一拜读，虽尚无缘得见东台国贸的几位当家人，但他们的风采和所创造的业绩，通过这些文字我已大致领略。

稍稍梳理了一下阅读后的感受，比较突出的印象似有这样几点——一是以缪荣春为首的东台国贸的创业者是一批不甘平庸有着自己远大抱负的人。征文中有一篇说到缪早在中学读书时，作文中曾写过这样的话：世间成大事者，不一定要有超世的才华，但需有坚忍不拔的意志。一定程度地披露了这个人物非同凡响的起点。另有文字说到他在二十一世纪初的一次企业发展动员大会上发表的一段诗一般精彩且极富鼓动性的讲话。他以鸟类中的鹰为例，阐述了他对生命的感悟，更表明他对发展企业钢铁一般的坚定信念。他说，鹰是世界上寿命最长的鸟类，但在它四十岁时，须做出一个十分困难但又非常必要的抉择：或者坐而等死，或者需经一百五十天痛苦的蜕变，而因此再获三十年的生命。讲这番话的背景，是当时面对全球性的金融风暴，国贸人却逆势而动，果断收购了一项“烂尾”工程，随后募集巨额资金，快速建成一座地标式的四星级东台国际大酒店，进而完成了他们创业史上举足轻重的极漂亮的一笔。二是作为企业决策者的强烈的本土意识和不可多得的前瞻性观念。东台国贸根扎全市城乡，情系万家灯火，它所确立和推行的经营服务理念，一切都从当地百姓的实际需求出发。企业发展的思路充分体现了在各个时间节点上都能审时度势，切实把握良机的鲜明特点。短短二十年里，它的许多超前布局和全方位的进入，由最初的单一百货商场而至今日的五大业态齐头并进，线上线下互动融合，均表明该企业对城市规模不断扩展、旅游业前景日渐兴旺、百姓生活与时俱进等时代走势，有一种不无前瞻意味的精准把握。他们的成功实际上是搭准了变革中的这座城市的发展之脉，也搭准了这里的民众普遍要求提高幸福指数的人心所向之脉。三是无论有多大的地盘做到多大的生意，工作的着眼点和发力点始终落在为民服务的细致入微上。他们所提出的“一次为客，永远为友”，不只是写在墙上、挂在嘴上的一句口号，国贸所属营销队伍中的每一个员工，对每一位顾客、每一笔哪怕再小的生意，都能做到童叟无欺，不厌其烦地一而再、再而三地努力实现让顾客一定满意为止。征文中的《百岁老太的蚊帐》《一件羊毛衫》《那部电子词典》《情系国贸缘于诚》等多位作者均以自己的亲身经历，真实而生动地再现了国贸人可歌可泣的敬业精神和服务态度。世上之事，怕就怕“认真”二字。百年老店的牌子，所以能一代代传承而为世人所称道，最最重要的也就是一个“诚”字——诚实、诚恳、诚信，这些老祖宗所崇尚的经商之道、为人之道，再过几百年也不会过时。你能不能做到，能不能让你的每一个员工在每一次营销活动中不折不扣地都做到，可能也就是决定你这个企业能走多远、多久的关键所在。真正确立了那种百年意识，相信无论市场竞争有多激烈，你都能始终立于不败之地！

我甚至还进一步地认为，国贸人举办这样一次面向社会各界的征文，除了表明他们对企业文化的高度重视和倾力打造，同时还是他们直面民心民意、自觉接受各方监督的一次自加压力的特殊“赶考”。通过发表在《东台日报》上和集纳于此本书里的这些文章，我们欣喜地看到了它得分颇高的成绩单。从另一个角度来理解，此番响应热烈的征文活动，折射出的恰恰是东台人千百年来一直不曾丢失的淳朴民风。生活中像这样的事情（诸如为妻子生日买一条裙子，回家后穿了不满意而去调换，之后又去退掉），许多人可能当时会有点小感动，但时间久了或许也就淡忘了，但实诚的东台人却把别人（购物时碰到的售货员等）的好，一点一滴都存放在心底，相隔若干年后还捡出来付诸于文字，把那份感激回馈给他心中珍爱的那个机构和组织。甚而至于，有一位大学毕业后分到东台，在这里前后生活了十多年的年轻人，结婚时的几个大件均从国贸购得，其质量之优、服务之好，令他念念不忘，而他早在二〇〇四年已调至张家港工作了，此次也满怀热诚地写来了情动于衷的赞美之作。

金杯银杯不如老百姓的口碑。从本书的若干篇札中可以看出，东台国贸在东台百姓心中的分量。一位对格律诗词颇具造诣的老先生，将国贸旗下十多个公司和实体的名称巧妙串联，编织成饶有意趣的七绝三首；还有的将知名歌手田震当年唱红歌坛的《好大一棵树》取其意而赠予国贸；更有柔情蜜意者，把国贸称作“你是我们眼中的孩子”，以诗的形式一吐其爱戴之心曲，诗中写道："你成长的每一天，都在我们温柔的视线里。"读来情致绵绵，令人心生感动。

一艘年营业收入超过十亿元的区域性商业航母，构成了这座城市一道特别的风景线。前面我提到关于地方文化名片的概念，认为其核心要素在于人心的认可。那么，东台国贸无疑具备了这样的形象特征。它在这片土地上的崛起，某种意义上丰富并开拓了这张文化名片的外延与内涵。在世人的眼里，它所努力构建的，正是一个不断壮大和成长的立体的东台。我的这点认识，不知读者诸君以为然否？

二〇一七年十一月十五日至十七日于南京